BASTEI LÜBBE
TASCHENBUCH

Weitere Titel des Autors:

Als Teil des Autorenduos Sabine Martin:
Die Henkerin
Die Tränen der Henkerin

Titel auch als Hörbuch und E-Book erhältlich

Über den Autor

Martin Conrath hat bereits einige Kriminalromane veröffentlicht, von denen einer als Tatort verfilmt wurde. Außerdem ist er ein Teil des Autorenduos Sabine Martin, das erfolgreich Historische Romane schreibt. Martin Conrath lebt und schreibt in Düsseldorf.

Martin Conrath

Der Schmerzsammler

Thriller

BASTEI
LÜBBE
TASCHENBUCH

BASTEI LÜBBE TASCHENBUCH
Band 16807

1. Auflage: Juni 2013

Dieser Titel ist auch als E-Book erschienen

MIX
Papier aus verantwortungsvollen Quellen
FSC® C014496

Originalausgabe

Lektorat: Daniela Jarzynka
Titelillustration: © missbehavior.de
Umschlaggestaltung: Pauline Schimmelpenninck
Büro für Gestaltung, Berlin
Satz: two-up, Düsseldorf
Gesetzt aus der Minion
Druck und Verarbeitung: GGP Media GmbH, Pößneck
Printed in Germany
ISBN 978-3-404-16807-1

Das Leben ist voller Leid, Krankheit, Schmerz –
und zu kurz ist es übrigens auch …

Woody Allen

1. Donnerstag

Mit der rechten Hand hielt sich Fran Miller am Geländer fest. Einhundertsechsundsiebzig Meter unter ihr standen Passanten, klein wie Ameisen, und gestikulierten wild.

Sie brauchte nur ihre Hand zu öffnen, sieben Sekunden später würde ihr Körper mit zweihundertelf Kilometern pro Stunde auf dem Asphalt aufschlagen und wie eine Melone zerplatzen. Vielleicht würde eine Böe sie ein oder zwei Meter nach rechts tragen und ihr Totenbett würde das Dach eines Autos werden. Zumindest war dieser Tod schnell und schmerzlos. Das war die gute Nachricht. Die Nerven waren einfach zu langsam, um den Schmerz bis ins Bewusstsein zu befördern, wenn der Boden wie eine Tausend-Tonnen-Presse ihren Körper zermalmte. Die schlechte Nachricht: Die sechs Komma neun Sekunden bis zum Aufschlag würden die längsten ihres Lebens werden.

Fran Miller schloss die Augen. Wollte sie das wirklich? Ja! Es gab kein Zurück, es gab keine andere Möglichkeit, sie fand keinen Grund, ihr Vorhaben aufzugeben, auf dem massiven Beton der Brücke stehen zu bleiben. Und sie würde ihren Sturz für die Nachwelt dokumentieren. Mit der linken Hand schaltete sie die kleine Kamera ein, die sie zwei Zentimeter über ihrem rechten Ohr befestigt hatte. Sie pumpte ihre Lungen mit Luft voll, öffnete ihre Hand, drückte sich mit voller Kraft ab und fiel in die Tiefe.

2. Freitag

»Aber der Wolf fand sie alle und machte nicht langes Federlesen. Eins nach dem anderen schluckte er in seinen Rachen ...«

Ich liebe diese Stelle, die Kinder fangen an zu quietschen und zu schreien, denn ich knurre und schmatze und reiße meinen Mund auf wie der Wolf. Erst wenn ich weiterlese und sie begreifen, dass ein Geißlein sich verstecken konnte, beruhigen sie sich. Und wenn der Wolf mit den Steinen im Bauch jämmerlich im Brunnen ersäuft, dann jubeln sie. Für einen so bösen Wolf kommt ja nur die Todesstrafe in Betracht. Wie sich Steine im Bauch wohl anfühlen?

Kleine Kinder ähneln mir in gewisser Weise. Sie sind gnadenlos, sie sind absolut, sie kennen kein Erbarmen. Der Wolf muss sterben, er ist böse. So wie Hexen. Alles was für Kinder böse ist, wird mit Stumpf und Stiel vernichtet. Ich mag kleine Kinder. Ich würde ihnen niemals etwas antun.

Die Leiterin der Kindertagesstätte St. Martin bedankt sich bei mir, dass ich trotz meines anstrengenden Berufs immer wieder die Zeit finde, den Kleinen vorzulesen. Die Einladung zum Kaffee lehne ich freundlich, aber bestimmt ab, ich muss jetzt alleine sein, ich muss nachdenken.

Mein Lieblingscafé liegt am Carlsplatz, am Eingang zur Altstadt, Plüschsessel, Kaffee in Kännchen, die Bedienung darf man »Fräulein« rufen. Ich bestelle eine heiße Schokolade, sie ist dick und schmeckt wirklich nach Schokolade. Ich habe diesen Ort der dezenten Dekadenz schnell ausfindig gemacht. Ich war erst zwei Monate in Düsseldorf, als ich während einer

Aufklärungstour hier vorbeikam, ich war auf der Suche nach einem geeigneten Gast, aber ich musste mit leeren Händen nach Hause fahren.

Manchmal laufen sie mir einfach über den Weg, manchmal muss ich suchen, und einige habe ich bereits gefunden. Sie müssen bestimmte Eigenschaften besitzen, damit ich mit ihnen arbeiten kann. Sie dürfen nicht in meinem Viertel wohnen. Sie müssen gesund sein. Sie müssen alleine sein, niemand darf sie vermissen. Ob sie die wichtigste aller Eigenschaften besitzen, erkenne ich erst, wenn sie mit mir arbeiten.

Morgen lade ich einen Kandidaten ein, von dem ich mir viel verspreche, der alles mitbringt, was ihn zu einem Ausnahmeexemplar macht. Ich hake ihn auf meiner Liste ab.

Wer wird noch das Vergnügen haben? Eine Sängerin, eine Polizistin, ein Bauarbeiter, ein Bankangestellter. Meine Liste ist nicht mehr sehr lang. Viele habe ich schon abgearbeitet.

Es ist gar nicht so einfach, Menschen zu finden, die wirklich einsam sind, die niemand vermissen würde. Obwohl viel mehr Menschen alleine wohnen, sind sie nicht isoliert. Es bilden sich neue soziale Netze, es wird mir wirklich nicht einfach gemacht. Studenten zum Beispiel. Bis jetzt habe ich noch nicht einen gefunden, der nicht eingebunden ist in ein Beziehungsgeflecht. Die Gesellschaft verändert sich. Die Familie verliert ihren Anspruch auf die heilige Stütze der Gesellschaft. Immer mehr wird das Individuum zum Träger eines stabilen Gemeinwesens. Das ist eine gute Entwicklung, denn Familie ist nur eine Illusion, eine Chimäre, ein Betrug. Familie ist Lügengespinst, Familie ist die Hölle.

Ich schlürfe den letzten Rest der heißen Schokolade.

Es gibt noch jemanden, den ich vielleicht einladen werde. Jemand, der auf seltsame Weise mit mir verbunden ist. Aber ich würde ihn nicht zum Arbeiten einladen, sondern zum

Plaudern über Gott und die Welt. Und vielleicht würde ich ihn fragen, was es bedeutet, ein guter Vater zu sein, aber es wäre keine echte Frage, denn ich weiß die Antwort. Ich verschiebe die Entscheidung. Die Erkenntnis, dass es diesen Menschen gibt, ist noch zu neu – und auch ein wenig schmerzhaft. Ich verdränge, dass es ihn gibt, wende mich den wichtigen Dingen zu, denn heute ist der erste Tag des Countdowns. Mein Plan ist endlich fertig. Ich und mein Team, dessen Mitgliederfluktuation recht hoch ist, – bisher waren es dreiundzwanzig – haben fast zwei Jahre daran gearbeitet. Mein Herz klopft ein wenig fester. Vorfreude pulst durch meine Adern. Nun denn. Lasset die Kinderlein zu mir kommen!

*

»Fran ist gesprungen!« Bruno Rheinstahl ließ seinen massigen Kopf hängen, den nur noch ein paar Überreste einer ehemals üppigen Haarpracht zierten. »Verdammt!« Er hob den Kopf und blickte seinem Kollegen Günther Anleder direkt ins Gesicht. »Das freut dich, was?«

»Da kannst du Gift drauf nehmen.« Anleder rückte seine rechteckige schwarze Brille zurecht, ohne die er gegen jeden Türpfosten gelaufen wäre. »Wissen es die anderen schon?«, fragte er und strahlte über das ganze Gesicht.

»Ja, na klar, deinen Aushang konnte ja niemand übersehen. Du siehst aus wie ein Buchhalter, aber verdammt, du bist echt ein eiskalter Hund! Und jeder, der es will, kann sich das Drama im Internet ansehen.« Bruno Rheinstahl schlug mit der Faust in seine Hand.

Günther Anleder breitete die Arme aus. »Anders kommt man zu nichts. Du schuldest mir hundert Euro. Bar oder Scheck?«

»Nimmst du Wechsel?«, fragte Bruno Rheinstahl.

»Von dir immer. Du bist so ehrlich, dass es schon wehtut.« Günther Anleder lachte meckernd, so wie er lachte, wenn er glaubte, einen guten Witz gemacht zu haben.

Bruno Rheinstahl reichte ihm einen Hundert-Euro-Schein, der nicht die geringste Falte aufwies. Anleder hielt ihn gegen das fahle Licht, das vom Innenhof des Landekriminalamtes durch die halb mit milchiger Folie verklebte Doppelglasscheibe auf seinen Schreibtisch sickerte.

»Scheint echt zu sein«, sagte Anleder. »Wo hast du den beschlagnahmt?«

»Da, wo du zocken gehst!«, giftete Rheinstahl zurück.

»Wow, Bruno, du gehst heute aber ran. Gut gekontert! Das mit Fran scheint dich echt zu wurmen, was?« Er loggte sich aus dem System aus und erhob sich von seinem Bürostuhl. »Dann geh ich mal bei den anderen kassieren.« Er drehte sich an der Tür noch mal um. »Ich wusste, dass sie springt. Sie hatte keine Wahl. Du bist zu emotional, Bruno, und zu naiv. Denk mal drüber nach. Das sage ich nicht als Psychologe, sondern als Freund.«

»Hey, Anleder!«, rief Rheinstahl. »Jetzt mach mal halblang. Wir sind keine Freunde, ist das klar?«

Anleder winkte und verzog sich.

Bruno drehte sich zum Fenster und legte die Stirn in Falten. »Wie soll ich das nur ertragen?«, murmelte er.

3. Samstag

Friedel Frenzen mochte seinen Namen. Auf der Arbeit sagte sein Chef immer: »Mensch, klasse, das kannst du ja wie aus dem Effeff!« Dann machte ihm das Herumschleppen der Getränkekisten noch mehr Spaß, und er blieb immer gerne eine halbe Stunde länger. Am Samstag arbeiten war auch kein Problem, Kinder hatte er keine und eine Frau auch nicht. Aber heute, da würde er pünktlich nach Hause gehen, denn er hatte eine Karte für das Spiel Leverkusen gegen Köln, ein Knaller!

Er zog seinen blauen Overall aus, den er mit Stolz trug, denn sein Name war darauf gestickt und seine Position: *Friedel Frenzen, Servicemitarbeiter, Getränkedienst Durst.* Sein Chef sagte immer, wenn er Hungrig heißen würde, dann hätte er ein Restaurant aufgemacht. Alle lachten dann, denn wenn der Chef Witze machte, dann musste man ja lachen, auch wenn man den Witz schon kannte.

Friedel Frenzen hängte den Overall in seinen Spind, der mit Bildern von jungen nackten Frauen ausgekleidet war. Dieselben Bilder hatte er auch zu Hause. Die Zeitschriften, in denen sie abgedruckt worden waren, hatte er zweimal gekauft. Friedel nahm die Obstdose heraus: ein Plastikbehälter, der gekrümmt war wie eine Banane, damit eben diese hineinpasste, und verschloss seinen Spind sorgfältig.

Wie immer nach seiner Schicht ging er im Büro vorbei, um sich bei seinem Chef abzumelden. An diesem Nachmittag geschah etwas Besonderes: Der Chef steckte Friedel einen Fünfziger zu.

»Loben ist gut, aber ein kleiner Bonus ist auch nicht schlecht, oder?«, sagte sein Chef und grinste.

Da konnte Friedel nichts gegen sagen, er bedankte sich und machte sich auf den Weg nach Hause. Er musste sich umziehen, die Tröte holen und vorher noch ein oder zwei Bier zischen, damit er in die richtige Stimmung kam.

Morgen würde er den Tag am Rhein verbringen, alleine mit seiner Angel und dem großen Strom, der ihn beruhigte und ihm zugleich Träume bescherte: von einer Reise mit dem Schiff um die ganze Welt. Niemand würde ihn vermissen, wenn er einfach anheuerte und aus Düsseldorf verschwand. Oft hatte er mit dem Gedanken gespielt, auf einem der Frachter anzufangen. Einmal war er sogar nach Hamburg gefahren, hatte in einer Reederei vorgesprochen, und man hatte ihm sofort eine Stelle auf einem riesigen Containerschiff angeboten, obwohl er gar keine Ausbildung als Matrose hatte. Aber dann hatte er eine unerklärliche Angst bekommen und einen Rückzieher gemacht.

Mit der S-Bahn fuhr er bis zum Hellweg, nahm dort den Bus, stieg eine Station früher aus und lief den Rest der Strecke. Nach ein paar Minuten bog er in die Märkische Straße ein, durchschritt das Tor zum Innenhof, in dem seine Zwei-Zimmer-Wohnung lag. Im Hof stand ein schwarzer Kombi, ein A8, den er auch gerne besessen hätte. Der Wagen gehörte niemandem im Haus, Friedel kannte seine Nachbarn und deren Autos. Wahrscheinlich Besuch. Er wählte den Weg rechts am Audi vorbei, ein freundlich lächelnder Mann trat aus dem Schatten, kam auf ihn zu, hob die Hand. Friedel spürte einen Stich im Arm, ihm wurde schwindelig, sein letzter Gedanke war, dass sich ein Herzinfarkt so anfühlen musste.

Friedel versuchte, seinen rechten Arm zu bewegen, und im selben Moment wurden ihm zwei Dinge bewusst: Er lebte, und sie hatten ihm den Arm festgebunden. Aber nicht nur den rechten. Der linke ließ sich auch nicht bewegen. Seine Beine auch nicht. Er war von oben bis unten gefesselt. Selbst der Kopf war festgeschnallt. Er spürte, dass er nackt war. Er öffnete die Augen. Das war nicht das Krankenhaus. Er hörte ein Plätschern, und Hitze stieg ihm ins Gesicht, als er merkte, dass es sein eigener Urin war, der das Geräusch verursachte. Panik ballte sich in seinem Bauch zu einer heißen Kugel, die den Hals hinaufstieg und in seiner Kehle explodieren wollte, aber er brachte keinen Laut hervor, und nur ein Gedanke beherrschte sein gesamtes Ich: »Du bist so gut wie tot.«

4. Montag

Fran warf ihre schwarze Lieblingslederjacke über den Stuhl. Endlich wieder arbeiten. Das Wochenende hatte sich in die Länge gezogen, außer ihrem Sprung hatte sich nichts Besonderes ereignet. »Na, Bruno? Alles klar? Tun dir die hundert Euro leid?« Sie stach Bruno Rheinstahl mit dem Zeigefinger in die Rippen, aber der zuckte nicht mit der Wimper.

»Ich bin nicht kitzelig, das solltest du wissen.«

Er drehte sich um, sie lächelte ihn an und drückte ihn so, wie sie ihren Vater gedrückt hätte, wenn er das zugelassen hätte: mit dem ganzen Körper. Bruno strich ihr mit der Hand über den Kopf, so wie man einer Tochter über den Kopf streichen sollte.

Er wusste, wie das ging, schließlich hatte er zwei Töchter großgezogen, und beide waren gut geraten, hatten ihren eigenen Weg gefunden. Fran kannte und mochte beide, auch wenn die Lebensentwürfe doch sehr unterschiedlich waren. Brunos Töchter waren verheiratet, hatten jeweils zwei Kinder. Immerhin hatten sie ihre Arbeit nicht der Familie geopfert.

Als Fran zehn gewesen war, hatte ihr Dad Bruno bei einem Einsatz kennengelernt. Es war die erste Leiche für die beiden gewesen. James Miller, frisch gebackener Polizeiobermeister, so hatte es damals noch geheißen, hatte sie gefunden. Ihr Dad hatte den Ersten Angriff gemacht, den Tatort gesichert, die Gaffer verscheucht und dafür gesorgt, dass nicht unnötig Spuren zerstört wurden. Gute Arbeit, nicht selbstverständlich für die Achtziger des zwanzigsten Jahrhunderts.

Aber irgendwann war Dad stehen geblieben. Irgendwann hatte er beschlossen, nur zu glauben, was er sah: ein krasser Widerspruch zu seiner fanatischen Frömmelei. Zu allem tischte er irgendein Bibelzitat auf, er rannte, wenn es irgend ging, jeden Tag einmal in die Kirche und klagte bei jeder Gelegenheit über den Verfall der christlichen Werte und Sitten. Irgendwann war er ein engstirniger Bulle in Uniform geworden, der nicht mehr wollte, als eine kleine Dienststelle zu leiten, sich mit Hausfriedensbruch, randalierenden Besoffenen und Pennern rumzuschlagen.

»Du treibst mich noch in den Wahnsinn, mit deiner verrückten Springerei von Brücken und Gebäuden, von allem, was höher als dreißig Meter ist. Bis jetzt war es ja noch relativ sicher. Aber von dieser Brücke sind schon vier Base-Jumper in den Tod gesprungen. Profis!«

»Sie ist noch fünf Meter höher als der Rekord.«

Bruno schnaubte. »Du hast eine halbe Sekunde, um den Fallschirm auszulösen.« Er hob die Stimme und stach mit dem Zeigefinger in die Luft wie ein altmodischer Schullehrer, der zu einer Gardinenpredigt ansetzt. »Eine halbe Sekunde!«

Fran musste lächeln. »Es ist eine ganze Sekunde. Genau genommen eine Sekunde und drei Zehntel mit meinem Schirm. Eine ganze Sekunde ist eine halbe Ewigkeit. Und wenn ich beim Absprung schön nach oben federe, habe ich eine Sekunde extra, also zwei Ewigkeiten.«

Aber Bruno ließ sich nicht überzeugen. »Eines Tages wirst du diese Ewigkeiten verpassen, und nichts wird von dir bleiben als ein hässlicher Fleck auf dem Asphalt.«

»Diese Brücke ist ein Muss für jeden Base-Jumper, der etwas auf sich hält, der mehr ist als ein Wochenend-Adrenalinjunkie. Du müsstest doch wissen, dass ich tue, was ich sage.« Sie warf die Arme hoch. »Warum glaubst du mir nicht, wenn ich dir sage, dass ich springe? Ich dachte, du kennst mich besser als ich mich selber kenne. Zumindest behauptest du das immer.« Bruno wollte sich verteidigen, aber Fran ließ ihn nicht zu Wort kommen. »Warum glaubt mir hier nur unser verrückter Psychologe?« Fran stieß ihren Zeigefinger auf sein Brustbein. »Weil du genauso bist wie alle anderen. Was du nicht wahrhaben willst, ignorierst du! Und überhaupt: Eines Tages wird so oder so nichts von mir geblieben sein als Staub, so wie von dir auch.«

Bruno schnaubte. »Jetzt wird sie auch noch philosophisch. Na, dann können wir ja gleich alle von der Brücke springen.« Er nahm sie bei den Schultern, hielt sie ein Stück von sich weg. »Wenn du meine Tochter wärst …«

Sie machte sich los. »Dann hätten wir ständig Krach miteinander. Gut, dass wir nur zusammen arbeiten.«

Fran wünschte sich, ihr Vater wäre eine Mischung aus beidem gewesen: der kalten Distanz ihres Erzeugers James und der erdrückenden väterlichen Zuneigung ihres Freundes Bruno, die ihr manchmal ernsthaft auf die Nerven ging. Irgendwo dazwischen lag der Raum, den man brauchte, um sich frei entfalten zu können.

Kopfschmerzen flammten auf. Ursache war der gehörige Kater vom Springen. Das Adrenalin ist weg, das Endorphin ist weg, der Kick ist weg, der Körper fordert seinen Tribut. Ein Gebot hatte sie sich zu eigen gemacht und befolgte es ohne Ausnahme: keine Kopfschmerztabletten. Wenn sie damit beginnen würde, war es nur eine Frage der Zeit, bis sie eine echte Sucht entwickeln würde. Wieder pochte der Schmerz durch ihren Kopf, ein wenig heftiger.

Aber es war einfach unglaublich gewesen. Sie hatte tatsächlich eine halbe Sekunde gezögert, die Landung war hart gewesen, aber sie hatte sich noch nicht einmal den Fuß verstaucht.

Allerdings hatte sie Jean-Claude, der Teamleiter des französischen Base-Jumping-Clubs, nach allen Regeln der Kunst zusammengefaltet und ihr gedroht, sie nicht mehr springen zu lassen, wenn sie sich nicht an die Base-Jumping-Regeln hielt, und die wichtigste war: Sicherheit zuerst! Dass sie das nicht interessierte, dass für sie Sicherheit eine Illusion war, das mussten weder Jean-Claude noch Bruno wissen.

Von der Tür her mischte sich Günther Anleder ein. »Na, ihr beiden? Fertig mit der Familienkonferenz?«

»Wir haben alles geklärt, nicht wahr, Bruno?«, sagte Fran, zielte mit Daumen und Zeigefinger auf Anleder und drückte ab.

»Gar nichts haben wir geklärt, und dich geht das sowieso nichts an, Günther«, giftete Bruno.

Fran seufzte und drehte sich Anleder zu. »Wenn ich Bruno erzähle, was ich am nächsten Wochenende vorhabe, dann verpasst er mir Hausarrest, das steht fest.«

Anleder machte einen Schritt in den Raum hinein und zeigte auf Bruno. »Entschuldige, aber als Seelendoktor des Teams geht mich alles etwas an.«

Fran holte tief Luft, aber sie kam nicht dazu, Günther zum hundertsten Mal klarzumachen, dass er nicht der Haustherapeut war, sondern – so wie sie – psychologischer Profiler. Günther hatte sich allerdings auf Krankheitsbilder spezialisiert und sie auf religiöse Sekten, aktuell mit dem Schwerpunkt Okkultismus und Satanismus.

»Gibt es eigentlich Leute, die hier auch mal was arbeiten?« Sabine Fellmis, die Leiterin der Abteilung Operative Fallanalyse und Frans Vorgesetzte, klopfte mit der Faust an den Türrahmen.

Erstaunlich, dass Fran sie überhaupt erkannte, so selten ließ sie sich in der Abteilung blicken, die sie eigentlich leiten sollte.

Und heute Morgen sah sie noch dazu richtig schlecht aus, so, als hätte sie das ganze Wochenende durchgezecht.

Günther verzog sich mit wichtiger Miene, Bruno ließ sich auf seinen Stuhl fallen, und Fran nutzte die Gelegenheit, um ihre Chefin um mehr Geld anzubetteln, obwohl sie wusste, dass es sinnlos war.

Sie sollte forschen, sollte Ergebnisse bringen, aber Forschung kostete viel Zeit, viel Material, also viel Geld. Und das gab es nur für die Bereiche, mit denen die Arbeit der Kollegen von der Kripo und der Schupo sofortige Erfolge erzielen konnten. Erfolge, die gut waren für die Presse und die Statistik.

»Ich würde ja gerne …«, begann Fran und spitzte die Lippen.

Fellmis winkte ab. »Sie wollen mehr Geld. Ich weiß, und ich sage Ihnen, was ich Ihnen auch morgen, in einer Woche und in einem Jahr sagen werde: Sie bekommen nicht mehr. Seien Sie froh, dass ich Ihre seltsame Studie über die Teufelsbraten, die eigentlich niemand braucht, überhaupt finanziere. Satanisten sind kein Thema. Die bringen niemanden um. Sie müssen schauen, wie Sie mit dem Etat klarkommen. Erfinden Sie was. Ein Uniprojekt, was auch immer. Wenn es um Ihre suizidalen Tendenzen geht, sind Sie jedenfalls äußerst kreativ. Sie wissen ja, dass Sie keinen Cent kriegen, wenn Sie sich in den Rollstuhl springen. Sonst noch was?«

Fran wurde wütend. Was bildete sich diese Tussi eigentlich ein? Ja, da war noch was. Ich kündige! Aber diesen Gedanken sprach sie nicht aus, denn sie wusste genau, dass sie auch dann nicht kündigen würde, wenn man ihr den Etat komplett streichen würde. Dann würde sie ihr eigenes Geld für die Studie einsetzen, ihre Freizeit und die Freizeit ihrer Freunde. Eine verdammte Falle. Sie war ein Junkie auf der ganzen Linie, und Fellmis wusste das.

»Ja, natürlich, Chef, war ja auch nur so ein Gedanke.« Mehr fiel Fran nicht ein.

Fellmis drehte sich auf dem Absatz um und marschierte davon.

»Ich glaube, du brauchst mal einen Nachhilfekurs in Verhandlungstechnik. Du musst mehr rangehen. Fellmis unter Druck setzen.«

Fran fuhr zu Bruno herum, wollte ihm so richtig die Meinung sagen, aber er war der Falsche, um Dampf abzulassen. Was sie brauchte, war ein Satanist mit klarem Kopf, der ihr einen sauberen Ritualmord lieferte. Dann würde das Geld nur so fließen, und sie würde eine eigene Abteilung bekommen, und die Fellmis würde grün werden vor Neid.

Aber diese dämlichen Satanisten waren alles andere als satanisch und noch weniger mörderisch. Alles, was bisher unter rituellen Morden in den Medien ausgeschlachtet worden war, hatte nichts mit echtem Satanismus zu tun. Das waren durchgeknallte Psychopathen gewesen, nichts weiter. Ein echter ritueller Mord war in der deutschen Polizeigeschichte zumindest seit dem Zweiten Weltkrieg nicht bekannt.

»Du bist auch nicht gerade feinfühlig. Oder findest du richtig, was die Fellmis mit mir anstellt?«

Bruno hob abwehrend die Hände. »Nein, und das weißt du. Aber mit Schmollmund erreichst du gar nichts bei ihr. Du musst ihr was bieten, Herrgott, das weißt du doch alles!«

Ja, sie wusste es, und sie schaffte es nie, sich gegen Fellmis durchzusetzen. Wortlos ließ sich Fran auf ihrem Stuhl nieder, startete ihren Rechner, loggte sich ein und ging die aktuellen Leichenermittlungen durch. Immerhin hatte sie Zugang zu Datenbanken wie ViCLAS, TECS, sogar zur FBI-Datenbank ViCAP, in der die Profile von Tätern und Gewaltverbrechen weltweit gespeichert waren; das wenigstens hatte sie Fellmis zu verdanken. Alle Ermittlungsakten, die mit Mord und Totschlag, Vergewaltigung und Körperverletzung zu tun hatten, standen ihr offen, sie durfte bei jeder Obduktion dabei sein, wenn sie es wünschte. Innerhalb des Apparates hatte sie große Freiheiten. Was sie nicht hatte, war eine Dienstwaffe und eine Hundemarke.

Nach ihrem Psychologiestudium hatte sie drei Jahre an der Hochschule für Verwaltung den Polizeidienst von der Pike auf gelernt, war schnell zur Polizeioberkommissarin befördert worden und hatte sich mit eiserner Disziplin und endlosem Fleiß den Kriminalkommissar erkämpft. Bevor sie als Ermittlerin Karriere machen konnte, hatte das LKA sie rekrutiert, vor allem weil sie sich in der Sektenszene auskannte. Es hatte lange gedauert, bis sie sich an den Status einer Zivilistin gewöhnt hatte und nicht mehr alles und jeden beobachtete und auf eine mögliche Straftat hin abklopfte. Diese Jahre im Polizeidienst waren eine harte Geduldsprobe gewesen, ihr war alles zu langsam gegangen, zu viele Regeln hatten tagtäglich ihre Nerven strapaziert. Und dann war da noch ihr Partner gewesen: ein dicker Phlegmatiker, kurz vor der Verrentung, der lieber am Computer saß als auf der Straße für Ordnung zu sorgen. Aber es war auch eine Zeit der Abenteuer gewesen und eine hervorragende Ergänzung zu ihrem Studium, eine unbezahlbare Schulung in Menschenkenntnis. In neun von zehn Fällen konnte sie alleine am Gang einer Person festmachen, wie diese sich fühlte.

Fran öffnete die Textdatei »Studie über gewalttätiges Verhalten von Mitgliedern der satanischen Szene Deutschlands« und stellte fest, dass der Titel alleine schon furchteinflößend langweilig war. Niemand interessierte sich für so etwas. Vielleicht sollte sie einen anderen Titel wählen. »Satanisten – die rituellen Schlächter Deutschlands?« Das klang gar nicht schlecht.

Oder: »Blut auf dem Altar Satans. Warum in Deutschland rituell gemordet wird.« Oder auch nicht, dachte sie, tippte die Titel ein und machte sich einen Vermerk, die Zeilen wieder zu löschen, bevor sie die Arbeit an Fellmis weiterreichte. Bis dahin würde es noch gut zwei Jahre dauern, bei dem Tempo, mit dem sie vorankam. Und dann konnte sie von vorne anfangen, weil die Daten veraltet waren oder irgendein Ereignis alles auf den Kopf gestellt hatte. Die Szene veränderte sich schnell, Sekten verschwanden, andere tauchten auf; es waren mehr als zweihundert, die polizeilich bekannt waren. Manche hatten nur wenige Mitglieder, andere agierten international.

Ihr Telefon begann hektisch zu blinken. Eine Hamburger Nummer. Sie zuckte mit den Achseln, hob ab und sagte: »Ja?«

Eine warme Männerstimme meldete sich, und Fran fiel ein, dass sie schon lange keinen Mann mehr auf eine andere Art berührt hatte als Bruno. »Kriminalhauptkommissar Albert Neusen, KK 1, Hamburg. Spreche ich mit der Kollegin Franziska Miller?«

Neusen klang nicht nur freundlich, er schien auch bester Laune zu sein. Und er sprach sie als Kollegin an, das gefiel ihr.

»Richtig, Kollege Neusen. Wie kann ich Ihnen helfen?«

»Indem wir zuerst mal die förmliche Anrede weglassen. Okay?«

Dieser Albert Neusen war nach Frans Geschmack. »Klar, kein Problem. Nenn mich Fran.«

»Gut. Ich bin Albi.«

Fran unterdrückte ein Lachen. Ob Albi so aussah, wie er hieß? Unter Albi konnte sie sich nur ein spitzmausartiges Gesicht mit weißem Haar vorstellen, aber die Stimme passte einfach nicht.

»Was kann ich für dich tun, Albi?«

Sie klemmte den Hörer zwischen Ohr und Schulter ein und

tippte seinen Namen lautlos in Google ein, Bildersuche. Die Suchmaschine brauchte keine hundertstel Sekunde. Fran bestaunte das Bild. Albi war Anfang dreißig, hatte eine leicht gegelte Igelfrisur, die ihm etwas Spitzbübisches verlieh, einen sinnlichen Mund und braune harmlose Rehaugen. Ein Mädchenschwarm.

»Ich glaube, ich habe etwas sehr Interessantes für dich. Du bist doch die Teufelsbraut, die sich mit Satan auskennt? So jemanden wie dich haben wir hier in Hamburg nicht.«

»Das spricht nicht gerade für Hamburg.«

Albi kicherte. »Wir haben genug ›Leibhaftige‹, aber die kommen nicht aus der Hölle, sondern sind leider ganz reale Menschen.«

»Na gut. Bei mir bist du jedenfalls richtig, wenn du eine Teufelsaustreibung brauchst.«

»Ich fürchte, meinem Klienten ist genau das geschehen. Allerdings hat ihn das wahrscheinlich seine Seele und mit Sicherheit sein Leben gekostet.«

*

Es ist genau dieser Moment, den ich liebe: der Moment, bevor der erste Blitz durch die Wolken fährt, der erste Donner durch die Stadt rollt, der die Mauern in Schwingungen versetzt. Natürlich sind die großen Blitze, die nur ein paar Hundert Meter entfernt einschlagen, eine Klasse für sich, mit ihrem Getöse, das in den Ohren wehtut, das die Scheiben zum Klirren bringt. Aber es geht nichts über den ersten Blitz und den ersten Donner – das ist der Moment, der mir eine Sekunde der Ruhe gibt, eine Sekunde, in der ich mich lebendig fühle. Aber der Moment ist so schnell wieder vorüber, dass ich ihn nicht festhalten kann, so schnell, dass mir nach ein paar Stunden die

Erinnerung daran verloren geht und ich wieder zurücksinke in mein tägliches Leiden. Also muss ich dafür sorgen, dass ich etwas bekomme, das der heilenden Energie eines Gewitters gleichkommt.

Ich betrachte den Mann, der vor mir auf dem Thron festgeschnallt liegt, und sehe die Panik in seinen Augen. Ich trage eine Clownsmaske, er darf mein Gesicht nicht sehen, noch nicht. Dieser einfache Geist, der den Namen Friedel Frenzen trägt, wird glauben, er sei in der Hölle. Und letztlich trifft das absolut zu. Wie ein Tier spürt er, dass er verloren ist. Seine Fantasie beginnt zu arbeiten, ich sehe es in seinen Augen; das ist nicht immer so, manche Seelen verhüllen sich, versuchen zu leugnen, dass sie in der Gewalt des unaussprechlichen Bösen gefangen sind. Aber Friedel weiß, was ihn erwartet. Nicht jedes Detail, aber er spürt, dass sein Leben bald zu Ende sein wird. Und er fürchtet zu Recht, dass es bis dahin ein langer Weg sein wird. Was er nicht weiß: Sein Name wird noch in Jahrhunderten genannt werden, in einem gehauchten Atemzug mit seinem Henker, mit mir, der ebenbürtig eingereiht sein wird in die Galerie der genialen Menschen, die etwas gewagt haben, die etwas vollbracht haben, das noch niemand vor ihnen gewagt hat. Ich werde so berühmt sein wie Kolumbus, Pizarro, Einstein, Hitler oder Reinhold Messner. Friedel Frenzen ist Teil meines genialen Plans geworden, ich werde ihn unsterblich machen, seine armselige Existenz wird er zugunsten eines höheren Zieles, zugunsten höherer Weihen aufgeben.

Ich werde ihn mit seinem Vornamen ansprechen. Nicht um ihn zu demütigen, sondern um ihm Respekt zu zollen, um ihm nahe zu sein. Friedel ist ein seltenes Exemplar. Von Gestalt ist er geradezu mickrig, aber seine Stimme ist ein volltönender Bass, der eher dem Brustkorb eines Opernstars von beachtlicher Leibesfülle zugetraut werden müsste, aber nicht Friedel, der mit Müh und Not fünfundsechzig Kilo auf die Waage bringt und gerade mal einen Meter und zweiundsechzig Zentimeter misst. Trotzdem ist er kerngesund, seine Krankenakte hat keinen einzigen Eintrag, er ist durchtrainiert, das liegt an seinem Beruf. Niemand wird ihn vermissen. Sein Arbeitgeber wird am Montag einen Brief erhalten, in dem Friedel seine fristlose Kündigung ausspricht, voll Bedauern, aber Friedel wird seinem Chef mitteilen müssen, dass bei ihm eine schwere Krankheit diagnostiziert wurde und er die letzten Monate seines Lebens in der Karibik verbringen wird. Und er wird sich dafür entschuldigen, dass er nicht früher Bescheid gesagt hat und einfach so verschwindet. Er wird seinen Chef um Verständnis bitten, und sein Chef wird traurig mit dem Kopf nicken und vor sich hin brummeln, das Leben sei doch wirklich ein Schwein, und er wird nicht wissen, dass das Leben viel schlimmer ist als ein Schwein, es ist ungerecht und mörderisch und voller Schmerzen, vor allem für Friedel.

So kann ich in aller Ruhe mit meinem neuen Gast arbeiten und ihn zu Höchstleistungen anspornen. Ich betrachte mein Besteck: Die Elektroden. Die Nadel. Die Rippenschere. Gutes Werkzeug!

*

Fran tippte ihren Benutzernamen und ihr Passwort ein, drückte die Entertaste und starrte, wie alle anderen im Raum, auf den überdimensionalen Bildschirm. Nach ein paar Sekunden flimmerte es, dann erschien das Gesicht von Albert Neusen, der breit lächelte und sofort zu sprechen begann. Fran hatte ihn dem Team bereits angekündigt.

»Könnt ihr mich hören?«

Fran nickte, grinste und fragte: »Kannst du mich auch hören?«

»Laut und deutlich, und sehen kann ich dich ebenfalls.«

Fran nahm die Webcam, die vor ihr stand, und schwenkte sie durch den Raum.

»Das sind meine Kolleginnen und Kollegen. Ich stelle sie dir im Schnelldurchgang vor, mal sehen, was du behalten kannst.«

»Das hier ist Bruno Rheinstahl, unser Knochenmann. Er ist ein Multitalent, vereint den Mediziner, den Anthropologen und den forensischen Biologen in einer Person.«

Neusen pfiff anerkennend durch die Zähne.

»Das liegt vor allem daran, dass wir nicht mehr Personal bezahlen können«, sagte Fran und drehte die Kamera ein wenig.

»Christine Austerlitz. Fallanalytikerin, Spezialgebiet Statistik. Gib ihr eine Zahl, und sie macht ein Universum daraus. Ganz nebenbei macht sie noch die Aktenführung.«

Fran machte zwei Schritte und hielt die Kamera Anleder vor die Nase.

»Ohne Psycho-Onkel kommen wir hier auch nicht aus. Günther Anleder. Er versucht ständig, aus diesem Haufen ein Team zu schmieden, und glaub mir, er hat den sichersten Job von uns allen.«

Leises Lachen lief um den Tisch.

»Im Ernst, er ist ein Guter. Ihn einfach nur ›Psychologe‹ zu nennen wäre zu kurz gegriffen. Ich weiß nicht, wie viele Fort- und Weiterbildungen er schon hinter sich gebracht hat.«

Fran ging um den Tisch herum.

»Diese junge Frau hier heißt Martina Schwartz, ist Programmiererin und geografische Fallanalytikerin. Sie arbeitet an erweiterten Algorithmen für die Eingrenzung und Einordnung von Täterräumen. Sie ist ein medizinisches Wunder und ein lebendes Klischee zugleich, denn sie ernährt sich ausschließlich von Kaffee und Donuts.«

Fran setzte sich, stellte die Webcam vor sich ab.

»Unsere Chefin ist nicht da, die ist auf irgendeiner Konferenz, wo darüber sinniert wird, wie man mehr Geld einsparen kann. Jetzt kennst du das Team. Was können wir für dich tun?«

Neusen nickte bedächtig mit dem Kopf. »Ich will ja nicht schleimen, aber das ist jede Menge Kompetenz. Beeindruckend.«

Fran schwenkte noch mal die Kamera, damit Neusen sehen konnte, dass ihr Team Selbstbewusstsein besaß.

»Ich will ja auch nicht schleimen, aber das hast du gut erkannt.«

Neusen lachte, musste husten, räusperte sich und nahm einen Schluck Wasser.

»Okay, ich habe verstanden. Dann bin ich mal gespannt, was ihr hierzu sagt.«

Sein Gesicht verschwand, einen Moment blieb der Bildschirm dunkel, dann füllte ihn ein bizarres Linienmuster aus. Es schien das Bild eines Künstlers zu sein, der die Realität verlassen und sich ganz in die Abstraktion begeben hatte. Aber die Linien waren nicht mit einem Pinsel auf Leinwand aufgetragen, sondern mit einem scharfen Gegenstand in die Haut eines Menschen eingeritzt worden.

Fran erkannte sofort, warum Neusen sich an sie gewandt hatte. So irre die Linien schienen, es gab doch ein Muster darin. Ihr Puls beschleunigte sich. Das war die Chance, endlich mehr Beachtung und damit mehr Geld für ihre Arbeit zu bekommen. Sie brauchte nur zu sagen, dass es sich bei den Schnitten möglicherweise, mit Betonung auf möglicherweise, um satanische Symbole handelte. Sie verschob die Entscheidung.

»Also Kollegen, was sehen wir hier?«

Bruno meldete sich, Fran nickte ihm zu.

»Kollege Neusen, sind die Verletzungen postmortal zugefügt worden?«

Aus dem Nichts antwortete Neusen mit einem kurzen »Ja«, das sich anhörte, als hätte er die Frage erwartet.

Bruno fuhr fort. »Sie sind unterschiedlich tief, unterschiedlich lang, aber alle haben perfekt glatte Wundränder. Ein scharfes Tatwerkzeug. Ein Rasiermesser, ein Skalpell, ein sehr gut geschliffenes Opinel oder Ähnliches. Ein Ausbeinmesser kommt natürlich auch infrage, ebenso wie ein Teppichmesser oder ein Papiercutter. Eben alles, was richtig scharf ist, aber keine lange Klinge hat. Eine Hiebwaffe wie Machete, Schwert oder so würde ich erst mal ausschließen. Wie immer: Um Genaues sagen zu können, müsste ich den Bericht der Gerichtsmedizin haben oder die Leiche auf dem Tisch. Ach ja, es ist eine Frau.«

Fran blickte in die Runde. Alle begutachteten die Verletzungen, dachten nach oder ließen ihren Assoziationen freien Lauf. Sie merkte, dass Günther etwas auf dem Herzen hatte, und zeigte auf ihn.

Er hob den Kopf, rieb sich das Kinn. »Also erst mal würde ich gerne klären, was wir hier machen, Fran. Du hast uns nur erzählt, dass Kollege Neusen unsere Hilfe braucht. Als Nächstes sehen wir diese Verletzungen. Wir wissen nichts über die Tatumstände, das Opfer und so weiter. Kollege Neusen, würdest du uns einweihen?«

Aus dem Off meldete sich Neusen sofort. »Ich wäre euch sehr dankbar, wenn ihr ganz spontan eure Eindrücke formulieren würdet, so wie der Kollege Rheinstahl das getan hat. Der Fall ist sehr komplex, sehr unübersichtlich, die Zeit ist knapp, die MOKO ist verunsichert, wir wissen nicht, in welche Richtung wir verstärkt weiterermitteln sollen.«

»Okay«, sagte Günther und zog die Nase hoch. »Alles klar. Kein Zweifel: Wut! Abgrundtiefe Wut. Auf sich selbst oder das Opfer. Der Täter oder die Täterin wollte das Opfer bestrafen, auch nach dessen Tod. Übertötung. Blutrausch. Da ist was aus dem Ruder gelaufen. Und auch für mich gilt: Die Lottozahlen sind wie immer ohne Gewähr.«

Fran wollte von allen eine Meinung hören, denn das war die Grundlage der Operativen Fallanalyse: Das Problem von möglichst vielen Seiten beleuchten, betrachten, bewerten und einordnen, herausfinden, warum sich der Täter zu was entschieden hat, tagelang die Akten wälzen, alles in Tausende Schnipsel zerlegen, dann wieder zusammenpuzzlen und wirklich allen Thesen nachgehen, so abstrus sie erscheinen mochten.

Sie deutete auf Christine, die heute in einem uringelben Kostüm zur Arbeit gekommen war, zu dem sie plumpe Gesundheitsschuhe trug. Fran hatte einige Zeit gebraucht, um den Modegeschmack von Christine und ihre Fähigkeiten nicht gleichzusetzen. Sie war vor vier Wochen achtunddreißig geworden, ähnelte vom Gesicht her Kate Winslet.

»Ich kann mich Günther nur anschließen. Purer Hass. Tödliche Wut. Allerdings kann ich mir auch vorstellen, dass der Täter, und ich bin mir sicher, es war ein Mann, dass also der *Täter* auch aus Frustration über ein persönliches Versagen, ein Unglück oder Ähnliches die Tat begangen hat. Anfangsthesen eben.« Sie zuckte mit den Achseln. »Wir haben keinerlei vernünftige Datenbasis.«

Martina Schwartz seufzte. »Ich sehe keine anderen Ansätze. Und was meinst du, Fran?«

Fran wandte sich dem Bild zu. Der Form des Rückens nach zu urteilen, war das Opfer eine Frau, wie Bruno bereits erkannt hatte. Die Schnitte verliefen vom Halsansatz bis zum Steißbein. Der längste maß ungefähr zehn bis zwölf Zentimeter, der kürzeste ein bis zwei. Diese Schnitte waren durch eine Bewegung entstanden, bei der das Tatwerkzeug mit großer Geschwindigkeit über die Haut gezogen worden war. Deswegen Günthers Annahme, es sei in rasender Wut geschehen. Der Rücken des Messers lief dabei zwischen Daumen und Zeigefinger, die übrigen Finger stützten. Die Klinge drang nicht mit der Spitze in die Haut, sondern nur mit der Schneide. Es war schwierig, damit kontrolliert Muster in die Haut zu schneiden.

»Lieber Kollege Neusen«, sagte Fran. »Ich denke, ihr habt bei uns angefragt, weil ihr die Möglichkeit in Betracht zieht, dass es sich um rituelle Verstümmelungen handeln könnte.« Sie zögerte, stellte sich vor, wie es sein würde, wenn sie mit einem Schlag so etwas wie die Jordan Cavanaugh der deutschen Polizei wäre. Geld würde fließen, sie würde in Talk-Shows auftreten, auf der Straße würde man sie erkennen und nach Autogrammen fragen – eine beängstigende Vorstellung. Also entschied sie sich für die Wahrheit, auch wenn sie das vielleicht bereuen würde. »Ich halte das für äußerst unwahrscheinlich.«

Aus den Augenwinkeln sah Fran, dass sich ein feines Lächeln auf Brunos Gesicht ausbreitete.

»Mit viel Fantasie könnte ich ein Pentagramm erkennen oder ein Henkelkreuz«, fuhr sie fort, »aber das kann ich auch, wenn ich mir Wolken ansehe oder das achtlose Gekritzel auf einem Stück Papier. Ich stimme Günther zu. Purer Hass, der sich nach der Tötung darin äußert, dem Opfer weiter Schmerzen zufügen zu wollen, es zu entwerten, vollends zu vernichten – wie gesagt: Übertötung. Das heißt nicht, dass der Täter keinen satanischen Hintergrund haben *kann*. Ich kann nur kein rituelles Motiv in den Verletzungen erkennen, keine rituelle Ausprägung. Dafür sind die Muster nicht klar genug. Wie der Name schon sagt: Rituelle, also nach kultischem Brauch vollzogene Verstümmelungen, unterliegen klaren Gesetzen und Vorschriften, sonst sind sie unwirksam. Das hier war ein Gemetzel, ohne jede magische Wirkung.«

Günther meldete sich. »Und jetzt raus mit der Sprache, Kollege. War es das, was du wissen wolltest?«

Der geschundene Rücken verschwand, Neusens breites Grinsen füllte den Bildschirm wieder aus.

»So ist es. Wir haben einen Verdächtigen aus der satanischen Szene, der ein Motiv hat, kein Alibi, aber die Gelegenheit und ein entsprechendes Werkzeug. Es fehlen forensische Beweise. Kein Blut, keine DNA, nichts. Er beteuert seine Unschuld, und ich bin geneigt, ihm zu glauben, nachdem ich eure Theorien gehört habe.«

Fran winkte mit dem Zeigefinger. »Du solltest nicht zu voreilig schlussfolgern. Es kann sein, dass dein Satanist aus Wut gehandelt hat und er unbewusst einige seiner vertrauten Zeichen eingebaut hat. Wir haben viel zu wenig Material, um eine vernünftige Aussage zu treffen.« Fran überlegte einen Moment, rief sich die Linien ins Gedächtnis, die ein seelisch deformierter Mensch in den Rücken der Frau geschnitten hatte. Ein Pentagramm zwischen den Schulterblättern, ein umgedrehtes Kreuz oberhalb des Steißbeins vielleicht, vielleicht, vielleicht. Sie schüttelte den Kopf. »Aber wie gesagt, ich halte es für eher unwahrscheinlich.«

»Kann ich das schriftlich haben?«, fragte Neusen mit einem unschuldigen Gesicht.

Alle zuckten sichtbar zusammen.

»Das können wir nicht entscheiden«, sagte Fran und hielt den Atem an. »Da musst du mit unserem Chef reden. Und ich glaube nicht, dass Fellmis so eine Schnellschussexpertise freigibt. Was glaubst du, was los ist, wenn wir schiefliegen und es doch dein kleiner Teufelsanbeter war? Dann ist hier der echte Teufel los! Wenn du uns anforderst, sind wir zur Stelle.«

»Ups!«, sagte Neusen. »Logisch. Vergesst es. Ich nehme das auf meine Kappe und hoffe, dass wir richtigliegen. Vielen Dank auf jeden Fall, und wenn einer von euch mal nach Hamburg kommt, dann zeige ich euch gerne, dass es dort nicht nur die Reeperbahn gibt.«

Fran atmete wieder aus. »Das Angebot nehmen wir gerne an. Und halt uns auf dem Laufenden!«

Neusen winkte, dann verschwand sein Bild, die Verbindung war unterbrochen. Fran spürte etwas, das sie nicht einordnen konnte. Ein leichtes Ziehen in der Magengegend, kein Schmerz, nicht einmal unangenehm.

Sie schaute sich um. Niemand sagte etwas. Alle starrten auf das interaktive Whiteboard, auf dem noch vor einigen Minuten das Opfer eines furchtbaren Verbrechens zu sehen gewesen war, und Fran hatte das Gefühl, dass sich diese Bilder in die Oberfläche der Wand einbrennen müssten. Gleichzeitig war sie erleichtert, dass sie der Versuchung widerstanden hatte, das Opfer ein weiteres Mal zu missbrauchen, um ihre eigenen Interessen durchzusetzen. Ein Blick auf die Uhr sagte ihr, dass es Zeit war, in die Pause zu gehen.

Den Rest des Tages verbrachte sie damit, Fragebögen auszuwerten, das hieß: einhundertsiebenundsechzig Fragen – fast so viel wie bei einem Standardformular für die Serientäter-Datenbank ViCLAS – in den Rechner übertragen, für jeden einzelnen Bogen. Obwohl es technisch längst möglich war, solche Formulare automatisch einzuscannen, musste sie ungezählte Stunden vor dem Bildschirm verbringen. Das alte Problem. Kein Geld. Die Technik war teuer, die Geräte, die verfügbar waren, auf Monate ausgelastet, sie war vergleichsweise billig. Der einzige Trost war, dass erstaunlich viele Satanisten den Bogen zurückgeschickt und die Beantwortung sehr ernst genommen hatten. Aus ganz Deutschland lagen ihr insgesamt sechshundertdreiundsiebzig ausgefüllte Bögen vor. Damit hatte sie nicht im Traum gerechnet. Und das Beste: Fast zwei Drittel waren nicht anonym, also konnte sie davon ausgehen, dass die Angaben korrekt waren. Mit dieser hohen Anzahl war sie fast schon im Bereich einer repräsentativen Befragung, auch wenn Fellmis nur darüber lachte. Aber Fran war keine Studie bekannt, die auch nur annähernd eine so große Datenbasis vorweisen konnte wie die ihre. Oft stützten sich soziologische und religiöse Studien auf ein paar Dutzend Auskunftswilliger. Sie hatte die Konsequenzen daraus gezogen und war Monate kreuz und quer durch Deutschland gereist, hatte ihren Urlaub geopfert und eigenes Geld, denn der Etat für Dienstreisen war schneller erschöpft gewesen, als ein Eimer Wasser durch ein Sieb lief. Ihr fiel ein, dass sie nicht in Hamburg gewesen war. Landauf und landab hatte sie mit den unterschiedlichsten Gruppierungen gesprochen, hatte es geschafft, bei den allermeisten das Misstrauen zu zerstreuen, das viele den Behörden gegenüber zu Recht hegten: Die großen Kirchen bekämpften natürlich jede Form des Satanismus, die Polizei vor Ort war oft hilflos und kriminalisierte harmlose Jugendliche. Aber nicht alle waren harmlos und hatten eine weiße Weste. Vor einiger Zeit war eine neue Gruppierung aufgetaucht, die die Grenzen des Üblichen klar überschritt. Bisher hatte sie nur Phantome ausmachen können, und bis jetzt war außer schwerer Tierquälerei noch keine Straftat ans Licht gekommen. Aber in der Szene gab es Unruhe. Auf die Spur gekommen waren sie diesem satanischen Zirkel durch einen Zufall.

Ein fünfzehnjähriger Schüler aus München hatte mit seinem Handy Teile einer schwarzen Messe gefilmt. Personen waren nicht zu identifizieren, aber es war zu sehen, wie ein Huhn, eine Katze und ein Hund rituell von einer Person in Satanskostüm auf einem Stein, der eindeutig den Altar darstellte, geschlachtet wurden. Dem Huhn wurde der Kopf zertrümmert, der Katze die Kehle durchgeschnitten, und dem armen Hund wurden bei lebendigem Leibe die Därme herausgerissen, nachdem man ihm die Schnauze zugebunden hatte. Da hatte es der Amateurfilmer mit der Angst zu tun bekommen und war abgehauen. Ein paar Wochen später hatte er dann auf dem Schulhof mit dem Video angegeben, ein Lehrer hatte ihn erwischt und sofort die Polizei eingeschaltet. Der Tatort war natürlich längst von jeglichen verwertbaren Spuren befreit, die Presse hatte eine Schlagzeilenorgie veranstaltet, und seitdem hatte man nichts außer ein paar Gerüchten über die Gruppe gehört.

Die Sekte war vorsichtig, wollte keine Öffentlichkeit, wollte unter sich bleiben. Das waren keine spätpubertierenden Hobby-Satanisten, die ihren Gesellschaftsprotest auslebten, das waren Überzeugungstäter. Wie schmal war der Grat, auf dem sie sich bewegten? Was war nötig für die Eskalation, was musste in der Gruppe vorgehen, damit sie anstatt eines Tieres einen Menschen auf dem Altar schlachteten?

Ja, Fran wünschte sich mehr Geld und mehr Ansehen – aber nicht zu dem Preis eines ermordeten Menschen.

Sie erfasste noch zwei Bögen, dann sicherte sie die Daten, fuhr ihren Rechner herunter und verließ ihr Büro. Wie so oft war sie die Letzte.

Sie sprang auf ihr Fahrrad, fuhr hinüber zum Kirchplatz, ein Umweg, aber dort konnte sie die 712 abpassen, um sich mit ihr zu messen. Die Straßenbahn brauchte neun Minuten bis zur Hellriegelstraße, das machte eine Durchschnittsgeschwindigkeit von dreiundzwanzig Kilometern pro Stunde. Kein Problem für Fran, aber sie hatte sich zur Regel gemacht, die Verkehrsvorschriften zu beachten, und das hieß bei Rot stehen bleiben, auch wenn die 712 an ihr vorbeizog. An der Kreuzung Südring/Aachener Straße verlor sie zwei Minuten und musste an ihre Grenzen gehen, um wieder aufzuholen. Zeitgleich kam sie mit der 712 am Wendekreis Hellriegelstraße an, winkte dem Fahrer zu, der ebenfalls freundlich grüßte, und fuhr weiter bis zum Deich.

Sie trug das Fahrrad in den Keller, nahm bis in den dritten Stock zwei Stufen auf einmal, grüßte Frau Kowalaczek, die sich mit ihren Einkaufstüten die Treppe hochquälte, aber auf Hilfe verzichtete, weil sie abnehmen wollte.

Fran atmete ein paar Mal tief durch, kramte den Schlüssel aus ihrem Rucksack, wollte ihn gerade ins Schloss stecken, als sie stutzte. Sie beugte sich zum Schließzylinder hinunter: Kratzspuren, die heute Morgen noch nicht da gewesen waren. Sie schreckte hoch, schaute sich um, aber es gab nichts zu sehen. Vielleicht hatte sie heute Morgen am Schloss rumgefummelt und die Kratzer hinterlassen? Nein, sie war sich sicher, da war heute Morgen nichts gewesen. Nahm das denn kein Ende? Mit einer schnellen Bewegung schloss sie auf, huschte in den Flur und drückte die Tür wieder zu. Sie legte den Rucksack auf das geölte Birkenparkett und lauschte angestrengt. Nichts. Sie inspizierte alle Zimmer, aber niemand war hier. Du bist paranoid, dachte sie. Die Sache ist erledigt, vorbei, Geschichte.

Sie legte Mozarts *Requiem* in den CD-Player, drehte die Lautstärke auf, stellte sich zwanzig Minuten unter die Dusche, machte sich einen Salat, zum Nachtisch gönnte sie sich einen Fruchtjoghurt, sie musste auf ihre Figur achten, das Kantinenessen schlug unheimlich schnell an. Der letzte Akkord des *Requiems* verklang, Fran schaute auf die Uhr. Einundzwanzig Uhr zwölf. Es war schon wieder später geworden, als sie es gewollt hatte. Es begann zu dämmern, und mit dem schwindenden Licht verflog auch ihre gute Laune.

Würde sie anders leben, wenn hier jemand wäre, der sie erwartete? Sie musste kurz an Albert Neusen denken, ein wirklich sympathischer Kollege. Vielleicht sogar Kinder? Ihre Kinder und ein Mann, der nicht unbedingt der Erzeuger sein musste? Ein Ziehen fuhr ihr durch den Unterleib. Kinder? Um Gottes willen, nein. Das Ziehen wuchs sich zum Schmerz aus. »Verdammt«, flüsterte Fran. Nicht schon wieder, denk an etwas anderes, los, mach schon. Aber die Erinnerungen begannen sie mit Blut zu überschwemmen.

*

Ich muss mich beeilen. Der Stau hat mich viel Zeit gekostet. Friedel könnte wach werden, bevor ich bei ihm bin, und das möchte ich vermeiden. Obwohl ich das Mittel präzise dosiert habe, Körpergewicht, Alter und Konstitution berücksichtigt habe, weiß ich nie ganz genau, wann sie wieder aufwachen. Es gibt immer eine Grauzone, manchmal sind es zehn Minuten, einmal war es eine ganze Stunde, die mein Gast zu früh aufgewacht und fast wahnsinnig geworden war, ich habe einen ganzen Vormittag gebraucht, um ihn wieder hinzubekommen, damit er eine gute Leistung bringen konnte. Ich bin kein Anästhesiearzt und muss mich auf die Angaben meines Lieferanten verlassen, der mich bisher immer hervorragend beraten hat. Er ist zuverlässig und stellt keine Fragen. Zweifelsfrei hat er sich sein Geld redlich verdient. Und er ist sicher, da wir das Geschäft anonym abwickeln. Ich hinterlege in einem hohlen Stamm Geld, so wie früher, als wir noch Räuber und Gendarm gespielt haben, er nimmt das Geld und hinterlegt die Narkose- und Aufwachmittel. Die Mittel wirken hervorragend, bis jetzt ist mir noch keiner wegen der Betäubung abgegangen. Das wäre äußerst unangenehm, denn jeder Kandidat kostet viel Geld, Zeit und Energie, und meine Ressourcen sind nicht unbegrenzt.

Kristin stellt keine Fragen. Ich habe gesagt, ich bin wandern. Alles in allem bin ich wirklich ein Glückspilz. Kristin, meine Frau, und meine beiden Töchter Hella und Veronika lassen mir alle Freiheiten, die ich brauche. Sie haben ja auch keine Wahl, schließlich bin ich der Boss in der Familie und werde es immer sein. Die Starken müssen führen, die Schwachen gehorchen. Das ist sinnvoll.

Meinen Wagen lasse ich auf dem Parkplatz stehen, gut versteckt zwischen den anderen Spießerkisten, ich trage dieselbe Freizeituniform wie die anderen, niemand würde sich an mich erinnern. Bis zu meinem Refugium brauche ich bei mittlerem Jogging-Tempo etwa zwanzig Minuten. Wenn ich ankomme, bin ich schön warmgelaufen. Ich checke, ob jemand in der Nähe ist, dann entschärfe ich die Bombe an der Falltür und steige hinab in die real existierende Hölle. Ich schalte die Bombe wieder scharf und entschärfe die Zugangstür zum Flur, der Hebel quietscht, ich schmiere ihn sofort, das muss sein, ich kann Unordnung nicht ertragen, und eine quietschende Tür ist der Gipfel der Unordnung.

Danach gehe ich sofort ins Tonstudio, dritte Tür rechts; grüne, gelbe und rote LEDs leuchten oder blinken an den verschiedenen Geräten.

Hinter der Scheibe, die das Studio vom Aufnahmeraum schalldicht trennt, liegt Friedel und schläft. Sein Körper ist von einem leichten Schweißfilm bedeckt, das mag daran liegen, dass ich die Temperatur im Raum auf neunundzwanzig Grad eingestellt habe. Er darf mir auf keinen Fall unterkühlen. Ich bewundere seine Sehnen und Muskeln, vor allem die Bauchmuskulatur ist wichtig, denn damit presst er die Luft durch seine Stimmbänder. Der Beutel mit Kochsalz- und Nährflüssigkeit ist noch halb voll, das Herz schlägt ruhig, die Atemfrequenz ist normal, doch das wird sich bald ändern.

Mein Handy vibriert. Der Dienstleiter. Verdammte Scheiße! Ich gebe mir selbst eine Ohrfeige. »Du sollst nicht fluchen!«, sage ich streng. Es hilft nichts, ich muss ran, wieder sind ein paar krank geworden, der Personalplan steht kurz vor dem Kollaps. Ich sage, dass ich in einer Dreiviertelstunde da bin, betrachte das Handy, würde es am liebsten an die Wand werfen. Aber wenn ich Bereitschaft habe, muss ich erreichbar sein, deswegen habe ich mir einen Umsetzer für das Mobilnetz installiert, ansonsten hätte ich hier unten keinen Empfang, die meterstarken Betonwände schlucken alles.

Ich säubere Friedel, leere den Kotbehälter, dann verpasse ich ihm noch eine anständige Dosis, damit er nicht aufwacht, bevor ich wiederkomme. Hoffentlich wacht er überhaupt wieder auf! Ich beobachte noch ein paar Minuten die Kontrollgeräte. Er bleibt stabil.

Ab morgen habe ich reguläre Wechselschicht, da bleibt das Handy aus.

Genieß deinen Schlaf, kleiner Friedel. In vierundzwanzig Stunden heißt es: »Ran an den Speck!«, dann heißt es: »Schrei um dein Leben!«

5. Dienstag

Lars Rüttgen warf einen Blick auf seine Armbanduhr. Es war kurz vor drei Uhr, die Nacht war weit fortgeschritten, es wurde Zeit. Er wandte sich an Marvin, seinen Adepten der ersten Stufe. »Hast du es?«, flüsterte er und fuhr sich mit der rechten Hand durch seinen roten Bart.

Es musste die Rechte sein, er hatte lange gebraucht, bis er sich daran gewöhnt hatte, denn eigentlich war er Linkshänder, aber es brachte Unglück, sich mit der Linken durch den Bart zu fahren.

Heute Morgen hatte er die Länge gemessen. Es waren, wenn er die widerspenstigen lockigen Barthaare glättete, elf Komma sechs Zentimeter. Noch zehn Zentimeter, dann hatte er sein Ziel erreicht. Zumindest, was seine Kinntracht anging. Sein Kopfhaar reichte ihm bereits bis zur Unterkante seiner Schulterblätter, und da er fast zwei Meter maß, ohne Schuhe, war das schon ganz anständig. Nicht schlüssig war er sich darüber, ob die Mischung aus Kieselerde und Zink, die er jeden Tag nahm, den Wuchs beschleunigte. Und ob es wirklich half, nur bei zunehmendem Mond die Spitzen zu schneiden.

»Hast du es?«, wiederholte er, griff seinen Adepten an den Schultern und drehte ihn zu sich. »Hat es dir die Sprache verschlagen? Was ist los?«, zischte er, bemüht, nicht zu laut zu werden.

Er musterte Marvin, der vor sich hin stierte und kein Wort sagte. Der Kerl sah echt gut aus, so ein bisschen wie James Dean, und trotzdem hatte er bei den Mädchen kein Glück. Das musste daran liegen, dass Marvin etwa so gesprächig war wie ein Goldfisch. Er selbst, Lars Rüttgen, Sohn hässlicher Eltern, hatte schon viele Mädchen gehabt, und das lag nicht an seiner Knollennase, seinen überbreiten Wangenknochen und seinen Fleischerhänden. Es lag daran, dass er wusste, was Frauen wollten, zumindest eine ganz bestimmte Art von Frauen. Marvin war sogar noch Jungfrau, das hatte er ihm in einer Beichtstunde gestanden, und Lars hatte daraufhin beschlossen, diesen Zustand zu beenden, denn als Jungfrau konnte Marvin auf keinen Fall Adept der zweiten Stufe werden. Sein Schüler wusste noch nichts von seinem Glück, ebenso wenig wie Johanna, die er für den Initiationsritus ausgewählt hatte. Sie war Single, definitiv Jungfrau und sicher nicht abgeneigt, den schönen Marvin in die Künste der Fleischeslust einzuführen, natürlich unter strenger Aufsicht ihres Meisters und Hohepriesters Amothep des Großen alias Lars Rüttgen. Seine Lenden pulsierten bei dem Gedanken an Johanna und Marvin, die auf dem Altar der Church of XXXL ihre Körper vereinen würden.

Johanna war zurzeit in England, machte ein dreiwöchiges Praktikum in einem Hotel an der Südküste, in einem kleinen Touristenort namens Sidmouth. Am Wochenende erwartete er sie zurück. Sie hielten per E-Mail Kontakt, er wusste, dass er seine Schäfchen nicht von der Leine lassen durfte. Doch heute Abend stand etwas anderes auf dem Programm.

Lars riss Marvin den Beutel aus der Hand, der lebendig zu sein schien, denn ständig beulte er sich an verschiedenen Stellen aus. Das Huhn, das in dem Beutel steckte, schien zu ahnen, was ihm bevorstand, denn normalerweise fielen Hühner in der Dunkelheit in eine todesähnliche Starre.

Marvin zuckte, als sei eine Kobra auf ihn losgegangen, dann stutzte er, presste sich die Hand vor die Nase, zog ein Papiertaschentuch aus der Tasche und prustete hinein.

Lars konnte es nicht fassen. Es gab Menschen, die sich vor Angst in die Hose machten, Marvin musste niesen, wenn er sich fürchtete. Lars lauschte in die Dunkelheit, aber nichts rührte sich, sie hatten Glück gehabt.

Supay-Kim und Lilith-Jana waren mitgekommen, sie würden das Blutritual mit ihm vollziehen. Beide hatten ihre Prüfungen zum Adepten der vierten Stufe mit Bravour bestanden, beide waren würdig. Vielleicht sollte er es Kim überlassen, das Huhn zu opfern, und Jana würde etwas von ihrem eigenen Blut beisteuern. Ja, das war eine gute Idee. Aber er musste zuerst nachsehen, ob Jana sich in der letzten Zeit nicht zu viel geritzt hatte.

Sie war eher der intellektuelle Typ, sie studierte Jura, trug Brille, obwohl sie genauso gut Kontaktlinsen hätte tragen können. Ihr rundes Gesicht war eingerahmt von glatten braunen Haaren, selten lachte sie, selten geriet ihre Mimik aus dem Gleichgewicht.

Der Beutel in Lars' Hand begann wieder zu zappeln. Schnell öffnete er ihn ein Stück, und schon schoss der Kopf des Huhns hervor, das gierig Luft durch die kleinen Öffnungen in seinem Schnabel sog, der mit einem Draht zusammengehalten wurde. Er nickte Marvin zu, der seinen Kopf noch tiefer senkte und seine Schultern hochzog, als wolle er den Kopf im Hals verschwinden lassen.

Die Nacht war auf ihrer Seite. Wolken verdeckten den Himmel, es war diesig, die Temperaturen lagen um die zehn Grad. Niemand trieb sich freiwillig um drei Uhr in der Nacht auf einem Friedhof herum. Der Nachtwächter hatte gerade seine Runde beendet und war auf dem Weg zurück in seine warme Stube. Sie hatten eine Viertelstunde.

Er deutete auf Jana, sie beugte sich zu ihm herüber, der Duft von Äpfeln stieg ihm in die Nase. »Zeig mir deine Arme.«

Sie warf den schwarzen Samtumhang zurück, der als Zeichen ihres Standes mit einer mattgoldenen Borte gesäumt war, schob die Ärmel ihres Sweatshirts nach oben und hielt ihm die Innenflächen ihrer Unterarme entgegen.

Mit dem Zeigefinger fuhr er vom Ellenbogen hinab zu den Handgelenken und spürte auf beiden Seiten die sanften Hügel der Narben, die jahrelanges Ritzen hinterlassen hatte. Seit Jana bei ihm in die Lehre ging, seit er sie darüber aufgeklärt hatte, dass ihr Schicksal nicht unveränderlich feststand und dass Gott und Jesus und all das die Erfindung von Männern war, denen es nur um Macht ging, hatte sie sich nur noch selten geritzt. Allerdings hatte sie jetzt ständig Ärger mit ihrer Mutter, die brav jeden Sonntag in die Kirche tapste und sich von den Pfaffen Gift ins Ohr träufeln ließ.

Er fand keine frische Wunde, ein Zeichen, dass sie ihrem Meister gegenüber echten Gehorsam übte. Lars wusste, wie schwer es war, den Drang zu unterdrücken, sich das Messer langsam über die Haut zu ziehen, zuzusehen, wie das Blut hervorquoll, und den Schmerz zu genießen. Seine eigenen Narben begannen zu pochen, er biss sich auf die Zunge, um nicht sofort die Klinge zu ziehen und sich eine schöne lange Blutlinie zu ziehen. Einen Moment musste er sich konzentrieren, dann flüsterte er: »Du wirst dein Blut mit dem Blut des Tieres mischen.«

Ihre Augen leuchteten auf.

Er wandte sich Kim zu. »Du wirst das Tier seiner Erfüllung zuführen.«

Kims langes gewelltes Haar leuchtete selbst in der Dunkelheit noch rot. Sie war seine schwerste Versuchung, seit er Hoher Priester war. Am liebsten hätte er jeden Tag mit ihr das große Ritual vollzogen, aber er musste enthaltsam sein, das verlangte seine Position. Nur einmal im Jahr durfte er sie nehmen, zur Wintersonnenwende.

Ein feines Lächeln umspielte ihre Lippen, dann schlug sie die Augen nieder.

Ihr Lächeln erinnerte ihn daran, mit welcher Inbrunst sie zum Adepten der vierten Stufe aufgestiegen war. Drei Stunden war sie in Ekstase versunken, ihr Körper hatte gezuckt und gezittert, dann wieder hatte sie dagelegen wie eine Tote, und kurz bevor er abbrechen wollte, war sie zurückgekehrt, mit einem Blick, der ihm verraten hatte, dass sie die andere Seite geschaut hatte, dass sie Luzifer geschaut hatte.

Noch einmal spähte Lars die Wege hinab. Niemand weit und breit. Er schob sich vorsichtig aus dem Gebüsch, blieb in der Hocke und winkte den anderen. Ihr heutiger Altar, das Grab von Friedrich von Solderwein lag auf der südlichen Seite, etwa dreihundert Meter von ihrem jetzigen Standort entfernt.

Wie die Wiesel huschten sie über die Wege, einmal rechts, zweimal links. Der Grabstein war frisch poliert, die Oberfläche schimmerte mattsilbern, frische Schnittblumen dufteten, in goldenen Lettern war zu lesen, dass er mit fünfundsechzig Jahren gestorben war. Da ging man normalerweise in Rente, dachte Lars, doch es wäre trotzdem genug Zeit gewesen, um seine Dinge zu ordnen, aber Friedrich von Solderwein hatte es versäumt. Trotzdem war er ein guter Verbündeter, und davon hatte Lars nicht viele. Um genau zu sein, nur seine kleine Gemeinde.

Er stellte sich vor das Grab, Kim stand zu seiner Linken, Jana zu seiner Rechten, Marvin, als Rangniedrigster, kniete sich auf den Weg und senkte seinen Kopf, die Haltung, die ihm anscheinend am besten gefiel und Lars an Charlie Brown erinnerte. Mit einem geübten Griff zog Lars das Huhn ganz aus dem Beutel, ein zuckender Federklumpen, gebunden an Flügeln und Füßen. Immerhin das hatte Marvin gut gemacht. Ein flatterndes gackerndes Huhn wäre dem Ritual, das sie jetzt abhalten würden, sehr abträglich gewesen. In kürzester Zeit wäre die Polizei aus dem Boden gewachsen, um sie zu kassieren.

Jana entblößte ihren rechten Unterarm, hielt mit der linken ihr Zeremonienmesser. Es war die Handarbeit eines Schmiedes, den sie auf einem Mittelalterfest kennengelernt hatte, Damaszenerstahl, mit einem Elfenbeingriff, in den ihr wahrer Name eingraviert war: Lilith, die hebräische Bezeichnung für Teufel in Frauengestalt.

Lars löste einen Lederbeutel vom Gürtel, in dem er den satanischen Kelch transportierte, sein Meisterstück. Er hatte eine echte menschliche Schädeldecke mit einem Edelstahlfuß verklebt, in den die magischen Worte eingeritzt waren, die er jetzt zum Blutritual sprechen würde. Die Schädeldecke hatte er auf dem Südfriedhof gefunden, als alte Gräber geräumt wurden, die Totengräber hatten sie übersehen.

Er nickte Jana und Kim zu.

Jana schloss kurz die Augen, setzte das Messer fünf Zentimeter unterhalb der Armbeuge an – sie wusste genau, wo sie schneiden musste, damit sie keine zu großen Gefäße verletzte –, drückte auf die Klinge und zog sie langsam über die Haut.

Das Kribbeln begann im Bauch, zog von da zum Rücken und schoss in alle Richtungen durch Lars' Körper. Verdammt, das war geiler als vögeln. Die Blutlinie wurde breiter, die ersten Tropfen rannen den Arm hinunter, er hielt den Kelch unter Janas Arm, fing die kostbare Flüssigkeit auf.

Jana stöhnte leise wie beim Orgasmus, sie legte eine zweite Linie daneben, etwas tiefer, mehr Blut quoll hervor. Sie setzte erneut an, aber Lars gebot ihr Einhalt, sie zögerte, aber dann gehorchte sie. Janas Blut sammelte sich im Kelch, langsam versickerte der Strom.

Er hielt den Kelch Kim hin, die dem Huhn den Kopf mit einer schnellen Bewegung abriss und den Hals in das Gefäß hielt. Fünfmal noch pumpte das Herz, dann erschlaffte der Federklumpen.

Bis zur Hälfte füllte das Blutgemisch den Schädel, Lars war zufrieden und murmelte die magischen Worte, eine Zusammenfassung des ersten Henochischen Schlüssels, den man brauchte, um die Ankunft Luzifers vorzubereiten. Insgesamt waren es neunzehn Schlüssel, ein langer Weg, der vor ihnen lag. »Ich herrsche über euch, sagt der Herr der Erde, in Macht erhoben Oben und Unten, in dessen Händen die Sonne ein glitzerndes Schwert ist und der Mond ein alles durchdringendes Feuer! Seid freundlich zu mir, denn ich bin wie ihr! – Der wahrhafte Anbeter des höchsten und unbeschreiblichen Königs der Hölle!«

Er setzte den Schädel an die Lippen, sein Herzschlag beschleunigte, der erste Tropfen kitzelte an seinen Lippen, er öffnete den Mund und nahm einen Schluck.

Es hatte eine Weile gedauert und eine Menge Hühner das Leben gekostet, bis er seinen Brechreiz unter Kontrolle gebracht hatte. Die Lösung war gewesen, sich einfach etwas anderes vorzustellen. Warmen salzigen Kakao zum Beispiel. Oder dicke Kartoffelsuppe, die etwas metallisch schmeckte. Kim und Jana hatte er ganz behutsam in das Blutritual eingeführt, und manchmal beschlich ihn das Gefühl, dass seine Schülerinnen die anfängliche Scheu vor dem Blut nur gespielt hatten und dass er die beiden nicht so gut kannte, wie er es sich wünschte.

Er reichte den Kelch weiter, seine weiblichen Adepten tranken, er murmelte weiter die magischen Sprüche.

Marvin war noch nicht bereit für das Blutritual. Sein erster Versuch hatte fast im Krankenhaus geendet, er hatte sich die Seele aus dem Leib gekotzt. Trotzdem hatte er darauf bestanden weiterzumachen. Mutig. Ob er bis zur vierten Stufe aufsteigen konnte, ob er überhaupt die zweite erreichen konnte, das stand für Lars in den Sternen. Immer wieder versuchte Lars ihm klarzumachen, dass er große Dinge vollbringen musste, um Luzifer zu gefallen. Und dazu gehörte auch und vor allem die Überwindung des eigenen Schweinehundes. Blut war die edelste Flüssigkeit, der Mensch nur ein intelligentes Tier, und Blut trinken hieß Luzifer ehren.

Das restliche Blut verspritzte Lars auf dem Grabstein, das Huhn drapierte er auf den Frühlingsblumen, die gerade aufblühten. Zum Abschluss murmelte er ein Dankesgebet an den Toten und an Luzifer, den Lichtbringer.

Wenn seine Berechnungen stimmten, müsste Luzifer in drei Jahren, zwei Monaten, sechs Tagen, elf Stunden und sechsunddreißig Minuten auf die Erde zurückkehren, um der Menschheit Frieden, Freiheit und Glück zu bringen.

Bis dahin würde Lars seine Schützlinge zu ungeahnten spirituellen Erfahrungen führen. Jetzt war es an der Zeit, in die Welt der Verblendeten zurückzukehren und gut getarnt weiterhin alles für die Rückkehr des Meisters aller Meister vorzubereiten. Noch achtzehn Schlüssel. Er schlug das dreifache Henkelkreuz über dem Grab und eilte davon, im Schlepptau seine kleine treue Gemeinde, die wie schwarze Phantome in der milchigen Luft über dem Weg zu schweben schienen.

*

Fran öffnete die Augen. Wie lange hatte sie geschlafen? Drei Stunden? Höchstens. Die Schmerzen hatten nicht verschwinden wollen, und erst nachdem sie drei Tabletten genommen hatte, waren sie in die Hölle zurückgekehrt, aus der sie regelmäßig aufstiegen, um sie zu foltern. Mit beiden Händen rieb sie sich die Augen, gähnte und streckte ihre Glieder. Ihr

Wecker spielte *We Are the Champions*, aber sie fühlte sich nicht wie eine Siegerin. Die Schmerzen, die Albträume, die Ängste.

Sie vertrieb die Nachtschatten, stand auf, duschte kurz, betrachtete das Gitter vor ihrem Badfenster. Da würde so schnell keiner durchkommen. Schwarzer geschmiedeter Stahl. Tief verankert in der Hauswand. So tief verankert wie die Schmerzen, die ständig in ihrer Seele bohrten.

Fran band sich die Haare zu einem Pferdeschwanz, trank ein Glas Multivitaminsaft, trat in den Flur, ignorierte das verkratzte Schloss, sprang das leere Treppenhaus hinunter, in dem ihre Schritte klangen wie Eisbrocken, die auf dem Boden zerplatzen, und schwang sich auf ihr Fahrrad. Am Wendeplatz nahm sie das Rennen mit der 712 auf und gewann haushoch.

Günther begrüßte sie mit einem Kopfnicken, Christine trug heute ein pinkfarbenes Kleid mit grünen Schuhen, Bruno war an der Uni, und Martina hatte frei.

Fran steckte ihre Chipkarte in den Schlitz, fuhr ihren Rechner hoch, beantwortete vierzehn E-Mails, dreizehn davon waren Anfragen von Kollegen aus ganz Deutschland, die sie schnell beantworten konnte. Leider gab es keinen Ansatz, sie als Beraterin anzufordern. Also machte sie sich an die Erfassung der Fragebögen.

Fragebogen siebenundsiebzig. Wolf Rüben. Chiffrenummer: RRTG/34R. Ort: Bliesmengen-Bolchen. Was zum Teufel war Bliesmengen-Bolchen? Fran googelte und fand mehrere Einträge. Bliesmengen-Bolchen war ein Kuhdorf im Saarland. Wieso gab es in einem solchen gottverlassenen Flecken Satanisten? Sie musste grinsen, denn sie hatte die Frage ja schon beantwortet. Gottverlassen eben. Fran gab die biografischen Daten von Wolf Rüben ein, dann überflog sie die Antworten, um zu sehen, ob sie in sich stimmig waren. Die Ausfallquote für Fragebogen, die nicht korrekt beantwortet waren, lag bis jetzt glücklicherweise bei unter drei Prozent.

Ihr Handy spielte die ersten Takte von *Like a Satellite*; sie liebte dieses Lied, obwohl es Teenie-Kram war. Sie stellte die Verbindung her. »Miller?«

»Ich bin's, Benjamin. Na, alles klar?« Seine Stimme klang ausgeruht.

»Logisch, Senior.« Alle nannten Benjamin Senior, weil er bereits einundsechzig war. »Und wie geht es dir?«

»So weit alles im grünen Bereich. Bis auf eine Mordsschweinerei auf dem Nordfriedhof. Grabschändung. Und wer ist Meister im Grabschänden? Braunes Gesocks! Die mögen ja so einen Mist.«

Seine Empörung war nicht zu überhören. Nazis rangierten bei ihm auf demselben Platz wie Vergewaltiger und Mörder von Kindern, und das hieß für ihn: möglichst schnell möglichst alle fassen, einbuchten und nie wieder laufen lassen.

»Bist du dir sicher, dass es Rechtsradikale waren?«, fragte Fran.

»Ganz und gar nicht. Vielleicht war es auch linkes Gesocks. Oder irgendwelche Spinner. Ich will auf Nummer sicher gehen. Deswegen rufe ich dich ja an.«

»Wenn ich für dich arbeiten soll, meldest du dich, ansonsten ist Funkstille! Wie soll ich das denn verstehen?« Fran kaute an einem Bleistift, der am oberen Ende bereits bis auf die Miene abgenagt war.

»Ich bin ein Schuft, ich weiß. Aber neben meinem Job habe ich auch noch eine Frau und vier Töchter und neun Enkel.« Aus jedem Wort troff sein schlechtes Gewissen.

»Dann solltest du deinen Kindern, die ja erst seit etwa zehn Jahren erwachsen sind, nicht mehr die Windeln wechseln und deine Enkel nicht adoptieren.«

Er schwieg einen Moment, schien tatsächlich nachzudenken. »Vorschlag zur Güte: Du gehst mit mir zum Tatort, und ich lade dich zum Essen ein …«

»Damit ich dir zwischen zwei Bissen Pizza den Fall löse?«

»Du kannst Gedanken lesen.« Benjamin schnippte hörbar mit den Fingern.

Er wusste genau, dass sie sich nach Abwechslung sehnte. Endlich wieder Frontarbeit!

»Ich bin in zehn Minuten da«, sagte Fran und unterbrach die Verbindung.

Fellmis gab grünes Licht, Fran nahm sich einen Smart und fuhr los.

Bereits am Eingang zum Nordfriedhof flatterte lustig das Absperrband der Polizei. Senior winkte Fran zu sich.

In den letzten Jahren hatte er mächtig zugelegt, seine Figur ähnelte einem Kegel, auf dem eine Bowlingkugel montiert war. Die Glatze hatte Senior, seit Fran ihn kannte. Noch so ein Papa. Fran ging auf ihn zu und drückte ihm die Hand.

»Gut siehst du aus«, sagte Senior, und er zog sie einen Weg entlang, bis sie vor einem Grab standen.

Ein kopfloses Huhn lag zwischen sprießenden Knospen und Schnittblumen, die in der kalten Nacht etwas gelitten hatten, die braunen Spritzer und Flecken auf dem Grabstein rührten mit großer Wahrscheinlichkeit von dem Blut des Tieres. Fran schauderte. Das Huhn war nicht mit einem scharfen Gegenstand geköpft worden; der Täter hatte ihm den Kopf abgerissen. Dazu gehörte Kraft, Geschicklichkeit und Gefühllosigkeit. Fran dachte an das Satanisten-Video aus München. Aber München war weit weg.

Die Inschrift des Grabsteins nannte den Namen des Mannes, der hier begraben lag: Friedrich von Solderwein. Geboren

1946, gestorben 2011. Mit fünfundsechzig. Im besten Alter sozusagen. Fran las den Grabspruch laut vor: »Nur wer verzeihen kann, wird Frieden finden.« Sie feixte Senior an.

Der verzog das Gesicht. »Du hältst mich für einen Rambo, weil ich Mörder und Vergewaltiger lieber im Knast sehe als in der freien Wildbahn, ich weiß. Aber denk doch mal an die Opfer.«

Fran hob die Hand. »Du weißt genau, dass ich das genauso sehe, nur, dass ich glaube, dass sich Menschen ändern können. Auch Mörder und Vergewaltiger. Und dass der Staat besser in sinnvolle Resozialisierung investiert als in Gefängnisse.« Senior holte Luft, aber Fran hatte keine Lust auf unnötige Diskussionen. »Ruhe jetzt! Ich muss mich konzentrieren.«

Senior seufzte und machte einen Schritt zur Seite.

Fran schaute ihn an, und plötzlich fiel ihr etwas ein. »Was machst du überhaupt hier?«

»Es ist ruhig im KK11, wir haben nur eine Mordkommission am Laufen, und die ist in besten Händen. Die Neuen von der Uni prügeln sich um die Leichenermittlungen. Und da ich mich für die dunkle Seite der Menschen interessiere, hab ich mich freiwillig gemeldet. Keiner wollte an einen Fall ran, der irgendwas mit Nazis zu tun haben könnte. Zu vergiftet im Moment. Und wenn dann irgendein Stück Papier wegkommt, am besten noch im Schredder, dann …«

Fran nickte und wandte sich dem Grab zu. »Was wisst ihr über Solderwein?«

Senior kramte seinen Notizblock aus der Tasche. Modernen Aufzeichnungsgeräten traute er nicht, dass er ein Handy benutzte, grenzte an ein Wunder.

»Also …« Er dehnte das Wort, bis es zu zerreißen schien. »Der Name kam mir gleich bekannt vor. Sagt er dir nichts?«

Fran schüttelte den Kopf.

»Er war mal Chef der Düsseldorfer Real-Investment Bank. Hat den Laden voll an die Wand gefahren und dafür gebüßt. Er wurde verurteilt. Das war 2001. Zwei Jahre auf Bewährung. Nach dem Urteil hat man nichts mehr von ihm gehört. Wie vom Erdboden verschluckt. Keine weiteren Infos. Als wäre er gestorben.«

»Dann finde heraus, warum er sich lebend begraben hat. Finde alles über ihn heraus und über seine Familie. Wer von ihnen lebt noch und wo? Gab es Verbindungen der Familie Solderwein zu Nazis? Hat die Familie vom Zweiten Weltkrieg profitiert? Wie ist er gestorben? Und so weiter und so fort. Ich muss dir doch deinen Job nicht erklären?«

»Hör mal, Solderwein ist eines natürlichen Todes gestorben. Habe ich schon gecheckt. Wir machen hier keine Mordermittlung.« Senior stemmte die Arme in die Hüften.

Fran hob die Augenbrauen, betrachtete Senior, als hätte er sie gerade gefeuert. »Willst du wissen, was passiert ist, oder nicht? Sollen wir die Sache einfach als Vandalismus eintüten, oder wollen wir herausfinden, warum Satanisten ausgerechnet hier eine schwarze Messe gefeiert haben? Wenn das Nazis waren, fresse ich eine Hexe samt Besen! Der ganze Tatort quillt über von Zeichen und Symbolen der Satanisten! Echter Satanisten. Ich muss alles wissen, sonst kann ich sie nicht richtig deuten.« Sie wartete einen Moment, aber Senior hatte nichts zu sagen. »Übrigens: Warum wird ein hochdekorierter Mordermittler auf diese Lappalie angesetzt? Von wegen freiwillig. Das kannst du deiner Oma erzählen. Wie ist deine Order? Gibt es keinen Druck von oben, die Sache schnell aufzuklären? Grabschändung auf einem Friedhof im netten Düsseldorf, das klingt nicht gut, oder?« Sie holte Luft.

Senior ergriff die Gelegenheit. »Ich hätte noch Bedarf für eine Verhörspezialistin. Welche Frage soll ich zuerst beantworten?«

Fran zog eine Grimasse.

»Okay. Ich bin nicht ganz freiwillig hier. Und ja: Wir haben Druck von oben, mächtig sogar.«

Fran klatschte in die Hände. »Wunderbar. Dann kriegen wir bestimmt ein paar Ressourcen, oder? Mein Team steht bereit.«

Senior nickte bedächtig, gab sich geschlagen. »Kannst du mir einen Anhaltspunkt geben, mit dem ich argumentieren kann?«

»Klar. Pro Satanisten: Das Huhn, das Blut, der Friedhof, die Nacht. Contra Satanisten: Solderwein. Banker sind keine erklärten Feinde der Satanisten. Im Gegenteil. Banker sind ja eher dem Leben zugeneigt, sie häufen Reichtum im Diesseits an und geben nicht viel auf christliche Werte. Das Grab ist christlich, ja, aber das alleine reicht nicht. Wenn es ein Geistlicher wäre, der da liegt, dann würde es Sinn machen. Aber so? Satanisten bedienen sich üblicherweise christlicher Symbole und Orte, das zumindest passt wieder. Pro Nazis: Grabschändung. Keine Frage, das ist ihr Metier. Contra Nazis: Warum so klein, so begrenzt? Normalerweise schlagen die alles kurz und klein, aber bei den Juden und nicht bei den Christen, und finden es gut, wenn es anständig Presse gibt, die ihre wirren Gedanken verbreitet oder zumindest erwähnt. Vielleicht waren es Linke? Ich glaube, da steckt irgendetwas anderes dahinter.«

Senior nickte, zückte sein Handy, ging ein paar Schritte zur Seite, murmelte in sein Gerät, beugte seinen Oberkörper, richtete sich wieder auf, schwieg, murmelte erneut, drehte sich einmal im Kreis. Es sah aus, als wolle er das Telefon mit magischen Sprüchen verhexen. Nach zwei Minuten unterbrach er die Verbindung, drehte sich zu Fran um, hob den Daumen und zeigte dann eine Drei.

Drei Tage, zweiundsiebzig Stunden.

Sie zückte ihr Handy, bestellte das Team an den Tatort. Das war ein weiterer Grundsatz ihrer Arbeit: Alle mussten den Tatort sehen, spüren, erleben, alle mussten die Zeichen in sich aufnehmen, und jeder für sich musste sie deuten, damit sie den Tathergang rekonstruieren und daraus das Täterprofil erstellen konnten. Das kostete Zeit. Und das war den Vorgesetzten ein Dorn im Auge, auch wenn es oft anders dargestellt wurde. Viel Zeit kostete viel Geld. Aber anders ging es nun mal nicht, und es gab genügend Fälle, die nur mithilfe der Operativen Fallanalyse gelöst worden waren. Vor allem gab es noch Unmengen von Fällen, die mit der OFA überhaupt nur gelöst werden *könnten*.

»Was ist mit dem Erkennungsdienst?«, fragte Fran und schaute zum Himmel.

Der zumindest war ihnen günstig gesonnen. Kein Regen in Sicht, sie konnten sich also hier einrichten und in aller Ruhe Bestandsaufnahme machen.

»Sind unterwegs«, erwiderte Senior. »Wir bekommen zwei Mann vom LKA. Experten.« Senior grinste. »Es geht doch nichts über gute Beziehungen.«

Fran staunte immer wieder über das Netz von Kontakten, das Senior hatte. Ihr fehlte es, weil ihr das diplomatische Geschick fehlte. Small Talk war ihr ein Gräuel.

Ein junger Kollege von der Schutzpolizei mit traurigem Gesichtsausdruck trat hinzu.

Senior stellte die beiden vor. »Goran Coskun, ein echter Straßenbulle, Fran Miller, eine echte Schreibtischtäterin, macht Profile und so.«

Coskun deutete eine Verbeugung an. »Eine Prophetin aus dem Turm der Erkenntnis. Welche Ehre.«

Fran kniff die Augen zusammen. »Wir arbeiten hart daran, dass ihr überflüssig werdet. In ein paar Jahren sagen wir genau voraus, wer wo ein Verbrechen begehen wird. Wie im Film.«

Coskun lachte. »Dagegen habe ich nichts einzuwenden.« Er wurde ernst. »Wir haben ein paar interessante Spuren entdeckt.« Er zeigte auf Büsche, die den Friedhof begrenzten, etwa dreihundert Meter vom geschändeten Grab entfernt. »Sehr wahrscheinlich haben sich da die Täter versteckt, der Sicherheitsdienst hat dort einen blinden Fleck in einer Größenordnung von etwa einer Viertelstunde.«

Fran hob die Hand, Coskun schwieg. »Sicherheitsdienst? Warum das denn?«

Coskun unterdrückte sichtbar ein Lachen. »Die Gräber hier werden alle ziemlich aufwendig gepflegt. Mit frischen Schnittblumen zum Beispiel. Teurer Spaß.«

»Das heißt …« Fran unterbrach sich und schlug sich mit der Hand an den Kopf.

»Genau das heißt es«, sagte Coskun. »Die Blumen werden geklaut. Zum Teil zum Weiterverkauf, zum Teil einfach so. Macht sich gut auf dem Wohnzimmertisch. Was meinen Sie, was vor Muttertag hier los ist? Oder war. Ein Schaden in einer Größenordnung von vielen Tausend Euro. Seit der Sicherheitsdienst hier patrouilliert, sind die Diebstähle drastisch zurückgegangen, und einige Diebe konnten wir dingfest machen. Die Investition der Grabbesitzer in die Sheriffs macht sich bezahlt.« Coskun räusperte sich. »Wie auch immer, wir haben die gleichen Schuhabdrücke gefunden wie in der Graberde. Ohne den Spezialisten vorgreifen zu wollen: Es sind Abdrücke von Springerstiefeln. Sehr deutlich, drei verschiedene Größen, so wie es aussieht von zwei Männern und zwei Frauen.«

»Also doch Nazis?« Senior schaute Fran fragend an. »Eine neue Strategie? Die kapitalistischen Volksfeinde fertigmachen?

Dem Volk geben, was dem Volk gehört? Manche Parolen von denen klingen erschreckend links.«

»Linke Chaoten tragen auch Springerstiefel«, erwiderte sie. »Und sind nicht viel besser.«

Coskun nickte. »Alle möglichen Leute tragen Springerstiefel. Aber was uns weiterbringen könnte, ist das Taschentuch, das wir bei den Abdrücken im Gebüsch gefunden haben.«

»Falls der Eigentümer in der Kartei ist«, gab Fran zu bedenken und merkte im selben Moment, dass das eine unnötige Bemerkung war. Sie rieb sich die Augen, um die aufkeimende Unruhe zu verscheuchen, die sie immer wieder heimsuchte und die sie nur mit einem Schuss Adrenalin wirksam bekämpfen konnte. Der Sprung am Wochenende hätte eigentlich für eine ganze Woche reichen sollen. Dass die Unruhe so schnell wiederkam, das war ungewöhnlich. Niemand wusste davon, warum auch? Sie konnte damit umgehen, das hatte auch ihre Therapeutin bestätigt, und nur darauf kam es an.

»Und falls es nicht von einem Besucher stammt, der es in den Busch entsorgt hat«, ergänzte Coskun genauso unnötig, grüßte und machte sich wieder an seine Arbeit.

»Ich werde mich mal um Solderwein kümmern, Fran. Ach ja. Manger hat gesagt, er erwartet Ergebnisse.«

»Er weiß doch, dass man nichts erzwingen kann.«

»Klar weiß er das. Aber er ist der Polizeipräsident und erwartet es trotzdem. Wir telefonieren später.«

Senior wollte losgehen, aber Fran hielt ihn zurück. »Was hältst du davon, wenn wir den Spieß mal umdrehen: Ich komme nicht zu euch in die Festung, sondern du kommst zu uns? Da sind wir ungestört, und wir haben unsere technische Infrastruktur.«

»Warum nicht? Sagen wir um fünfzehn Uhr? Ich bringe Kuchen mit.«

Fran knuffte ihn in die Seite. »Du willst mich mästen!«

»Genauso ist es. Schau mich an. Ich will nicht als Einziger so rumlaufen.« Er schlug sich auf seinen Bauch, der wie ein gigantischer Pudding wabbelte, winkte und verließ den Friedhof.

Fran fiel ein, dass er sie zum Essen hatte einladen wollen, aber das konnte sie ja noch einfordern.

Sie hörte Senior schimpfen und hob den Kopf. Er hatte einen Fotografen am Schlafittchen, der sich durch die Absperrung gemogelt hatte. Manchmal waren die wirklich lästig, aber sie machten auch nur ihren Job, und Presse war für sie selbst, ihre Abteilung und den ganzen Polizeiapparat wichtig. Gute Presse! Mit diesem Fotografen hatte es sich Senior auf jeden Fall verscherzt.

Sie fixierte den Grabstein, das Huhn, das Blut, schloss halb die Augen und tauchte ab in eine Welt, die ihr vollkommen fremd und doch vertraut war. »Warum habt ihr euch einen Banker ausgesucht?«, murmelte sie vor sich hin. »Warum habt ihr euch *diesen* Banker ausgesucht? Da liegen noch einige, die hohe Tiere waren, sogar noch höhere. Es war ein unnötiges Risiko, nur drei Schritte von eurem Versteck entfernt hattet ihr die Wahl zwischen sieben verschiedenen Gräbern von Bankern und Industriellen. Aber ihr habt das Grab des Friedrich von Solderwein bewusst gewählt. Wenn ihr Nazis seid, dann habt ihr eine persönliche Rechnung mit ihm zu begleichen. Aber ihr seid keine Nazis. Ihr seid Gläubige. Ihr habt die Messe nach allen Regeln der Kunst abgehalten. Ihr wollt nicht zerstören, ihr wollt nicht protestieren. Wollt ihr Aufmerksamkeit? Ja, das könnte sein, ein wenig, aber das ist nicht vordringlich. Ihr musstet eure Messe hier feiern, auf diesem Grab, nirgends sonst. Weil ihr etwas oder jemandem gehorcht. Weil Solderwein etwas mit euch zu tun hat.«

Sie massierte sich die Schläfen. »Sag mir, wer du bist, Friedrich von Solderwein. Sag mir, warum jemand dich auch noch im Tod verfolgt.«

*

»Jesus Christus war ein totaler Loser! Und gewichst hat er bestimmt auch.«

Lars wusste genau, wie er Frau Selm-Böden zur Weißglut bringen konnte, und er wusste genau, wie er dieses Talent in bare Münze verwandeln konnte. Wenn mehr als zwölf aus seinem Kurs keinen Bock auf Religionsunterricht hatten, dann ließ er ein paar krasse Sprüche los und kassierte im Falle des Unterrichtsabbruchs fünf Euro pro Nase. Kein Problem für die ganzen Luxuskids an diesem Reichengymnasium und kein Problem für ihn, auch wenn er schon zweimal einen Tadel deswegen bekommen hatte. Von der Schule werfen konnten sie ihn so schnell nicht, dazu war er einfach zu gut. Sein Alter war zwar ein Arschloch und ein Warmduscher dazu gewesen, aber mit einer Sache hatte er Recht behalten: »Wenn du in der Schule die Sau rauslassen willst, dann musst du richtig gut sein, dann musst du Einser haben und Zweier, dann traut sich so schnell keiner, dich zu schmeißen, dann kannst du ruhig das Maul aufreißen«, hatte er gesagt, sich noch ein Bier aufgemacht, das siebte oder achte, und war zu Mama ins Schlafzimmer gewankt, zu besoffen, um noch einen hochzukriegen, ein Glück für Mama.

Frau Selm-Böden lief rot an, ballte die Fäuste und kniff die Augen zu schmalen Schlitzen zusammen. Eine Minute verging und noch eine, also eine Ewigkeit, dann platzte sie. »Lars Rüttgen!« Schon bei seinem Namen überschlug sich ihre Stimme. »Diesmal bist du zu weit gegangen.« Ihr Zeigefinger, der knochig und ledrig war, stach in seine Richtung, wäre er ein Florett gewesen, hätte sie damit glatt sein Herz durchbohrt. Ihr Blick flitzte irgendwo hinter ihm an der Wand herum, sie traute sich nicht, mit ihm das Duell auszufechten, wer länger starren konnte, denn sie wusste genau: Es war nicht möglich, gegen ihn zu gewinnen. Eine Stunde lang konnte er jemandem ohne Probleme in die Augen schauen. Das war nur eine Frage der Selbstbeherrschung. Es gab einen Punkt, an dem die Augen wie Feuer brannten, den musste man aushalten, dann begannen sie zu tränen und löschten das Feuer. Er hatte noch niemanden erlebt, der es auch nur annähernd bis zu diesem Punkt geschafft hatte. »Du bist ein blasphemischer Beschmutzer!«

Lars lächelte. Ein neues Schimpfwort, wie nett. Blasphemischer Beschmutzer. Einige seiner Mitschüler kicherten, das Kichern steigerte sich zum Lachen, er hob einen Finger, um sich zu melden, die Klasse wurde immer lauter, Frau Selm-Bödens Lippen verzerrten sich grotesk, sie formten Worte, die in Lars' Ohren drangen wie die Metallstifte eines Folterknechtes unter die Fingernägel: »Deine Mutter ist eine Hure!«

Lars stöhnte, sprang auf, warf seinen schweren Holzstuhl um und war mit drei großen Schritten bei Frau Selm-Böden, griff sie am Kragen ihres Kleides, zog sie hoch, bis sie auf den Zehenspitzen stand. Die Klasse erstarrte, kein Mucks war mehr zu hören. »Ich werde dich ficken, bis du Blut spuckst, du Fotze«, hauchte er ihr ins kalkweiße Gesicht. Dann ließ er sie fallen wie ein ekliges Insekt, sie kam auf beiden Füßen zu stehen, der Geruch ihres Angstschweißes stieg ihm in die Nase.

Er musste schleunigst hier weg, bevor er kotzen musste oder ihr doch das Gesicht zu Brei schlug. Langsam ging er zu seinem Platz zurück, man hätte eine Stecknadel fallen hören können. Lars nahm seine Schultasche, stopfte die Bücher hinein, die noch auf seinem Tisch lagen, schaute in die fassungslosen Gesichter seiner Schulkameraden und verließ den Klassenraum, ohne noch einmal zurückzublicken. Die Tür schloss er so vorsichtig, als wäre ein Zünder eingebaut, der bei zu viel Druck eine gigantische Bombe zündete.

Auf dem Flur wischte er sich Krümel von seinem schwarzen T-Shirt, die gar nicht vorhanden waren, dann atmete er zweimal tief ein und aus. Das war seine letzte Stunde »Ethische Bildung« gewesen, so oder so, daran bestand nicht der geringste Zweifel. Sein Herzschlag beruhigte sich, mit einer Handbewegung, die einem Herrscher gut gestanden hätte, fegte er sich die Haare aus dem Gesicht.

Diese Fotze würde nicht ungestraft davonkommen, das stand fest. Heute Abend würde er ein Ritual zelebrieren, das ihm Höhe und Art der Strafe offenbaren würde. Luzifer würde ihn nicht im Stich lassen, Luzifer hatte ihn noch nie im Stich gelassen.

Der Schulhof war menschenleer. Die hypermoderne abstrakte Skulptur, die vor drei Jahren in der Mitte aufgestellt worden war und fast hunderttausend Euro gekostet hatte, war mal wieder mit einem Graffiti beschmiert. Wahrscheinlich irgendwelche pubertierenden Rüpel aus der Mittelstufe.

Sein Rennrad hatte Lars an einen Laternenmast angeschlossen. Er fummelte den Schlüssel ins Schloss, in seinem Kopf drehte sich alles, er musste einen Moment innehalten und stützte sich an dem kühlen Metall ab. Bitte nicht jetzt. Seit seiner Kindheit verlor er immer wieder das Bewusstsein, aber er kippte nicht einfach um; wenn er wieder aufwachte, war er irgendwo anders, meistens aber zu Hause. Was in der Zeit dazwischen geschehen war, wusste er nicht mehr. Sein Kopf war untersucht worden, aber kein Arzt hatte etwas gefunden. Das Schwindelgefühl ließ nach, sein Verstand klarte auf, aber immer wieder wehten ihm die verderbten Worte dieser Fotze durch den Kopf: »Deine Mutter ist eine Hure!«

*

Endlich bin ich mit Friedel allein. Ich sitze an meinem Mischpult, alles ist bereit. Die Geräte summen fast unhörbar, das digitale Aufnahme- und Schnittprogramm wartet auf Input.

Diese Software ist schlicht genial. Früher hätte ein Studio mit achtundvierzig oder mehr Spuren zweihunderttausend Euro gekostet, heute brauche in nur einen PC für tausend und Software für einhundertfünfzig Euro. Kostspielig ist nach wie vor die Musikanlage, die Boxen zum Abhören des Sounds. Da habe ich nicht gespart. Je ein Paar Tannoy- und Bose-Studiomonitore mit der entsprechenden Audiohardware, um sie optimal an meinen Aufnahmeraum anzupassen haben knapp zehntausend Euro gekostet. Aber die Dinger sind jeden verdammten Euro wert. Ein Mischpult habe ich nicht, das läuft alles über die Mehrspursoundkarte, ebenfalls ein Wunderwerk der Technik und mit achthundert Euro spottbillig im Vergleich zu den Mixingkonsolen für dreißig- oder vierzigtausend Euro. Vor zwanzig oder dreißig Jahren hätte ich mein Projekt nicht umsetzen können, heute in der digitalen Zeit – kein Problem. Was mir immer noch fehlt, ist ein Gerät, das es noch nicht gibt, das in der Lage ist, ganze Körper zu digitalisieren. Dann könnte ich sie auf Festplatten ins Regal stellen. Dann könnte ich Menschen sammeln, unendlich viele!

Ich rufe mich zur Ordnung. Jetzt ist nicht die Zeit zu träumen. Es gibt viel zu tun! Als Erstes muss Friedel von seiner Angst befreit werden. Das geht nicht mit Medikamenten, denn dann ist er nicht mehr in der Lage, mir zu geben, was ich von ihm will, was ich von ihm brauche.

Es ist Dienstag, es ist vierzehn Uhr siebzehn. Ich habe ihm das Weckmittel gespritzt. Da, seine Lider beginnen zu flattern. Er öffnet die Augen, zuerst begreift er nichts, wie alle, die aus der Narkose aufwachen, das ist normal. Aber die Erinnerung kommt schnell. Panik flammt auf, er verkrampft.

Das ist ganz schlecht, also öffne ich den Interkomkanal, der meine Stimme aus dem Studio zu ihm in den Aufnahmeraum überträgt. Ich habe ein Gerät zwischengeschaltet, das meine Stimme verfremdet. »Friedel, hörst du mich?«

Seine Augen bleiben einen Moment stehen, dann rollen sie wieder von einer zur anderen Seite. Er sagt nichts.

»Friedel, hörst du mich? Bitte antworte.«

Sein Atem geht stoßweise, er versucht, Widerstand zu leisten. Er ist trotzig. Nicht zu tun, was ich von ihm verlange, ist sein letztes bisschen Macht gegenüber einem Gegner, der absolute Kontrolle über ihn hat.

»Friedel, ich weiß, das klingt jetzt seltsam, aber du brauchst keine Angst zu haben. Ich werde dich auf keinen Fall töten. Überleg mal. Du hast mein Gesicht nicht gesehen, und meine Stimme ist so verfremdet, dass du sie nicht wiedererkennen kannst. Ich habe also alle Vorkehrungen getroffen, damit ich dich in ein oder zwei Tagen wieder freilassen kann. Na, was sagst du?«

Friedels Herzschlag beschleunigt sich weiter. Er traut mir nicht.

»Okay, ich verstehe, dass du sauer bist, und ich gebe zu, ich wäre es auch, wenn mich jemand entführen und festhalten würde.«

»Ich habe kein Geld«, quetscht Friedel zwischen den Zähnen hervor.

Gut, Friedel, gut. Sein Widerstand bröckelt schneller, als ich gedacht habe. Stockholm-Syndrom. Dem kann sich keiner entziehen. Friedels Geist will glauben, was ich verspreche, muss es glauben, damit er nicht wahnsinnig wird.

»Ich will nicht dein Geld, Friedel. Im Gegenteil. Ich werde dich reich und berühmt machen. Du wirst erleben, dass dein Gesicht in allen Zeitungen abgedruckt wird, dass du Angebote bekommen wirst für Bücher, in denen du beschreibst, wie du mit mir zusammengearbeitet hast und was du erlebt hast.«

Die Herzfrequenz beruhigt sich, sie stabilisiert sich bei 145 Schlägen pro Minute, das ist gut.

»Natürlich musst du dich dafür anstrengen, das ist ja klar.«

»Was?«

»Was du tun musst? Leih mir deine Stimme. Schrei für mich. Schrei für *dich.*«

Friedel runzelt die Stirn, seine Augen huschen immer noch hin und her. Sein Instinkt sagt ihm, dass er in Gefahr ist.

»Schreien?«

138. Sein Herz schlägt fast normal.

»Einfach nur schreien. Auf eine ganz bestimmte Art. So, als ob du Schmerzen hättest.«

148. Er scheint den Braten zu riechen.

»Ich weiß, das ist schwer, aber ich werde dich nach Kräften unterstützen.«

155. Er ist nicht so tumb, wie ich dachte. Er hat anscheinend erkannt, dass ich ihm Schmerzen zufügen werde.

»Das ist der Deal. Geld und Ruhm gegen Schmerzen. So ist es doch immer, das Leben. Zwei oder drei höllische Tage für viele Jahre in Saus und Braus. Das ist doch ein faires Angebot! Nicht wie in der Religion. Da musst du dein ganzes Leben lang leiden, und ob es das Paradies gibt, das kann dir niemand garantieren.«

»Nein, ich will das nicht. Ich will nach Hause. Jetzt.«

Verzweiflung. Angst. Panik. Mein Gott! Er ist den Tränen nahe. So eine Memme. Ich habe noch gar nicht angefangen, und er flennt schon. Habe ich mich so in ihm getäuscht?

»Friedel, du musst begreifen: Ich bin jetzt dein Gebieter, dein Gott und dein Teufel zugleich. Ich entscheide, was mit dir geschieht. Wenn du dich sträubst, wird es unangenehm. Wenn du mitmachst, wirst du ruck, zuck mit deinem Programm durch sein, und dann darfst du wieder nach Hause. Hey, ich will dir wirklich nichts Böses, das kannst du mir glauben.«

145. Es wirkt.

Soll ich ihn mit großem Schmerz überraschen, oder soll ich ihn langsam heranführen? Ich entscheide mich für einen Überraschungsangriff. Ich schalte die Spur scharf, starte das Programm und drücke den roten Knopf. Ein nicht tödlicher, aber schmerzhafter Stromstoß von fünftausend Volt jagt für den Bruchteil einer Sekunde durch seinen Körper, er bäumt sich auf und schreit. Die Stromstärke beträgt nur wenige Tausendstel Ampere, ansonsten würde ihn die Hochspannung augenblicklich töten.

Ich traue meinen Augen nicht. 120 Dezibel. Das ist so laut wie ein Düsentriebwerk beim Start. Ohne meine elektronischen Filter, die die Eingangslautstärke automatisch optimal einstellen, wäre die Aufnahme unbrauchbar, weil verzerrt. Aber so erhalte ich ein Juwel an Schrei. Von ganz tief unten rasen Bassfrequenzen, so um die einhundert Hertz, hinauf bis auf achttausend Hertz. Fantastisch. Friedel ist der Hit. Eine wirklich gute Wahl. Ich bin stolz auf mich. Diesmal hat sich meine Geduld fürstlich ausgezahlt: Ich habe ihn drei Wochen observiert.

Friedel sackt in sich zusammen, Schweiß dringt aus jeder Pore. Seine Augen sind verdreht, er sieht aus, als sei er vollkommen balla-balla, aber das sind nur die Muskeln, die durch den Strom nicht mehr so richtig wissen, was sie tun sollen. Das gibt sich in ein paar Minuten, dann stehen die Augen wieder ganz normal. Friedel atmet, als habe er einen Doppelmarathon hinter sich, seine Werte sind aber vollkommen in Ordnung. Er ist wirklich topfit.

Ich drücke den Knopf, damit er mich hören kann. »Friedel, das war absolute Spitze! Du kannst echt stolz auf dich sein. Dieser Schrei war vom Allerfeinsten. Gratulation.«

Friedel hechelt immer noch. »Tu das nie wieder«, sagt er abgehackt. »Tu das nie wieder, oder ich bringe dich um. Du bist ein Bekloppter. Du gehörst in die Klapse.«

Er verschnauft einen Moment, dann stößt er einen Schrei aus, keinen Schmerzensschrei, sondern einen Wutschrei, der alle meine Anzeigeinstrumente erneut in den roten Bereich treibt. Er schnappt nach Luft, dann bricht er in Tränen aus. Ein schöner Schrei, den ich unter »Aggressionsabbau« ablegen werde.

»Für heute bist du fertig, Friedel«, sage ich freundlich und löse eine Injektion aus, die ihn ins Land der Träume schickt. »Schlaf schön und erhol dich gut«, sage ich und klicke an den Anfang der Aufnahme, die ich sorgfältig beschrifte: »Friedel, Take 1, 4. Mai, 5 000 Volt, 0,1 Milliampere, 1 Tausendstel Sekunde, fünf Sterne. Kategorie: Subfrequenzüberschlagschrei, Klasse 1.«

Ich höre mir das Meisterwerk wieder und wieder an, Glück strömt durch meinen Körper, meine Seele kommt zur Ruhe. Was für ein Genuss!

Friedel wird meine Sammlung um einige wertvolle Stücke bereichern. Er ist eindeutig ein Kandidat für die Rippenschere. Damit kann ich Finger glatt und sauber abtrennen, eine besondere Spezialität. Denn dabei vereinen sich der Schmerz des

Schnittes und der Schock des Verlustes eines Fingergliedes zu äußerst reizvollen Schreiabfolgen, ganze Kaskaden von wunderbaren Klängen entstehen. Und wenn seine Stimme verbraucht ist und er mir gegeben hat, was er geben konnte, wird er einen sanften Tod sterben, den er nicht spüren wird, das bin ich ihm schuldig.

6. Mittwoch

Der letzte Engel, den Lars erledigte, hatte sich von hinten herangeschlichen, aber Lars konnte die Mistviecher riechen. Mit der stumpfen Seite seines Henkelkreuzes zerschmetterte er dem Engel den Schädel, jetzt war die Himmelspforte unbewacht, aber bevor Lars hineinstürmen konnte, um Gott zu stürzen, schnitt ein Hahnenschrei durch seinen Kopf.

Lars schreckte hoch. Verdammt, es war schon sechs Uhr! Er schaltete den Wecker seines Handys aus, der Hahnenschrei erstarb. Er sprang aus dem Bett, stellte sich unter die Dusche, und obwohl er einen mächtigen Ständer hatte, beherrschte er sich. Es war Fastenzeit, und er wollte sein Keuschheitsgelübde nicht brechen. Er duschte kurz heiß und kalt, schlüpfte in seine Schulklamotten, die ihn aussehen ließen wie einen ganz normalen Pennäler. Jeans, T-Shirt, Turnschuhe. Viertel nach sechs. Die Schultasche hatte er schon gestern Abend gepackt, er nahm sie am Tragegurt, ging hinunter in die Küche und platzierte sie an der Haustür. Er kochte Kaffee für sich und Tee für seine Mutter. Müsli für sich, Toast mit Erdbeermarmelade für seine Mutter. Ein hart gekochtes Ei für sich, ein Butterkeks für seine Mutter. Er nahm das Tablett, auf dem er alles angerichtet hatte, und ging in das Schlafzimmer seiner Mutter.

Sie war bereits wach, so wie jeden Morgen. Mehr als drei oder vier Stunden Schlaf waren nicht drin, selbst das Morphium konnte ihre Schmerzen nicht vollends vertreiben. Die Ärzte waren am Ende ihres Lateins angekommen und führten seine Mutter unter der Rubrik »austherapiert«. Nichts mehr zu machen. Der Krebs fraß sie langsam, aber sicher auf, die Metastasen hatten bereits einige Lendenwirbel so angegriffen, dass sie sich nur unter Schmerzen bewegen konnte. Wenn einer bräche, wäre sie querschnittsgelähmt.

»Guten Morgen, Mama«, sagte Lars.

»Guten Morgen, mein Junge«, flüsterte sie und lächelte ihn an. »Stell dir vor, heute Morgen habe ich überhaupt keine Schmerzen.«

Lars hob die Augenbrauen. »Das ist ja wundervoll. Wie lange hast du geschlafen?«

»Sechs Stunden ohne Unterbrechung. Stell dir das vor! Bald bin ich wieder gesund, das spüre ich.«

»Na, dann kommt ein kräftiges Frühstück ja wie gerufen.«

Ihr Blick verschleierte sich. »Ach, ich habe keinen richtigen Hunger, ich habe gestern Abend so viel gegessen.«

Eine halbe Scheibe Brot hatte sie gegessen. Mit einer hauchdünnen Scheibe Salami darauf, keine Butter.

Lars schluckte. »Aber Mama, gestern Abend hast du fast nichts gegessen. Wenn du schnell wieder gesund werden willst, musst du anständig essen. Das hast du mir auch immer gesagt.« Er strich ihr eine Strähne aus dem Gesicht und tupfte ihr ein paar Tränen aus den Augenwinkeln.

»Aber ich kann nichts essen …« Ihre Stimme versickerte in den Kissen, die Lars ihr in den Rücken gestopft hatte, damit sie ihn beim Sitzen nicht so belasten musste.

Lang ausstrecken, das war seit Monaten nicht mehr möglich. Zweimal am Tag kam eine Pflegerin, um sie zu waschen, den Beutel des künstlichen Darmausgangs zu wechseln und zu kontrollieren, ob sie wunde Stellen hatte.

Lars seufzte, stellte das Tablett auf den Nachttisch, aß sein Müsli, küsste seine Mutter zum Abschied auf die Stirn und machte sich auf den Weg zur Schule. Er nahm sich vor, heute alles brav und artig über sich ergehen zu lassen, egal, was die Lehrer auch von sich gaben. Selbst Frau Selm-Bödens geistigen Dünnschiss würde er ohne Murren ertragen.

Er schwang sich auf sein Fahrrad, warf noch einen Blick auf das hässliche graue Haus, in dem er und seine Mutter drei Zimmer bewohnten, seit der Mann, der sich als sein Vater bezeichnet hatte, nicht mehr da war. Sechs Stockwerke verblichene nichtssagende Fassade. Bis zur S-Bahnstation am Bilker Bahnhof brauchte er keine fünf Minuten.

Lars grüßte ein paar Klassenkameraden, die ihn verlegen angrinsten, ihm zuwinkten und den Daumen hoben. Seine Show gestern hatte sie tief beeindruckt, da war sich Lars sicher. Allesamt waren sie Feiglinge, die sich nicht trauten, das Maul aufzumachen. Die würden sogar dann den Schwanz einziehen, wenn ihre Freundinnen vergewaltigt würden. Abschaum, ungläubiges Pack, das sich wundern wird, wenn Luzifer auf die Erde zurückkehrt und die Gerechten von den Ungerechten trennt, dachte Lars. Bis dahin würde er sich gut mit ihnen stellen, denn er brauchte ihr Geld. Die Warmduscher zahlten nicht nur für ausgefallene Unterrichtsstunden, sie fuhren auch total auf die kleinen bunten Pillen ab, mit denen sie zwei Nächte durchfeiern konnten. Was für eine Verschwendung. Lars benutzte diese Drogen nur für magische Reisen und Rituale, die zwischen einer und zweiundsiebzig Stunden dauern konnten, je nachdem, welche magische Aufgabe zu lösen war. Seine erbärmlichen Kunden warfen das Zeug ein, um high zu sein, um der Realität zu entkommen, er, Lars, Amothep der Große, der Hohepriester der Church of XXXL, benutzte die Drogen, um Realität zu schaffen!

In den ersten beiden Stunden stand Mathematik bei Dr. Friedrich Meybaum, Lars' Klassenlehrer, auf dem Stundenplan, sein Lieblingsfach. Integral- und Vektorrechnung, das war das pure Wort Luzifers. Mathematik log nicht, Mathematik galt im gesamten Universum, ohne Mathematik ging gar nichts. Luzifer war Mathematik, und Mathematik war Luzifer. Lars fieberte dem Abitur entgegen, denn dann hatte er nicht nur das Gelübde seiner Mutter gegenüber erfüllt. Er hatte ihr bei allem, was ihm heilig war, geschworen, das Abitur zu bestehen, und Meybaum versüßte ihm den Weg bis dahin. Lohn von höchster Stelle war seinem Mathelehrer dafür sicher: Meybaum war einer der wenigen Ungläubigen, die einst in Luzifers Palast Eingang finden würden, dafür würde Lars sorgen. Und bis zum Eintreffen Luzifers würde er Mathematik studieren, um die Verbindungen zwischen den Henochischen Schlüsseln und der Welt der Zahlen beweisen zu können.

Meybaum stand bereits vor dem Klassenraum. Als er Lars erkannte, kam er auf ihn zu.

»Morgen«, sagte er, und Lars gefiel sein Ton überhaupt nicht. Meybaum klang, als habe die ganze Klasse im letzten Test nicht eine Aufgabe gelöst. Das wäre für Meybaum eine Katastrophe gewesen, denn er war eines der seltenen Exemplare der Gattung Lehrer, die den Grund für ein Versagen seiner Schüler zuerst bei sich selbst suchten.

Meybaum nahm ihn am Arm und zog ihn zur Seite. Bei jedem anderen hätte er eine solche Respektlosigkeit mit einem anständigen Stüber bestraft. Niemand durfte ihn ungefragt anfassen – außer Meybaum.

»Sag mal, Lars«, Meybaum rieb sich die Nasenwurzel, »was ist denn da gestern los gewesen?«

»Was meinen Sie denn, Herr Dr. Meybaum?«

»Na, bei der Selm-Böden.«

Lars wurde es warm. Sollte die alte Schachtel tatsächlich zum Oberboss gelaufen sein?

»Ich hatte eine Auseinandersetzung mit ihr, aber wir haben das geregelt.«

Meybaum verzog die Lippen. »Was genau?«

Lars schilderte den Vorfall ausführlich und wahrheitsgetreu.

»Das habe ich befürchtet«, sagte Meybaum. »Die Selm-Böden hat das alles etwas anders dargestellt.«

Jetzt wurde es Lars heiß.

»Ich muss dich zum Direktor bringen. Außerordentliche Schulkonferenz.« Er schaute Lars direkt in die Augen. »Du bist mein bester Schüler. Du liebst die Mathematik. Ich werde mich für dich einsetzen, aber erwarte nicht zu viel. Ich habe nur eine Stimme.«

Lars fühlte den Boden unter seinen Füßen weich werden. Sie wollten ihn rausschmeißen, weil er dieser verdammten Schlampe ihre Grenzen aufgezeigt hatte. Was war das für ein widerlicher Haufen von speichelleckenden Vasallen! Er spielte einen Moment mit dem Gedanken, einfach nach Hause zu gehen, aber wie sollte er das Mutter klarmachen? Sie würde vor Kummer sterben. Nein, er würde kämpfen!

Im Büro des Direktors hatten sich die Richter versammelt: die Selm-Böden, der Direktor, der Stellvertreter des Direktors, der Stufenleiter und sogar der Elternsprecher.

Sie nahmen Platz, der Direktor begann ohne Umschweife.

»Herr Rüttgen, sind Sie bereit, sich bei Frau Selm-Böden zu entschuldigen?«

Lars dachte an seine Mutter und an seine Ziele, lächelte und wandte sich der Schreckschraube zu, die er am liebsten mit den bloßen Händen erwürgt hätte.

»Sie sind mir zuvorgekommen, ich hatte sowieso vorgehabt, mich für mein Verhalten zu entschuldigen. Ich weiß gar nicht, was in mich gefahren ist. Sie können versichert sein, dass das nie wieder vorkommen wird. Es tut mir aufrichtig leid. Ich hatte keine leichte Kindheit, mein Vater hat meine Mutter immer als Prostituierte beschimpft. Deswegen sind mir wohl die Nerven durchgegangen.«

Der Direktor nickte, die Selm-Böden blickte an Lars vorbei und presste ihre Lippen aufeinander.

»In Ordnung, Herr Rüttgen, mit dieser Entschuldigung und Ihrer Offenheit ersparen Sie sich eine Menger Ärger.«

Lars atmete auf. Gut, dass er sich im richtigen Moment unter Kontrolle hatte.

»Frau Selm-Böden wird auf eine Anzeige wegen Körperverletzung, Nötigung und Freiheitsentzug gegen Sie verzichten.«

Lars spürte Schweißperlen auf der Stirn. Was sollte das denn? »Ich verstehe nicht ganz?«, fragte Lars. »Körperverletzung? Nötigung? Freiheitsentzug? Reden wir hier von derselben Sache?«

»Das tun wir allerdings. Wir haben die ganze Klasse befragt, und alle haben dasselbe ausgesagt. Alle sind bereit, das auch vor der Polizei zu wiederholen. Aber wie gesagt, wir verzichten auf eine Anzeige. Die Schule müssen Sie jedoch verlassen. Und zwar sofort. Sollten Sie sich weigern, machen wir von unserem Hausrecht Gebrauch.« Meybaum meldete sich, wollte sprechen, doch der Direktor schnitt ihm das Wort ab. »Sie sind in diesem Fall befangen. Wir wissen, wie Sie zu Herrn Rüttgen stehen, und uns ist klar, dass Sie alles versuchen würden, um ihn zu schützen.«

Meybaum lief rot an. »Was glauben Sie …«

Lars legte ihm eine Hand auf den Unterarm. »Lassen Sie es gut sein, Dr. Meybaum. Ich weiß Ihren Einsatz zu schätzen.« Es war sinnlos, dass sich Meybaum opferte. Lars setzte ein überlegenes Lächeln auf. »Wenn Sie glauben, mich von dem, was ich tun will, abhalten zu können, haben Sie sich getäuscht.« Langsam stand er auf, blickte seinen Richtern und Henkern in die Augen und genoss die Angst und die Verwirrung darin. Dr. Meybaum reichte er die Hand, der sie sofort ergriff und dabei aufstand. »Herr Dr. Meybaum. Sie sind der beste Lehrer, den ich je gehabt habe und mit Abstand der beste Pädagoge an diesem perversen Bildungsinstitut. Ich wünsche Ihnen alles Gute.« Lars schüttelte die Hand kräftig, öffnete die Tür, verließ den Raum und schloss die Tür ohne Geräusch.

Mit starrem Blick verließ er die Schule, fuhr mit dem nächsten Bus nach Unterbach, lief in den Wald und schrie sich eine Stunde lang die Seele aus dem Leib, bis sein Rachen schmerzte. Er hieb mit abgebrochenen Ästen auf Bäume ein, warf Steine so weit er konnte. Er zertrampelte einen Ameisenhügel, beschimpfte die Tiere als ebenso einfältig wie die Menschen, mit denen er zu tun hatte. Nass geschwitzt hielt er inne, hob seine Arme zum Himmel und tat einen Schwur: »Diese Schmach kann nur mit Blut hinweggewaschen werden. So soll das Blut und der Bann über die kommen, die es gewagt haben, gegen mich, Amothep den Großen, Hohepriester Luzifers, die Lüge zu führen.«

Er zog sein Messer aus der Tasche, setzte es am Unterarm an und zog eine blutige Linie von der Armbeuge bis zum Handgelenk. Wohlig fuhr ihm der Schmerz in die Glieder. Dies war ein Schwur, der nur gültig war, wenn er sein eigenes Blut vergoss. Das Schicksal seiner ehemaligen Schule und aller Menschen darin war besiegelt. Nur Dr. Meybaum würde er verschonen.

*

Fran schob den Teller in die Mitte ihres Schreibtischs und stöhnte. »Senior, wo hast du diesen Rhabarberkuchen her? Er ist die pure Sünde!«

»Womit wir beim Thema wären.«

Fran nickte unwillig. Es war gerade so gemütlich gewesen; sie hatten über das Wetter geredet und über die neuesten Kinofilme.

Das Team war noch vor Ort, sie waren begeistert, dass sie endlich mal wieder ins Feld durften, ihre Theorien in der Praxis erproben konnten. Bisher hatten sie meist Akten bearbeitet, waren selten in die direkte Tatortarbeit eingebunden worden. Ein schöner Erfolg für Fran – dank Senior. Nur der Zeitrahmen war eng. Sie fragte sich, wie sie innerhalb von drei Tagen die Datenflut auswerten sollten, die das Team mitbringen würde.

Senior steckte sich noch ein Stück Kuchen in den Mund und begann zu reden, ein paar Krümel landeten auf seinem Pullover. Frans Vater hätte Senior rausgeschmissen oder hätte den Raum verlassen, wenn das nicht möglich gewesen wäre. Mit vollem Mund reden, das war für ihren Erzeuger eine Todsünde.

»Also das mit Solderwein, das könnte noch interessant werden …«

Fran hob die Augenbrauen. »Senior, der Kuchen ist echt gut, aber deswegen musst du keine Volksreden halten. Komm zur Sache.«

Er hob abwehrend die Hände. »Okay, okay. Ich konnte über Solderwein nichts rausfinden, außer dem, was wir schon wissen.«

»Wo bist du nicht weitergekommen?«

»Bei allem. Im System habe ich nichts gefunden, außer seiner Verurteilung, die eigentlich gar nicht mehr da sein dürfte. Er war katholisch bis zu seinem Tod, nicht aktiv in der Gemeinde. Angehörige hat er keine. Seine Frau ist 1996 gestorben, keine Nachkommen, keine zweite Heirat. Ich wollte bei seiner ehemaligen Bank nachfragen, mal in die Unterlagen schauen, aber die haben mich in Begleitung zweier Rechtsanwälte, die unentwegt auf mich eingeredet haben, zum Ausgang gebracht. Als ich einen Beschluss haben wollte, hat Staatsanwalt Böhrerjan nur abgewunken und gesagt, wir sollten uns nicht lächerlich machen und er würde nur über seine Leiche irgendetwas anfordern, was mit der Düsseldorf Real-Investment zu tun hätte, ohne knallharte Beweise.«

»Aber wir wollen doch nichts Böses!«

Senior unterbrach sie. »Da rennst du bei mir offene Türen ein. Du kennst doch die Empfindlichkeiten. Die Bosse wollen die Affäre schnell aus der Welt haben und nicht auf den Nerven der Banken herumtrampeln. Die Krise ist schon heftig genug, niemand hat Interesse daran, in altem Schlamm herumzuwühlen.«

»Jetzt ist das schon eine Affäre?« Fran nahm einen Schluck Kaffee, der schon kalt war.

»Ja, so wird es eingestuft. Wann hatten wir den letzten Anschlag auf einen Friedhof?«

»Nicht auf einen Friedhof, aber auf eine jüdische Synagoge. Erinnerst du dich nicht daran?«

Senior kratzte sich am Kopf. »Natürlich. Zweiter Oktober 2000. Aber das waren weder Satanisten noch Rechtsradikale noch Linke gewesen. Araber haben einen Brandsatz geworfen, um sich für den Tod eines kleinen Jungen zu rächen, der von israelischen Soldaten erschossen worden war.«

Fran zuckte mit den Schultern. »Nicht unser Thema. Das hat weder mit dem einen noch mit dem anderen was zu tun.«

Senior nickte bestätigend.

»Bei Solderwein waren ebenfalls keine Nazis am Werk. Das sieht ein Blinder mit Krückstock.« Fran schlug mit der flachen Hand auf den Tisch. »Wir müssen mehr über Solderwein erfahren. Warum haben sie sich dafür entschieden, auf seinem

Grab eine schwarze Messe zu feiern? Das Opfer führt uns zu den Tätern!«

»Keine Frage, aber wie?« Senior legte die Stirn in Falten. »Wir brauchen einen richterlichen Beschluss. Sonst geht gar nichts.«

»Vollkommen richtig. Ich rufe die Fellmis an«, sagte Fran grimmig.

Senior grinste. »Du siehst aus wie ein trotziges Kind.«

»Trotzige Kinder sind das Hartnäckigste, was es gibt, das solltest du wissen.«

Er neigte den Kopf. »Touché. Viel Glück!«

Fran presste den Zeigefinger auf das Display ihres Smartphones. Die Schnellwahltaste hatte sie »Chef« genannt, so wie sie ihre Vorgesetzte immer nannte; denn so fühlte sich die Fellmis an: wie ein Mann.

Es klingelte nur zwei Mal.

»Was gibt's, Miller? Machen Sie's kurz. Ich bin nur drangegangen, weil ich hoffe, dass Sie mich nicht ohne guten Grund stören.«

Fran stöhnte innerlich. In der Zeit, die Fellmis' Sermon gedauert hatte, hätte sie ihr Anliegen schon längst vorbringen können. »Der Friedhof. Ich brauche eine richterliche Anordnung für die Düsseldorfer Real-Investment Bank. Die mauern komplett. Ich muss Solderwein durchleuchten.«

Auf der anderen Seite blieb es einen Moment still. Fran dachte schon, die Verbindung sei unterbrochen, aber Fellmis meldete sich mit einem Schnauben zurück, das jedes weitere Wort ihrer Chefin eigentlich unnötig gemacht hätte. Doch die Fellmis ließ es sich nicht nehmen, einen Rüffel hinterherzuschicken. »Sind Sie jetzt vollkommen durchgedreht, Miller? Was glauben Sie, was los ist, wenn Sie in der Düsseldorfer Real-Investment Bank mit einem Beschluss auflaufen? Was glauben …«

Fran unterbrach Fellmis. »Dann passiert gar nichts. Vorausgesetzt, wie Sie schon sagten, *ich* gehe dorthin zusammen mit Benjamin Haller. Und sonst niemand. Und niemand erfährt davon. Wenn ich nicht mehr über Solderwein erfahren kann, kann ich nicht ausschließen, dass der Anschlag …«

»Sie drohen mir?« Fran zuckte zusammen, so laut schoss Fellmis' Stimme aus dem Telefon. »Wir sprechen uns noch«, warf sie hinterher.

Fran erkannte, dass sie einen Fehler gemacht hatte. Die Verbindung war unterbrochen. Fran glühte vor Wut und schwitzte.

»So eine verfluchte Scheiße!« Sie starrte ihr Smartphone an, beschloss aber, es nicht in hohem Bogen wegzuwerfen, sondern steckte es wieder in den Rucksack.

»Sie war nicht begeistert, oder?« Senior legte ihr eine Hand auf die Schulter.

Fran schüttelte sich. »Lass das jetzt«, bellte sie und sprang auf. »Verdammt, wie soll ich arbeiten, wenn alle gegen mich sind? Wenn diese Großkopferten nichts als ihre Zahlen und ihre Karriere im Kopf haben …«

Senior hob die Augenbrauen. »Logisch. Aber es ist, wie es ist. Dagegen kommst du nicht an. Der Apparat ist stärker.«

»Das macht doch keinen Sinn! Diese Messe ist keine Kleinigkeit, das kann eskalieren, wir müssen fragen, forschen, Antworten finden, Schlimmeres verhindern. Immer wird so lange gewartet, bis jemand tot ist, und dann tun alle so, als sei der Täter vom Himmel gefallen.«

Fran spürte Tränen aufsteigen. Als sie hier angefangen hatte, war alles anders gewesen. Es hatte keinen Chef gegeben, es hatte keine Hürden gegeben, im Gegenteil, der Innenminister persönlich hatte eine Rede gehalten, in der er die Bedeutung der Operativen Fallanalyse hervorgehoben hatte und der Abteilung seine volle Unterstützung zugesagt hatte. Was war davon geblieben? Sie forschten sich die Köpfe wund, erstellten hin und wieder mal ein Profil, die Anerkennung steckten andere ein, sie ackerten sich durch Altfälle, die zum Teil so verbockt waren, dass man beim besten Willen keine sauberen Ergebnisse erzielen konnte. Asservate fehlten, Akten fehlten oder waren schlampig angelegt, Spurenträger waren unsachgemäß gelagert und so weiter und so fort. Vielleicht sollte sie doch in die Wirtschaft gehen und Einstellungstests entwickeln? Ihre Nackenhaare stellten sich auf. Nein, niemals. Sie durfte nicht aufgeben. Allein schon deshalb, weil ihr Vater ihr genau das prophezeit hatte: »Du glaubst wohl, du bist schlauer als ich und der Rest der Welt? Na, du wirst noch früh genug auf die Schnauze fallen. Und dann beschwer dich nicht, ich hätte dich nicht gewarnt!« Sie atmete drei Mal tief ein und aus.

»Okay, Senior. Entschuldige.« Sie schaute auf die Uhr. »Ich brauche frische Luft. Es ist eh schon spät. Wir machen morgen früh weiter. Okay?«

Senior nickte nur, packte seine Sachen und verabschiedete sich.

Fran beruhigte ihren Atem, presste sich die Hände an die Schläfen. Sie musste lernen, ihre Wut unter Kontrolle zu bekommen. Immer wieder brach sie durch, zerstörerisch wie ein Tsunami. Wenn die Wut kam, konnte sie nicht mehr klar denken, und das war nicht akzeptabel. »Du musst einen anderen Weg finden«, murmelte sie. Langsam verzog sich die Wut. Sie schloss die Augen und ließ sich alles durch den Kopf gehen, was sie heute gesehen und gehört hatte. Die Bilder rasten an ihrem inneren Auge vorbei, manche schoben sich nach vorne, glitten wieder zurück, ein Wort kehrte immer wieder, ein Bild blieb haften: Blumen! Frische Schnittblumen.

Fran riss die Augen auf, hämmerte die Nummer des Nordfriedhofs in die Tastatur, lauschte.

Jemand hob ab. »Ja, bitte?«

»Franziska Miller, Landeskriminalamt. Wer sorgt für die frischen Blumen auf dem Grab von Friedrich von Solderwein?«

»Moment.«

Sie hörte, wie der Mann den Hörer hinlegte, aufstand und einen metallenen Aktenschrank öffnete. Er pfiff dabei vor sich hin. Hoffentlich kam er mit einem Namen zurück. Seit zwei Jahren kam jemand regelmäßig zum Grab und pflegte es. Wenn es keine Firma war, die dafür im Voraus bezahlt worden war, musste es ein Mensch sein. Ein Mensch, der Solderwein nahestand.

Der Hörer wurde wieder aufgenommen, das Pfeifen hörte auf. »Darf ich Ihnen das überhaupt sagen?«

Fran schluckte. »Das dürfen Sie, es geht schließlich darum, herauszufinden, wer diese Schweinerei angerichtet hat, und sicherlich wird sich derjenige oder diejenige, die das Grab pflegt, so oder so bei uns melden. Je eher wir den Namen wissen, desto schneller können wir ermitteln und desto eher finden wir die Täter. Sie kennen das doch …«

»Ja, klar, nach vierundzwanzig Stunden ist die Spur kalt.«

Fran atmete tief ein. Einmal in ihrem Leben verdankte sie dem Fernsehen und seiner fantasievollen, aber völlig unrealistischen Darstellung der Polizeiarbeit einen Vorteil. »Genauso ist es«, säuselte sie.

»Ägidius Bonaventura. Wohnt in Kaiserswerth. In der Friedrich-von-Spee-Straße Nummer 18. Kommt seit zwei Jahren und hält das Grab in Ordnung. Wir haben ihn schon benachrichtigt, er ist entsetzt und will gleich nach dem Rechten sehen und …«

»Vielen Dank«, unterbrach Fran den Redeschwall und legte auf.

*

Ich bin spät dran. Dieser verfluchte Verkehr. Alles wegen der dämlichen Baustellen für die noch dämlichere U-Bahn, die kein Mensch braucht. Ich kann es kaum erwarten, wieder mit Friedel zu arbeiten.

Leise öffne ich die Tür, betrete mein Reich, wecke ihn, er sieht erstaunt aus, vielleicht dachte er, dass er schon tot sei. Fast hätte ich heute nicht kommen können. Wieder ein kranker Kollege, aber ich konnte mich drücken. Ich lege meine Maske an, schalte die Fernsteuerung ein, die neben Friedels Tisch steht, und stopfe mir Stöpsel in die Ohren.

Friedel sieht mich, seine Angst bricht ungehemmt hervor, die Erinnerung an den Stromschlag rast durch jede Zelle seines Körpers.

Gut, dass er nicht weiß, was ihm heute bevorsteht. Ich will die 120-dB-Grenze knacken. Dafür brauche ich nur eine lange Nadel und keine komplizierten Berechnungen, wie viel Strom ich ihm zumuten kann, ohne dass sein Herz versagt.

Der Tisch ist eine Spezialanfertigung, versehen mit ausfahrbaren langen Nadeln an den richtigen Stellen. Wochenlang habe ich an dem Mechanismus gefeilt, bis er präzise funktioniert hat.

»Lass mich gehen, bitte«, fleht Friedel und fängt wieder an zu heulen.

Das ist ja nicht zu fassen! Ich muss schnell machen, damit er mir nicht vollkommen abdreht. Ich schalte die Spur scharf, starte die Aufnahme und bediene den Mechanismus, der die Nadel durch Friedels Rücken in seine Wirbelsäule treibt. Dagegen sind fünftausend Volt ein Dreck.

Friedels Augen weiten sich, er öffnet den Mund, und ein spitzer Schrei fährt heraus, wie eine Sirene, 123 Dezibel. Der Rekord! Der Schrei bricht ab, Friedel gurgelt, als hätte man ihm die Kehle durchgeschnitten.

Was ist los? Ich prüfe die Nadel. Sie steckt in seinem Rückenmark, kein Zweifel. Niemand kann diesen gigantischen Schmerz ignorieren. Auf Friedels Gesicht tritt jede kleine Ader hervor, er scheint gleich zu platzen, ich sehe ihm an, dass er schreien möchte, aber aus seiner Kehle kommt nach wie vor nichts als Röcheln. Verdammt! Seine Stimmbänder. Sie sind gerissen. Friedel ist kaputtgegangen.

Ich seufze, lasse die Nadel wieder herausgleiten. Er sackt in sich zusammen, die normale Reaktion, wenn ein Schmerz plötzlich nachlässt, der das gesamte Sein ausgefüllt hat. Ich öffne die Infusion mit dem Betäubungsmittel. Bye-bye, Friedel. Das war's für dich. Schlaf schön.

Ich betrachte das EKG. Grüne Zacken huschen über den Bildschirm, Lebenszeichen. Die Abstände werden größer. Jetzt liegen schon fast vier Sekunden dazwischen. Und dann ist es so weit: Die Flatline schneidet den Bildschirm in zwei Teile. Friedel ist jetzt herztot. Noch fünf Minuten, dann ist auch sein Hirn unrettbar zerstört. Was für ein schmaler Grat vom Leben zum Tod. Ich könnte ihn wiederbeleben. Ich muss mir eingestehen, dass das Gefühl, Herr zu sein über Leben und Tod, angenehm ist. So deutlich habe ich das noch nie empfunden. Wenn es einen Gott gäbe, wäre er so wie ich: ohne Mitgefühl. Aber es gibt keinen Gott. Es gibt nur die Physik. Ich entscheide. Friedel muss sterben.

Ich ziehe mir die Maske vom Kopf und betrachte ihn. Sein sehniger Körper erregt mich. Nicht sexuell, ich bin ja nicht schwul. Nein, es ist die pure Ästhetik der Muskeln, die sich deutlich unter der Haut abzeichnen. Es ist das Gesicht, das tatsächlich den Eindruck macht, als sei er in Frieden entschlafen. Aber so sehen sie eben aus, wenn sie gerade gestorben sind. Alle Muskeln erschlaffen, auch die Gesichtsmuskeln. Friedel ist jetzt absolut entspannt, er spürt keinen Schmerz, keinen

Hunger, keinen Durst und keine quälenden Gedanken. Beneidenswert!

Meine Gedanken quälen mich jeden Tag, und nur für wenige Momente lassen sie mich in Ruhe. Ich spüre ein Kribbeln, das meinen Rücken hinaufkriecht. Genug! Ich brauche eine neue Stimme, eine stabile Stimme. Ich spüre das Fieber, das mich jedes Mal ergreift, wenn ich auf die Jagd gehe, und das Kribbeln auf meinem Rücken lässt nach. Gewaltige Stimmen gibt es, die ich mir jederzeit nehmen könnte. Alles zu seiner Zeit, ermahne ich mich, schiebe die Ungeduld beiseite. Jetzt ist die Zeit, Friedel zu entsorgen. Der Gestank seiner Fäkalien, die er von sich gegeben hat, als auch sein Anus erschlaffte, und die jetzt in dem Metallbecken unter dem Tisch liegen, steigt mir in die Nase. Ich drehe den Hahn auf, das Wasser spült alles in eine Grube, die mit Chemie dafür sorgt, dass nichts mehr stinkt. Ich erinnere mich an meinen ersten Gast, mein Gott, war das eine Schweinerei.

Ich werde Friedel begraben, aber nicht an *einem* Ort, also muss ich ihn in handliche Pakete zerlegen. Dazu streife ich einen Overall über, damit ich mir die Kleider nicht versaue.

Ich setze den ersten Schnitt an den großen Blutgefäßen der Beine an. Die Schwerkraft treibt Blut heraus, der größte Teil bleibt allerdings im Körper, in den inneren Organen, den Muskeln und den feinen Blutgefäßen. Zuerst die Beine, dann die Arme, zuletzt der Kopf. Ich bin immer wieder erstaunt, wie schwer so ein Kopf ist. Zehn Minuten reichen mir, ich bin inzwischen versiert, das Skalpell weiß von selbst, wo es schneiden muss. Der Torso ist nach wie vor der gewichtigste Teil des Körpers. Aber ihn zu zerlegen ist zu viel Arbeit, und bei Friedel nicht nötig. Er wiegt höchstens fünfunddreißig Kilo, das schaffe ich locker.

Friedel wird in meiner Nähe bleiben, ich hebe in einem Umkreis von einhundert Metern die Löcher aus, tief genug, damit Tiere nicht drankommen. Niemand stört mich, ich arbeite ruhig und konzentriert, und nach zweieinhalb Stunden ist Friedel Futter für die Würmer. Er hat es so gewollt. Anstatt Unsterblichkeit zu erlangen, wird er zu Kompost. Bei ihm hatte ich tatsächlich mit dem Gedanken gespielt, ihn am Leben zu lassen. Ich wedele Laub und Gehölz über die Gräber, keine Spur ist mehr zu sehen.

Ich gehe zurück in den Bunker. Bis alles wieder richtig sauber ist, brauche ich nochmals eine gute Stunde. Es ist Zeit, nach Hause zu fahren, aber vorher muss ich noch eine Idee umsetzen.

Das Internet läuft über von Gewaltvideos, sogenannte Snuff-Videos, die reale Gewalt zeigen. Jugendliche, die einfach auf Leute einschlagen, sie töten oder schwer verletzen. Aber man hört nichts. Nur unterdrückte Laute. Was fehlt? Mein Beitrag. Natürlich filme ich meine Akteure, aber ich werde die Bilder nicht ins Internet stellen. Diese Bilder sind zu intim, nur ich darf sie mir anschauen. Ich setze mich an meinen Computer und stelle zehn der schönsten Schreie zusammen. Ich komprimiere sie zu einer im Internet gebräuchlichen MP3-Datei und speichere sie auf meinem USB-Stick. Ich werde die kleine Sammlung in irgendeinem Internet-Café hochladen.

Wen nehme ich als Nächstes? Wem biete ich die Unsterblichkeit an? Einem Kind!? Das wollte ich schon immer mal ausprobieren. Aber es muss älter als zehn Jahre alt sein. Ein Mädchen oder ein Junge? Zuerst ein Mädchen. Das gibt Töne im oberen Frequenzspektrum, heiße schrille Quietscher. Schade um Friedel, aber der Gedanke an ein unschuldiges Mädchen lässt mir das Wasser im Mund zusammenlaufen. Mein Plan sieht vor, dass Friedel der Letzte war, der ohne Spuren verschwinden musste. Ab jetzt kann ich frei wildern, kann mir meine Gäste ganz spontan aussuchen. Doch jetzt muss ich mich beeilen. Ich darf nicht zu spät zum Dienst kommen.

*

Lars räumte das Geschirr ab. Mutter hatte ihr Mittagessen nicht angerührt. Er musste sich etwas überlegen. Künstliche Ernährung vielleicht? Sie würde sich wehren. Wenn sie so weitermachte, war sie in ein paar Wochen tot. Doch sie musste noch über drei Jahre durchhalten. Bis Luzifer kommen und sie heilen würde. Denn er hatte die Macht dazu und würde seinem Wegbereiter auf der Erde diesen Wunsch nicht abschlagen. Aber Mutter hatte jeden Lebensmut verloren. Was konnte er nur tun?

Auf jeden Fall durfte sie nicht erfahren, dass sie ihn von der Schule geworfen hatten. An und für sich war das nichts Schlimmes, aber er hatte Mutter ja hoch und heilig versprochen, das Abitur zu machen und zu studieren.

Er seufzte. »Oh Luzifer, Herr der Welt, warum kannst du mich nicht früher erlösen?«

Lars wusste natürlich, warum. Noch achtzehn Schlüssel musste er beschwören, und alle achtzehn mussten nach festgelegtem Ritus im magischen Schloss gedreht werden, ansonsten war seinem Herrn der Weg versperrt. Nicht, weil er nicht die Macht gehabt hätte, jederzeit zu tun, was er wollte, sondern weil die Beschwörung die mathematische Formel darstellte, die das Universum *zwingen* würde, dass sich Luzifer der Erde erbarmte. Denn das Universum gehorchte der Mathematik. Schon Pythagoras hatte es gewusst, und hätte er heute gelebt, er wäre ein Einstein hoch zehn gewesen. Die richtige mathematische Formel ermöglichte alles. Die meisten Menschen wussten nicht, dass es ohne Mathematik keine Zivilisation geben konnte: keinen Computer, keine Waschmaschine, kein Telefon, keinen Hamburger und auch keinen Zahnarzt. Denn ohne Mathematik gab es auch keine Chemie und keine Physik.

Einen Weg gab es, den Prozess zu beschleunigen, aber Lars schreckte davor zurück, und vor allem war er sich nicht sicher, ob Luzifer es billigen würde und ob es nicht die mathematischen Dimensionen störte. Er nahm einen Rechenblock zur Hand und begann Formeln aufzuschreiben, die die Henochischen Schlüssel als Zahlenwerk interpretierten. Das Ergebnis war zufriedenstellend. Es war möglich, aber das Opfer musste auf jeden Fall ein Mann sein, älter als dreißig. Mehr hatten die Zahlen ihm nicht verraten.

Er nahm die Post zur Hand. Rechnungen. Die Welt, in die er geworfen worden war, zeigte ihre hässlichste Fratze. Mammon musste her. Aber wenn er nicht mehr zur Schule ging, fiel das Kindergeld weg, und das Jobcenter, das ihm die Sozialhilfe bewilligte, die sie jetzt Arbeitslosengeld II nannten, würde ihm erheblichen Ärger bereiten mit Ein-Euro-Job, Weiterbildung und so einem Mist. Er hatte keine Lust, acht Stunden am Tag irgendwo Laub aufzusammeln. Also musste er handeln. Er scannte die letzte Schulbescheinigung ein, veränderte mit einem Bildbearbeitungsprogramm die Daten und druckte die Datei aus. Er betrachtete das Ergebnis. Seine Fälschung sah genauso aus wie die echte Schulbescheinigung. Zusammen mit dem Antrag auf Leistungen zur Sicherung des Lebensunterhalts steckte er sie in einen Briefumschlag. Der musste heute noch raus, damit die Bewilligung rechtzeitig kam, sonst war er am Monatsanfang pleite und konnte die Miete nicht überweisen. Außerdem musste er der Kindergeldstelle die Bescheinigung ebenfalls schicken. Aber erst in zwei Monaten. Auf einen gelben Klebezettel schrieb er »Kindergeld nicht vergessen!« und hängte ihn an den Rand seines Computermonitors.

Das größte Problem war das Abitur. Gab es eine Möglichkeit, es zu kaufen? Er googelte, und tatsächlich, im Ausland konnte er das Abitur kaufen, für umgerechnet zwölftausend Euro. Unmöglich, dafür müsste er eine Bank ausrauben, und das war zu riskant. Es gab Privatschulen – genauso unbezahlbar. Es gab den zweiten Bildungsweg. Dafür brauchte er eine Berufsausbildung oder etwas Vergleichbares – das dauerte zu lange. Was für ein beschissenes Land! Er warf den Kopf nach hinten und fuhr sich mit den Händen durch die Haare. Er versuchte es mit »Abitur ohne Schule«. An neunter Stelle wurde er fündig. Zuerst wollte er es nicht glauben, aber als er die entsprechenden Seiten aufrief, schlug ihm das Herz vor Freude bis in den Hals: Es gab ein Nichtschüler-Abitur.

Das würde zwar noch etwas dauern, denn nach dem Rausschmiss musste er ein Jahr warten, bevor er zugelassen wurde. Insgesamt verlor er aber nur ein paar Monate, denn auf seiner Schule hätte es ebenfalls noch mindestens ein Jahr bis zum Abitur gedauert. Mutter durfte von alledem nichts erfahren, also würde er den Tagesablauf einhalten, nur dass er nicht zur Schule gehen, sondern bei Marvin lernen würde.

Glaubten diese erbärmlichen Christus-Knechte tatsächlich, dass sie ihn davon abhalten konnten, seinen Schwur zu erfüllen und das Abitur zu machen? Er hatte jetzt viel mehr Zeit, musste sich nicht über die Unfähigkeit der Lehrer ärgern und konnte tun und lassen, was er wollte. Hätte er das nur früher gewusst, er wäre keine Sekunde länger auf dieser beschissenen Schule geblieben.

Ihm kam eine Idee. Er schaute auf die Uhr. Es war sechzehn Uhr dreißig. Um diese Zeit müsste er zu Hause sein, also wählte er die Nummer von Dr. Meybaum, der sofort abhob und sich meldete.

»Hallo Herr Dr. Meybaum. Lars Rüttgen hier.«

»Lars! Schön, dass du anrufst. Mensch, das ist alles wirklich furchtbar. Ich versteh das nicht. Hättest du dich nur am Riemen gerissen!« Meybaum seufzte.

»Machen Sie sich mal keinen Kopf, Herr Dr. Meybaum. Ich komm schon klar. Ich mach trotzdem das Abi.«

Einen Moment war es am anderen Ende still. »Aber natürlich! Das Nichtschüler-Abi.«

»Richtig. Jetzt können Sie sich vielleicht denken, warum ich anrufe.«

Meybaum zog die Nase hoch. »Entschuldigung. Ich bin ein wenig erkältet. Selbstverständlich kannst du jederzeit zu mir kommen. Ich mache dich fit in Mathe! Aber du musst mir was versprechen.«

»Was denn?« Lars spürte einen Kloß im Hals.

»Versprich mir, dass du nichts Unbedachtes tust. Verstehst du, was ich meine?«

Lars biss einen Moment lang die Zähne aufeinander, dann holte er tief Luft. »Natürlich. Keine Angst, ich bin doch kein Amok-Läufer. Mir tut die Selm-Böden leid, ehrlich. Und ich hab mich wirklich danebenbenommen.«

Meybaum atmete hörbar auf. »Dann ist es ja gut. Dann steht unserem Mathe-Marathon nichts im Wege. Ich will, dass du mit ›sehr gut‹ abschneidest.«

Lars lachte. »Drunter geht gar nichts. Vielen Dank, Herr Dr. Meybaum. Ich weiß das zu schätzen.«

»Ach was, das ist doch das Mindeste, was ich tun kann. Sonntag um drei am Nachmittag?«

»Abgemacht! Noch mal danke. Bis Sonntag.«

Dr. Meybaum verabschiedete sich, und Lars unterbrach die Verbindung.

Gestern schien die Welt unterzugehen, doch heute lief wieder alles wie am Schnürchen.

Jetzt konnte er in Ruhe die Rache an Selm-Böden und den ganzen anderen Schleimfressern vorbereiten. Er schickte eine Mail an seine Jünger und bestellte sie zum Südfriedhof. Um zwei Uhr in der Nacht an der Statue, die so treffend »Die dem Schicksal ergebene Frau« hieß. Und im selben Moment kam ihm die Idee, wie er seine Mutter dazu bringen konnte, wieder ins Leben zurückzukehren und durchzuhalten, bis Luzifer sie endlich erlöste. Auch wenn er dabei sein Fastengebot brechen musste: Er würde einen Nachkommen zeugen. Und er wusste auch schon, wer die Mutter sein würde.

*

»Ägidius Bonaventura.« Fran hielt den Ausdruck hoch. »Du siehst genauso aus, wie ich es mir gedacht habe: unscheinbar. Graue Haut, graues Haar, ein Gesicht, ebenfalls grau, das man, falls man es überhaupt wahrnimmt, sofort wieder vergisst. Deine Augen sagen nur eins: Ich bin gar nicht da, ich bin es gar nicht wert zu leben. Seit elf Jahren kommst du fast jeden Tag an das Grab des Friedrich von Solderwein.«

Sie betrachtete die Bilder des Bankers, die sie unschwer im Internet gefunden hatte. Es gab Hunderte von ihm, die vor und während des Prozesses gemacht worden waren. Solderwein war das genaue Gegenteil von Bonaventura. Präsent wie ein Schauspieler, selbst auf der Anklagebank, siegessicher lächelnd, sogar nach Verkündung des Urteils, das sein berufliches und gesellschaftliches Aus bedeutet hatte. Solderwein war ein Meister der Verstellung, ein Meister der Selbstkontrolle und ein Meister des Blendens. Kein Wunder bei der Erziehung und der Karriere. Solderweins Lebenslauf war im Internet minutiös aufgelistet. Bis zum Tag des Urteils. Danach hatte ihn die Öffentlichkeit vergessen, und er hatte wohl alles dafür getan, dass es auch so blieb. Selbst sein Wohnort war nicht bekannt gewesen. Fran zweifelte nicht daran, dass er entweder mit Ägidius zusammengelebt hatte oder in einer Wohnung, die auf den Namen Bonaventura gemietet war.

»Du bist der Herr, Friedrich, und du, Ägidius, der Knecht. Daran besteht kein Zweifel.« Fran warf einen Blick auf die Uhr. Zu spät für einen Hausbesuch bei Ägidius Bonaventura. Aber sie hatte noch ein wenig Zeit, um sich auf ihren Besuch in der Vorhölle vorzubereiten, der heute Abend auf der Agenda stand.

Fran sperrte ihr Fahrrad an einen Laternenmast und ging zu Fuß zur Rheinuferpromenade. Die Maisonne verwöhnte die Menschen mit Wärme und Frühlingsdüften. Die Leute flanierten, saßen auf der Wiese, flirteten, turtelten, tranken Bier oder rauchten. Einige lasen in Zeitschriften, andere in Büchern, und ein junger Mann hielt einen E-Reader in der Hand.

Sie ließ sich auf einer Bank nieder, seufzte und musste schon wieder an Albert Neusen denken. Ob er liiert war? Was sollte das? Er lebte in Hamburg, sie in Düsseldorf. So ein Unsinn.

Die Dezimaluhr des Rheinturms zeigte kurz nach halb sieben. Es wurde Zeit. Sie wollte auf keinen Fall zu spät kommen, denn dann hätte Vater gleich wieder einen Grund gehabt herumzustänkern, und genau das wollte sie vermeiden.

Heute hatte ihre Mutter Geburtstag, und es war ungeschriebenes Gesetz, dass sich die Familie zum verspäteten Kaffee traf und dann gemeinsam zu Abend aß.

Sie blieb noch ein paar Minuten sitzen, ließ sich die Sonne ins Gesicht scheinen, dachte an gar nichts. Als ihre Beine kribbelig wurden, machte sie sich auf den Weg. Ihre Eltern wohnten nicht weit von ihrer Wohnung entfernt, in der Fleher Straße an der Kirche.

Der Wind fegte ihr um den Kopf, sie spürte die Kraft in ihren Muskeln und trat noch fester in die Pedale. Die 712 kam in Sicht, sie blickte kurz über die Schulter, die Straße war frei, mit einem Ruck sprang sie über die Schienen und zog an den Wagen vorbei, aus denen sie teils neugierige, teils missbilligende Blicke trafen.

*

Ich sehe sie auf ihrem Fahrrad vorbeiziehen und erkenne sie sofort wieder, sie hat sich schon oft ein Rennen mit der 712 geliefert, aber ich habe nicht gewusst, was ihr Beruf ist. Ihr Bild war heute Morgen in der Zeitung, aber nur in der Schmutzpresse. Auf dem Nordfriedhof stand sie vor einem Grab, das mit Blut verschmiert war. Ich konnte nicht erkennen, wessen Grab es ist. Sie vermuten, dass es Nazis waren. Wie dumm ist die Polizei eigentlich? Aber diese Frau, Franziska Miller heißt sie, ist gar nicht von der Polizei. Sie ist eine Profilerin, so steht es in dem Artikel. Auf dem Bild sieht sie aus, als wüsste sie genau, was sie tut. Ich muss grinsen. Sie ist die Frau, die mich jagen wird, sobald sie weiß, dass es mich gibt. Und das wird nicht mehr lange dauern. Ein Schauer überzieht meinen ganzen Körper. Was für ein unglaubliches Zusammentreffen! Sie sieht gut aus. Das ist mir noch gar nicht aufgefallen. Ihre braunen glatten Haare hat sie zum Pferdeschwanz zusammengebunden, sie ist schlank, unter der engen Fahrradhose zeichnen sich starke Muskeln ab. Ihre Brüste haben genau die richtige Größe, nicht zu groß, nicht zu klein. Ich muss sie haben. Sie muss für mich schreien. Ich habe sie schon so oft gesehen, aber noch nie so erlebt wie heute. Noch etwas Unglaubliches geschieht. Ich spüre eine Erektion. Diese Frau macht mich geil. Wie lange ist es her, dass ich Lust auf Sex hatte? Als ich Hella gezeugt habe. Ich habe es seither nicht vermisst, und jetzt würde ich diese Frau am liebsten packen und durchvögeln. Was für ein böses Wort. Ich kneife mir in den Handrücken. Du darfst keine bösen Wörter denken! Ja, ja, ich weiß. Vielleicht werde ich mit ihr schlafen, aber nur, wenn sie es auch will. Ich bin kein Vergewaltiger, das ist unter meiner Würde. Ich muss mehr über sie erfahren, wo sie wohnt, weiß ich bereits, ich habe mein Viertel gründlich erforscht in den letzten zwei Jahren. Aber wer ist sie wirklich? Wen liebt sie? Was macht sie samstagmorgens? Wie heißt ihre Stammkneipe? Welche Musik hört sie, wenn sie traurig ist? Hat sie einen Freund? Das wäre nicht gut, gar nicht gut.

Ich muss rechts abbiegen, sie fährt weiter geradeaus, ich sehe noch, wie sie dann links abbiegt. Ich schlage mir mit der Hand an den Kopf. Natürlich! Ich weiß, wo ich sie finden werde.

*

»Du wirst ganz friedlich sein«, murmelte Fran zum dreißigsten oder vierzigsten Mal. Sie setzte ein Lächeln auf, zog das Geschenk für ihre Mutter aus der Tasche und drückte den Klingelknopf.

Einen Moment später schwang die Tür auf. Aber es war nicht Mutter, sondern Anne, die sie anstrahlte und ihr um den Hals fiel. Sie drückten sich eine Weile, bis Fran Anne in den Flur schob und sich losmachte. Sie betrachtete ihre Schwester und musste sie wie immer beneiden.

Anne war sieben Jahre jünger als sie und schön wie ein Engel, mit ihren blonden Locken, den Lippen, die an rote Früchte erinnerten, und den strahlend blauen Augen. Fran war das Ebenbild ihres Vaters, zumindest was die Gesichtszüge anging. Sie und Anne wurden meistens gar nicht als Schwestern erkannt, so unterschiedliche Typen waren sie.

»Du siehst unglaublich gut aus, Schwesterherz«, sagte Fran und verneigte sich leicht.

»Du aber auch!«, gab Anne fast trotzig zurück.

Mit der Zeit hatte Fran es geschafft, dass sich Anne für ihre Schönheit nicht mehr schämte, aber ein Rest schlechtes Gewissen war geblieben, eingeimpft von ihrer Mutter und ihrem Vater, die beide Schönheit als Eitelkeit und Eitelkeit als Todsünde verdammten. Sie hatten Annes Haare immer kurz gehalten, ihr furchtbare Kleider angezogen.

»Wenn man von den Ringen unter meinen Augen absieht und den Zotteln, die eigentlich mein Haupthaar sein sollen, und den Krähenfüßen, die sich langsam in meine Augenwinkel graben …«

Anne zwickte sie in die rechte Wange. »Wir müssen dringend mal die Stadt unsicher machen und ein paar süße Kerle abschleppen, so wie du klingst.«

Fran war überrascht. »Was ist mit David?«

Anne winkte ab. »Eintagsfliege. Der hat keine zwei Tage, nachdem wir das erste Mal miteinander im Bett waren, angefangen, mir den Plan zu machen. Da habe ich ihn achtkantig rausgeworfen.« Sie kicherte. »Der war so platt, der hat kein Wort mehr gesagt. Und du?«

»Fehlanzeige. Niemand in Sicht.« Fran überlegte einen Moment. Es war nicht nur niemand in Sicht, sie hatte absolut keine Ambitionen. Im Moment ging es ihr wunderbar, sie vermisste bis auf ein paar Streicheleinheiten nichts, und niemand trampelte ihr auf den Nerven herum. Na ja, vielleicht gab es doch jemanden – aber das musste Anne nicht wissen, sonst hätte sie womöglich sofort zwei Bahntickets nach Hamburg gebucht.

»Na wunderbar! Am Samstag?«

Fran hob abwehrend die Hände. »Immer mit der Ruhe. Ich glaube, ich bin nicht so richtig in Stimmung.« Jetzt musste sie das Thema wechseln, sonst würde Anne so lange bohren, bis sie nachgäbe und sie ihrer Schwester am nächsten Wochenende beim Anbaggern zusehen, oder noch schlimmer, ständig irgendwelche aufdringlichen Männer abwimmeln müsste. »Wo ist Mama?«

Annes Augen verdunkelten sich. »Ihr geht es nicht so gut.«

Sie drehte sich um. Fran folgte ihr ins Wohnzimmer und musste schlucken. Ihre Mutter lag unter einem Berg Decken auf der Couch, auf der Fran schon als Kind gelegen hatte, wenn sie krank gewesen war. Ihre Augen lagen tief in den Höhlen, die Gesichtshaut spannte sich wie ein Trommelfell über den Schädel.

Fran kniete sich hin, legte ihr Geschenk auf den Beistelltisch, auf dem schon einige bunte Päckchen lagen, und nahm ihre Hand.

»Mama, was ist denn los?«

Ihre Mutter lächelte. »Halb so schlimm, mein Kind. Nur eine Magen-Darm-Grippe. Das geht vorbei, auch wenn ich heute aussehe wie ein Zombie.«

Fran umarmte sie und flüsterte ihr ins Ohr: »Herzlichen Glückwunsch zum Geburtstag, Mama. Ist mit dir und Dad alles in Ordnung?«

»Was soll denn nicht in Ordnung sein, mein Kind?« Ihre Stimme klang brüchig.

»Ist er anständig zu dir?«

»Aber ja.« Ihre Lider flatterten.

Fran wusste genau, wann ihre Mutter log. Dad war acht Jahre älter als Mama und kam aus einer deutsch-amerikanischen Familie, die nach der christlichen Scharia lebte, eine Familie, in der die Frauen die Untertanen der Männer zu sein hatten. Mit sechzehn war Fran das erste Mal abgehauen, viel zu spät eigentlich. An ihrem achtzehnten Geburtstag war sie ausgezogen, um Punkt null Uhr nachts, und hatte sich zwei Jahre lang nicht mehr gemeldet.

Fran erhob sich und strich ihrer Mutter über die Haare. Sie wurde heute dreiundfünfzig, aber sie sah zehn Jahre älter aus. Vater war einundsechzig, und er hatte schon immer zehn Jahre älter ausgesehen; allerdings schien er in den letzten Jahren noch schneller zu altern. Wo war er überhaupt?

»Wo ist Dad?«, fragte Fran.

»Er holt den Kuchen, wir hatten vorbestellt, Mama konnte ja nicht backen«, erwiderte Anne.

Fran verzog das Gesicht. Nichts konnte diesen Haushalt besser beschreiben als das Kuchenproblem. Eher würde eine ganze Kamelherde durch ein Nadelöhr gehen, als dass ihr Vater, der ehrenwerte Dorfbulle von Gottes Gnaden James Miller, einen Kuchen backen würde. Der Mann, den Fran vielleicht irgendwann einmal in ihr Leben lassen würde, musste Kuchen backen können, daran gab es keinen Zweifel.

Kaum hatte sie den Gedanken zu Ende gedacht, als sich auch schon die Tür öffnete und Dad mit zwei überdimensionalen Tragetaschen aus der Bäckerei hereinkam, in denen Frankfurter Kranz für zehn Personen unfallsicher verstaut war. Es gab immer Frankfurter Kranz. Er drückte Anne alles in die Hand, die brav in die Küche marschierte, um den Kuchen auf einem Tablett anzurichten und den Kaffee zu kochen.

Er kam auf Fran zu, reichte ihr die Hand, und in seinen Augen blitzte Wut. Oder war es schon Hass? Sie nahm die Hand, drückte sie und musste die Zähne aufeinanderbeißen, um nicht aufzuschreien, so fest packte ihr Dad zu. Was sollte das denn? Hatten sie nicht einen Burgfrieden an Mamas Geburtstag vereinbart? Er ließ ihre Hand los, aber es war mehr ein Abschütteln. Was hatte sie denn angestellt, dass er sie begrüßte wie einen Schwerverbrecher? Ihr letzter ernsthafter Streit lag mehr als ein Jahr zurück. Damals waren sie aufeinander losgegangen, als er behauptet hatte, Psychologen seien allesamt Scharlatane und ein inbrünstiges Gebet sei allemal besser als das Geschwätz von Leuten, die nur deswegen Psychologie studiert hatten, weil sie mit sich selber nicht klarkamen.

»Hallo Fran.«

Er hätte genauso gut sagen können: »Du bist schuldig, wirst verhaftet, verurteilt und hingerichtet.« So klang es zumindest. Fran spürte ihren Puls im Hals, aber bevor sie etwas erwidern konnte, beugte sich Dad zu Mama und gab ihr einen Kuss auf die Stirn.

Anne kam aus der Küche zurück und präsentierte den Kuchen.

»Der Frankfurter Kranz sieht fantastisch aus, Schatz«, sagte Mama, und Frans Haut begann zu kribbeln.

Sie wäre am liebsten fortgelaufen, aber stattdessen ging sie zu Anne, die inzwischen in die Küche zurückgekehrt war. »Weißt du, was mit unserem alten Herrn los ist? Der hat mich begrüßt, als wolle er mich gleich auffressen.«

Anne legte ein paar Stücke Frankfurter Kranz auf die Porzellanplatte, die von ihren Großeltern väterlicherseits stammte und mit Jagdmotiven verziert war.

»Vielleicht bildest du dir auch etwas ein?«

Fran schnappte nach Luft. »Er hat mir fast die Hand zerquetscht.«

»Du weißt doch, dass er manchmal nicht weiß, wohin mit seinen Kräften. Jetzt halt die Luft an und bring die Tassen ins Wohnzimmer.« Sie griff Fran an den Schultern. »Heute hat Mutter Geburtstag, ist das klar? Nichts anderes zählt!«

Fran senkte den Kopf. Wie konnte sie nur so egoistisch sein? Sie schaute Anne in die Augen. »Alles klar, Schwesterherz. Ich werde mir Mühe geben.«

Anne drückte ihr einen Kuss auf die Stirn. »Und jetzt ab marsch-marsch. Wir sind brave Töchter! Die Show kann beginnen!«

Anne hatte gut reden. Sie war im Nest geblieben, bis sie nach Köln auf die Hochschule für Musik und Tanz gegangen war. Sie hatte es vortrefflich verstanden, die brave Tochter zu mimen und gleichzeitig ein wahres Lotterleben zu führen. Zumindest hätte Dad es so bezeichnet, hätte er gewusst, dass Anne innerhalb eines Jahres mit deutlich mehr Männern im Bett gewesen war, als es Monate gab. Und bis heute gab Anne Fran die Schuld, dass sie sich so lange nicht hatte von ihren Eltern lösen können, weil sie einfach abgehauen war und sie allein zurückgelassen hatte, ihren Eltern schutzlos ausgeliefert.

Fran deckte den Tisch, mit vereinten Kräften hievten sie ihre Mutter, die sich anfühlte wie ein Sack Mehl, in einen Sessel.

Der Frankfurter Kranz war ein Genuss, und insgeheim musste Fran zugeben, dass Mutter ihn nicht besser hätte machen können.

Fran schaffte es zu schweigen. Mama, Dad und Anne redeten über allerlei Unverfängliches, übers Wetter, den Urlaub und die neuesten Kinofilme, nur nicht über Politik, Religion oder Frans und Dads Beruf. Das war klug, denn an diesen Themen entzündete sich regelmäßig Streit.

Fran vermied, so gut es ging, Blickkontakt mit ihrem Vater, aber wenn es dazu kam, loderte nach wie vor Feuer in seinen Augen auf. Sie musste ihn darauf ansprechen, nachher, wenn sie das Abendessen zubereiteten. Unter einem Vorwand würde sie ihn in die Küche locken und dann zur Rede stellen.

*

Ich habe Kristin gesagt, dass ich noch einen Spaziergang machen will, weil mich den ganzen Tag die Leute genervt haben. Der Mob, die Masse ist ein träges Ungeheuer, das immer nur irgendetwas in sich hineinstopft, um es wieder auszuscheiden. Hineinstopfen, ausscheiden, so verbringen die Menschen ihr Leben. Das ist so erbärmlich.

Meine Familie ist genauso. Kristin kauft Dinge einfach nur, um sie zu besitzen. Aber was macht das für einen Sinn? Sie stellt sie irgendwo hin, schaut sie an und freut sich darüber. Mir soll es recht sein, solange sie macht, was ich will, und mir nicht hinterherschnüffelt. Meine Töchter sind nicht besser, als Vater habe ich versagt. Aber auch sie lasse ich nicht aus den Augen, sie können mir nicht schaden, sie können mir nicht entkommen, ich habe sie unter Kontrolle.

Seit zwei Stunden liege ich auf der Lauer. Franziska ist bei ihren Eltern, ihr Fahrrad steht vor der Tür.

Ob sie auch ein Teil des Mobs ist? Ich muss mir unbedingt ihre Wohnung ansehen und irgendetwas mitnehmen. Keine Reizwäsche, das machen nur Perverse. Nein, etwas, das ihre Seele beschreibt, ihren Charakter. Ein Schmuckstück zum Beispiel. Die Wahl des Metalls, der Form und der Steine sagt viel über einen Menschen aus.

Franziskas Eltern wohnen schon seit Ewigkeiten im Viertel. James, ihr Vater, ist Mitglied im Schützenverein und im Fußballverein und aktiv in der katholischen Gemeinde. Er ist ein wertvolles Mitglied der Gesellschaft, denn er ist Polizist. Es hat genau zwei Minuten gedauert, bis ich das alles wusste. Das Internet vergisst nichts, verheimlicht nichts, und die meisten Menschen haben keine Ahnung, was über sie in den unendlichen Weiten des digitalen Universums gespeichert ist. Deswegen weiß ich auch, dass Franziskas Mama heute Geburtstag hat. Papa Miller ist ein eitler Pfau, der auf den Webseiten des

Schützenvereins seinen und den Lebenslauf seiner Frau ausgebreitet hat, als wolle er sie zum Paar des Jahrhunderts erklären. Ich muss jetzt noch lachen, wenn ich an die gestelzten Zeilen denke.

Auch über Franziska habe ich einiges gefunden. Sowohl auf der Seite des Landeskriminalamtes als auch in den Archiven der Tageszeitungen. Sie hat einmal ein Interview gegeben, hat versucht zu erklären, was sie macht und wie sie es macht. Hat versucht zu erklären, wie Serienmörder ticken. Sie kennt sich aus: Letztlich ist jeder Killer anders. Und sie hat über Satan geredet und bewiesen, dass sie vom Fach ist. Eigentlich wollte ich sie ja zu mir einladen, aber das geht nicht, denn ein eiserner Grundsatz lautet: Aus meinem Viertel kann ich niemanden zu mir einladen, die Gefahr, dass jemand mit mir in Verbindung gebracht wird, ist zu groß.

Verzweiflung macht sich in mir breit. Es geht nicht anders! Sie muss zu mir kommen, sie muss! Ich muss sie haben. Nein. Verdammt, sei still! Ich knirsche mit den Zähnen. Manchmal ist das Leben so unendlich beschissen! Ich kneife mir in den Handrücken. Fluchen ist nicht gut für mich. Derbe Sprache ist nicht gut für mich. Geduld, nur Geduld. Bis jetzt habe ich immer bekommen, was ich wollte.

*

Fran lag noch der Frankfurter Kranz im Magen, aber trotzdem nahm sie reichlich Klöße, Rotkraut und Hirschbraten. Das gehörte sich so, und sie hatte keine Lust, sich die ewig gleiche Litanei anzuhören: »Kind, du musst mehr essen! Wie dünn du bist!« Außerdem hatte Anne sich wirklich ins Zeug gelegt und ein köstliches Essen gezaubert. Fran kochte nur, wenn sie musste. Ihr Traummann musste also nicht nur backen, sondern auch kochen können, es sei denn, er konnte mit denselben kargen Mahlzeiten auskommen wie Fran.

»Es schmeckt wirklich ausgezeichnet, Schwesterherz.« Fran schob sich einen viertel Kloß in den Mund, um ihren Worten Nachdruck zu verleihen.

Mama lächelte. »Du bist wirklich ein Schatz, Anne.«

Nur Dad hielt es wie immer nicht für nötig, sich zu bedanken. Fran musste das Thema wechseln. »Was machen die Proben, Anne? Ihr inszeniert ein neues Stück, richtig?« Fran erinnerte sich dunkel daran, dass Mutter so etwas erwähnt hatte, als sie sich das letzte Mal gesehen hatten, aber das war fast einen Monat her. Sie sahen sich selten, obwohl sie fast Tür an Tür lebten.

»Die Premiere ist in zwei Wochen«, sagte Anne, und sie strahlte über das ganze Gesicht. »Ich singe die Mimì.«

Fran drückte ihrer Schwester die Hand. »Gratuliere.« Sie grinste. »Die Rolle passt ja auch ganz gut zu dir.«

Anne zog an Frans Ohr. »Puh! Der bloße Neid.«

Beide lachten, steckten ihre Gabeln in den Braten und schnitten sich ein Stück ab. Als hätten sie es wochenlang geübt, steckten sie sich das Fleisch gleichzeitig in den Mund.

Dad klackte seine Gabel auf den Teller, so laut, dass alle es hören mussten. Er schaute seine Töchter abwechselnd an. Auftritt des Patriarchen. Diese Geste kam einem Befehl gleich: »Erklärt euch, sofort!«

Fran kaute weiter, und wenn es nach ihr gegangen wäre, konnte er lange warten.

Anstatt einfach zu fragen, worüber sie denn gelacht hatten, tat er, als hätten sie Seine Majestät beleidigt, weil sie ein Geheimnis hatten, das aber nur deshalb ein Geheimnis war, weil der große James Miller eben nicht alles wusste, alles konnte und alles kannte. Weil er keine Ahnung hatte von Opern, obwohl seine Tochter Anne eine der besten Sopranistinnen der Deutschen Oper am Rhein war. James Miller war nach wie vor ein engstirniger Banause.

Fran spürte, dass die Wut auf ihren Vater bald einen kritischen Punkt erreichen würde, und war der überschritten, dann würde sie sich nicht mehr beherrschen können.

Anne hielt den tadelnden Blick ihres Vaters nicht aus. Sie erklärte ihm, dass die Figur der Mimì eine sogenannte Midinette war: eine Näherin oder Putzmacherin, Wäscherin oder Arbeiterin aus dem Bereich der oberen Unterschicht Frankreichs im neunzehnten Jahrhunderts. Und Mimì im Besonderen war eine Grisette, was, auf heutige Verhältnisse übertragen, so etwas wie die Viertelschlampe ist. Sie wurde rot, ob aus Scham oder Angst, konnte Fran nicht beurteilen. »Aber ich spiele die Rolle ja nur«, beeilte sich Anne zu erklären.

Fast hatte sie sich verplappert, aber Dad hätte, selbst wenn er Anne mit fünf Männern im Bett erwischt hätte, nicht geglaubt, was er gesehen hätte. Fran unterdrückte den Drang loszuprusten, denn ihr Vater machte ein Gesicht, als hätte man ihm eröffnet, dass seine Töchter fortgesetzt Ladendiebstahl begangen hätten.

»Du solltest dich bei deiner Schwester entschuldigen«, sagte er, ohne die Miene zu verziehen, und fixierte den Kloß auf seinem Teller.

Fran hob die Augenbrauen, wollte etwas erwidern, aber Anne kam ihr zuvor.

»Aber ja, Dad.« Sie wandte sich an Fran. »Entschuldige bitte, dass ich dir unterstellt habe, dass du ein langweiliges Sexleben hast.«

Fran hielt die Luft an. Anne lehnte sich heute aber weit aus dem Fenster, sie war geradezu dreist.

»Du weißt genau, was ich meine, Anne«, knurrte Dad.

Anne senkte den Blick, ihr Pulver war verschossen. Wie immer gab sie letztlich klein bei, das war schon so gewesen, als sie noch Mädchen gewesen waren.

Fran legte ihr Besteck auf den Tisch, langsam und ohne Geräusch. »Das musst du uns schon erklären. Du solltest nämlich wissen, dass wir nach wie vor keine Gedanken lesen können. Auch deine nicht, selbst wenn du ihnen dramatische Gesten verleihst.«

Dad stand auf, beugte sich zu Fran hinunter. »Kommst du bitte mal kurz in die Küche?«

Fran warf einen Blick auf ihre Mutter, die ebenso wie Anne den Kopf gesenkt hielt. Also gut, das war die Gelegenheit zu klären, was los war. Ihr Dad ging vor, Fran kam hinterher, in ihren Ohren hörte sie das Blut rauschen. »Bleib ruhig«, sagte sie sich. »Es ist der Geburtstag deiner Mutter. Gib deinem Vater nicht die Macht, dich aufzuregen.« Sie schloss die Tür hinter sich.

Ihr Dad drehte sich um und stach mit dem Zeigefinger nach ihr. »Glaubst du, du kannst dir alles rausnehmen, nur weil du in einem Büro sitzt und studiert hast?«

Fran lachte auf. »Ist das alles? Immer derselbe Spruch? Hast du nichts Neues auf Lager?«

»Und ob! Du musst ja immer mit allen Mitteln zeigen, dass du besser bist als dein Vater, nicht wahr? Die Zeitungen sind voll von deinen seltsamen Theorien und abstrusen Gedanken, die jedem vernünftigen Polizisten die Zornesröte ins Gesicht treiben.«

Fran schüttelte den Kopf. »Abstrus? Du urteilst wie immer über etwas, das du nicht verstehst.« Noch schaffte sie es, ruhig zu bleiben. »Ach ja: Ich habe seit einem Jahr nicht mehr veröffentlicht.«

»Du lügst!«

Wie ein Blitz schoss ihr Dad an Fran vorbei, polterte die Treppe hoch, sie hörte Schritte in seinem Arbeitszimmer, das über der Küche lag; er sprang die Treppe wieder hinunter, seine Schritte polterten, schon schloss er wieder die Küchentür und warf ihr eine Zeitung vor die Füße.

»Und was ist das da?«

Fran schaute auf die Schlagzeile.

»Schiri wollte nicht mehr«, stand da in großen weißen Lettern.

»Was habe ich mit dieser Mistzeitung zu tun? Und mit irgendeinem Schiedsrichter, der seinen Job nicht mehr aushält?«

»Seite drei!«, bellte Dad und zeigte mit dem Finger auf die Zeitung.

Fran verschränkte die Arme über der Brust. »Du glaubst doch nicht im Ernst, dass ich die Zeitung aufhebe?« Der Siedepunkt ihrer Wut war fast erreicht. »Was glaubst du eigentlich, wer du bist?«

»Wer ich bin? Muss ich dich wirklich daran erinnern?« Er zögerte einen Moment. »Ja, das muss ich wohl. Ich bin dein Vater, dem du Respekt schuldest. Auch wenn du das nicht akzeptieren willst. Auch du kannst dich nicht gegen die gottgewollte Ordnung stellen. Verstanden?« Er hatte seine Stimme nicht um ein Dezibel erhoben.

Gottgewollte Ordnung! Was erlaubte sich dieser frömmelnde Macho eigentlich? Fran ließ die Arme fallen. »Weißt du was? Du kannst mich mal!«

Sie wollte sich umdrehen, aber ihr Vater packte sie grob am Arm, so fest, dass es schmerzte. Er zog sie nach unten, sie war so perplex, dass sie sich nicht wehrte. Ihr Herz raste, und plötzlich wurde sie in die Zeit zurückgeworfen, in der sie ein kleines Kind und hilflos wie eine junge Katze gewesen war. Mit der rechten Hand nahm sie die Zeitung.

Ihr Vater zog sie wieder hoch, riss ihr die Blätter aus der Hand, schüttelte die Zeitung, bis er die Seite gefunden hatte, die er gesucht hatte.

Fran starrte auf das Bild. Sie kannte die Frau, die da vor einem blutverschmierten Grabstein stand. Die Jahre rasten dahin, sie war wieder die Erwachsene, und sie wusste, wer das war auf dem Foto: Das war sie. Fran Miller. Das Bild von dem Fotografen, den Senior rausgeschmissen hatte. Es war die Abendausgabe von heute, sie hatte sie noch nicht gesehen, war nicht über den Artikel informiert worden. Aber warum erschien er erst jetzt?

Sie spürte den Schmerz in ihrem Arm. Immer noch krallte sich Dads Hand darum. Sie schaute ihm in die Augen, aber der Griff löste sich nicht. Sie drehte sich zur Seite, packte sein Handgelenk und verdrehte es. Er stöhnte auf, sein Griff löste sich, sie trat einen Schritt zurück.

Die Tür ging auf, Anne steckte den Kopf herein und fragte, was los sei, wo sie denn blieben.

»Kümmer dich um deinen eigenen Kram, da hast du genug zu tun«, herrschte Dad sie an.

Anne verzog sich wie ein geprügelter Hund, und Fran wurde übel.

»Ich sehe das Foto und den Artikel zum ersten Mal«, flüsterte Fran und verstand nicht, warum sie sich zu rechtfertigen versuchte.

»Schämst du dich nicht, so frech zu lügen?«

Fran ließ die Zeitung fallen und schlug ihrem Vater mit der flachen Hand ins Gesicht, dass es nur so durch die Küche klatschte. Er stolperte einen Schritt zurück, hielt sich die Wange, dann zeigte er auf die Tür.

Fran zögerte nicht. Sie riss sie auf, ging zum Tisch, setzte jeden ihrer Schritte sorgfältig, küsste ihre Mutter aufs Haar.

Dad kam hinterher, hielt sich immer noch die Wange, sein Gesicht war puterrot. »Raus jetzt«, presste er durch die Zähne.

Anne stand auf, die Augen rund vor Angst, aber sie konnte sich nicht entscheiden, zu wem sie gehen sollte, zu wem sie stehen sollte. Wie ein Schlachtlamm stand sie zwischen Fran und ihrem Vater.

»Was ist denn passiert? Bitte. So redet doch.« Ihre Stimme quietschte.

Aber Dad hatte nichts als einen strengen Blick für Anne übrig.

Frans Hand glühte vor Schmerz, sie hatte sie nicht angespannt, als sie zugeschlagen hatte, ein Fehler, den sie bei einem Straßenkampf nicht gemacht hätte. Trotz allem war sie nicht in der Lage gewesen, ihren Vater ernsthaft zu verletzen. Es war Zeit, dieses Kapitel ihres Lebens endgültig abzuschließen, aber bevor sie ging, wollte sie ihrer Schwester noch einen guten Rat mit auf den Weg geben: »Am besten du kommst mit, Anne. Dieser Kerl da«, sie machte eine wegwerfende Handbewegung, »dreht vollkommen am Rad.«

Dad grinste verächtlich. »Du kannst gern mit dieser Lügnerin mitgehen, Anne. Aber dann brauchst du nie wieder nach Hause zu kommen.« Er schaute Anne nicht einmal an, er wusste, dass sie nicht mit ihm brechen konnte.

Zorn und Enttäuschung überfluteten Frans Verstand. »Was ist, Anne? Wenn du hierbleibst, bist du genauso schlimm wie er.«

Anne schlug die Hände vor das Gesicht und weinte, Mutter hatte den Kopf noch tiefer gesenkt und schien zu schlafen, aber Fran wusste, diese Körperhaltung war nur ihre Schutzhaltung.

Alles war gesagt, Fran ging zur Haustür, öffnete sie, trat hindurch und fühlte sich erleichtert. Sie hörte schnelle Schritte hinter sich und fuhr herum, bereitete sich auf einen Kampf vor, aber es war nicht Dad, sondern Anne.

»Bleib doch hier, lass uns reden.« Sie schluchzte.

Fran wurde noch wütender. »Du *bist* nicht besser als er.« Fran öffnete das Fahrradschloss und schwang sich in den Sattel. »Und Mutter auch nicht. Solange ihr euch unterdrücken lasst, werdet ihr auch unterdrückt.« Sie holte tief Luft. »Dieser Mistkerl hat mir fast den Arm gebrochen, und ich habe ihm dafür eine anständige Ohrfeige verpasst. Wir sind quitt.« Frans Zorn erkaltete, als sie ihre Schwester vor sich stehen sah wie ein Häufchen Elend. Sie hatte ihr nichts getan, sie war nicht schuld daran, dass ihr Erzeuger ein Arschloch war. »Schwesterherz, jetzt mach nicht ein Gesicht, als würde die Welt untergehen. Du weißt, ich liebe dich, und du bist bei mir immer willkommen, aber ich muss jetzt weg, sonst drehe ich noch komplett durch.«

Anne nickte schwach, drehte sich um und ging wieder ins Haus.

Fran fuhr los und nahm sich vor, am Wochenende einen Sprung zu wagen, den sie bisher noch nicht gewagt hatte. Während der Fahrt ging ihr immer wieder durch den Kopf, wie sie Dad geohrfeigt hatte, wie sie ihm mit einem Jiu-Jitsu-Griff das Handgelenk verdreht hatte. Mit jeder Wiederholung fühlte es sich besser an.

*

Da hängt wohl der Haussegen schief. Franziska schießt aus dem Haus wie ein gehetzter Tiger auf der Flucht. Sie sieht aus, als sei sie echt angepisst, Wut und Zorn sprühen aus ihren Augen, was für eine Frau! Wie das Meer. Bei Windstille lieblich und ruhig, wenn aber Sturm aufkommt tödlich und unberechenbar. Ganz nach meinem Geschmack.

Kristin ist das genaue Gegenteil. Sie ist, wenn ich es genau betrachte, stinklangweilig und eiskalt. Haben wir uns jemals gestritten? Ja, einmal. Als es um die Vorhänge ging. Aber sie war nicht wütend geworden oder laut. Kristin hatte wie ein trotziges Kind reagiert. Hatte mit den Füßen auf den Boden gestampft und war dann in Tränen ausgebrochen.

Franziska hätte mir den Marsch geblasen, vielleicht hätte sie mir auch eine verpasst, eine verlockende Vorstellung.

Da kommt noch jemand aus dem Haus. Oh, là, là! Was für eine Schönheit. Ich sehe genau hin. Sind die beiden Geschwister? Die Augenpartie ist ähnlich, und die Lippen haben denselben sinnlichen Schwung. Eine Erinnerung rührt sich. Irgendwoher kenne ich diese Frau, die ich Engel nennen muss, bis ich ihren wahren Namen kenne. Engel steht in der Tür. Sie reden miteinander. Okay, sie sind Schwestern. Engel wohnt auf jeden Fall nicht hier in der Nähe, das hoffe ich zumindest. Ich werde es herausfinden. Noch heute Nacht.

Frans Schwester. Der Engel. Ich. Der Teufel. Fran. Die Erlöserin. Mir kommt eine Idee. Ich werde meinen Plan modifizieren. Wir drei werden noch eine Menge Spaß miteinander haben. Das ist sicher. Fran wird sich freiwillig bei mir einfinden. Ich werde ihr eine Nachricht zukommen lassen.

7. Donnerstag

Fran wusste, dass sie träumte. Ein riesiges Messer schwebte über ihr, langsam senkte es sich. Sie konnte sich nicht bewegen. Sie konnte nicht schreien. Sie hatte keine Angst. Das Messer zerschmolz zu heißem Metall, Tropfen versengten ihre Haut, es brutzelte. Sie blickte an sich hinunter. Ihre Beine waren von dem geschmolzenen Metall vollständig verbrannt worden. Nur Asche war geblieben. Ihr Vater tauchte auf, sein Kopf war winzig, aber sein Zeigefinger riesengroß. Er öffnete seinen Mund, der kilometerweit weg schien, aber seine Stimme dröhnte wie ein startender Jet. Sie versuchte zu verstehen, was er sagte, vergeblich.

Sie öffnete die Augen, schaute auf den Wecker, der ihr mit giftigen grünen Zahlen die Zeit entgegenschrie. Sie stöhnte. Kurz vor fünf. Es war noch dunkel, durch die Fenster sickerte das Licht der Straßenlaternen, von ihrem Bett aus konnte sie die hastenden Scheinwerfer auf der Fleher Brücke sehen, die den Rhein überspannte. In einer Stunde erst würde die Sonne aufgehen. Sie widerstand dem Impuls aufzuspringen, wickelte sich in ihre Decke ein und dachte über den Traum nach.

Er war einfach zu deuten: Ihr schlechtes Gewissen wollte sie dazu bringen, sich bei Dad zu entschuldigen. Die kleine Fran hatte Angst, sich dem großen James zu widersetzen. So war es früher immer gewesen, aber diesmal hatte sie sich gewehrt, das erste Mal in ihrem Leben. Ihre Hand tat immer noch weh, genauso wie ihr Arm, es würde einen blauen Fleck geben, da wo Dad sie festgehalten hatte. Eigentlich war er viel zu gut weggekommen. Was sie maßlos ärgerte, war, dass sie die Zeitung tatsächlich aufgehoben hatte, dass er immer noch Macht über sie hatte. Aber das war nicht sein Problem, sondern ihr eigenes, und sie hatte nicht die Absicht, sich noch mal in eine solche Falle zu begeben. Mutter hin oder her, sie würde sich von Dad fernhalten, das war im Moment die beste Lösung. Sie würde Mama besuchen, wenn er nicht da war, so wie sie es schon oft ohne sein Wissen getan hatte. Denn eins war ihr klar: Sollte er sie je wieder so angreifen, würde sie es nicht bei einer Ohrfeige bewenden lassen.

Sie sprang aus dem Bett, machte eine halbe Stunde Gymnastik, eine halbe Stunde Schattenboxen, dann stellte sie sich unter die Dusche, überlegte, was sie heute anziehen sollte, und entschied sich für ihre neuen sündhaft teuren Jeans, die jeden Cent wert waren, weil sie passten wie angegossen und sie sich darin bewegen konnte wie in einer Trainingshose. Dazu ihre blauen Lieblingsturnschuhe, ein weißes Sweatshirt und die leichte schwarze Lederjacke.

Das Training hatte ihren Appetit angeregt, sie verdrückte eine ganze Schale Müsli, mindestens siebenhundert Kilokalorien, und trank zwei Tassen Gunpowder.

Inzwischen war es hell geworden, der Tag versprach, sonnig zu werden. Fran gewann das Rennen gegen die 712, grüßte den Portier des Landeskriminalamtes, der in der letzten Zeit Ringe unter den Augen bekommen hatte, betrat ihre Abteilung um Punkt sieben Uhr, und noch bevor sie sich über das Licht in den Büros wundern konnte, kam schon der Chef an, winkte sie in ihr Büro und hielt ihr das Bild aus der Zeitung unter die Nase.

Fran rechnete mit der angedrohten Strafpredigt für ihren Erpressungsversuch, aber Fellmis machte ein freundliches Gesicht.

»Na, was sagen Sie?«, fragte sie fröhlich und wartete keine Antwort ab. »Das ist doch beste PR. Wir haben schon lange nichts mehr in der Presse gehabt. Und wenn Sie dem Kollegen Haller, der als Gast aus der Festung zurzeit hier logiert, den richtigen Tipp gegeben haben, um die Fieslinge zu greifen, die diese Sauerei angerichtet haben«, sie musste Luft holen, um den Endlossatz zu Ende bringen zu können, »dann spiele ich mit dem Gedanken, Sie öffentlich zu loben. War gar nicht einfach mit dem Artikel. Die wollten eigentlich eine Pressemitteilung aus der Festung veröffentlichen.«

Fran glaubte, sich verhört zu haben.

»Na ja, Ihr Freund, der Benjamin Haller vom KK 11, der hat doch den Fotografen recht unsanft vom Tatort entfernt. Ich musste meine Überredungskünste einsetzen.«

Fellmis bleckte die Zähne. Es sollte wohl ein Lächeln sein, aber Fran erinnerte es eher an eine Bulldogge kurz vor dem Zubeißen.

»Kriege ich jetzt mehr Geld?«, fragte Fran.

»Das kann ja wohl nicht wahr sein!« Fellmis schlug mit der Hand auf den Tisch. »Nicht einmal ein klitzekleines Dankeschön?«

»Danke schön«, nuschelte Fran. »Was ist, kriege ich jetzt mehr Geld oder nicht? Schließlich bin ich ja sozusagen Werbung gelaufen.«

Fellmis senkte den Kopf wie ein Stier, der jeden Moment zum tödlichen Stoß ausholen wollte. »Liebe Frau Miller. Sie können froh sein, wenn Ihr Etat nach Ihrem erfolglosen Erpressungsversuch nicht zusammengestrichen wird. Wenn Sie so etwas machen, kann ich Sie nicht mehr schützen!«

»Schützen?« Das Wort sprang ein paar Mal in Frans Kopf hin und her. Das war der Witz des Jahres, aber Fellmis hatte es ernst gemeint und redete weiter.

»Wissen Sie, was ich seit Monaten mache? Ich bearbeite den Staatssekretär im Innenministerium, Mario Hartbäcker, damit er uns keine Stellen streicht, wozu er aber richtig Lust hätte.« Sie legte die Hände zusammen und massierte sich mit den Daumen die Unterlippe. »Bis jetzt hat unsere Abteilung noch keinen einzigen Täter gefasst.«

Fran wollte protestieren, wollte sagen, dass das so gar nicht stimmte, dass sie dazu ja auch gar nicht da waren, das mussten ja schließlich die Kollegen von der Kripo machen, aber Fellmis erstickte ihren Widerstand mit einer Handbewegung im Keim.

»Und glauben Sie mir, der Mann verhandelt genauso, wie er heißt.«

Fran biss sich auf die Zunge. Sie konnte es nicht mehr hören, aber sie konnte auch nichts daran ändern.

Fellmis hob die Augenbrauen. »Alles klar?«

»Alles klar«, sagte Fran und hoffte, dass Fellmis ihr zweifelnder Ton nicht entging.

»Wunderbar. Um neun alle Mann zur Konferenz, bitte weitersagen. Ich bin allerdings nicht da.«

Natürlich. Der Chef war nie da, wenn Konferenz angesagt war, wenn es darum ging, produktive Arbeit zu leisten.

»Bevor ich es vergesse, Frau Miller. Wenn Sie gegen meine ausdrückliche Dienstanordnung verstoßen und bei der Düsseldorfer Real-Investment Bank ermitteln und sonst irgendwem, der mit Friedrich von Solderwein zu tun hat, Fragen stellen, dann kriegen Sie richtig Ärger. Dann wird Ihre Stelle als erste den Sparanstrengungen von Hartbäcker zum Opfer fallen.« Fellmis kniff die Augen zusammen.

Jetzt war das Gespräch endgültig beendet, Fran schlich zurück in ihr Büro und wünschte sich nichts sehnlicher, als selbst Chef zu sein. Sie würde aus dieser Abteilung etwas anderes machen: eine hocheffiziente, international vernetzte Agentur für Täterprofile. Gegen Bezahlung. Aber daraus würde nichts werden, solange Fellmis den Chefsessel okkupierte. Vielleicht sollte sie über den perfekten Mord nachdenken?

Fran grinste, fuhr den Rechner hoch, öffnete den Ordner »Akte Friedrich von Solderwein« und fand mehrere Unterordner, die allesamt gegen Mitternacht angelegt worden waren. Brave Christine. Obwohl sie bis in die Nacht an den Akten gearbeitet hatte, würde sie dafür keine Anerkennung bekommen, im Gegenteil, Überstunden waren genehmigungspflichtig, und Fellmis genehmigte grundsätzlich keine Überstunden. Also leisteten alle einen Großteil ihrer Arbeit in der Freizeit – ohne jeglichen Ausgleich. Ein geschickter Schachzug von Fellmis. Eines Tages aber würde sie merken, dass die Strategie »Sollen sie mich hassen, solange sie mich fürchten« in eine Sackgasse führen würde. Bis dahin würde noch viel Schmutz den Rhein hinunterfließen, aber wenn es einmal drauf ankommen sollte, würde das Team nicht hinter Fellmis stehen.

Fran studierte die Dokumente. Es gab nichts Neues, ein Bekennerschreiben fehlte nach wie vor, und sie glaubte nicht, dass sich das ändern würde. Sie zweifelte nicht daran, dass auf dem Friedhof eine schwarze Messe gefeiert worden war, die Preisfrage war: von wem und warum?

Routinemäßig überflog sie ihre RSS-Feeds, Nachrichten, die sie zu den unterschiedlichsten Themen rund um Religion und Gesellschaft abonniert hatte, Meldungen über Gott und die Welt. Radikale Salafisten machten Schlagzeilen, weil sie wieder einmal öffentlich Korane verteilten und jedem offenbarten, dass die Hölle allen sicher sei, die nicht nach dem Koran lebten. Eine Sektenbeauftragte regte sich darüber auf, dass die Menschen die christlichen Werte nicht mehr achteten, ein evangelischer Pfarrer bedauerte, dass die Ökumene in Deutschland unter dem derzeitigen Papst eher zurückging denn ausgebaut würde. Das war in der Tat eine bedenkliche Entwicklung. Fran dachte an die Worte des Papstes, dass Glaube nicht verhandelbar sei. Genau das war das Fundament für jede Form des Fundamentalismus und letztlich des Fanatismus. Ein Sozialarbeiter beklagte die frei zugängliche Darstellung von Gewalt im Internet in Bild und Ton. Es gebe immer mehr Videos von Prügeleien, und oft wisse man nicht mehr, was echt ist und was nicht. Sogar Folterszenen kursierten in den einschlägigen Foren, unterlegt mit Schreien, die so echt klängen, dass es einem den Magen umdrehe. Fran seufzte. Es gab nach wie vor keine direkten Zusammenhänge zwischen Gewaltvideos und der Verrohung von Jugendlichen. Wenn junge Menschen gewalttätig wurden, dann lagen die Ursachen viel weiter zurück. Endlich fand sie eine positive Nachricht: Der interreligiöse Dialog machte Fortschritte, viele Menschen unterschiedlichster Religionsanschauungen trafen sich zum Austausch und zum Feiern.

Fran spürte einen Kloß im Hals. Frieden zwischen den Religionen, Frieden zwischen den Menschen – wie sollte das funktionieren, wenn schon in den Familien Krieg herrschte? Sie korrigierte sich. In ihrer Familie. Hatte sie selbst den Krieg vom Zaun gebrochen? Gab es einen Weg, sich mit ihrem Vater zu versöhnen? Nicht, solange er sie als missratene Tochter behandelte, als Ausgeburt des Bösen. Nicht, solange sie der seelische Mülleimer für seine Probleme war.

Die Lösung war so einfach: Sie würde auf die Familientreffen verzichten, auch wenn es Mutter wehtun würde. Das hätte sie schon längst machen sollen. Die Entscheidung fühlte sich gut an. Nie wieder diese verkrampften Zusammenkünfte; nie wieder so viel essen müssen, dass ihr der Magen fast platzte; nie wieder jedes Wort auf die Goldwaage legen. Sie würde Mama als Entschuldigung für den verkorksten Geburtstag einen riesigen Blumenstrauß bringen und ihr erklären, warum sie sich so entschieden hatte.

Sie schaute auf die Uhr. Ein paar Fragebögen würde sie noch bearbeiten und sich dann unauffällig aus dem Staub machen, um Ägidius Bonaventura zu besuchen. Sie nahm den nächsten Bogen vom Stapel, aber sie konnte sich nicht konzentrieren.

Das verkratzte Schloss. Schmerzen meldeten sich im Unterleib. War das Erik gewesen? Aber das konnte nicht sein, durfte nicht sein. Unmöglich.

Sie erschrak, als unvermittelt das Telefon auf ihrem Schreibtisch seltsame elektronische Geräusche von sich gab. Sie erkannte die Nummer und hob ab, die Schmerzen verschwanden. »Guten Morgen, Senior.«

»Ebenso, Fran. Ich brauche dich. Jetzt gleich.«

Wie gut, dass es wenigstens einen Menschen gab, der sie brauchte. »Was Neues im Fall Solderwein??«

Senior hustete. »Nein. Eine Leiche. Schau es dir einfach an. Volmerswerther Deich. Am Sporthafen, wo die Boote liegen.«

»Bin gleich da.« Sie schaute auf die Uhr. Noch neunzig Minuten bis zur Konferenz. Zur Not konnte Bruno die Leitung übernehmen. Sie legte einen Zettel auf seinen Schreibtisch und brach auf.

Fran brauchte mit dem Fahrrad knapp zehn Minuten. Mit dem Auto hätte sie es vielleicht in acht geschafft, der Bootshafen lag nur vier Kilometer vom Landeskriminalamt entfernt, aber mit dem Auto wurde sie zu einem Zick-Zack-Kurs gezwungen, mit dem Rad konnte sie in fast gerader Linie über die Feldwege fahren. Und wenn es irgendwie ging, benutzte sie das Fahrrad.

Ein Teil des Deiches, der Düsseldorf erfolgreich vor dem Hochwasser schützte, war in alle Richtungen weiträumig abgesperrt. Feuerwehr, Krankenwagen und mehrere Streifen waren vor Ort, die Wasserschutzpolizei hatte sich auf dem Rhein auf Höhe des Fundortes postiert und verscheuchte Boote voller Gaffer, die mit Aufnahmegeräten aller Kaliber ausgerüstet waren. Mit jedem Meter, den Fran sich dem kleinen Bootshafen näherte, steigerte sich der süßliche Verwesungsgeruch. Eine alte Leiche also.

Sie wies sich aus und wurde von einem Polizeikommissar zu Senior gebracht, der in einem Zelt mit zwei Männern diskutierte, von denen Fran einen vom Sehen und vom Flurfunk her kannte.

Es war ein großer bulliger Typ im schwarzen Kampfanzug mit blondem Bürstenhaarschnitt, der ohne Probleme den Macho-Action-Helden van Damme hätte doubeln können. Sie musste einen Moment überlegen, aber dann fiel ihr der Name ein: Konstantin Solig. Er war einer der Gruppenleiter des Sondereinsatzkommandos. Und dann fiel ihr auch ein, dass sie den Typ nicht mochte. Er gehörte zu der Kategorie »erst schießen, dann fragen«. Im Zweifel gegen den Verdächtigen. Solig war eindeutig ein Rambo, aber man hatte ihm bisher nichts anhaben können, weil er zwar große Töne spuckte, aber auch eine hervorragende Quote hatte. Fran hielt ihn für einen scharfgemachten Bullterrier, den man an der Leine halten musste und der nur seinem Herrchen aufs Wort gehorchte. Und wehe, Herrchen rief: »Fass!«

Senior hob den Kopf, seine Miene hellte sich auf. »Fran! Schön, dass du da bist.« Er zeigte auf den Mann, den Fran nicht kannte. »Das ist Sascha Herz, Kriminaloberkommissar, er gehört zu meiner MOKO ›Boot‹, die«, er schaute auf die Uhr, »vor genau dreiundzwanzig Minuten gegründet wurde.«

Fran drückte Herz' warme Hand und nickte ihm zu.

»Und das hier ist Konstantin Solig, unser Mann fürs Grobe,

den wir aber nicht gebraucht haben, Gott sei Dank! Also ist niemand unnötig zu Schaden gekommen.«

Fran drückte auch ihm die Hand und blickte ihm in die Augen. Seniors derber Scherz schien ihn nicht verärgert zu haben, im Gegenteil. Er schmunzelte. Das passte, denn ein Bullterrier nahm einen Tritt in die Seite auch nicht übel, sondern als Beweis von Zuneigung.

»Okay«, sagte Senior und beendete damit das Begrüßungsritual. »Vor gut einer Dreiviertelstunde ging im Präsidium Bombenalarm ein. Ein Jogger wollte auf Höhe des Bootshafens eine Explosion gehört haben. Ein dumpfer Knall. Außerdem sind ihm ein paar stinkende Fetzen um die Ohren geflogen, er hat sich ins Gebüsch geworfen und sofort die Polizei verständigt, die wiederum hat sofort das SEK und den Sprengmittelräumdienst verständigt. Alles umsonst.«

»Was hat das alles mit mir zu tun? Und was ist denn explodiert? Eine Gasflasche?«, fragte Fran und wunderte sich über Seniors Redseligkeit.

Die drei Männer brachen in schallendes Gelächter aus, Fran kam sich vor wie ein dummes Schulmädchen.

Senior legte ihr eine Hand auf die Schulter. »Entschuldige bitte, aber du hast, ohne es zu wissen, ins Schwarze getroffen.«

Herz hielt ihr das Display einer Digitalkamera entgegen und scrollte durch eine Bildergalerie.

Sie musste schlucken, denn so etwas hatte sie noch nie gesehen. »Scheiße, Scheiße«, rief sie, versuchte noch, sich zu beherrschen, die Bilder waren alles andere als witzig, aber trotzdem brüllte sie los vor Lachen und warf immer wieder ein paar Satzfetzen dazwischen. »Gasflasche, verdammt!« Sie hielt sich den Bauch, die anderen ließen sich anstecken und fielen mit ein.

»Keiner hätte das für möglich gehalten«, rief Senior.

Sie spürte, wie ihr der Schweiß ausbrach und sich die Bauchmuskeln verkrampften.

Das Gelächter ebbte ab, kurz bevor Fran einen Lachkrampf bekam. Sie rieben sich die Tränen aus den Augen, atmeten tief ein und aus, hier und da flackerte das Lachen noch mal auf, um dann vollends zu versiegen.

Das tat gut. Fran fühlte sich entspannt wie nach einem Sprung.

Solig stützte sich auf dem Tisch auf und ließ sich dann in den Campingstuhl fallen, der davorstand.

»Was sagt der Gerichtsmediziner dazu?«, fragte Fran.

Senior drückte einen Knopf auf der Kamera. »Schau hin. Die Leiche war bombenfest ...«

Gleichzeitig begannen die drei Männer zu gickeln wie kleine Kinder, Senior hob schnell die Hände und schaffte es, einen erneuten Lachsturm zu verhindern.

Er machte einen erneuten Versuch. »Also. Die Leiche war in Verpackungsfolie eingewickelt, so fest, dass die Faulgase wie eine Sprengladung in einer Handgranate gewirkt haben. Die warmen Tage haben die Fäulnis mächtig in Gang gesetzt. Und heute Morgen: Puff! Die Fetzen sind fast zwei Meter weit geflogen, genug, um den Jogger zu erwischen, der in seiner Panik die Situation etwas überbewertete. Die Männer vom Sprengmittelräumdienst sind gleich wieder abgehauen. Wir haben Frau Professorin Beate Welken hinzugebeten. «

»Die Leiterin der Düsseldorfer Gerichtsmedizin?« Fran hatte schon von ihr gehört, sie aber noch nicht kennengelernt. Bruno schwärmte von ihr, wann immer er Gelegenheit dazu hatte.

»So ist es. Sie hat es nicht glauben wollen, hat es für unmöglich gehalten, dass Faulgas eine solche Kraft entwickeln kann. Aber anscheinend hat unser Opfer eine ganz spezielle

Beschaffenheit gehabt, und die Bakterien haben …«, er musste schmunzeln, »… ihre Arbeit in sehr kurzer Zeit sehr schnell gemacht. Die Leiche wird demnächst ins rechtsmedizinische Institut gebracht, ich bin gespannt, was bei der Obduktion rauskommt.«

»Wie geht es dem Jogger?«, fragte Fran.

»Dem Jogger?« Senior verzog verächtlich das Gesicht.

»Dem geht's nicht ganz so gut«, erklärte Herz. »Aber nicht wegen der Biobombe. Der Typ ist ein ganz harter Hund, der tatsächlich gefragt hat, ob wir ihn neben den Resten der Leiche ablichten und ihm das Foto mailen.« Herz schüttelte den Kopf und seufzte. »Als wir abgelehnt haben, hat er sich aufgeregt und das Foto als Finderlohn eingefordert.«

»Das ist ein Scherz?«, fragte Fran und hatte wenig Hoffnung, dass sie recht hatte.

»Nein«, erwiderte Senior, »kein Scherz. Blutiger oder, besser gesagt, stinkender Ernst. Als wir ihm klargemacht haben, dass es seine verdammte Bürgerpflicht ist, so was zu melden, ist er pampig geworden und hat mit seinem Anwalt gedroht.«

Herz hob einen Zeigefinger. »Damit nicht genug, er hat gegen die Kollegen von der Streife gestänkert, ist schließlich ausfällig geworden und wollte dann zum Fundort der Leiche. Dabei hat er einen Kollegen zu Boden gestoßen. Wir mussten ihn sichern.«

Und das bedeutete nichts weniger, als dass sich mindestens vier Kollegen auf den Mann gestürzt und ihn am Boden festgenagelt hatten, und zwar so, dass er nicht einmal mehr den kleinen Finger bewegen konnte. Dann hatten sie ihn sicherlich hochgezerrt, ihm Handschellen verpasst und abgeführt. So mancher blaue Fleck war dabei bestimmt nicht zu vermeiden gewesen. Fran hätte es nicht anders gemacht.

Senior legte die Stirn in Falten. »Und kein Milligramm Alkohol im Blut, keine anderen Drogen, nichts. Ein vollkommen nüchterner normaler Verrückter.«

Fran war das Lachen vergangen. Der Typ wollte tatsächlich von der Polizei ein Foto machen lassen, das er dann verkaufen konnte. Jetzt würde ihn die Geschichte teuer zu stehen kommen. Widerstand gegen die Staatsgewalt, Beleidigung eines Beamten – das kostete ihn zumindest eine Stange Geld, und wenn der Richter übel gelaunt war, konnte er sogar eine Haftstrafe auf Bewährung verhängen.

»Das ist ja alles richtig nett«, stellte Fran fest und kam auf ihre Frage zurück, die immer noch nicht beantwortet war: »Und was habe ich damit zu tun?«

Senior nickte. »Wie du gesehen hast, hat die Leiche in einem Boot gelegen. Die Kennung des Bootes lautet D 3586. Daran ist nichts Ungewöhnliches. Aber das hier ...« Er ließ die Worte in der Luft hängen und hob wieder die Kamera.

Fran warf einen Blick auf das Bild und verstand. Unter der Kennung stand ein Name: *Lilith*. Und eine Zahl: *666*.

*

Wenn der Hohepriester rief, gab es keine Wahl. Auch wenn es mitten am Tag war, mussten alle erscheinen. Den Termin für abends hatte Lars absagen müssen, weil er bei einem Kontrollgang festgestellt hatte, dass eine Sicherheitsfirma den Südfriedhof jetzt nachts hermetisch abriegelte. Eine Reaktion auf ihre Messe auf dem Nordfriedhof, da war sich Lars sicher.

Er hatte seinen Umhang angelegt und saß in Loki-Marvins Zimmer auf einem Kissen aus schwarzer Seide. Sein Thron. Niemand sonst durfte sich darauf niederlassen.

»Wie lautet unsere elfte Richtlinie?« Lars ließ seinen Blick über die Mitglieder der Church of XXXL gleiten.

Lilith-Jana, Supay-Kim und Loki-Marvin saßen ihm gegenüber im Schneidersitz, die Hände im Schoß. Zeige-, Mittel-, und Ringfinger waren jeweils gekreuzt, die beiden kleinen Finger und die Daumen berührten sich, sodass das Symbol für die Unendlichkeit entstand.

Das war das Zeichen ihrer Kirche und ihr Credo: »XXX« als Zeichen für die Unendlichkeit, für ewige Herrschaft, das »L« für Luzifer.

Lars hatte ihnen eine Stunde aus der satanischen Bibel vorgetragen, seiner satanischen Bibel, die er aus den verschiedenen Lehren über Satan zusammengestellt hatte, die alle für sich genommen irrten. Erst er, Amothep der Große, hatte erkannt, welcher Zusammenhang zwischen den einzelnen Schriften bestand, und vor allem hatte er herausgefunden, wann und unter welchen Bedingungen Satan bereit war, wieder die Herrschaft über diese armselige Welt zu übernehmen. Die Henochischen Schlüssel – und die mathematische Zahlenmagie, die in ihnen steckte. Dass vor ihm noch niemand darauf gekommen war!

Marvin hob den Kopf, als Zeichen, dass er sprechen wollte.

Lars nickte ihm zu.

»Wenn du auf offenem Grund unterwegs bist, belästige niemanden. Wenn dich jemand belästigt, bitte ihn, damit aufzuhören. Wenn er nicht aufhört, vernichte ihn.«

»Sehr gut, Loki!« Lars freute sich über Loki-Marvin, der voller Eifer alles in sich aufsog, nie an den Worten seines Hohepriesters zweifelte und alles tat, was er ihm auftrug.

Loki-Marvin hatte es nicht leicht, sein Vater war Lkw-Fahrer, ständig unterwegs, seine Mutter schon lange tot. Der Junge hatte die Hauptschule geschmissen, weil er sich ständig mit jemandem angelegt hatte, und suchte verzweifelt nach einer Lehrstelle. Aber ohne Schulabschluss konnte er das vergessen.

Und geprügelt hatte er sich, um von seinem eigentlichen Problem abzulenken: Er war strohdumm. Sein Verstand scheiterte schon an so simplen Aufgaben wie der Berechnung einer linearen Funktion.

Als Lars ihn kennengelernt hatte, war der arme Kerl drauf und dran gewesen, sich in den Rhein zu stürzen. Aber Lars konnte ihn davon abbringen, als er ihm erklärte, dass diese Welt bald in einen lebenswerten Ort für alle Menschen verwandelt würde und dass er, Loki-Marvin, auserkoren war, daran mitzuwirken. Seitdem war Loki-Marvin wie ausgewechselt, und Lars wusste natürlich, warum. Er hatte das erste Mal in seinem Leben das Gefühl, gebraucht zu werden, eine Aufgabe zu haben. Und er hatte begriffen, dass Luzifer der wahre Heilsbringer war und sie alles tun mussten, um ihm den Weg zu ebnen, was immer es auch sei.

Lilith-Jana war aus einem anderen Grund treue Anhängerin der Church of XXXL. Sie hatte angefangen, Jura zu studieren, weil sie das System verachtete. Als Borderlinerin pendelte sie ständig zwischen aufgedrehtem Aktionismus und einem Zustand von Halluzinationen hin und her. Sie hatte bereits sechs Therapeuten verschlissen. Als Lars ihr erklärt hatte, dass nicht sie krank war, sondern diese Welt, dass ihre Halluzinationen kein Wahnsinn, sondern Bilder aus einer anderen, realen Welt waren, da war sie in Tränen ausgebrochen und hatte vier Stunden ohne Unterlass geweint. Lars hatte bei ihr gesessen, ihre Hand gehalten und geschwiegen.

Bei Supay-Kim war sich Lars nicht sicher. Sie war im zweiten Lehrjahr als Schreinerin und im besten Sinne bodenständig. Obwohl sie alles mitmachte, mit großer Begeisterung und Ernsthaftigkeit, wurde Lars das Gefühl nicht los, dass für sie die Church of XXXL nur ein Spielplatz war.

Und O Yama-Johanna, die den japanischen Namen für Teufel angenommen hatte, stand noch ganz am Anfang. Sie war von fundamentalistischen Christen streng religiös erzogen worden. Lars hatte es nicht glauben wollen, dass es so etwas in Deutschland noch gab, aber sie hatte ihm ausführlich berichtet, wie ihre Mutter sie nachts überwacht hatte, damit sie sich nicht zwischen die Beine griff; wie ihr Vater sie von Jungs abschirmte, sie immer von der Schule abholte und sie nie alleine ausgehen durfte, bis sie achtzehn Jahre alt war; dass sie ständig beten musste, vor dem Essen, nach dem Essen, morgens, abends, und jeden Sonntag ging es in die Kirche. Immer wieder hatten ihre Eltern sie ins Gebet genommen, weil sie wissen wollten, ob sie ihnen mit vorehelichem Geschlechtsverkehr Schande gemacht hatte. Ansonsten hatten sie sich nicht für sie interessiert, hatten sie reduziert auf ihr Geschlecht.

Lars hatte sie in einer Kneipe kennengelernt, und sie war fasziniert gewesen von der Aussicht, ein freies Leben führen zu können. Unter frei verstand sie nicht, dass sie hingehen konnte, wo sie wollte; sie war ja schließlich volljährig. Mit frei meinte sie, dass Lars sie von den Fesseln der ihr eingepflanzten religiösen Regeln befreien sollte. Schnell fand Lars heraus, wie schwer das war. Johanna war schon neunzehn, immer noch Jungfrau, und bis jetzt hatte sie sich geweigert, die große Zeremonie mit Lars zu vollziehen. Er hoffte inständig, dass sie bei Marvin ihre Meinung ändern würde.

Lars bemerkte die Blicke der anderen, räusperte sich und griff den Faden wieder auf. »Und was bedeutet das im Falle der verfluchten Selm-Böden, die meine Mutter eine Hure genannt und mich angegriffen hat, indem sie mich von der Schule werfen ließ?« Er zögerte einen Moment. »Lilith?!«

»Sie muss brennen für alle Ewigkeit!«

Alle vier wiederholten den Satz. »Sie muss brennen für alle Ewigkeit.« Ihre Stimmen vereinten sich zu einem reinen

Moll-Akkord, der schnell in den Teppichen versickerte, mit denen Marvin sein Zimmer ausgekleidet hatte.

Seinen Vater kümmerte es nicht, was Marvin trieb, solange er keine Schwierigkeiten machte. Als sie die erste Messe bei ihm zelebriert hatten, war Marvins Vater nur einmal reingekommen, hatte gesagt, dass er es nicht dulde, wenn in seiner Wohnung gekifft würde, und dass sie gefälligst Pariser nehmen sollten, wenn sie rumvögelten. Dann hatte er sich wieder vor den Fernseher verzogen, und sie hatten den ganzen Abend und die Nacht über nichts mehr von ihm gehört. Am nächsten Tag war er in seinen Truck gestiegen und für drei Wochen auf Tour gegangen.

Lars hatte damals innerlich grinsen müssen. Kiffen? Das war etwas für Warmduscher. Sie hatten weitaus bessere Drogen, um mit Satans Welt in Verbindung zu treten. Besonders wirksam war LSD in einer Mischung mit Morphium, allerdings musste das Morphium sauber sein. Mit LSD öffneten sich die Pforten zu Satans Welt, das Morphium sorgte für eine sanfte Reise.

Heute Abend würde jeder nur einen viertel Trip einwerfen, damit sie rechtzeitig wieder zurück wären. Lars zerriss feierlich ein Stückchen Papier in vier Teile, das mit der Mischung vollgesogen war. Mit den Worten der siebten satanischen Regel schluckten sie sie gleichzeitig: »Erkenne die Macht der Magie an, wenn du sie erfolgreich eingesetzt hast, um deinen Wünschen zum Erfolg zu verhelfen. Wenn du die Macht der Magie verleugnest, nachdem du sie mit Erfolg beschworen hast, wirst du alles verlieren, was du erreicht hast.«

Bereits nach einer Viertelstunde öffneten sich die Tore zur Unterwelt. Lars' Körper wurde leicht, die Schwerkraft verlor ihre Macht über die Materie, er schritt hindurch, hinter ihm seine Jünger. Sie traten vor den Altar Luzifers, der sie wohlwollend begrüßte und bat, an einer Zeremonie teilzunehmen.

Staunend verfolgten die vier, wie Luzifer mit einer Hand einen Ochsen an den Hörnern festhielt und ihm mit der anderen die Kehle mit einem Streich durchtrennte.

Lars spürte heißes Blut auf seinem Gesicht, er leckte sich über die Lippen, und der salzige metallische Geschmack versetzte ihn in Verzückung. Die Worte seines Herrn dröhnten in seinem Kopf, gleißende Feuer züngelten an seinem Körper, aber es schmerzte nicht, sondern es wärmte, und sein Glied wurde hart.

»So ist es gut!«, rief Luzifer. »Denn Satan bedeutet Sinnesfreude anstatt Abstinenz!«

Hundert Stimmen raunten, und die Wände der in gleißendes Licht getauchten Halle warfen das Raunen tausendfach zurück.

»Satan bedeutet Lebenskraft anstatt Hirngespinste!«

Ja, dachte Lars. Lebenskraft. Die Kraft zu leben für meine Mutter! Für mich! Für eine neue bessere Welt!

»Satan bedeutet unverfälschte Weisheit anstatt heuchlerischen Selbstbetrug!«

Das würde er der Selm-Böden entgegenschleudern, wenn er sie für alle Ewigkeiten vernichten würde.

»Satan bedeutet Güte gegenüber denjenigen, die sie verdienen, anstatt Verschwendung von Liebe an Undankbare!«

Dr. Meybaum. Ihn würde Lars mit Freuden in die neue Welt begleiten. Luzifers Weisheit war grenzenlos, ebenso grenzenlos wie seine Liebe, seine Lust, seine Leidenschaft.

Immer schneller schossen die Worte aus dem riesigen Mund, Funken stoben, es sah aus, als hätte sich ein dichtes Schneegestöber entzündet, und jede einzelne Schneeflocke schien zu explodieren.

Lars spürte einen Stoß, Luzifer verstummte, die Funken verloschen, er kehrte zurück in Marvins Zimmer. Seine Jünger waren noch auf der Reise, aber auch sie mussten bald am Ende angelangt sein. Lars spürte seine Erektion, die Worte Luzifers hallten in seinem Kopf. Er stand auf und machte einen Rundgang durch die Wohnung – Marvins Vater war unterwegs. Er dachte noch einen Moment nach, aber es gab nichts mehr zu bedenken. Er kniete sich neben Lilith.

»Satan wünscht, dass wir uns vereinigen, kannst du es hören?«

Lilith schaute ihn mit leeren Augen an, sie war weit weg, und sie war bereit, sie hatte Luzifers Wünsche gehört und konnte sich ihm nicht verschließen, also unterwarf sie sich dem Willen ihres Hohepriesters. Ihre Augen fielen wieder zu.

Lars freute sich über ihre Zustimmung. Er fragte sich, wie oft er es tun musste, damit sie schwanger wurde. Hoffentlich nicht zu oft, hoffentlich dauerte es nicht zu lange. Je eher sie schwanger war, desto eher würde er Mutter damit ins Leben zurückholen können. Ein Enkel! Was für eine geniale Idee. Wenn er Mutter sagen konnte, dass er Vater würde und sie Oma, dann würde sie ihre Krankheit abschütteln wie ein paar Regentropfen, dann würde sie eine Aufgabe haben.

Er nahm Lilith bei der Hand, sie folgte ihm willenlos in die Küche, er legte sie rücklings auf den Holztisch, zog ihr Schuhe, Hose und Schlüpfer aus. Er öffnete seinen Hosenstall, drang in sie ein und brauchte nur zwanzig Sekunden, bis er sich in sie ergoss. Den Orgasmus spürte er fast nicht, es ging ja auch nicht um Lust, sondern es ging darum, das Leben seiner Mutter zu retten.

Liliths Augäpfel rasten hinter ihren Lidern hin und her, sie stöhnte leise, fast hörte es sich an, als habe sie Schmerzen, aber das konnte nicht sein, sie musste unglaubliche Verzückung erleben, war es doch Luzifer selber, der sich durch seine Person mit ihr vereinigte.

Er zog sein Glied heraus, säuberte es mit einem Papiertaschentuch, wischte Lilith trocken und zog sie an. Wie eine Puppe ließ sie sich von ihm in Marvins Zimmer führen. Er legte sie zwischen die beiden, die fest schliefen.

Lilith atmete ein paar Mal schwer, sie wachte nicht auf, ihre Augäpfel rasten weiter wie Tennisbälle hin und her.

Lars wunderte sich, dass er nur so kurz auf Reisen gewesen war. Vielleich hatte er ein Stück des Trips bekommen, das nicht so viel LSD aufgesogen hatte. Er ließ sich nieder und fragte sich, wie er seinen Sohn nennen würde, denn er zweifelte nicht daran, dass er heute seinen Stammhalter gezeugt hatte.

*

»Lilith und das Zeichen für das Große Tier.« Fran war beeindruckt. »Du hast gut aufgepasst, Senior!«

»Aufgepasst?«, fragte Solig.

»Ich habe bei Fran einen Lehrgang gemacht. Satanische Symbolik. Wir versuchen, die Kriminalstatistik zu verfeinern, indem wir religiös motivierte Straftaten erfassen, insbesondere alles, was mit Teufelsanbetern zu tun hat«, erklärte Senior.

»Und was soll das?«, fragte Solig, und seine Unwissenheit war eindeutig nicht gespielt.

Fran seufzte innerlich. Dieser Solig war ein Rammbock. Von Polizeiarbeit, geschweige denn von Fallanalyse oder Kriminologie, verstand er rein gar nichts.

Senior grinste. »Das würde jetzt zu weit führen. Du kannst dich sowieso verziehen, hier gibt es für dich nichts mehr zu tun.«

»Und dann wundert ihr euch, dass ich diese ganze OFA-Kacke nicht mag. Keiner erklärt mir was.« Solig klang wie ein trotziger Bub.

Senior schlug ihm auf die Schulter. »Bei Gelegenheit erklär ich es dir, okay?«

Solig zuckte mit den Achseln, grüßte in die Runde und verdrückte sich.

»Sind die alle so, heutzutage?«, fragte Fran.

»Du solltest ihn nicht unterschätzen, Fran«, erwiderte Senior. »Seine Methoden sind nicht filigran, aber er gehört trotzdem zu den Guten, glaube mir. Und wenn es brenzlig wird, dann wirst du dir wünschen, dass er dir den Rücken freihält. Er ist Landesmeister im Jiu-Jitsu.«

Fran pfiff durch die Zähne. Das wollte was heißen. Sie hatte während ihrer Ausbildung ebenfalls Jiu-Jitsu lernen müssen, die Kampfsportart, mit der sich Polizisten auf der Straße verteidigten. Über den blauen Gürtel, den vierten Schülergrad, war sie nicht hinausgekommen. Als Landesmeister war Solig jedoch durchaus in der Lage, mit zwei oder drei Messerstechern fertig zu werden. Frans Strategie sah etwas anders aus: umdrehen und laufen. Das hatte ihnen ihr Trainer immer gepredigt: »Wenn ihr keine Schusswaffe habt und ein Profi mit Messer steht vor euch, dann nehmt die Beine in die Hand. Um Messerstecher abzuwehren, braucht ihr jahrelanges Training. Vergesst alles, was ihr je im Fernsehen gesehen habt!«

»Da wir jetzt unter Erwachsenen sind, könnten wir ja mit den Ermittlungen beginnen, oder?«, stellte Fran fest.

Senior und Herz lachten kurz, dann wurde Senior bierernst. »Okay, Fran. Vorher aber noch eine Frage: Hast du Lust mitzumachen?«

»Wobei?«

»MOKO Boot.« Senior starrte sie verständnislos an. »Was denn sonst?«

»Und meine Arbeit?«

»Die kannst du machen, wenn wir den Killer haben.« Senior

holte tief Luft. »Da ist was faul, meinst du nicht? Das stinkt nicht nur nach Verwesung, das stinkt nach Zusammenhängen.« Er schlug mit der Hand auf die Zeitung mit ihrem Konterfei.

»Du meinst …«

Senior unterbrach sie. »So sicher wie das Amen in der Kirche. Der Anschlag auf Friedrich von Solderwein und dieser Mord. Satanisches Umfeld. Eindeutig. Das hast du gerade bestätigt.«

»Bist du dir sicher, dass es Mord war?«

Senior blinzelte. »Der ganze Tatort, die Art der Verpackung – wenn es kein Mord war, dann gehe ich in Frührente.«

»Fellmis …?«

»… ist einverstanden. Ich habe dich offiziell angefordert. Du kriegst Waffe und Hundemarke.«

Fran wunderte sich nicht. Wo ein Wille war, da war auch ein kurzer Weg. Normalerweise wurden Mitglieder der OFA beratend hinzugezogen. Theoretisch wusste sie alles über eine Mordermittlung, und sie hatte auch schon ein Praktikum absolviert, als sie zur Kriminalkommissarin avanciert war. Vollmitglied bei einer MOKO, das war ein Angebot, das sie schlecht ablehnen konnte. »Welche Kompetenzen habe ich?«

»Du bist meine persönliche Beraterin.«

»Das heißt, ich habe nichts zu sagen?« Das war also der Haken.

Senior lächelte. »Ich bin dein verlängerter Arm. Was immer du sagst, ich werde dafür sorgen, dass es gemacht wird«, er hob die Augenbrauen, »wenn es sinnvoll ist …«

»… was du wiederum entscheidest. Du bist und bleibst ein cleverer Bursche«, sagte Fran und hielt ihm die Hand hin, die er kräftig drückte.

»Willkommen im Team.«

»Willkommen im Team«, sagte Herz ebenfalls und tippte sich mit der Hand an den Kopf, die Kurzform des Salutierens.

Senior öffnete seine überdimensionale Pilotentasche, in der er seine Unterlagen transportierte, nahm eine Metallschatulle heraus, schloss sie auf, reichte Fran eine Walther P99, die Dienstwaffe der nordrhein-westfälischen Polizei, samt einem Ersatzmagazin. Den Dienstausweis fischte er aus seiner Brieftasche.

Fran wollte zugreifen, aber Senior hob eine Hand und deutete auf ein Formular. »Bitte hier unterschreiben.«

Natürlich. Er durfte weder Ausweis noch Waffe herausgeben, bevor sie nicht den Empfang bestätigt hatte. Senior war in solchen Dingen korrekt, und das war gut so.

»Hast du einen Waffensafe bei dir zu Hause? Und einen Munitonssafe?«

Fran nickte. Der Waffensafe war in die Wand eingelassen, mit siebenstelligem Nummernschloss versehen und nicht hinter einem Bild versteckt, sondern hinter dem Sicherungskasten, den man nur mit einem speziellen Steckschlüssel öffnen konnte. Den Munitionssafe hatte sie, ganz klassisch, im Wohnzimmer unter zwei Dielenbrettern einbauen lassen. Doppelt gesichert hielt besser, denn mit einer P99 und einem Ersatzmagazin konnte man theoretisch dreißig Menschen töten. Also durfte dieses mörderische Ding nicht in falsche Hände geraten. Und ganz nebenbei war es Vorschrift.

Schließlich reichte ihr Senior ein Achselholster. Sie legte es an, steckte die Waffe ein und fühlte sich seltsam. Hoffentlich musste sie nie auf einen Menschen schießen.

»Damit wären die Formalitäten erledigt.« Senior verstaute die Empfangsbestätigung. »Stand der Dinge: Die Kollegen vom Erkennungsdienst sind schon fleißig bei der Arbeit. Todeszeitpunktbestimmung ungewiss. Der Verwesungszustand lässt auf ungefähr sechs Monate plus-minus drei Monate Liegezeit schließen, und die Leiche ist natürlich noch nicht identifiziert.«

»Wem gehört das Boot?«

Herz zog seinen Notizblock zurate. »Heide Ploch, lebt in Berlin. Ich habe mit ihr telefoniert. Sie hat es von ihrem Vater geerbt, der vor sechs Jahren gestorben ist. Die Einstellmiete hatte ihr Vater für fünfzehn Jahre bezahlt. Sie hatte nicht vor, das Boot zu verkaufen, aber sie wollte es auch nicht nutzen. Ach ja, sie ist Anwältin, hat die Kanzlei ihres Vaters hier in Düsseldorf gut verkauft und sich in Berlin erfolgreich selbstständig gemacht. Von einer Leiche hat sie natürlich nichts gewusst, und auch die zusätzlichen Aufkleber mit der Zahl und Lilith sind ihr unbekannt.«

Fran nickte. »Was ist mit den Überwachungsbändern?«

»Die liegen vor, und zwar für die letzten vier Monate.«

Fran pfiff durch die Zähne. »Wie das?«

»Der Club hat einen Daten-Junkie. Unser Glück. Er hat die Bilder von zwei Kameras in Graustufen aufgenommen und hoch komprimiert. Knapp achtzig Gigabyte pro Monat. Leider hat er erst vor vier Monaten angefangen.«

Fran lief es eiskalt über den Rücken. Vier Monate Videos sichten! Zwei Kameras! Das sind acht Monate. Selbst wenn sie alles durch die Bewegungserkennungssoftware laufen ließen, blieb noch genug übrig.

»Das dauert doch ewig!« Fran warf die Hände nach oben.

Senior grinste. »Glaubst du, wir machen die Schmutzarbeit? Wir bekommen für die Videoauswertung vierzig Praktikanten von der Polizeischule. Das heißt, wir brauchen etwa sechs Tage für einen Durchlauf. Ich will mindestens zwei Durchläufe.« Senior wandte sich Fran zu. »Gibt es Parameter, die du für besonders wichtig hältst?«

»Sie sollen Ausschau halten nach einer Einzelperson, die entweder das Boot fotografiert oder längere Zeit vor dem Gelände steht. Vielleicht haben wir Glück.«

»Das gebe ich so weiter, Fran. Dass wir den Täter bei der Ablage der Leiche erwischen, wage ich nicht zu hoffen.«

Fran wollte etwas erwidern, aber Herz kam ihr zuvor. »Unser vordringlichstes Ziel ist die Identifizierung des Toten.«

Senior nickte ihm zu, Herz schloss die Kamera an einen Bildschirm an. Ein Hautfetzen erschien, der aufgequollen und runzelig war wie bei einer Wasserleiche. An den Rändern waren Finger zu erkennen, die in Latexhandschuhen steckten und die Haut stramm zogen. Fran erkannte es sofort. Eine Tätowierung, und zwar eine professionell ausgeführte.

»Die einzige, Senior?«

»Schwer zu sagen. Zumindest im Moment das einzige Fragment, das erkennbar ist. Die meisten anderen Hautpartien sind zu stark aufgelöst.«

Herz vergrößerte den Ausschnitt. Eine blasse Rose, deren Blüte von einem Dolch durchbohrt wurde. Darunter eine Widmung: »Rosalie für immer«.

»Irgendetwas Auffälliges?«, fragte Herz.

»Anscheinend eine unglückliche Liebe. Oder ein verstecktes Geständnis.«

Herz machte ein ungläubiges Gesicht. »Das müssen Sie …«

»Du. Das macht es einfacher«, sagte Fran.

»Einverstanden, gerne. Das musst *du* mir erklären.«

Fran zeigte auf die Rose. »Er könnte die Rose ermordet haben. Dann wäre sie für immer sein. Einen Menschen töten heißt die absolute Kontrolle über ihn zu haben. Und die Rose, das ist oder war Rosalie.«

Herz nickte zustimmend. »Das ist eine erstaunliche Interpretation. Man muss nur genau hinschauen.«

»Man muss vorbeischauen«, korrigierte Fran. »Das ist der Trick. Dann siehst du Dinge, die du vorher nicht sehen konntest, weil sich dein Kopf zu sehr damit beschäftigt hat, alles einzuordnen in deine vorgefertigten Kisten und Kästen.«

»Aber wie soll das gehen?«

»Das kann ich dir nicht in zehn Minuten beibringen.«

Es hatte zwei Jahre gedauert, bis sie begriffen hatte, was das bedeutete: vorbeischauen. Es war ein Werkzeug geworden, das sie anwenden konnte oder auch nicht. Sie konnte auf Befehl nur das Wesen eines Dings erfassen, um dann alle Möglichkeiten zu erkennen, die darin verborgen lagen.

»Deswegen habe ich sie angefordert, Sascha. Weil ich das auch nicht kann. Du wirst staunen, was sie noch so alles aus ein paar Kleinigkeiten herausliest.«

Er griff zum Funkgerät. »Zentrale?« Es rauschte kurz, dann kam die Bestätigung. »Haller hier, jagt doch mal bitte folgenden Namen durch das System, aber nur Kapitalverbrechen: Rosalie – Richard, Otto, Samuel, Anton, Ludwig, Ida, Emil.«

Nur einen Moment später knackte es wieder im Funkgerät.

Fran wunderte sich, dass sie gewartet hatten, bis sie ihren Senf dazugegeben hatte. Sie hätten den Namen so oder so recherchiert.

»Rosalie Manford. Prostituierte. Ermordet vor sieben Monaten in Hamburg. Täter unbekannt.«

Herz reckte die Faust in die Luft, aber Fran wollte sich nicht zu früh freuen.

»Gibt oder gab es zufällig einen Tatverdächtigen mit einem Tattoo?«

Wieder Rauschen und Knacken. Diesmal dauerte es etwas länger.

»In der Tat. Frank Bredows. Lagerarbeiter. War zwei Monate in U-Haft wegen einer Tätowierung, die ein Profiler als Geständnis gewertet hat. So ein Schwachkopf. Eine Rose, von einem Dolch durchbohrt. Aber es hat sich herausgestellt, dass Bredows es nicht gewesen sein konnte.«

»Danke, Kollege, Sie haben uns sehr geholfen.« Senior unterbrach die Verbindung.

»Das kommt davon, wenn man zu viele Romane liest«, sagte Fran. »Das musst du dir merken, Sascha. Der Kollege aus Hamburg hat Mist gebaut. Er hat zu schnell geschossen. Egal, was ich erzähle oder zu wissen glaube, es ist immer nur eine Möglichkeit, ein neuer Ansatz. Ich bin nicht Sherlock Holmes. Und ich werde euch keine Adresse nennen, wo ihr euren Mann eintüten könnt.«

Herz rieb sich das Kinn. »Schade. Aber ich werde das beherzigen. In diesem Fall hast du allerdings zwei Mal ins Schwarze getroffen: eine tote Rosalie *und* eine unglückliche Liebe.«

Es gab noch viel mehr Möglichkeiten. Dass diese Rosalie tatsächlich ermordet worden war, war ein Glücksfall für ihre Ermittlungen. Genauso gut konnte es noch eine andere Rosalie geben, die Bredows das Herz gebrochen hatte. Oder es war einfach eine Liebestätowierung, bei der die Rose Bredows Herz darstellte und Rosalie nur ein Platzhalter war für die wankelmütigen Frauen. Glück! Sie hatten Glück gehabt. Hoffentlich blieb es ihnen treu.

Eine Frau trat in das Zelt, grüßte kurz, wandte sich ohne weitere Floskeln an Senior. »Wir haben etwas gefunden, das euch interessieren könnte. Heute Morgen war es nicht zu erkennen, bei dem ganzen Leichenmatsch. Außerdem war es ziemlich gut gemacht.« Sie schaute Herz an und dann Fran, als wolle sie sich entschuldigen. »Es war doch eine Bombe. Ein kleine, gerade genug, um die Folie zu sprengen und mit dem Faulgas zu reagieren. Es war eine kombinierte Explosion.«

Senior und Herz sagten gleichzeitig: »Ups!«

Die Frau senkte den Blick.

»Es war ein Zeitzünder. Mit einer Uhr gesteuert. Laienhaft, aber gut durchdacht. Zeitraum vierundzwanzig Stunden. Der Bericht ist heute Abend fertig.«

»Kein Grund, in Sack und Asche zu gehen«, sagte Senior. »Ihr habt gute Arbeit geleistet …«

Die Frau seufzte. »Danke, aber wir hätten es gleich sehen müssen, ihr habt Zeit verloren.«

»Schon gut, schon gut«, sagte Senior, er klang ungeduldig.

Die Frau verstand, winkte und machte sich aus dem Staub.

»Die Bänder!«, rief Fran. »Der Täter muss zu sehen sein.«

Senior hackte eine Nummer in sein Handy. »Haller hier. Ihr müsst sofort die Überwachungsvideos der letzten zwei Tage checken. Wahrscheinlich ist der Täter darauf zu sehen. Danke.«

»Wie lange dauert das?«, fragte Fran.

»Mit der neuen Software ein bis zwei Stunden«, erwiderte Senior.

»Der Täter hat eine wichtige Entscheidung getroffen, vorausgesetzt er ist Mörder und Bombenleger in einer Person«, sagte Fran.

Herz nickte. »Er zeigt uns sein Opfer, er tritt ins Scheinwerferlicht.«

»Und er kennt sich mit satanischen Symbolen aus. Fragt sich, ob er aus der Szene kommt oder ob er sich dort nur bedient, um uns zu verwirren.«

Senior war schon wieder am Funkgerät, und seinem Gesichtsausdruck nach hatte er gute Neuigkeiten.

»Bredows ist in Hamburg gemeldet. Das ist die schlechte

Nachricht. Aber er hat bei der Spedition Keller International Düsseldorf als Fernfahrer gearbeitet.«

»Na dann, worauf warten wir?«, fragte Fran.

*

Endlich war auch Lilith-Jana wieder zurück in der Realität. Sie stand in der Tür zur Küche und lehnte sich an die Zarge, ihr rundes Gesicht war blass.

Loki-Marvin und Supay-Kim saßen am Tisch und löffelten gierig die kräftige Rindfleischsuppe, die Lars gekocht hatte.

»Na, wie geht es dir?« Lars spürte eine neue Welle der Erregung. Widerwillig musste er sich eingestehen, dass seine Vereinigung mit Lilith unglaublich heiß gewesen war und dass er schon wieder bereit dazu gewesen wäre. Aber er musste sich beherrschen. Lilith sah ihn an, und nichts deutete darauf hin, dass sie die geringste Erinnerung hatte. Gott sei Dank. Vielleicht hätte sie sein Handeln missverstanden.

»Mannomann«, sagte sie schleppend. »Das war echt irre. Ich fühle mich, als hätte ich zwei Stunden Spagat gemacht, ich war total weg, und die ganze Zeit hab ich nur Feuerwerk gesehen, und dann kam Luzifer, und er hat gesagt, ich soll ein Kind von ihm empfangen, aber das geht ja nicht.« Sie gähnte.

Lars sah ihre rosa Zunge und ihre kleinen weißen Zähne.

Die beiden anderen hörten auf zu löffeln.

Lars lächelte mild. »Warum sollte das nicht gehen?«

Lilith verzog den Mund. »Weil er noch nicht da ist, und an eine unbefleckte Empfängnis glauben Satanisten nicht, oder?«

»Das ist grundsätzlich richtig. Allerdings wissen wir auch, über welche Macht Luzifer verfügt«, erwiderte Lars und freute sich über ihre scharfsinnige Bemerkung.

Lilith nickte. »Wir werden es sehen. Wenn ich von ihm schwanger werde, dann soll es mir recht sein.« Sie gickelte und wankte ein wenig. »Ob meine Kleine dann Hörner hat?«

Lars nahm sie am Arm und bugsierte sie auf einen Stuhl. »Iss erst mal was. Der beste Adept taugt nichts, wenn er einen leeren Magen hat.«

Lilith-Jana machte sich über die Suppe her.

Loki-Marvin war bereits fertig. »Wann greifen wir uns denn die Selm-Böden?«, fragte er.

»Immer mit der Ruhe, Loki-Marvin. Früh genug. Wir müssen alles gut vorbereiten.«

Dieser Marvin war wirklich ein Geschenk des Himmels. Was immer er ihm auftrug, Marvin würde sich zerreißen, um es zu erledigen. Auch wenn er sich manchmal vor Angst zwar nicht in die Hose, aber ins Taschentuch machte.

»Wenn ihr fertig seid mit essen, gehen wir auseinander. Wenn ich euch brauche, rufe ich euch. Ich werde in Ruhe die Zeremonie vorbereiten, um die Selm-Böden und die ganze verderbte Schule zu verbrennen!«

In Marvins Augen loderte Hass auf, und Lars fragte sich, wie weit er gehen würde, wenn es darauf ankäme.

*

Die Frühschicht will nicht zu Ende gehen. Vor meinen Augen tanzt ständig Engel, Franziskas Schwester. Ich muss mich konzentrieren, darf mir keinen Fehler leisten, muss unauffällig bleiben, ein Sandkorn im Sandkasten, auf das niemand achtgibt. So habe ich es die ganzen Jahre gehalten, und niemand ist mir auf die Schliche gekommen, obwohl ich wie der Sensenmann durch das Land ziehe. Endlich Endstation, ein Kollege übernimmt, ein Fleischklops, dessen Namen ich nicht behalten kann, weil er ein Nichts ist. Ich grüße ihn, übergebe das Protokoll und mache mich auf den Weg.

Ich weiß, wo Engel wohnt. In der Gneisenaustraße, in einem Haus mit blauen Säulen. Ich parke meinen schwarzen Audi. Richtig schick hier. Ich muss in die dritte Etage. Die Tür lässt sich so leicht öffnen wie ein Briefumschlag. Messer rein, aufmachen, fertig.

Engel ist eine Sängerin. Und was für eine! An der Oper singt sie. Ich liebe Opern! Ich habe sie schon zweimal gesehen – und gehört. Vielleicht werde ich sie mir noch ein paar Mal anschauen, bevor ich sie zu mir einlade, vielleicht auch nicht.

Ihre Wohnung allerdings ist scheußlich eingerichtet. Verschnörkelte Möbel, viel weißer Lack, Glas und Tüll. Irgendwie kitschig. Nicht mein Stil. Annes Wohnung enttäuscht mich. Sie ist ordinär, sie hat Kondome in der Nachttischschublade, sie liest Liebesromane. Aber das macht nichts. Sie wird meine Stimme sein für das Finale, weil sie Frans Schwester ist und weil ihre Stimme alles in den Schatten stellt.

Ich verlasse ihre Wohnung, habe nichts verändert, sie dürfen nicht den geringsten Verdacht schöpfen.

Ich setze mich ins Auto, in mir drängt alles nach Erfüllung, nach dem Schrei der Schreie, meine Sammlung muss wachsen, ich bin noch lange nicht am Ziel, und der Countdown läuft. Immerhin muss ich jetzt nicht mehr monatelang meine Beute verfolgen, ich bin in die Phase der ersten Enthüllung eingetreten. Ich werde mir ein Mädchen aussuchen, das mir zufällig über den Weg läuft. Ich lasse das Schicksal entscheiden. Meine Hände werden feucht. Es ist ein ungeheures Risiko, aber es muss sein, ich kann es nicht abwehren, es ist ein Raubtier, das da in meiner Seele brüllt, und jetzt will es heraus aus seinem Käfig, will hinaus zur Jagd, wann immer es Blutgeruch wittert. Die Käfigtür steht weit offen. Ich habe die Scheinwerfer eingeschaltet und auf mich gerichtet. Ihr sollt mich sehen. Ihr müsst mich sehen. Fran muss mich sehen!

Ich fahre los, lasse mich von dem Instinkt des Raubtiers leiten.

Da vorne an der Ecke steht ein Mädchen. Vielleicht zwölf. Sie hat einen Kopfhörer auf, isoliert sich von der Welt. Ja, sie soll es sein. Ich rolle auf die Kreuzung zu, bemerke eine Bewegung, gebe Gas. Ein älterer Mann ist auf sie zugetreten, sie schaut auf, lächelt, umarmt ihn. Hand in Hand gehen sie weiter. Eindeutig der Vater. Verdammt, so geht das nicht.

Ich muss weiter raus, raus aus der Stadt, ich nehme die Bergische Landstraße, fahre Richtung Mettmann, die letzten Häuser bleiben zurück, ein paar Hundert Meter nichts als Felder links und rechts und dahinter der Waldrand.

Da ist sie. Sie schlendert über die Wiese, wiegt ihren Körper. Ein zierliches Persönchen. Ich halte an, steige aus. Sie bleibt mit dem Rücken zu mir stehen, wieder Kopfhörer, sie hört nichts außer der Musik, ich schaue mich um, niemand in der Nähe, ich greife sie von hinten, halte ihr den Mund zu, die Spritze jage ich ihr mit einem einzigen harten Stoß durch die Jacke in ihren Arm, sie zappelt fünf oder sechs lange Sekunden, dann sackt sie zusammen, ich verfrachte sie in den Kofferraum, mein Herz rast, wenn mich jemand beobachtet hat, bin ich erledigt.

Ich fahre vorschriftsmäßig, schwitze am ganzen Körper, ich muss schnell machen, muss mit ihr arbeiten, brauche sie. Niemand verfolgt mich. Keine Sirenen zerschneiden die Luft. Kurz vor Düsseldorf schießt mir ein Gedanke durch den Kopf. Ich habe mich fast ans Messer geliefert. Was ist los? Seit gestern ist alles aus den Fugen. Franziska! Sie hat mich aus der Bahn geworfen. *Sie* hat die Tür zum Käfig aufgestoßen. Es ist nicht der Plan, der mich verwirrt, der Plan ist genial, ist perfekt. Sie ist schuld! Ich muss aufpassen. Muss wieder zur Ruhe kommen, sonst gefährde ich meinen Plan. Zurück auf meinen sicheren Weg. Die Käfigtür zuwerfen und ein schwereres Schloss anbringen. Vielleicht muss ich sie doch früher einladen, muss sie nehmen, muss die Kontrolle wieder an mich bringen. Sie darf mich nicht kontrollieren. Niemand darf mich kontrollieren. Meine rechte Hand zittert. Ich schlage sie gegen das Lenkrad, aber es hilft nichts. Ich muss etwas gegen meine Nerven tun. Das darf mir nicht wieder passieren.

Ich bin da, lade das Mädchen aus, ab in den Bunker, die Kleider runter, sie ist älter, als ich annahm, ihr Schamhaar ist schwarz und lockig, ihre Brüste größer, als ich gedacht habe, weil die weite Bluse sie verdeckt hat, aber sie erregt mich nicht sexuell. Ich schnalle sie fest. Meine Hand zittert noch immer. Dann schütte ich den Inhalt ihrer Tasche auf den Boden. Ein Personalausweis. Sie ist schon sechzehn, da habe ich mich gründlich verschätzt. Egal. Jung genug. Sie heißt Helena. Die schöne Helena. Wurde wegen ihr nicht eine blühende Stadt zerstört? Ja. Troja! Aber nur mit List und Tücke. Mich kann man nicht mit List fangen. Mich nicht. Meine Hand macht mich wahnsinnig.

Lippenstift, Puderdose, ein Notizbuch, Geldbörse, einige Tierfiguren, aber kein Handy. Ein Teenie ohne Handy? Ich schüttele den Kopf, nehme den ganzen Krempel und werfe ihn in den Müll. Sie braucht das nicht mehr.

Ich lege meine Maske an, wecke sie auf, sie kreischt wie am Spieß, ich halte mich nicht mit dem Vorspiel auf, haste ins Studio und nehme auf. Meine Hand wird ruhiger. Hervorragend. Ein Dauerton um die zehntausend Hertz. Ich verpasse ihr einen kleinen Stromstoß, erhöhe die Stromstärke langsam, sie arbeitet sich noch höher, was hält sie aus? Was ertragen das Herz und die Seele einer Sechzehnjährigen? Ich drehe auf volle Kraft. Ihr Körper bäumt sich auf, alle Muskeln werden zu Stahl, ihr Schrei ist Musik in meinen Ohren und bricht alle Rekorde. Meine Hand hört auf zu zittern.

Liebe Helena, denke ich, wir werden noch ein paar schöne Tage miteinander verbringen, bevor du sanft ins ewige schmerzlose Vergessen gleitest und meine Post zu Franziska trägst.

*

»Da vorne links«, sagte Senior und fuchtelte mit dem Finger vor Frans Gesicht herum.

»Ich weiß, wo das ist«, entgegnete Fran. »Und wenn du nicht deine Finger aus meinem Gesicht nimmst, landen wir im Hafenbecken.«

Senior ließ seine Hand sinken, Fran bog links ab, dann noch einmal rechts, dann fuhr sie auf das Gelände der Spedition Keller.

Der Inhaber, Dietmar Keller, schlank, graue Schläfen, gewinnendes Lächeln, begrüßte sie und bat sie in sein Büro, das den Charme der Siebzigerjahre versprühte. Nur die Kaffeemaschine, die auf einer Anrichte thronte, dämpfte ein wenig das Flair der Hoffnungslosigkeit. Ihr Chrom glänzte frisch poliert, und Fran schätzte, dass sie gut und gerne zweitausend Euro gekostet hatte. Der Espresso, den Keller ihr machte, schmeckte auf jeden Fall genauso gut wie bei ihrem Lieblingsitaliener. Und das war das größte Kompliment, das sie vergeben konnte.

Sie redeten einen Moment übers Wetter und das schwierige Geschäft mit dem Transport von Waren über die Straße, dann übergab ihnen Keller eine Personalakte.

Senior zog Latexhandschuhe an, nahm die Akte und blätterte sie auf.

Keller hob die Augenbrauen, bezwang aber seine Neugier, lehnte sich zurück und fragte, ob er telefonieren dürfe, solange sie die Akten studierten. Er stünde jederzeit für Rückfragen zur Verfügung.

Fran und Senior nickten gleichzeitig.

Bredows hatte drei Jahre bei Keller gearbeitet und war vom einfachen Lkw-Fahrer zum Gruppenführer aufgestiegen, der in der Hamburger Filiale der Spedition Keller eingesetzt wurde. Das bedeutete mehr Geld, aber auch mehr Einsatz. Beurteilungsbögen wiesen Bredows als unbedingt pünktlich, zuverlässig und besonders leistungsorientiert aus. Keller war rundum zufrieden, und vor fünf Monaten hatte eine weitere Beförderung angestanden, gekoppelt mit dem Angebot, dass Keller Bredows eine Weiterbildung finanzieren würde. Dann hätte Bredows nach Düsseldorf ziehen und hier nach einem Jahr Einarbeitung die Disposition für Belgien und Luxemburg übernehmen sollen. Dann riss das Arbeitsverhältnis ab.

In der Akte war ein kurzer maschinengeschriebener, mit »Bredow« unterzeichneter Brief abgeheftet, in dem Bredows sein Bedauern erklärte, dass er fristlos kündigen musste, weil er leider erfahren hatte, dass er an einer seltenen Krankheit erkrankt war und seine letzten Lebensmonate auf einer einsamen Insel verbringen wollte. Er dankte Keller für sein Vertrauen und wünschte ihm und seiner Firma alles Gute.

Das letzte Dokument war eine Ansichtskarte mit dem Bild einer kleinen Palmeninsel, datiert auf den zweiten März des vergangenen Jahres. Der Text lautete: »Sehr geehrter Herr Keller, im Auftrag meines Freundes Frank Bredows teile ich Ihnen mit, dass Frank vor einer Woche sanft entschlafen ist. Er hat immer wieder nur Gutes von Ihnen zu erzählen gehabt. Mit freundlichen Grüßen …« Es folgte eine nicht leserliche Unterschrift.

Fran begutachtete den Poststempel. Frankfurt am Main, das Datum passte. Sie zog sich ebenfalls Handschuhe an, hielt die Postkarte neben den Brief.

Senior faltete den Arbeitsvertrag auseinander und platzierte Bredows Unterschrift daneben.

»Alles klar«, sagte Senior und schloss die Akte wieder. »Von langer Hand vorbereitet.«

»Clever gemacht. Bredows wurde nie vermisst. Er hatte keine Familie, und hier wurde er ordnungsgemäß abgemeldet.«

»Herr Keller?« Senior bedeutete ihm sein Telefonat zu beenden.

Der Spediteur legte nach kurzer Verabschiedung auf.

»Ist Ihnen nicht aufgefallen, dass der Brief von Bredows und die Postkarte von derselben Person unterschrieben worden sind?«

»Wie bitte? Aber das kann doch gar nicht sein.« Keller war sichtlich geschockt. Er überlegte einen Moment. »Oder lebt Bredows doch noch?«

Senior schüttelte den Kopf. »Nein, leider nicht. Er ist heute Morgen tot aufgefunden worden. Wahrscheinlich wurde er ermordet.«

Keller wurde blass. »Das ist ja furchtbar. Der arme Kerl. Dass es immer die Falschen erwischen muss. Der hat sich bei uns so gut gemacht. So eine Schande. Ich hoffe, Sie kriegen das Ungeheuer, das diese Schweinerei angestellt hat. Ich werde alles tun, womit ich Ihnen helfen kann.«

»Das ist sehr freundlich von Ihnen«, erwiderte Fran und begann mit der routinemäßigen Befragung des Zeugen.

Fast zwei Stunden stand Keller Rede und Antwort, holte andere Angestellte dazu, die ebenfalls bereitwillig Auskunft gaben. Es ergab sich kein Anhaltspunkt, also blieb ihnen letztlich nur noch übrig, die Fingerabdrücke von Keller und seinen

Leuten zu nehmen. Auch dabei gab es nicht das geringste Problem.

»So müsste es immer sein«, schwärmte Senior, als sie zurück ins Präsidium fuhren. »Normalerweise geht gar nichts ohne richterlichen Beschluss.«

»Dann müsst ihr mal an eurem Image arbeiten«, sagte Fran.

Senior schwieg, und Fran war nicht nach Plaudern zumute. Alles, was sie gerade gehört und was sie am Deich und auf den Fotos gesehen hatte, war ihr gründlich auf den Magen geschlagen. Der Hautfetzen, in den das Tattoo gestochen worden war, hatte noch etwas gezeigt. Fran hatte es für sich behalten, weil sie der Obduktion nicht vorgreifen wollte. Der Mann war höchstwahrscheinlich mit Elektroschocks gefoltert worden. Sie hatte dunkle Flecken gesehen, die zwar verwischt waren durch die Gewebeauflösung, aber nicht genug, um zu verbergen, dass diese Flecken von Strom verursachte Brandmarken waren.

»Was ist los?« Senior stupste sie sanft an der Schulter. »Du siehst aus, als hättest du ein Gespenst gesehen. Soll ich fahren?«

Fran seufzte. »Geht schon.« Sie zögerte einen Moment. »Versprich mir, dass du das erst mal für dich behältst.«

»Kein Problem, das weißt du doch.«

»Der Mord an Bredows ist von langer Hand geplant und über die Tat hinaus noch abgewickelt worden.« Fran blinkte rechts und hielt an.

»Keine Frage.«

»Das Opfer war ein alleinstehender Mann.«

»Ja und? Was willst du mir sagen, Fran?« Seniors Stimme bekam einen ungeduldigen Unterton.

»Ich glaube, dass Bredows das Opfer eines Serientäters ist.«

Senior schnalzte mit der Zunge. »Da lehnst du dich ganz

schön weit aus dem Fenster. Wenn die Medien davon Wind bekommen …«

»Ich weiß.«

Eigentlich müssten sie sofort in diese Richtung ermitteln, die MOKO auf mindestens dreißig Mann aufstocken und, ja, die Medien informieren, warnen, dass da draußen ein Killer herumlief, der seine Opfer folterte, bevor er sie tötete. Aber sie hatte keine Fakten in der Hand. Nur ihren Instinkt. Der Täter hatte zuerst versucht, die Leiche zu verstecken, und dann legte er sie der Polizei vor die Füße. Das war nicht sein erstes Opfer. Und es würde nicht sein letztes sein.

»Dir ist klar, dass ich nicht die Pferde scheu machen kann, im Moment. Das wäre Selbstmord«, sagte Senior, als hätte er ihre Gedanken gelesen.

»Er wird wieder zuschlagen. Er foltert seine Opfer. Hast du die Brandmarken gesehen?«

»Brandmarken? Jetzt mach mal halblang. Diese dunklen Flecken können alles Mögliche sein.« Er sah sie eine ganze Weile an, hustete einmal in seine rechte Faust. »Fran, du solltest nicht überinterpretieren. Du hast ganz richtig festgestellt, dass du nur Möglichkeiten aufzeigen kannst, nicht mehr. Die Fakten sagen: Wir haben einen Toten. Ich glaube zwar, dass es Mord war, aber einen Beweis haben wir noch nicht. Ebenso wenig ist erwiesen, dass der Mann gefoltert wurde, geschweige denn, dass ein Serientäter am Werk ist. Du weißt, wie selten Serienmorde sind und wie erfindungsreich Menschen sind, wenn sie jemanden verschwinden lassen wollen.«

Fran schüttelte den Kopf. »Ich weiß, wie Brandmarken aussehen. Bruno hat mich lange genug geschult! Der Modus Operandi spricht eine deutliche Sprache. Er sucht sich Opfer, die nicht vermisst werden, weil er dafür sorgt, dass sie spurlos von der Bildfläche verschwinden. Er will sie für sich haben, in aller Ruhe. Er will sie besitzen, er spielt Gott. Wir haben bis jetzt keine weiteren Opfer gefunden, weil er intelligent ist, weil er bis heute keine Spuren hinterlassen hat. Bevor er sich dazu entschieden hat, uns Bredows zu präsentieren, muss er sich gut informiert haben. Er wusste, dass die Miete für den Bootsplatz für fünfzehn Jahre bezahlt war. Er kennt sich aus! Er stammt von hier! Begreifst du das?« Fran atmete heftig ein.

»Immer mit der Ruhe, Fran. Das klingt alles sehr gut, und es kann sein, dass alles stimmt. Aber zuerst ermitteln wir, und dann ziehen wir Schlussfolgerungen. Sonst kriegen wir echte Probleme.«

Fran schüttelte widerwillig den Kopf. Vielleicht vergaloppierte sie sich ja wirklich, aber auch wenn die Fakten mager waren, sie reichten ihr aus, um wenigstens mit einem kleinen Team aktiv zu werden, auch wenn sie zugeben musste, dass der Ermittlungsansatz unkonventionell war. Aber genau deshalb war sie doch hier, oder etwa nicht?

»Warum verschwende ich meine Zeit, wenn du doch nur Dienst nach Vorschrift machst? Ich liefere dir einen Ermittlungsansatz, der Hand und Fuß hat, der ungewöhnlich ist, ja, der mehr auf Intuition beruht als auf hundert Fakten. Du weißt doch selbst, wie trügerisch Indizien sein können. Wir sollten alle Speditionen abklappern, sollten jede Firma fragen, ob in der letzten Zeit jemand wegen schwerer Krankheit gekündigt hat …«

»Stopp!« Senior machte ein Gesicht, als habe sie ihn angespuckt. »Wir sind nicht im Fernsehen. Wir werden keine Ressourcen verschwenden. Wir werden nicht überreagieren. Wir werden unsere Arbeit anständig machen. Und wenn es dann genug Hinweise gibt, werden wir denen folgen. Hast du das verstanden, mein Mädchen?«

Mein was? Frans Herz raste. Senior war nicht besser als

ihr Vater. Ein sturer Bock, der nur seine eingefahrenen Wege kannte. So ging das nicht. Und sein Mädchen war sie schon gar nicht.

»Brauchst du mich als Schmuck? Der alte Mann und die knackige Profilerin? Ich glaube, *du* hast zu viel ferngesehen.« Sie riss sich das Holster von der Schulter, pulte den Dienstausweis aus der Tasche und warf Senior beides in den Schoß. »Viel Spaß, und wenn der Killer noch mal zuschlägt, dann geht das auf dein Konto.«

»Fran …«

Aber sie wollte nichts mehr hören, stieß die Tür auf, sprang aus dem Wagen, schlug die Tür zu und machte sich auf den Weg zur nächsten Bushaltestelle. Senior setzte sich ans Steuer, ließ die Reifen quietschen und rauschte an ihr vorbei.

Sie fiel in einen langsamen Trab, das Blut rauschte in ihren Ohren, sie erwischte einen Bus zur Heinrich-Heine-Allee, stieg dort in die 712 nach Volmerswerth, rannte zum Deich und sprintete ein paar Hundert Meter, bis ihr die Luft ausging und sie sich mit den Händen auf den Oberschenkeln abstützen musste, um Luft zu bekommen. Nach ein paar Atemzügen beruhigte sich ihr Puls, sie richtete sich auf, holte ihr Fahrrad am Tatort ab, der noch immer von der Spurensicherung belagert war, und fuhr gemächlich nach Hause.

Ihr Kopf war leer, ein angenehmer Zustand. Sie sprang die Stufen zu ihrer Wohnung hoch, zog den Schlüssel aus der Tasche und erstarrte.

An der Tür klebte eine Postkarte mit einem riesigen Herz darauf und dem Spruch: »Für immer in Liebe.« Ihr Puls schoss wieder in die Höhe, eigentlich hätte sie die Karte in tausend Stücke zerfetzen müssen, aber sie öffnete langsam die Tür, lauschte, inspizierte jeden Raum. Niemand. Sie zog einen Handschuh an, löste vorsichtig die Karte, verstaute sie in einer

Beweismitteltüte. Dann puderte sie die Tür ab, aber sie konnte nicht einen Fingerabdruck finden. Das hieß, dass er die Tür komplett abgewischt hatte und sie auf der Karte ebenfalls keine Abdrücke finden würde. Aber vielleicht die eine oder andere Hautzelle. So wie er drauf war, hatte er die Karte bestimmt ein paar Mal angesabbert. Und wenn das der Fall war, dann war er fällig.

Like a Satellite … Frans Handy meldete sich. Senior. Sie holte tief Luft.

»Ich will, dass du zurück ins Team kommst. Alles, was du gesagt hast, ist nicht von der Hand zu weisen, wir müssen nur vorsichtig sein, das ist alles. Sobald es geht, werde ich deine Vorschläge umsetzen. Willst du es dem alten Miller zeigen oder nicht?« Er schwieg einen Moment. »Und du bist in der Tat eine knackige Profilerin, und es ist schade, dass ich ein alter fetter Sack bin. Deswegen bist du mein *Mädchen*!«

Fran war schon wieder versöhnt, sie lachte. Senior war ein elender Charmeur und ein Schuft, das wusste er, aber er stand treu zu ihr, hatte ihren Wutausbruch nicht übel genommen. »Ich bin losgegangen wie ein angeschossener Tiger. Sorry. Das war echt aggro!«

»Geschenkt. Ich lebe ja noch. Morgen früh um sieben? Kriegsrat?«

»Okay. Ich bin da und bringe eine Schachtel Kreide mit.«

Senior lachte. »Schön, sehr schön. Schlaf gut und guten Appetit.«

»Gute Nacht«, wünschte Fran und unterbrach die Verbindung.

Sie schüttelte den Kopf, bis ihr schwindelig wurde. Wie eine Anfängerin hatte sie sich benommen. Nur wenn sie in der MOKO blieb, hatte sie die Möglichkeit, Einfluss zu nehmen und im richtigen Moment einzugreifen. Sie musste an Fellmis denken und was sie im letzten Beurteilungsgespräch gesagt hatte, mit der Stimme eines Totengräbers: »Sie sind brillant, aber Sie sind eine tickende Bombe.« Fast hätte Fran sie dafür geohrfeigt, aber im letzten Moment war ihr klar geworden, dass genau das Fellmis' Urteil bestätigt hätte. Fran war wütend aus dem Raum gestürmt, und Fellmis hatte nur schallend gelacht.

Aber wer zuletzt lacht, lacht am besten, dachte Fran, legte sich ins Bett, schlief sofort ein und ertrank in einem Meer von Postkarten.

*

Ich schwitze schon wieder. Ich hasse es zu schwitzen. Immer wenn ich geschwitzt habe, hat mich mein Vater unter die kalte Dusche gestellt, und danach habe ich stundenlang gefroren, aber er hat nur gesagt, ich sei ein verweichlichter Bastard.

Ich habe nie begriffen, was er damit hatte sagen wollen. Bis vor zwei Jahren. Da habe ich alles begriffen, habe Kristin und den Kindern gesagt, dass wir umziehen, und sie haben den Aufstand geprobt. Was habe ich gemacht? Das, was man bei einem Aufstand macht. Ich habe ihn niedergeschlagen, und danach waren sie kleinlaut, haben gekuscht und sich nicht mehr in meine Entscheidungen eingemischt.

Im Radio haben sie gerade gemeldet, dass sie Bredows gefunden haben. Sie haben seinen Namen nicht genannt, natürlich nicht. Aber ich wusste sofort Bescheid. Ich habe ihn in Hamburg kennengelernt, er war ein eitler Pfau, lief jedem Rock hinterher und prahlte, bald würde er ausgesorgt haben. Nach dem Umzug habe ich ihn als einen der Ersten eingeladen. Er war eine Enttäuschung auf der ganzen Linie. Fast wie Friedel. Flennte ständig, kriegte kaum einen vernünftigen

Schrei zustande, machte sich immer wieder in die Hose. Als ich ihm die Rippenschere zeigte, hat er sogar seinen Stuhl nicht mehr halten können. Also benutzte ich ihn als Versuchskaninchen, spielte ein wenig mit dem Strom herum, kalibrierte die Rückenmarkpunktion. Das gefiel ihm überhaupt nicht, trotzdem kam er nicht richtig in Gang. Menschen sind seltsam. Manche kreischen los, bevor ich überhaupt angefangen habe, andere beißen sich lieber die Zunge ab, als mir einen schönen Schrei zu liefern. Nach ein paar Tagen verlor ich das Interesse und schläferte ihn ein. Ihn in dem Boot zu verstecken, bis ich ihn wieder benötigte, war eine gute Idee. In einer Kneipe hatte ich aufgeschnappt, dass es eine Schande sei, ein so gutes Boot einfach verrotten zu lassen.

Alles läuft wie geschmiert. Wenn sie die Kameras auswerten, werden sie nichts als einen schwarzen Schatten sehen, der ihnen Grüße entbietet.

Jetzt habe ich Muße und Ruhe, mich weiter mit Helena zu beschäftigen. Ich schaue sie an. Sie schläft. Sie ist schön, ihr Körper ist von erlesenen Proportionen, ihr Gesicht wie gemalt, volle Lippen, sanft geschwungene Wangenknochen, ein perfektes Exemplar einer Frau. Und ihre Stimme ist großartig. Ich klicke auf die letzte Datei. Ihr Schluchzen wechselt sich ab mit einem Schrei, der mir Schauer über den Rücken jagt. Erstaunlich, wie stabil Helena ist, wie viel Kraft sie hat. Helena wird meine zweite Botschaft in die Welt tragen.

Ich muss an Fran denken. Wie würde ich sie loswerden? Was für ein absurder Gedanke! Sie muss bei mir bleiben, sie muss meine Frau werden.

Schmerz zuckt durch meinen Kopf, ich nehme eine Tablette, wenig später verebbt der Schmerz, und ich habe eine Idee. Ich werde das Spiel mit Fran spielen, und wenn sie das Spiel gewinnt, dann lasse ich sie vielleicht in Ruhe. Eine Stimme in meinem Kopf schreit, ich soll vorsichtig sein, soll nicht abweichen von meinem ursprünglichen Plan, aber ich fege die Stimme einfach weg. Ich bin ein Raubtier, ich muss meinem Instinkt folgen, und mein Plan ist ja nicht in Gefahr, im Gegenteil. »Mein Plan ist nicht in Gefahr!«, schreie ich, und es tut gut. »Konzentrier dich!«, sage ich laut. »Arbeite!« Ich gehorche mir.

Helena muss mir noch ein paar besonders schöne Schreie schenken. Ihr zur Ehre werde ich die Rippenschere benutzen, werde ihren kleinen Finger abtrennen, schön langsam, mal sehen, wie das klingt. Ich wecke sie auf, sie ist pure Panik, aber sie hält es aus. Ich zeige ihr das Werkzeug, ihre Augen werden riesig groß, ich tippe auf ihren kleinen Finger, bevor sie reagieren kann, setze ich an, drücke die Zange langsam zu. Sie präsentiert ein ganzes Feuerwerk an Schreien, in das sie immer wieder Verwünschungen einstreut und mit herzzerreißendem Schluchzen mischt. Erstaunlich, über welch abscheuliches Vokabular sie verfügt! Ich werde die schlimmen Wörter rausschneiden, niemand soll glauben, ich würde mich an unflätigen Ausdrücken weiden. Das ist nicht mein Stil. Ich drücke ein wenig fester, und schon liegt der Finger auf dem kalten Metall des Thrones. Helena ist still geworden. Ohnmacht. Das sei ihr gegönnt, sie hat sich wahrlich angestrengt. Frauen halten einfach so viel mehr aus als Männer.

Ich verbinde die Wunde, halte inne. Warum mache ich das eigentlich? Mit einem Ruck reiße ich den Verband wieder herunter. Helena wird wieder wach, schreit weiter, in meinen Ohren klirrt es wunderbar, ich lasse ihr noch ein wenig Zeit, sie wird leiser, der Schmerz lässt nach, jetzt fängt sie an zu winseln und zu betteln, es wird unangenehm. Ich gebe ihr die finale Betäubung, sie verstummt, gleitet wie auf Daunen hinüber in den Tod. Ich löse die Riemen, reinige sie, drehe Helena auf den Bauch. Was für ein zarter Rücken! Eine Haut wie feinstes handgeschöpftes helles Papier. Ich nehme das Skalpell. Jetzt beginnt das Spiel der Spiele!

8. Freitag

Fran fühlte sich wie gerädert. Sie war zwar sofort eingeschlafen, aber die ganze Nacht über hatten sie Albträume heimgesucht. Zuerst war sie in Strudeln von Postkarten ertrunken, dann war ihr Vater immer wieder über sie hergefallen, nötigte sie, Postkarten aufzuheben und zu küssen, er hielt ihren Arm wie ein Schraubstock, und nur im letzten Moment hatte sie sich befreien können. Wenn das so weiterging, würde sie sich wieder eine Therapeutin suchen müssen. Aber davon durfte niemand erfahren. Zu schnell wäre sie ins Abseits geraten, zu schnell hätte man ihr nachgesagt, sie hielte den Stress ihres Berufs nicht aus. Und mit tödlicher Sicherheit hätte ihr Vater es erfahren.

Sie machte sich auf den Weg zu Senior und der MOKO Boot, fuhr aber zuerst ins LKA und besuchte eine gute Bekannte, die im DNA-Labor arbeitete, und gab ihr die Postkarte, mit der Bitte, sie so schnell wie es irgend ging zu bearbeiten. Dann fuhr sie weiter zur Festung, wie das Polizeipräsidium im Jargon der Polizei hieß.

Die Festung brummte bereits wie ein Bienenstock, der Pförtner ließ sie ungehindert passieren, sie stellte sich in den Paternoster und fuhr hinauf zum Kriminalkommissariat 11, das zuständig war für Mord und Totschlag. Sie fand Senior in seinem Büro, an dessen Tür ein DIN-A4-Zettel mit Tesafilm aufgeklebt war. »KHK Benjamin Haller, MOKO Boot« stand darauf. Fran klopfte an die offen stehende Tür, Senior hielt sein Handy ans Ohr gepresst, winkte sie herein und zeigte auf einen

Stuhl. Er beendete das Gespräch mit einer langen Danksagung, dann wandte er sich Fran zu.

»Na, alles klar?« Seine Stimme klang wie immer freundlich und verbindlich. Nichts deutete darauf hin, dass er verstimmt war wegen gestern.

»Alles klar, melde mich zum Dienst.«

Senior griff in seine Schreibtischschublade und gab Fran Waffe, Holster und Dienstausweis.

»Willkommen zurück. Wollen wir?«

Er stand auf, Fran folgte ihm in den KR 2, einen großen Konferenzraum, der mit derselben Technik ausgestattet war wie der Teamraum ihrer Abteilung.

Sie zeigte auf das interaktive Whiteboard.

»Ich dachte, ihr arbeitet immer noch mit Flipchart und Filzstift?«

Senior lachte. »Ist noch nicht lange her, dass wir das Ding bekommen haben. Du kennst mich ja, eigentlich hasse ich Technik, aber das Board würde ich nicht mehr freiwillig hergeben.«

Herz kam auf sie zu und schüttelte Fran die Hand. »Schön, dich zu sehen. Gut geschlafen?«

»Ehrlich gesagt, nein. Ich hatte furchtbare Albträume.«

Fran war gespannt auf Herz' Reaktion. Würde er rumstottern, weil er nicht mit einer echten Antwort gerechnet hatte?

»Haben die was mit dem Fall zu tun?« Er lächelte freundlich.

Damit hatte Fran nicht gerechnet. »Nein, es geht um Familiäres.«

»Möchtest du darüber reden?«

Fran schluckte. »Im Moment nicht, aber danke, dass du fragst.«

»Kein Problem«, sagte Herz und zeigte auf einen Stuhl. »Können wir anfangen?«

Herz war wirklich ein netter Kerl. Zu nett, um für Fran interessant zu sein.

Senior und Fran nahmen Platz. So wie es aussah, hatte Senior Herz zur Aktenführung eingeteilt, aber es mussten noch ein oder zwei Personen mitgeholfen haben, denn alle Ergebnisse, die bis jetzt vorlagen, waren digitalisiert.

»Ich fasse zusammen«, sagte Senior und dimmte mit einer Fernbedienung das Licht.

Auf dem Whiteboard erschien ein verwaschenes Schwarz-Weiß-Bild. Eine schwarz vermummte Person hielt seinen Mittelfinger in die Kamera. Von seinem Gesicht war nichts zu erkennen. Er war schlank, einen Meter achtzig groß, die Techniker hatten das auf den Zentimeter genau errechnen können. Das Bild wechselte, bewegte sich und zeigte das Phantom, als es unter die Plane des Bootes kroch, wieder herauskam und die Sticker am Rumpf anbrachte. Der Film brach ab.

»Er hat die Bombe um drei Uhr siebenundfünfzig gelegt. Eine Zeitbombe, einfach, aber effektiv konstruiert, der Bauplan ist im Internet nachzulesen. Kann jeder nachmachen, der ein wenig technischen Verstand hat«, sagte Senior.

Herz atmete hörbar ein. »Der Mann ist gefährlich.«

Niemand widersprach.

Fran schauderte.

»Jetzt zu Bredows.« Senior drückte eine Taste.

Bredows' Gesicht erschien, es sah aus wie ein verschimmelter Kuchen. Von Bredows aus lief ein Pfeil zu dem Logo der Spedition von Joachim Keller. Darüber stand: »Arbeitgeber«. Senior klickte auf das Logo, sofort wechselte das Bild, das Organigramm der Firma Keller erschien. Es war eine Gesellschaft mit beschränkter Haftung, das Stammkapital betrug knappe eins Komma zwei Millionen Euro, der Gewinn im letzten Jahr vor Steuer zweihundertsiebzigtausend Euro. Die Spedition

Keller war kerngesund, es gab keinerlei Geschäftsgeheimnisse, auf die Bredows hätte stoßen können. Von dieser Seite war keine heiße Spur zu erwarten. Bei Kellers zu Hause sah das schon anders aus. Vor zwei Monaten hatten sich die Kellers scheiden lassen. Kellers Frau Sybille hatte ihren Geburtsnamen wieder angenommen: Anselm.

»Da müssen wir nachbohren. Vielleicht war Bredows der Scheidungsgrund«, sagte Senior.

Er klickte auf seine Fernbedienung, und schon erschien ein Bild von Bredows, als er noch gelebt hatte, neben dem von Sybille Anselm, vormals Keller.

Fran kniff die Augen zusammen. Ja, das könnte passen. Bredows sah gut aus, er hatte etwas Wildes, Animalisches. Schmales Gesicht, Backenbart, unbändige schwarze Locken. Er hätte ihr gut gefallen, auch wenn er mindestens fünfzehn Jahre älter war als sie. Sybille Anselm passte vom Alter her und vielleicht auch in Bredows' Beuteschema – oder war es umgekehrt? Die meisten Morde waren Beziehungstaten, das pfiffen inzwischen die Spatzen von den Dächern, also war das auch der erste Ermittlungsansatz. Fran hoffte, dass es eine Beziehungstat war und nicht das Werk eines Psychopathen, wie sie bisher annahm.

»Wie lange waren die Kellers verheiratet?«, fragte Fran.

»Siebzehn Jahre«, antwortete Senior, ohne nachzudenken.

Siebzehn Jahre. Mein Gott, eine Ewigkeit, dachte Fran. Wie geht das? Mehr als sechstausend Tage, jeden Tag derselbe Mann, dasselbe Gesicht. Wie lange dauerte es, bis man wusste, was jedes Muskelzucken im Gesicht des Ehemannes bedeutete? Wie lange dauerte es, bis Sex nur noch nachts gemacht wurde, weil man sich nicht vorstellen konnte, dass dieser aufgedunsene Typ im Bademantel irgendwann einmal ein galanter Liebhaber gewesen war? Bestimmt keine siebzehn Jahre.

Menschen waren keine Gänse, waren nicht gemacht, ein ganzes Leben mit ein und demselben Menschen zu verbringen. Gab es dafür nicht millionenfachen Beweis? Wie viele Ehen hielten ein Leben lang – freiwillig? Gefühlt: gar keine. Statistisch hielten deutsche Ehen zwischen elf und vierzehn Jahren. Damit lagen die Kellers eindeutig über dem Durchschnitt.

»Kinder?«, fragte Fran.

»Zwei. Ein Junge, siebzehn, und eine Tochter, zweiundzwanzig.«

»Hoppla«, sagte Fran.

»Richtig. Sie haben erst geheiratet, als die Tochter vier war und der zweite Sprössling unterwegs.«

»Hat ja richtig lange gehalten«, warf Herz ein und machte ein erstauntes Gesicht.

»Dann gehöre ich eindeutig zu den Dinosauriern. Ich bin seit einundvierzig Jahren verheiratet«, sagte Senior. »Und ich bereue keinen einzigen Tag.«

Fran stöhnte, als hätte man ihr eröffnet, dass sie lebenslang ins Gefängnis musste. »Einundvierzig Jahre? Nichts für mich!« Sie lehnte sich zurück. »Also könnte Bredows da mitgemischt haben.«

»So ist es. Sascha, du nimmst dir Hotte mit und quetschst den Gutmenschen Keller noch mal aus, wir nehmen uns die Dame vor.«

Hotte? Fran kratzte sich an der Nase. Wie kam man zu so einem bescheuerten Namen? Unwichtig. »Was ist mit der Obduktion?«, fragte sie.

»Kommt sofort. Ich habe die Bilder selbst noch nicht gesehen, aber sie haben mir einen Vortrag darüber gehalten, dass das Verfahren, das sie angewendet hätten, sehr kompliziert sei und sehr schwierig, und sie hätten die Nacht durchgearbeitet, und das Ergebnis sei unglaublich.«

Senior klickte mit der Maus und stöhnte auf.

Herz sagte nur: »Herr im Himmel.«

Fran hielt die Luft an. Das Ergebnis *war* unglaublich. Sie hatten die Haut abgetrennt und einer Art Gerbverfahren unterzogen, um sie zu stabilisieren. Sie war von schmutzig brauner Farbe, die Armansätze ließen sich erkennen, ebenso der Halsansatz. Bredows' Rücken war überzogen mit Linien, eingeschnitten mit einer scharfen Klinge. Wie beim Hamburger Opfer. Fran unterdrückte den Impuls, Schlüsse zu ziehen, obwohl sich ihr nur ein einziger Schluss aufdrängte.

Seniors Handy machte Geräusche. Vogelzwitschern. Wann hatte er den Ton geändert? Vorher war es Bach gewesen.

Er hielt es ans Ohr. Sein Gesicht gefror zu einer Maske, in deren Mitte seine farblosen Lippen Worte formten: »Scheiße. Verdammte riesengroße Scheiße.« Er bog seinen Oberkörper nach vorne, hörte noch einen Moment zu, dann murmelte er in das Gerät, sie würden sofort kommen.

Fran wagte kaum zu atmen, und dann geschah etwas, das sie nicht für möglich gehalten hätte. Senior kramte ein Taschentuch aus seiner verbeulten Jeans, und zwar nicht, um sich die Nase zu putzen, sondern sich die Tränen aus den Augen zu wischen. Sie fing einen Blick von Sascha ein, der nur mit den Achseln zuckte.

Senior richtete sich auf. »Ich bin zu alt für diese Scheiße«, nuschelte er, nahm einen Schluck Wasser und schien sich erst sammeln zu müssen, bevor er sie einweihen konnte.

Hoffentlich war seiner Familie nichts passiert. Frans Kehle wurde eng.

»Ein Mädchen, sechzehn. Furchtbar zugerichtet. Im Wald am Unterbacher See, wie aufgebahrt.« Er hielt ihnen sein Handy hin.

Ein Beamter vor Ort hatte den Tatort fotografiert und Senior das Bild aufs Telefon gesendet. Auch wenn das Bild verschwommen war und kaum Details zeigte, erkannte Fran mehr als genug: Das Mädchen lag auf dem Bauch, es war nackt, und sein Rücken war von roten Linien entstellt.

*

Es prickelt immer noch. Helena hier abzulegen war ein heißes Spiel, aber es hat Spaß gemacht. Gegen meine Erwartung hatte ich keine Angst, im Gegenteil. Der Kick war fast so gut wie ein perfekter Schrei.

Helena ist ein zierliches Persönchen, sonst hätte ich das nicht geschafft. Sie wiegt vierundvierzigeinhalb Kilo, abzüglich des Fingers. Eigentlich muss ich den Finger mitrechnen … egal. Ich habe sie verpackt, ins Auto gelegt und bin hierhergefahren, zum See. Am Südufer habe ich sie gut sichtbar abgelegt, der Strandwart hat pünktlich seine Runde gemacht und sie gefunden. Seine Reaktion war erstaunlich. Er hat tatsächlich nachgeschaut, ob Helena noch lebt, dann hat er die Polizei gerufen und ist danach etwa zehn Meter von Helena weggegangen und hat sich die Seele aus dem Leib gekotzt. Am Nordufer habe ich mir ein Plätzchen ausgesucht, um zu schauen, ob alles so läuft, wie ich es geplant habe. Der Baum, auf dem ich sitze, ermöglicht mir freien Blick auf das Südufer, mit meinem Feldstecher erkenne ich jedes Detail. Ich warte.

Die Polizei kommt, hektische Blaulichter und hysterische Sirenen. Drei Rettungswagen. Warum drei? Helena ist tot. Aber vielleicht schicken sie vorsichtshalber ein paar Wagen mit, um zartbesaitete Zeugen zu versorgen.

Ich warte weiter.

Am Strand sammeln sich die Schaulustigen, darunter auch Fotografen von der Presse, das sehe ich an den dicken grauen

Objektiven. Das ist mein Publikum! Sie recken die Hälse, können kaum etwas sehen, nur Geduld, ich werde euch noch ein Schauspiel bieten, von dem euch keine Polizeiabsperrung fernhalten kann.

Wo bleibt Fran? Warum dauert das so lange? Habe ich mich nicht deutlich genug ausgedrückt? Helenas Rücken ist zu lesen wie ein offenes Buch. Die Zeichen sind eindeutig. Jeder, der in die Geheimnisse der Satanisten eingeweiht ist, weiß, was die Gravierungen bedeuten. Es war ein hartes Stück Arbeit. Menschliche Haut, selbst diese zarte junge von Helena, ist widerspenstig. Das ist nicht einfach ein Stück Papier, auf das man mit leichter Hand seine Nachricht schreiben kann. Hätte ich nicht geübt, dann hätte ich ganz schön dumm dagestanden. Aber so wusste ich genau, wie ich das Skalpell führen musste. Natürlich habe ich alles vorgezeichnet, damit sich nur ja kein Fehler einschleicht. Fran muss lesen und verstehen.

Mein rechtes Bein droht einzuschlafen, die Sitzposition ist unangenehm, aber das ist es wert.

Nicht nur, dass Helena mir außergewöhnliche Schreie überlassen hat. Selbst jetzt, im Tod, ist sie ein Kunstwerk. Nicht alle meine Gäste habe ich so schön hergerichtet. Ich lerne, ich experimentiere, erkenne neue Möglichkeiten. Ist das nicht bei allen genialen Künstlern so? Dass sie sich weiterentwickeln? Sich weiterentwickeln müssen? Mein Kopf fühlt sich heiß an. Das ist die Anstrengung.

Die Polizei hat alles abgesperrt, rotes Band flattert im Wind, die Sirenen eines weiteren Krankenwagens heulen heran, unnütz, Helena ist tot, so absolut tot. Verdammt noch mal. Schon wieder habe ich geflucht. »Du bist ein böser Junge«, flüstere ich. Meine Augen tränen, ich muss sie mir trocken wischen, sonst verschwimmt alles.

Nachdem ich das Fernglas wieder angesetzt habe, erkenne

ich eine Veränderung. Endlich. Fran ist da, ein alter dicker und ein junger schlanker Mann begleiten sie. Sie schüttelt Hände, ein Mann mit einem weißen Overall, der vermummt ist wie in einer Fabrik für Computerchips, zeigt auf Helena. Sie haben so eine Art Laufsteg installiert, anscheinend ist das der Weg, den die Polizisten gehen müssen, um den Tatort nicht zu zerstören. Sie werden sowieso nichts finden, außer Helena. Denn ich habe alle Spuren verwischt.

Fran beugt sich hinunter, verdammt, der Dicke verdeckt sie, ich kann ihr Gesicht nicht sehen, aber was ich sehe, ist, dass sie aufspringt und wild gestikuliert. Gut so, Fran, gut! Ich habe mich nicht in dir getäuscht.

*

Sie hatten den Wagen am Eingang zum Südstrand abgestellt, das Gelände war bereits weiträumig abgesperrt worden, der Erkennungsdienst war vor Ort.

Senior zeigte auf einen schwarzen Audi A6. »Böhrerjan ist da. Kennst du ihn?«

»Vom Hörensagen. Oberstaatsanwalt für Kapitalverbrechen? Seit zwei Jahren?«

Senior nickte. »Der jüngste, den wir je hatten. Er ist fünfunddreißig. Aber unterschätz ihn nicht. Er ist mit allen Wassern gewaschen. Und er will hundert Prozent Aufklärungsquote.«

»Wer will die nicht?«, fragte Fran gelangweilt. Das war nun wirklich nichts Besonderes.

Senior enthielt sich einer Antwort.

Sie gingen vorbei an dem kleinen Kiosk in den FKK-Bereich des Südstrandes.

Fran musste schlucken. Sie war schon oft hier gewesen, sie liebte es, nackt zu schwimmen.

Ein Beamter vom Erkennungsdienst wies sie an, auf keinen Fall den abgesteckten Pfad zu verlassen, und ließ sie durch. Laufbretter waren verlegt worden und führten in einer weiten Kurve zu einem dichten Gebüsch, das bis zum See hinabreichte und an der Abgrenzung zum Nacktbadebereich zurückgeschnitten war. Ein junger Mann kam auf sie zu, und Fran musste ein Grinsen unterdrücken. Bis auf die dunklen Ringe unter seinen Augen unterschied ihn nichts von einem Sänger irgendeiner Boygroup. Ein Schönling mit mittellangen gewellten hellbraunen Haaren, blauen Augen, schlank, der Schwiegermutterschwarm schlechthin.

Der Mann nickte Senior zu, dann wandte er sich an Fran. »Sigfried Böhrerjan, ich leite die Ermittlungen.« Er streckte ihr seine zartgliedrige Hand hin und lächelte warm.

Sie nahm sie, weich und trocken fühlte sie sich an, sein Griff war fest, aber nicht hart. »Franziska Miller, Abteilung Operative Fallanalyse beim LKA, zurzeit MOKO Boot.«

»Ja, ich habe schon von Ihnen gehört, und wir brauchen Sie hier dringend.«

Sein Lächeln verschwand und wich einem Gesichtsausdruck, der zwischen Trauer und Verzweiflung lag. Senior trat hinzu, die beiden nickten sich kurz zu.

»Wir kennen uns schon eine Weile«, sagte Senior.

»So ist es«, sagte Böhrerjan zu Fran und rieb sich die Augen, die gerötet waren, als habe er geweint oder lange nicht geschlafen.

Er holte tief Luft. »Das Opfer heißt Helena Meier, sechzehn Jahre alt.«

Senior runzelte die Stirn. »Gute Güte!«, stieß er aus.

Fran wappnete sich gegen eine Hiobsbotschaft.

»Leider ist es so, Herr Haller. Die Tochter von Oberstaatsanwältin Meier.«

Senior wurde blass, er machte eine Bewegung, als wolle er Böhrerjan in den Arm nehmen, ließ es aber bleiben, Böhrerjan räusperte sich, seine Lider flatterten ein paar Mal, er wischte sich eine Träne weg.

Also waren seine Augen tatsächlich vom Weinen gerötet. Er musste Helena Meier gut gekannt haben und ebenso ihre Mutter. Waren sie ein Paar? Fran wurde es heiß. Wenn es so war, dann war er befangen und hatte eigentlich nichts mehr hier zu suchen. Und er war nicht nur ein Zeuge, den sie vernehmen musste, ebenso wie Oberstaatsanwältin Meier, sondern beide gehörten automatisch zum Kreis der Verdächtigen. Sollte sie danach fragen? Sollte sie sich mit einer ganzen Kaste von Staatsanwälten anlegen? Besser nicht. Vielleicht kam er von selbst darauf, dass er den Fall besser abgab. Und wenn nicht, dann konnte sie immer noch intervenieren.

»Frau Miller, wenn Sie bitte …«

Böhrerjan zeigte auf das Gebüsch, Fran setzte sich in Bewegung, Senior im Schlepptau. Die weißen Gestalten des Erkennungsdienstes wichen zurück wie Gespenster und gaben die Leiche des Mädchens frei. Fran spürte ein leises Zittern im ganzen Körper, das sich im Bauch sammelte und in ihre Kehle schoss. Helena lag auf dem Bauch, Arme und Beine weit ausgestreckt, der Kopf mit dem Gesicht nach unten. An der rechten Hand fehlte der kleine Finger, der Rücken war übersät mit roten Linien.

»Die Linien postmortal«, sagte eine brüchige Frauenstimme hinter ihr, »der Finger, mit einer Zange über dem Grundgelenk glatt abgetrennt, vital, ebenso die Brandmarken. Strom. Sie ist gefoltert worden.« Vorsichtig drehte sie den Kopf zur Seite, öffnete den Mund und holte tief Luft. »Der fehlende Finger steckt mit dem Nagel zum Rachen weisend in der Mundhöhle. Die Zunge ist blutig gebissen. Sie muss geschrien haben wie …« Sie verschluckte die letzten beiden Worte, richtete sich auf. »Bei Gott, so etwas habe ich bisher nur auf Lehrgängen gesehen, wenn es um die Mafia ging oder um Geheimdienste. Oder Afrika. Da gibt es ebenfalls keine Grenzen der Grausamkeit.«

Fran drehte sich nicht um. Sie ging in die Knie, starrte auf die Linien, schaltete ihre Gefühle aus, schaltete ihr Denken aus. Wie Laub, das von einer leichten Brise in eine andere Ordnung gebracht wurde, begannen sich die Linien zu formieren. Das hatte sie auf dem kleinen Foto nicht erkennen können. Es gab einige, die nur dazu dienten, dem Betrachter das Erkennen zu erschweren, es gab andere, die sich zusammenfanden und alle waren sauber und ordentlich in die Haut eingeritzt worden. Da war keine Wut zu spüren, kein Mitleid, nur Berechnung. Der Rücken dieses Mädchens war eine Botschaft, daran zweifelte Fran keine Sekunde. Eine Botschaft an jemanden, der sie entschlüsseln konnte. *Sie* konnte die Symbole entschlüsseln: das auf dem Kopf stehende Kreuz und darin eingearbeitet das Zeichen der Church of Satan, einer Sekte aus den USA. Sie sprang auf, fuchtelte mit den Armen.

»Einen Feldstecher, ich brauche einen Feldstecher, hat denn niemand einen Feldstecher?« Ihre Stimme überschlug sich, ein junger Polizeikommissar hielt ihr ein Fernglas entgegen, sie riss es ihm aus der Hand, setzte es an die Augen. »Wo bist du, du Mistkerl«, murmelte sie. »Du bist verdammt schlau, also bringst du Wasser zwischen uns, und du hast mit Sicherheit ein Fernglas allererster Klasse. Du willst uns zeigen, dass du besser bist als wir. Du zeigst uns deinen Stinkefinger, du willst deinen Triumph genießen.«

Sie nahm das Nordufer ins Visier, etwa dreihundert Meter Luftlinie über das Wasser, wo bereits an die hundert Gaffer standen, die meisten bewaffnet mit ihren Digitalkameras, einige mit Spiegelreflexkameras und leistungsstarken Objektiven, wahrscheinlich Journalisten. Ohne das Glas abzusetzen, brüllte sie den Beamten zu, sie sollten verdammt noch mal Sichtblenden aufstellen! Und sie sollten sofort die Gaffer am Nordufer filmen, am besten bei allen die Personalien feststellen, sofort. Aus den Augenwinkeln nahm sie eine Bewegung wahr. Sie schwenkte ein wenig nach rechts. Auf einem Baum. Ein Mann, ganz in Schwarz, das Gesicht nicht zu erkennen, vermummt, sein Fernglas auf sie gerichtet wie ein Gewehr. Das musste er sein. Das Phantom. Sie musste ihn aufhalten.

»Senior, gottverdammt, ich habe ihn, am Nordstrand auf einem Baum, holt ihn euch, lass Solig und seine Leute von der Leine.«

Senior schrie ein paar Befehle, aber Fran sah, dass es zu spät war.

Das Phantom winkte ihr zu, sprang vom Baum und sprintete los, verschwand im Wald. Sie würden ihn nicht erwischen.

Fran ließ das Fernglas sinken, fühlte sich erschöpft wie nach einem Zehn-Kilometer-Lauf. Sie drehte sich um, Böhrerjan, ebenfalls mit einem Fernglas in der Hand, stand einen Meter rechts von ihr.

»Haben Sie ihn gesehen?«, fragte Fran.

»Ja. Woher wussten Sie …«

Fran schloss kurz die Augen. »Helena ist eine Botschaft an uns. Ich bin die Übersetzerin. Es sind Symbole, die nur Eingeweihte kennen. Zuerst das Henkelkreuz. Das Ankh oder Anch. Es ist ein satanisches Symbol, aber auch eine altägyptische Hieroglyphe. Es steht für das körperliche Leben, aber auch für das Leben im Jenseits. Es taucht zweimal auf. Dazwischen steht das Zeichen für Tod. Leben – Tod – Jenseits. Und hier …«

»Woher wussten Sie, dass er in der Nähe ist?« Böhrerjan funkelte Fran an.

»Er hat den Ablageort so öffentlich gewählt, damit er uns

ohne Gefahr beobachten konnte. Er hat seine Deckung verlassen. Er wollte sichergehen, dass wir seine Botschaft erhalten haben.«

Böhrerjans Körper bebte kurz. Er hob eine Hand. »Wir treffen uns in zwanzig Minuten in der Festung. Große Lagebesprechung. Wir drehen am Nordufer jeden Stein um. Während der Fahrt bringen Sie mich auf den Stand der Dinge.« Er reichte ihr eine Karte mit seiner Mobilnummer, rieb sich die Augen und senkte seine Stimme. »Ach ja, Frau Miller, noch eine Kleinigkeit. Ich werde offiziell den Fall abgeben, aber inoffiziell werde ich diese Ermittlungen leiten, und es gibt nichts, das mich davon abbringen könnte. Ist das klar?«

Frans Herz schlug bis zum Hals, sie schaute kurz zu Senior, der aber nur seine Schuhe betrachtete. »Klarer geht es nicht«, entgegnete sie und meinte es auch so.

Es war vor allem glasklar, dass Böhrerjan gerade zwei Dienstvergehen begangen hatte: Er hatte sie eingeschüchtert, und er hatte die Ermittlungen nicht abgegeben. Obwohl sie Böhrerjan dafür verachtete, beschloss sie, vorerst stillzuhalten. Entweder lehnte sie sich gegen den Apparat auf und wurde zerbrochen, oder sie spielte mit. Das Problem war, die Grenze zu erkennen, die sie nicht überschreiten durfte, die Grenze, ab der sie ihr Gewissen in die Tonne treten konnte.

Ohne ein weiteres Wort stapfte der Oberstaatsanwalt los, sein Körper hart wie Granit.

Fran und Senior blieben zurück.

»Versuch ihn zu verstehen«, flüsterte Senior. »Helena ist ihm ans Herz gewachsen wie eine Tochter. Er ist mit ihrer Mutter seit vier Jahren zusammen.«

»Umso mehr ein Grund, die Ermittlungen abzugeben.«

»Grundsätzlich ja, aber das sollte der Innenminister entscheiden.«

Fran schüttelte den Kopf. Sie hatte soeben ihre Grenze gefunden. »Ich werde stillhalten, solange er keine Scheiße baut, solange er den Fall nicht gefährdet, keinen Moment länger.«

»Das ist fair. Und wenn er Scheiße bauen sollte, stehe ich auf deiner Seite.«

Fran berührte Senior kurz an der Schulter und ging dann ein paar Schritte beiseite. Er wusste, dass sie jetzt ein paar Minuten für sich brauchte.

»Du hast sie gefoltert«, flüsterte Fran. »Aber du hast sie nicht vergewaltigt. Du hast ihr einen Finger abgeschnitten, ihn aber nicht behalten. Ihre Kleider fehlen, alles, was sie besessen hat. Sammelst du Kleider? Nein. Bredows war komplett angezogen. Du bist nicht aus auf kleine Souvenirs. Du willst mehr. Und du willst, dass wir wissen, was du machst. Der Finger zeigt auf den Hals. Du folterst mit Strom, der nicht tödlich ist. Deine Opfer müssen furchtbare Schmerzen erleiden, sie müssen schreien. « Fran wurde übel. »Du bist von der Sorte, die sich an den Qualen seiner Opfer labt. Du hast keinerlei Mitgefühl. Du kannst quälen, töten, foltern, ohne dass es dir das Geringste ausmacht. Die Frage ist: Was behältst du von ihnen, um deinen Kick immer wieder erleben zu können?«

Fran schaltete ihr Denken aus. Bilder jagten ihr durch den Kopf, Informationsfetzen, Laute, Farben, Zahlen, alles wirbelte durcheinander. Plötzlich stoppte der Gedankenstrom. Der Sozialarbeiter. Die Folterszenen. Die Schreie. Viele Schreie. Täuschend echt. »Du willst alles, über den Tod hinaus. Leben – Tod – Jenseits. Du hast es aufgeschrieben. Du willst die Seele deiner Opfer. Du willst ihren Schmerz. Bis in alle Ewigkeit.«

*

Ich liege auf dem Thron. Aus den Lautsprechern springt Helenas Musik in meinen Kopf, in meine Seele, in meinen Bauch. Mein Puls rast immer noch. Es fühlt sich an, als müsse ich sterben, mein Hals ist eng, ich kann kaum atmen. Aber das war es wert. Sie hat verstanden. Sie hat mich angesehen, aber nicht erkannt. Mein Gesicht war versteckt hinter einer undurchdringlichen Maske. Helena ist nicht umsonst gestorben, ich ziehe die Fäden, die Puppen tanzen.

Wer ist als Nächster dran? Mein Verstand schreit: »Mach eine Pause, es ist zu gefährlich.« Mein Bauch schreit: »Nimm sie alle! Lass sie schreien! Lass die Welt endlich deine Sammlung hören!« Das Kunstwerk aller Kunstwerke eines genialen Künstlers.

Einen klingenden Namen muss ich mir zulegen. Mein Kopf wird immer heißer. Sonor! Der Gedanke kommt einfach so. »Sonor« bedeutet wohltönend, klangvoll. Nichts kann besser beschreiben, was ich tue, wer ich bin. Aber ich muss noch etwas hinzufügen: Deus, Gott. Deus Sonor. Der Gott des Wohlklangs. Das ist angemessen. Ich klatsche in die Hände. »Oh ja!«, sage ich zu meinem Bildschirm. »Das ist nur ein kleiner Vorgeschmack auf das Finale, wenn Deus Sonor es euch allen zeigt.«

*

Der KR2 platzte aus allen Nähten. Fran zählte zehn Kolleginnen und achtzehn Kollegen. Mit ihr und Herz und Senior waren es einunddreißig. Fran kannte bis auf Herz, Senior und Böhrerjan niemanden. Jetzt, wo die Interessen des Oberstaatsanwaltes betroffen sind, dachte Fran, jetzt gibt es Ressourcen ohne Ende.

Sie hatte sofort eine ViCLAS-Abfrage gestartet. Das Ergebnis: Es gab in Deutschland keine vergleichbare Täterhandschrift und keine vergleichbare Vorgehensweise. Drei Treffer gab es in Kanada, vier in den USA. Spektakuläre Fälle, allesamt Sexualmorde, die nichts mit Sekten zu tun hatten, die Täter mussten entweder lebenslänglich ins Gefängnis, in Kanada, oder waren bereits hingerichtet worden, in den USA.

Senior saß neben Fran, und da er nach wie vor der Leiter der MOKO war, eröffnete er die Konferenz.

»Liebe Kolleginnen, liebe Kollegen. Sie alle haben von der unfassbaren Tragödie gehört. Ich gehe davon aus, dass Sie darauf vorbereitet sind, so lange dran zu bleiben, bis der Täter gefasst ist. Wer hier mitmacht, verzichtet auf Wochenende und Urlaub. Und es kann Monate dauern.« Senior blickte in die Runde. Niemand regte sich. »Gut. Danke.« Er zeigte auf Fran. »Das ist Fran Miller, sie ist Fallanalytikerin und Spezialistin für Sekten. Sie ist meine Stellvertreterin und der Kontakt zur OFA-Gruppe des LKA.«

Fran unterdrückte einen Hustenanfall. Wie nett, dass Senior ihre Beförderung bis jetzt geheim gehalten hatte. Auch vor ihr. Angestrengt blickte sie in die Gesichter, aber sie konnte nirgends Ablehnung erkennen. Sie schluckten das genauso, wie sie es schluckten, dass der Ziehvater des Opfers, Staatsanwalt Böhrerjan, wenn auch inoffiziell, Herr des Verfahrens blieb und damit riskierte, den Fall zu versauen.

»Den Stand der Dinge haben Sie dem Handout bereits entnehmen können«, sagte Senior. »Wir haben Neuigkeiten, das Labor hat sich selbst übertroffen. Getötet wurde Helena Meier mit einer hohen Dosis eines Beruhigungsmittels, das nicht im freien Handel erhältlich ist, ein guter Ansatzpunkt, wir werden alle Hersteller und Verkäufer durchleuchten.

Wir haben drei Hauptstoßrichtungen. Erstens: Es handelt sich um eine rituelle Tötung aus dem satanischen Umfeld.

Zweitens: Helena Meier ist Zufallsopfer eines Psychopathen. Fran Miller und Staatsanwalt Böhrerjan haben aller Wahrscheinlichkeit nach den Täter gesehen. Er ist uns entwischt. Das Verhalten spricht für einen hochintelligenten Einzeltäter, der ein hohes Risiko eingeht, um den Fund des Opfers beobachten zu können. Damit sind wir bei drittens: Der Täter provoziert die Polizei, im Speziellen die Abteilung Operative Fallanalyse beim LKA. Sie haben die Bilder der Überwachungskamera am Tatort im Fall Bredows gesehen. Die Linien ergeben satanische Symbole und/oder altägyptische Hieroglyphen. Wir haben zwei weitere Fälle, die recht deutlich Satanisten zuzuordnen sind. Es könnte ein Zusammenhang bestehen. Fran, willst du dazu etwas sagen?«

Allerdings wollte sie etwas dazu sagen. Als Senior sich setzte, stand Fran auf. »Danke. Ich möchte dringend darauf hinweisen, dass meiner Ansicht nach die Morde an Helena Meier und Frank Bredows zusammenhängen, aber nichts mit dem Anschlag auf dem Nordfriedhof zu tun haben. Wir müssen unterscheiden zwischen der streng rituellen schwarzen Messe, die auf dem Grab von Solderwein abgehalten wurde, und den beiden Morden, die meiner Auffassung nach nichts mit der satanischen Szene zu tun haben. Der Mörder ist meines Erachtens ein Serientäter, und, um es salopp zu sagen, ein krankes Hirn, aber ein intelligentes. Er plant präzise. Und er ist von Hamburg nach Nordrhein-Westfalen umgezogen, nach Düsseldorf, wann ungefähr, das hoffe ich noch heute herauszufinden.«

Senior legte die Stirn in Furchen, ein Raunen ging durch die Reihen, ein älterer Kollege hob die Hand, Fran nickte ihm zu.

»Es sind doch nur zwei Fälle? Das ist keine Serie, auch wenn Sie das gerne hätten. Ach ja. Eins noch: Wie lautet die Adresse von unserem Düsseldorfer Jack the Ripper?«

Etwa die Hälfte der Anwesenden lachte.

Damit hatte Fran gerechnet. Polizisten vom Kaliber ihres Vaters gab es viele.

»Lieber Kollege …?«

»Hubert Holz, KK 33.«

»KK 33. Aha. Diebstahl aus und von Autos, nicht wahr? Wie viele Mörder haben Sie denn schon gesehen beziehungsweise hopsgenommen? So um die null, nehme ich an?«

Jetzt lachte die andere Hälfte der MOKO Helena.

Holz wollte etwas sagen, aber er verbiss es sich, denn Böhrerjan stand auf und hob eine Hand.

»Jetzt ist keine Zeit für Kompetenzgerangel. Was Frau Miller sagt, müssen wir berücksichtigen. Wir werden in alle Richtungen ermitteln, und wenn sich Ansatzpunkte ergeben, werden wir entsprechend reagieren und unsere Anstrengungen auf die wahrscheinlichste These fokussieren.« Seine Kaumuskeln spannten und entspannten sich, als wolle er noch etwas sagen, aber er setzte sich wieder.

Fran hatte gehofft, er würde verkünden, dass er den Fall auch intern abgebe.

Die nächste Gesamtkonferenz wurde auf Samstag, neun Uhr morgens, festgelegt. Das Leitungsteam würde ständig in Kontakt bleiben, mehrmals täglich würden die Akten digital und analog aktualisiert.

Senior übernahm, bildete Ermittlungsgruppen, vergab Aufgaben, schärfte allen ein, nichts außer Acht zu lassen.

Böhrerjan erhob sich wie ein alter Mann. »Wie ich sehe, sind die Ermittlungen in besten Händen, Herr Haller.«

Senior war sehr gut, keine Frage, aber trotzdem war es nur geschleimt. Es gab einige Kollegen, die mindestens genauso gut waren wie Senior. Natürlich wollte Böhrerjan den seiner Meinung nach besten Mann bei dieser Ermittlung, und vielleicht war Senior deshalb der beste, weil er stillhielt. Böhrerjan reagierte hochemotional, Fran wusste, wie schnell sich Gefühle in Patchworkfamilien entwickeln konnten und so stark wurden, als ginge es um die leiblichen Kinder. Trotzdem war es falsch, dass Böhrerjan die Ermittlungen beeinflussen konnte. Lief tatsächlich etwas schief, konnte das vor Gericht alles zu Fall bringen und dazu führen, dass sie einen Killer laufen lassen mussten. Sie konnte es einfach nicht akzeptieren.

»Sie halten mich auf dem Stand der Dinge«, sagte Böhrerjan, als er sich von Senior verabschiedete.

Senior nickte und schüttelte die Hand des Staatsanwaltes, legte dann die Linke auf seine Schulter.

Böhrerjan schien dankbar über diese Geste des Mitgefühls. Er lächelte schwach.

»Wir kriegen ihn, das verspreche ich Ihnen. Und das sind keine leeren Worte.«

»Danke, Herr Haller.« Böhrerjan seufzte. »Ich hätte nicht gedacht, dass mich diese Worte, die ich schon so oft Angehörigen gegenüber genauso gesagt habe, dass diese Worte eines Tages mich würden trösten müssen. Das Erstaunliche ist: Es wirkt.« Er schloss kurz die Augen. »Ein wenig.« Er wandte sich an Fran. »Sie bekommen alles, was Sie brauchen, um ein Täterprofil entwickeln zu können. Aber ermitteln werden wir zuerst im Umfeld der Opfer.«

»Mein Team?«

»Wenn Sie es brauchen.« Böhrerjan klang, als sei das vollkommen selbstverständlich.

»Klären Sie das mit meiner Chefin?«

»Selbstverständlich. Ich werde Frau Fellmis gleich in Kenntnis setzen.«

Böhrerjan wollte sich umdrehen, um zu gehen, aber Fran hielt ihn zurück. »Einen Moment bitte, Herr Böhrerjan. Sie wissen ja, wie es läuft, ich muss Sie als Zeuge befragen, in meiner Funktion als Ermittlerin, aber vor allem als Mitglied meines Teams Operative Fallanalyse. Wir müssen das Opfer kennenlernen. Genau kennenlernen.«

Böhrerjan kniff die Augen zusammen, Fran erwartete eine scharfe Zurechtweisung, aber sein Verstand siegte über seine Gefühle. »Selbstverständlich, Frau Miller. Sicherlich werden Sie auch mit Frau Meier reden wollen, reden müssen. Ich werde Ihnen Bescheid geben, wenn sie vernehmungsfähig ist. Ich kann Ihnen jederzeit Rede und Antwort stehen. Mir ist auch klar, dass ich theoretisch zum Täterkreis gehöre. Kein Problem.« Er hielt ihr die Hand hin, sein Händedruck wirkte jetzt eher fahrig, er drehte sich um, streckte seinen Rücken und verließ zügig den Raum.

»In Kenntnis setzen«, hatte er gesagt. Nicht etwa »Ich werde mich darum bemühen« oder »Ich werde sie anfordern«. Er stellte Fellmis vor vollendete Tatsachen, sie hatte keine Wahl. Fran würde er »Bescheid« geben, auch sie hatte keine Wahl. Böhrerjan musste ein mächtiger Mann sein, wenn er so über die Abteilungen des LKA verfügen konnte.

»Na, was sagst du jetzt, Fran?« Seniors Gesicht strahlte, als habe er gerade die Beförderung zum Kriminalrat erhalten.

»Das ist mir alles unheimlich, das sage ich.« Sie zeigte auf die Tür, durch die Böhrerjan verschwunden war. »Der nutzt den Apparat für seine Zwecke, damit sein Fall schneller bearbeitet wird. Findest du das in Ordnung?«

Senior verzog das Gesicht. »Ja und nein.« Er lachte kurz und hart. »Wie immer hat alles seine zwei Seiten. Ja, er benutzt den Apparat. Aber ich finde seine Entscheidungen trotzdem richtig. Da draußen läuft eine Bestie herum, foltert und mordet und wirft uns den Fehdehandschuh hin, wenn du recht hast. Das können wir nicht akzeptieren. Ginge es nach mir, würde ich allen Autodieben drei Monate freigeben, damit wir noch mehr Leute hätten. Jede Stunde zählt. Du weißt doch: Viele Hunde sind des Hasen Tod. Und du bekommst deine ganz große Chance, zu zeigen, was du und dein Team könnt. Ist das nichts?«

Verdammt, ja! Der Köder war so fett, dass sie ihn nicht verschmähen konnte. Außerdem hätte sie wahrscheinlich kein Team mehr, wenn sie herausfänden, dass sie den Sechser im Lotto abgelehnt hätte. Am Montag hatte sie ernsthaft erwogen zu lügen: Fast hätte sie die Verstümmelungen auf dem Rücken der Hamburger Leiche als satanische Symbole bezeichnet, um bessere Arbeitsbedingungen zu bekommen, jetzt flogen ihr die gebratenen Tauben in den offenen Mund. Aber zu welchem Preis? Das würde sich erst zeigen.

Sie senkte den Kopf. »Das ist großartig, natürlich, und ich danke dir dafür.« Mit einer schnellen Bewegung kniff sie ihm in den Arm.

Senior schrie leise auf. »Was ist das denn jetzt?«, fragte er entrüstet.

»Das ist dafür, dass du mich zu deiner Stellvertreterin machst und es nicht mit mir absprichst.«

Senior rieb sich den Arm. »Du bist stark, weißt du das nicht? Das hat wehgetan.«

»Sollte es auch!«, gab Fran patzig zurück.

»Du bist und bleibst ein Hitzkopf. Böhrerjan hat mir eine Minute vor der Konferenz gesteckt, ich solle dich zu meiner Stellvertreterin machen. Auf die Idee wäre ich gar nicht gekommen. Das heißt nicht, dass ich dir das nicht zutraue, so in zwei oder drei Jahren, wenn du ein bisschen ruhiger geworden bist.« Er grinste hämisch.

»Eben. Ich traue es mir ja selber nicht zu. Und er hat Herz düpiert, findest du nicht?«

»Hat er nicht. Herz wollte sowieso nicht.«

»Warum?«

Senior verzog den Mund. »Er denkt so wie du. Er hält Böhrerjan für eine Gefahr.«

Fran schürzte die Lippen. Jede Menge Pluspunkte für Herz. »Und wenn er gewollt hätte?«

Senior griff Fran links und rechts an der Schulter. »Was ist los? Du kennst mich doch, oder?« Er wartete keine Antwort ab. »Dann hätte Böhrerjan das Nachsehen gehabt.«

»Sorry«, sagte Fran. »Ich glaube, das ist alles zu viel auf einmal. Vor ein paar Tagen war ich drauf und dran zu kündigen, und plötzlich bin ich stellvertretende Leiterin der Mordkommission, die einen der spektakulärsten Morde in der Geschichte der nordrhein-westfälischen Polizei aufklären soll.«

»Es ist mit Abstand der spektakulärste seit Kürten, Bartsch und dem Rhein-Ruhr-Ripper. Am besten stürzen wir uns in die Arbeit. Nehmen wir uns die Ex vom Keller vor, was meinst du?«

»Ich glaube zwar nicht, dass das viel bringt, aber wir haben ja keine Wahl. Vorher muss ich mich aber mit meinem Team abstimmen. Das geht schnell. Ich will, dass wir eine Videostandleitung zum LKA aufbauen. Wir müssen jeden verdammten Schnipsel von allen Seiten betrachten. Und wir müssen endlich mit Ägidius Bonaventura sprechen. Wir dürfen den anderen Fall nicht vernachlässigen.« Fran biss sich auf die Zunge. Verdammt, sie hatte sich verplappert.

»Wer ist das?« Senior kniff die Augen zusammen.

»Jemand, der Solderwein gekannt hat. Und nicht nur das. Seit Jahren bringt er frische Blumen ans Grab.«

»Und *du* regst dich über Böhrerjan auf?«

»Das ist etwas anderes.« Ein schwacher Versuch.

»Ist es nicht. Wann hast du dich mit ihm verabredet?

»Um fünfzehn Uhr.«

»Alles klar, ich komme mit. Ich habe nichts zu verlieren. Und ein schlechtes Gewissen obendrauf.« Er grinste. »Eigentlich hätte *ich* auf Bonaventura kommen müssen.«

Fran nickte erleichtert.

*

Es war halb zehn, als alle versammelt waren. Christine Austerlitz trug eine gelbe Cordhose, darüber ein grünes Sweatshirt und als Abrundung weiße Gesundheitsschuhe. Bruno stützte das Kinn auf seine verschränkten Hände, Günther Anleder lümmelte sich auf seinem Stuhl wie ein pubertierender Pennäler und musterte sie misstrauisch. Martina Schwartz schaute sie offen und erwartungsvoll an.

»Der Chef hat euch noch nicht unterrichtet, nehme ich an?« Fellmis war wieder einmal unterwegs, und Fran war sich nicht sicher, ob Böhrerjan sie schon eingeweiht hatte.

Keine Antwort war auch eine Antwort.

»Ich mache es kurz. Heute Morgen ist am Unterbacher See, Südufer, Helena Meier tot aufgefunden worden.« Nur Bruno zeigte eine Regung, er hob die Augenbrauen. »Helena Meier ist die Tochter von Oberstaatsanwältin Meier, und der für Kapitaldelikte zuständige Oberstaatsanwalt Frank Böhrerjan ist quasi der Stiefvater. Anscheinend hat er einen Narren an mir gefressen, auf jeden Fall hat er mich zur stellvertretenden Leiterin der MOKO Helena gemacht.«

Günther fiel fast vom Stuhl. Er rappelte sich auf, verdrehte die Augen. »Aber das kannst du doch gar nicht!«

Fran grinste. »Korrekt. Aber darum geht es Böhrerjan gar nicht. Benjamin Haller leitet die MOKO, und er selbst bleibt auch an Bord.«

Günther hob die Hände.

Fran wusste, was er sagen wollte. »Da machst du nichts dran, Günther. Vergiss es. Es gibt aber auch eine gute Nachricht.«

»Und die wäre?«

Fran holte tief Luft. »Wir sind ebenfalls mit im Boot. Unbegrenzt. Böhrerjan vermutet Zusammenhänge zwischen dem Anschlag auf dem Nordfriedhof, den Morden an Frank Bredows und Helena Meier.«

Bruno schnaubte. »Aber das ist doch Unsinn!« Er schüttelte heftig den Kopf. »Wir haben alles gründlich analysiert. Das war eine schwarze Messe, und wir haben auch schon eine Tätereingrenzung vorgenommen. Belastbar zu achtundachtzig Prozent. Keinerlei Korrelation mit Bredows.«

Fran war nicht überrascht. Genau das hatte sie erwartet. Auch mit dieser Wahrscheinlichkeit. »Logisch«, sagte sie.

Günther wedelte mit seiner Rechten, als wolle er Fliegen verscheuchen. »Böhrerjan will keine Möglichkeit außer Acht lassen, nicht wahr? Er will auf Nummer sicher gehen. Sich später nicht vorwerfen lassen, er habe ein Detail übersehen. Aber in Wirklichkeit hat er schon längst die Satanisten auf der Abschussliste, weil er das glauben will. Er ist befangen. Er ist gefährlich.«

»Logisch«, sagte Fran noch einmal und faltete die Hände wie zum Gebet.

Christine Austerlitz grinste. »Das nimmst du in Kauf, damit wir mitspielen dürfen.«

»Logisch zum Dritten«, sagte Fran.

Bruno kaute auf seiner Unterlippe, Günther lümmelte wieder auf seinem Stuhl herum, Christine lächelte, und Martina schrieb etwas auf ihren Block.

»Ihr könnt natürlich ablehnen …«

»Du weißt genau, dass wir das nicht können«, sagte Martina mit ihrer dunklen weichen Stimme.

»Davon bin ich ausgegangen.«

»Wie willst du vorgehen?«, fragte Bruno.

»Ich habe eine Theorie, die ich aber vorerst für mich behalte. Die Informationen dazu bekommt ihr gleich.«

Alle nickten. Ein solches Vorgehen war notwendig, um die Unvoreingenommenheit der anderen zu garantieren.

»Zuerst möchte ich die Zusammenhänge zwischen den Fällen betrachten. Schaut euch den Rücken von Helena Meier an, und sagt mir, was ihr seht.«

Sie steckte den USB-Stick, den sie vom Polizeifotografen noch am Tatort bekommen hatte, in den Rechner und öffnete ein Foto.

»Verdammt«, sagte Günther.

»Das ist nicht wahr«, sagte Christine.

Die anderen beiden schwiegen, aber ihre Gesichter sprachen Bände.

»Was ist der Unterschied zum Hamburger Opfer?«, fragte Fran.

»Kalt. Berechnet. Jede Linie mit Bedacht gezogen und mit großer Präzision auf die minimale Linienführung reduziert, sodass man sie gerade noch erkennen kann.« Martina seufzte.

Günther setzte sich gerade hin. »Klare Zeichen. Eine Botschaft.«

»Das wird spannend«, sagte Bruno. »So kann man sich täuschen. Wir haben die Linien beim Hamburger Opfer falsch interpretiert, weil wir den Fall isoliert betrachtet haben. Also war es bei dem Hamburger Opfer doch keine Wut. Er hat geübt. Seine Handschrift ist gut erkennbar. Die Linienführung hat klare Charaktermerkmale: Er setzt in der Regel oben links an, zieht dann nach rechts. Das Muster auf der rechten Schulter von Helena Meier ist fast identisch mit dem auf der Schulter des Hamburger Opfers. Seine Unterschrift? Seine Initialen?

Genau wie auf Bredows' Rücken.« Er starrte Fran an. »Worauf wartest du?«

Sie zog das Telefon zu sich hin und wählte Albert Neusens Nummer.

Er hob sofort ab. »Franziska Miller! Richtig?«

»Richtig. Du hast die Nummer gespeichert?«

»Klar. Wie geht's dir?«

In Frans Bauch kribbelte es. Sie mochte seine Stimme, mochte seine gute Laune, und, verdammt noch mal, er sah wirklich gut aus. Sie hatte sein Gesicht vor Augen wie eine Fotografie. Ob er Kuchen backen konnte?

»Mir geht's gut, danke. Wir haben einen Fall, der mit deinem in Zusammenhang stehen könnte.« Fran wollte nicht mit der Tür ins Haus fallen. Sie war fest davon überzeugt, dass ein und derselbe Täter bei dem Hamburger Opfer und bei Helena Meier am Werk gewesen war. »Darf ich dich laut schalten, damit das Team mithören kann?«

»Klar.«

Fran drückte einen Schalter. »Wie alt ist der Fall?«

Neusen antwortete ohne Zögern. »Eine Altlast. Ich habe euch im Glauben gelassen, es sei ein aktueller Fall, entschuldigt bitte, aber ich wollte eure unvoreingenommenen Meinungen hören.«

»Kein Problem. Wann und wo ist das Opfer gefunden worden?«

»Vor knapp zweieinhalb Jahren, durch Zufall in einer Müllverbrennungsanlage. Es gab einen technischen Fehler, der Ofen wurde geleert, dabei hat man sie gefunden, ansonsten wäre sie auf Nimmerwiedersehen verschwunden. Sie heißt Anastasia Stanowski, war sechsundzwanzig Jahre alt und arbeitete als Prostituierte. Allerdings glaube ich nicht, dass dieser Fall etwas mit eurem zu tun hat.«

Fran hielt die Luft an.

»Wir haben den Täter erst so spät dingfest gemacht, weil es keine forensischen Beweise gibt. Aber vor Kurzem hat er vor Zeugen geprahlt, dass er schlimmer als der Teufel sei und dass alles bald erst richtig losgehen würde.«

»Wer?« Fran musste husten, um den Kloß im Hals loszuwerden.

»Claudius Ferter. Unser kleiner Teufelsanbeter, der übrigens in der Müllverbrennungsanlage arbeitet.« Neusen schwieg einen Moment. »Er hatte Dienst, als das Opfer in den Ofen geworfen wurde.«

»Aber …«

Neusen fiel ihr ins Wort. »Es ist in Hamburg nicht so einfach, eine Leiche in der Müllverbrennung zu entsorgen. Die haben inzwischen sehr gute Vorsichtsmaßnahmen. Er hat sie nachweislich außer Kraft gesetzt. Aber ihr habt trotzdem recht gehabt. Es war Wut, es war Übertötung, es hat nichts mit seiner Weltanschauung zu tun. Die Sekte, in der er Mitglied ist, besteht aus harmlosen Spinnern, die keiner Fliege etwas zuleide tun. Sie verehren Anubis, spielen mit Hieroglyphen und so weiter. Er hat bereits vor dem Mord mehrere Prostituierte angegriffen, zum Teil erheblich verletzt. Er hasst Nutten. Das hat er unumwunden zugegeben.«

Hieroglyphen! Sehr interessant. Aber Ferter saß in U-Haft, und Hieroglyphen wurden von vielen satanischen Sekten verwendet.

»Hat er gestanden?«

Neusen zögerte. »Nein. Er leugnet den Mord, will sich rausreden, indem er behauptet, er habe seine Freunde beeindrucken wollen. Aber wie gesagt, neue Zeugen sind aufgetaucht, wir haben noch mal gründlich alles abgeklopft, er hat kein Alibi, wurde zur Tatzeit in der Nähe des Opfers gesehen, die Indizien sind wasserdicht, die Ermittlungsakte geschlossen, es wird demnächst Klage erhoben.«

Fran war enttäuscht und glaubte aus Albis Worten eine Spur Unsicherheit herauszuhören, aber das war wohl Wunschdenken. Sie versuchte, ihre Stimme normal klingen zu lassen. »Vielen Dank, Albi. Wir halten dich auf dem Laufenden. Mach's gut.«

»Ihr ebenso. Petri Heil.« Er legte auf.

Fran hielt den Hörer noch einen Moment in der Hand. »Wenn Neusen sich nicht irrt, dann müssen wir neu ansetzen. Was meint ihr?«

Alle nickten.

»Wer glaubt, dass Albert Neusen sich täuscht?«

Alle hoben die Hand.

»Ihr müsst euch in die Akten Frank Bredows und Helena Meier einarbeiten, und zwar schnell.«

Wieder nickten alle.

»Und jetzt die neuen Infos: Der Täter hat Helena Meier schwer gefoltert, ihr einen Finger abgeschnitten und in den Mund gesteckt. Und er hat uns eine Nachricht auf dem Rücken von Helena Meier hinterlassen.« Fran holte die Bilder auf den Schirm.

»Mein Gott«, rief Günther aus. »Da haben wir es aber mit einem wirklich unangenehmen Zeitgenossen zu tun. Dem möchte ich nicht in die Hände fallen. Der spürt nichts. Der schlitzt dich auf und wundert sich, dass du zappelst. Was will er?«

»Ich denke, er will sie schreien hören. Und er will, dass wir das wissen. Er hat uns im wahrsten Sinne des Wortes einen Fingerzeig gegeben. Im Internet kursieren zurzeit Audiodateien mit Schmerzensschreien. Sie scheinen echt zu sein. Wir lassen sie gerade untersuchen.«

Martina meldete sich zu Wort. »Das ist ein plausibler Ansatz, den wir überprüfen müssen. Wir machen es wie immer: Datenanalyse, Tatrekonstruktion, Interpretation der Taten und Erstellung des Täterprofils. Geoprofiling. Dann werden wir sehen, ob deine These den Fakten widersteht.«

»Das wird eine Menge Zeit kosten, die wir nicht haben«, sagte Fran.

»Ja, natürlich!« Günther warf die Arme in die Luft. »Urlaubsscheine verbrennen und vorsorglich die Scheidung einreichen, schon klar. Anstatt unnützes Zeug zu reden, sollten wir anfangen.«

Fran grinste breit. »Jetzt wisst ihr, warum wir die Besten sind. Wir brauchen keine Leitung.«

Bruno hob die Augenbrauen, seine Miene blieb ernst, seine Haut schimmerte blass.

Fran verging das Grinsen.

»Dann will ich hoffen, dass wir den Täter schnell fassen. Bevor er wieder zuschlägt. Denn das wird er, wenn wir ihn nicht daran hindern, das steht fest. Er hat einen hohen Verschleiß. Und er hat enormen Druck.«

*

»Warum machen wir es nicht heute? Es ist doch Samstag.« Loki-Marvin schmollte wie ein kleiner Junge.

Lars schmunzelte.

Sie saßen am Küchentisch bei Marvin zu Hause, jeder eine Tasse Kaffee vor sich.

»Weil es noch zu früh ist«, sagte Lars. »Außerdem haben wir heute etwas anderes vor.«

Natürlich war der Samstag, der im Zeichen des Saturns stand, bestens geeignet für Todes- und Vernichtungszauber jeder Art. Aber Lars hatte für heute festgelegt, dass Marvin endlich in die hohen Weihen der körperlichen Liebe eingeführt wurde. Johanna hatte ihm eine SMS geschickt und ihn gebeten, sie um zwanzig Uhr am Bahnhof abzuholen. Heute Nacht würde sich Marvin das erste Mal in seinem Leben mit einer Frau vereinigen. Und Johanna das erste Mal mit einem Mann. Eine doppelte Entjungferung! Ein großes Ereignis. Er würde Marvin aber erst später einweihen, kurz bevor es so weit war, dann war die Überraschung umso größer.

»Wir werden die Schule und die Selm-Böden am Dienstag erledigen, dann herrscht Kriegsgott Mars, und es kann nichts schiefgehen, was meinst du?«

Loki-Marvin war nicht wirklich überzeugt, das konnte Lars ihm ansehen, aber er stimmte zu, wenn auch missmutig. Was war nur mit ihm los? Er brannte förmlich darauf, den Vernichtungszauber zu vollziehen. Lars' Wut war bereits erheblich abgekühlt, denn er hatte nicht nur für seine Probleme eine angenehme Lösung gefunden, sondern dadurch, dass sie ihn von der Schule geworfen hatten, hatten sich ganz neue Möglichkeiten für ihn aufgetan. So hatte letztlich alles, was geschah, einen tieferen Sinn, der sich nicht immer sofort offenbarte.

»Ist alles in Ordnung mit dir?«, fragte Lars.

Loki-Marvin schien fast zu erschrecken. »Ja, aber sicher, was meinst du damit?«

»Du wirkst sehr angespannt.«

Loki-Marvin ließ seine Arme baumeln und lächelte so falsch wie ein Zollbeamter. »Alles in Ordnung, wirklich.«

Lars war nicht überzeugt. Er würde Marvin morgen nach der Zeremonie noch mal intensiv befragen.

Jetzt musste er nach Hause zu seiner Mutter, es ging ihr nicht gut, den ganzen Tag lang hatte sie nichts gegessen. Er hatte beschlossen, ihr zu erzählen, dass er Vater würde, er konnte nicht mehr warten, und es war egal, ob das Kind ein paar Wochen später kam, als der Kalender es verlangte. Frühestens in drei Wochen würde er wissen, ob er Jana geschwängert hatte oder nicht.

»Also um neun heute Abend, Loki? Alles klar?«

Loki-Marvin nickte, aber es war kein wirklich zustimmendes Nicken, sondern ein Nicken, das eher das Gegenteil ausdrückte.

Lars verließ die Wohnung mit einem unguten Gefühl. Er trat auf die Straße hinaus, lächerlich kostümierte Gothics liefen an ihm vorbei. Er nahm die Straßenbahn zum Bilker Bahnhof. Der Wagen war voll von kreischenden Kindern, kichernden Teenies und trübe dreinblickenden Menschen, die keine Ahnung davon hatten, dass ihr Messias mit ihnen in dieser Bahn unterwegs war. Er stieg aus, dachte einen Moment, dass der Fahrer, der in dem modernen Triebwagen in einer abgeschlossenen Kabine saß, ihn beobachtete, aber als Lars sich zu ihm hindrehte, schaute er in den Rückspiegel. Lars ermahnte sich, nicht durchzudrehen, überquerte die Straße, schloss die Haustür auf, ärgerte sich über die herumliegenden Werbeprospekte und die Fahrräder, die den Flur versperrten. Er gab den Drahteseln einen Tritt, sie fielen auf die Seite, er ging einfach über sie drüber, Plastik zerbarst, aber das war ihm egal. Menschen lernten nur durch Schmerz oder Verlust.

Er schloss die Wohnungstür hinter sich und atmete auf. Hier war alles sauber, alles in bester Ordnung. Ein Blick auf die Uhr zeigte ihm, dass Mutter wahrscheinlich schlief.

Leise drückte er die Tür zu ihrem Zimmer auf und hörte die unruhigen Atemzüge. Immer wieder hörte sie auf zu atmen, manchmal unerträglich lange, aber dann zog sie wieder mit Stöhnen und Röcheln Luft in ihre Lungen. Ihr Gesicht war von einem leichten Schweißfilm überzogen, ihre Nase schien heute seltsam spitz. Das Essen, das er ihr hingestellt hatte, war unberührt. Seine Kehle verengte sich, hoffentlich kam er mit seiner frohen Botschaft nicht zu spät. Sollte er sie wecken? Nein, sie brauchte ihren Schlaf.

Er ging in die Küche, schaltete den Wasserkocher ein, nahm eine Teetasse, hängte einen Beutel Darjeeling hinein und warf einen dicken Klumpen Kandiszucker hinterher. Das Wasser kochte, er übergoss Beutel und Zucker und genoss den Geruch, der ihm in die Nase stieg.

Mit der Tasse in der Hand ging er in sein winziges Zimmer, in dem gerade genug Platz war für sein Bett, einen Kleiderschrank und seinen Schreibtisch. Das Zimmer hatte kein Fenster, eine echte architektonische Meisterleistung, er schaltete Licht ein, setzte sich an den Schreibtisch, nahm die Kalligrafiefeder, die ihm Mutter zur Kommunion geschenkt hatte, tauchte sie in die schwarze Tinte und malte mathematische Formeln aus der Differenzial- und Integralrechnung. Normalerweise verschaffte ihm das ein wenig Befreiung, wenn seine Seele, so wie jetzt, drohte überzulaufen. Und das passierte immer dann, wenn er daran dachte, dass ihn sein Vater im Stich gelassen hatte. Aber heute half es nicht. Ein Tropfen brachte die geschwungenen Klammern durcheinander. Er hielt inne. Noch ein Tropfen. Langsam schob er das Heft nach hinten. Dann ließ er seinen Tränen freien Lauf.

*

Wie immer war die Zeit verflogen. Fran war erst gegen siebzehn Uhr in die Festung gekommen, und noch immer hatten sie Bonaventura nicht gesprochen.

Senior hatte nur abgewinkt. Die Arbeit stand ihm schon bis zum Hals. Er hatte bis jetzt nichts anderes getan, als den

Dienstplan zu koordinieren und die eingehenden Protokolle zu überfliegen.

Böhrerjan hatte ihnen bis Montag einen Maulkorb verhängt, eine Pressekonferenz würde am Dienstagmorgen stattfinden. Fran war gespannt, wer auf dem Podium sitzen würde. Sie selbst mit Sicherheit nicht, und Böhrerjan würde einen Teufel tun, dort aufzutauchen. Die Leiter der Presseabteilungen des Präsidiums und des Landeskriminalamtes würden sich den Journalisten stellen müssen, Mario Hartbäcker, der Staatssekretär, würde sich die Medienpräsenz nicht nehmen lassen, denn man konnte davon ausgehen, dass alles, was bei den Medien Rang und Namen hatte, auftauchen würde. Die Preisfrage lautete: Wann konnte der erste Beamte das Wasser nicht mehr halten? Wann sickerten die ersten Gerüchte durch?

Fran hielt es für vollkommen falsch, die Öffentlichkeit nicht umfassend zu informieren. Wäre es nach ihr gegangen, dann hätte sie den Täter direkt angesprochen, ihm mitgeteilt, dass sie verstanden hatte und dass er ganz oben auf der Liste der Gejagten stand. Er musste nervös gemacht werden, unter Druck gesetzt werden, es musste ihm klargemacht werden, dass er unter Beobachtung stand – und dass er keine weiteren Botschaften senden musste. Dann würde er Fehler machen, die sie direkt zu ihm führen würden.

Endlich konnten sie sich loseisen und zu Ägidius Bonaventura aufbrechen. Sie brauchten fast eine Stunde bis Kaiserswerth, die Baustellen für die U-Bahn blockierten den Verkehr. Sie fanden einen Parkplatz direkt vor dem Haus, in dem Bonaventura wohnte. Es war ein kleines schmuckes Gebäude, mit einem Erker im Erdgeschoss. Alles sauber, die Fassade weiß gestrichen, kein Unkraut, vor der Tür lag eine Fußmatte, die anscheinend erst gestern dorthin gelegt worden war. Nett, adrett und unauffällig. Er tut alles, um nicht aufzufallen, tut alles, damit ein normaler Mensch einfach vorbeigeht. Die Schrift auf dem Schild war so klein, dass man davorstehen musste, um sie entziffern zu können. Oder war es nur ihre eigene verzerrte Wahrnehmung?

»Ägidius Bonaventura« stand in winzigen grauen und schmucklosen Lettern auf der Klingel. Sie drückte den Knopf, einen Moment später hörte sie seine Stimme aus der Türsprechanlage, dieselbe verhuschte Stimme, die sich zu verstecken schien, als sie ihn vorhin angerufen hatte und ihn gefragt hatte, ob sie vorbeikommen dürften. Er hatte überraschenderweise sofort zugesagt.

Der Türöffner summte, die Tür sprang einen Spalt weit auf. Sie betraten einen kühlen Flur, der Boden war mit grünen Kacheln ausgelegt, die Wände in einem weichen Eierschalenton gestrichen. Hier lebte niemand, der vor Emotionen überschäumt, stellte Fran fest.

Ägidius Bonaventura wohnte in der zweiten Etage, einen Aufzug gab es nicht. Hatte Solderwein das Erdgeschoss bewohnt? Sie stiegen die Treppe hinauf, die Tür stand einen Spalt weit offen, Fran klopfte und schob sie auf.

»Bitte kommen Sie herein«, sagte Ägidius Bonaventura.

Sie traten ein, der Duft von frischem Kaffee und Gebäck stieg Fran in die Nase. Sie taxierte die Inneneinrichtung. Möbel aus den Neunzehnhundertzwanzigern. Bürgerlich, keine Antiquitäten, mit denen man ein Geschäft hätte machen können. Schwere Teppiche, zum Teil abgewetzt, Strukturtapete wie in einem Biedermeierkaffeehaus und dazu die entsprechenden grünen Glaslämpchen an den Wänden. Die ganze Wohnung strahlte stabilen Konservativismus aus. Hier hatte sich seit vielen Jahren nichts geändert, und Fran war sich sicher, dass hier Veränderung auch nicht erwünscht war.

Ägidius Bonaventura trat aus der Küche ins Wohnzimmer.

Fran hatte einen von Alter und Gram gebeugten Mann erwartet, eben einen Knecht, der unter der Last der Verfehlungen seines Herrn seine Lebenskraft eingebüßt hatte. Aber Ägidius Bonaventura strafte sie Lügen. Seine braunen Augen strahlten Wärme aus und waren hellwach. Er hielt sich gerade wie eine Tanne, war schlanker als auf den Fotos und streckte ihnen eine Hand entgegen, die nur wenige Altersflecken aufwies.

Fran lächelte, nicht nur, um Ägidius Bonaventuras Freundlichkeit zu erwidern, sondern weil sie daran denken musste, wie falsch sie diesen Mann aufgrund seiner Stimme und ihrer Analyse seiner Beziehung zu Solderwein eingeschätzt hatte. Wieder ein Beweis, dass voreilige Schlüsse oft in die Irre führten. Irrte sie sich ebenso mit ihrer Idee vom Serientäter? Hatte sie die Hieroglyphen richtig gedeutet? Wie stark wurde sie von ihrem Ehrgeiz beeinflusst? Sie war mit ihrer These vorgeprescht, keine Frage, aber einer ihrer besten Lehrer, ein erfahrener Profiler aus München, hatte ihr geraten, immer auf ihre Intuition zu hören. Und immer bereit zu sein, von der schönsten These Abschied zu nehmen, ohne sich darüber zu ärgern, vor allem, ohne das Gefühl zu haben, versagt zu haben. Sie horchte in sich hinein. Alles blieb, wie es war.

»Nehmen Sie Platz. Kaffee?«

Fran und Senior nickten und machten es sich in zwei tiefen samtbezogenen Ohrensesseln bequem. Ägidius Bonaventura reichte Kaffee und Gebäck, und Fran kam gleich zur Sache.

»Wir sind sehr dankbar, dass Sie mit uns über Friedrich von Solderwein reden wollen.«

Ägidius Bonaventura trank einen Schluck aus seiner Tasse, echtes Meißner Porzellan, auf den ersten Blick der wertvollste Gegenstand in der Wohnung.

»Ich weiß nicht, warum ich mit Ihnen über Friedrich sprechen sollte. Er ist tot.«

Er nahm einen Keks, knabberte ein wenig daran und legte ihn wieder weg. Dann faltete er die Hände, Fran schwieg, und auch Senior war feinfühlig genug, sich zurückzuhalten. Ägidius Bonaventura schien in seinen Erinnerungen zu graben, aber vielleicht überlegte er sich auch nur sehr genau, ob er wirklich nicht mit ihnen sprechen wollte.

»Weil das kein Zufall war«, sagte Fran. Wenn er nicht der Knecht gewesen war, dann hatte er eine andere Funktion gehabt. Vielleicht auch beides. »Weil Sie ihn immer beschützt haben. Das müssen Sie auch jetzt. Wer hat ihm das angetan?«

»Friedrich!« Es klang überrascht, so, als hätte Ägidius Bonaventura lange nicht an Solderwein gedacht. »Sein Grab wurde geschändet, nicht wahr?«

Fran stellte ihre Tasse ab. »Das wissen wir noch nicht mit Gewissheit.«

Ägidius Bonaventura hob die gefalteten Hände und legte die Zeigefinger an die Lippen, sodass er aussah wie Frans Klassenlehrer in der Grundschule, wenn er über eine heikle Angelegenheit nachdachte. »Aber es ist doch mit Blut beschmiert worden. Mit Hühnerblut und dem Kadaver des Tieres.«

Ägidius Bonaventura hatte das Grab gesehen, natürlich. Es musste furchtbar für ihn sein.

Fran spürte einen Stich in der Brust und nickte. »Das ist korrekt. Aber es muss keine Schändung gewesen sein, es kann auch ein anderes Motiv dahinterstecken.«

Ägidius Bonaventura hob das Kinn. »Das verstehe ich nicht. Ist ein Grab denn nicht geschändet, wenn es besudelt wird, noch dazu mit Hühnerblut? Ich gebe zu, Schweineblut wäre noch schlimmer, aber Hühnerblut reicht völlig aus.«

Auf jeden Fall war Ägidius Bonaventura kein Dummkopf. Aber Knechte mussten nicht dumm sein, im Gegenteil, oft waren sie schlauer als ihre Herren, mussten es sein, um nicht unterzugehen.

»Das ist eine Frage der Definition und der Perspektive, aber auch eine Frage der Beweggründe, die die Täter dazu gebracht haben, ein Huhn auf diesem Grab zu schlachten. Es könnte sein, dass die Täter Friedrich damit nicht beleidigen wollten, sondern ehren, vielleicht sogar seinen Segen erbaten.« Sie benutzte jetzt den Vornamen Solderweins, um eine emotionale Beziehung zu Ägidius Bonaventura herzustellen. Nur wenn ihr das gelang, wenn sie ihm klarmachen konnte, dass sie seinem Schützling – oder seinem Herrn – nicht schaden wollte, nur dann würde er vielleicht reden.

Ägidius Bonaventura stieß einen belustigten Laut aus. »Ehren? Das ist aber eine seltsame Art, jemanden zu ehren.«

Fran war froh, dass Ägidius Bonaventura zumindest bereit war, über ihre These *nachzudenken.*

»Wer schlachtet Hühner, um damit seinen Respekt auszudrücken?«, fügte er hinzu.

»Das ist eine hervorragende Frage.« Fran zog die Stirn in Falten. »Wenn ich Ihnen etwas erzähle, müssen Sie mir versprechen zu schweigen.«

Ägidius Bonaventura nickte. »Sie haben mein Wort, so wie ich das Ihre habe.«

Sie blickte zu Senior, der zustimmte.

»Es ist so gut wie sicher, dass eine satanische Sekte auf Friedrichs Grab eine schwarze Messe gefeiert hat. Wenn das Grab eines Katholiken entehrt wurde und dadurch der christliche Glaube angegriffen werden sollte, stellt sich natürlich die Frage: Warum haben die Täter nicht das erstbeste Grab genommen? Sie haben sich für ein bestimmtes Grab entschieden und sind damit ein hohes Risiko eingegangen, entdeckt zu werden. Ich denke, diese Satansjünger wollten Friedrich entweder im Reich der Toten helfen oder ihn als Mann Luzifers ehren. Oder, das ist weiterhin durchaus möglich, sie hatten eine Rechnung mit ihm offen, was ich aber anhand unserer Erkenntnisse vorerst ausschließen möchte. Es war eine schwarze Messe und keine Grabschändung! Davon bin ich überzeugt. Es gibt verschiedene Konzepte des Satans. Das Satanskonzept der Tora zum Beispiel sieht Satan nicht als das Böse, sondern als einen Diener Gottes, dessen Aufgabe es war, die Menschen sowohl zu versuchen als auch zu warnen. Auch der christliche Satan ist ein gefallener Engel. Wir hoffen, dass Sie uns sagen können, was für ein Mensch Friedrich war. Nur so können wir uns den Tätern und ihren wirklichen Motiven nähern.«

Ägidius Bonaventura lächelte. »Sie sind eine bemerkenswerte junge Frau. Sie denken anders als andere.«

Fran fühlte sich geschmeichelt, und gleichzeitig mahnte sie sich zu größter Vorsicht. Ägidius Bonaventura war mit allen Wassern gewaschen. Auch mit seinen über sechzig Jahren war sein Verstand messerscharf. Fran begann bereits, ihn zu mögen, eine schlechte Voraussetzung für ein effektives Verhör.

»Vielleicht haben Sie recht. Vielleicht muss ich reden. Wo soll ich anfangen?«, fragte Ägidius Bonaventura.

Fran und Senior schwiegen, die Frage verlangte keine Antwort.

»Zuallererst müssen Sie wissen, dass er mir sozusagen das Leben gerettet hat.« Er nahm einen Keks, zerkaute ihn und spülte ihn mit einem Schluck Kaffee hinunter. Mit einer Stoffserviette tupfte er sich den Mund ab, der vollkommen sauber war. »Er ist ein paar Jahre älter als ich, wir lernten uns kennen, als er in die Oberstufe kam, und wurden schnell Freunde. Kennen Sie das Henry-Ford-Kolleg?«

Senior nickte, Fran schüttelte den Kopf.

»Ein Internat in Bensberg, Bergisch Gladbach, ganz in der

Nähe. Elite für die Hochfinanz und die Wirtschaft. Wurde vor vierzehn Jahren geschlossen.«

»Eine ehemalige Napola-Schule«, sagte Senior ruhig.

»Richtig. Nach dem Krieg wurde diese ›Nationalpolitische Schule‹ sehr schnell in ein Elite-Internat umgewandelt. Viele Lehrkräfte wurden weiterbeschäftigt. Natürlich wurden sie auf den Stand der Dinge gebracht, man versuchte sie zu entnazifizieren«, Ägidius Bonaventura lächelte schief, »Oberlippenbärte wurden abrasiert und die Fotos in den Klassenräumen ausgewechselt.«

»Und wie hat Ihnen Friedrich das Leben gerettet?«, fragte Fran.

»Ich war der Sohn des Hausmeisters. Ging auf die Volksschule, machte mittlere Reife und dann eine Lehre als Maler.«

»Ja? Und?« Senior nippte an seinem Kaffee und fixierte Ägidius Bonaventura über den Rand der Tasse hinweg.

»Ich habe Sie neugierig gemacht, nicht wahr? Leben retten. Ein großes Wort. Es war eigentlich Kinderkram. Es ging um eine Frau. Ich hatte mich verliebt, sie hat mich ausgelacht, gesagt, sie würde sich niemals einem Verlierer hingeben und ihn heiraten schon gar nicht. Ich war drauf und dran, mich von einer Brücke zu stürzen. Doch eines Tages kam diese Frau und verführte mich. Nur ein einziges Mal. Dann zog sie nach Norddeutschland.«

»Hat Friedrich das gedeichselt?«, fragte Senior.

»Natürlich. Ich habe es erst später erfahren, aber da war ich längst darüber hinweg.«

»Friedrich ist ein mächtiger Banker geworden. Wo war Ihr Platz?« Fran lächelte.

Ägidius Bonaventura lächelte zurück. »Ja, Sie sind wirklich gut, sehr gut. Ganz einfach: Ich war sein bester Freund. Zeit seines Lebens. Auch als er stürzte, blieb ich ihm treu. Alle haben ihn verlassen, alle haben ihm den Rücken gekehrt, als er keine Macht mehr hatte. Ich habe ihn versorgt, ihn getröstet.« Ägidius Bonaventuras Augen leuchteten, als hätte er die Jungfrau Maria persönlich gesehen.

Fran spürte, dass er etwas offenbaren wollte, aber sich nicht traute. Sie musste ihm helfen. »Sie waren nie verheiratet?«

Ägidius Bonaventuras Kopf ruckte hoch, er atmete kurz und heftig. Sein Körper versteifte sich, Fran wusste, dass er sich jetzt entscheiden würde: wütend werden oder beichten.

Ägidius Bonaventuras Stimme war kaum zu hören. »Ich habe ihn geliebt. Nicht wie einen Bruder. Nicht wie einen Sohn.«

»… wie einen Geliebten«, ergänzte Fran.

Ägidius Bonaventura nickte, ein seliges Lächeln überzog sein Gesicht, er senkte seinen Blick auf den Teppich. »Es war Liebe auf den ersten Blick. Aber ich merkte es erst, als diese Frau mich verführte. Es war ekelerregend. Ich habe nie wieder eine Frau angefasst. Ich hätte nie heiraten können.«

»Aber Friedrich war verheiratet?«, fragte Senior.

Ägidius Bonaventura blickte nicht auf. »Ja. Marlene Hagenau. Eine schöne Frau, aber kalt wie Eis. Er hat sie sich nicht ausgesucht, das können Sie mir glauben.«

Fran kratzte sich am Kinn. »Wie ist Friedrich damit fertig geworden? Er war doch sicher kein Kind von Traurigkeit?«

Ägidius Bonaventura lachte kurz. »Das war er gewiss nicht.«

Fran hörte ein leichtes Zittern in seiner Stimme. Er begab sich jetzt auf dünnes Eis. Wahrheit und Lüge, Erinnerung und Wunsch mischten sich. »Er ging fremd, nehme ich an? Regelmäßig.«

»Ja.«

Das »Ja« war kurz, wie ausgespuckt. Ein Ausdruck seines

Leidens, das nie enden würde. Fran war es ein Rätsel, wie dieser Mann es Jahrzehnte ausgehalten hatte, seine große Liebe nicht zu erreichen. Ja, noch schlimmer. Sein Friedrich hatte es ständig mit für ihn ekelerregenden Frauen getrieben, Ägidius musste zusehen. Fran musste fragen. »Wie haben Sie das ausgehalten?«

Ägidius Bonaventura hob seinen Kopf. Tränen schimmerten in seinen Augen. »Ich hatte doch eine Aufgabe.«

Friedrich zu beschützen, dachte Fran. Also doch. Du warst nicht sein Knecht. Du warst sein Beschützer. Du warst sein Schutzengel. Hier der Engel – Ägidius, da der Teufel – Friedrich? Ein neues Bild formte sich in Frans Gedanken.

»War Friedrich zufrieden mit seinem Leben?«

Ägidius Bonaventura hustete. »Zufrieden? Aber nein. Er war nie zufrieden. Mit nichts. Am wenigsten mit sich selbst. Immer ist er irgendetwas hinterhergelaufen. Er hatte Geld, hatte Macht. Konnte sich alles kaufen.«

»Alles?«, fragte Fran.

»Nein. Nicht alles. Und das hat ihn an den Rand des Wahnsinns gebracht.« Ägidius Bonaventura seufzte. »Wissen Sie, er hat nur so zum Spaß die Düsseldorfer Real-Invest an die Wand gefahren. Nur weil er es konnte. Er hat mir zwei Jahre vor Beginn des Prozesses vorausgesagt, was passieren würde.«

Deshalb hatte Friedrich von Solderwein auf den Bildern so entspannt gewirkt. Er hatte den Prozess nicht verloren. Er hatte gewonnen auf der ganzen Linie. Er hatte einen ganzen Staat an der Nase herumgeführt, hatte ein marodes System entlarvt, und niemand hatte es begriffen. Milliarden waren verloren gegangen, und es war nur der Anfang gewesen. Aber Satanisten waren keine Globalisierungsgegner, und sie gehörten auch nicht zur Occupy-Bewegung.

Friedrich von Solderwein hatte sein Spiel gewonnen, aber

danach war er in der Bedeutungslosigkeit versunken. Wie passte das zusammen?

»Was hat er nach dem Prozess gemacht? Er hatte keine Macht mehr und kein Geld.«

»Sie unterschätzen Friedrich. Er hatte vorgesorgt. Er hat ein paar Millionen verschwinden lassen«, er lachte laut auf, »die hat niemand vermisst, verstehen Sie? Buchgeld, Geld, das sowieso nie existiert hat. Von dem auch niemand wollte, dass es jemals existiert hat.«

»Aber ...«

Ägidius Bonaventura ließ Fran nicht zu Wort kommen. »Wie naiv sind Sie? Muss ich Ihnen wirklich erklären, wie unser Banksystem funktioniert und warum es unausweichlich ist, dass wir in ein paar Jahren so richtig den Bach runtergehen? Und dass das immer wieder passieren wird?«

Obwohl Fran sich das gerne hätte erklären lassen, schüttelte sie den Kopf.

»Gut. Ich hoffe, sie haben ihr Geld unter der Matratze. Der Crash kann jeden Moment kommen. Und dann ist es wie immer: Die Armen werden ärmer, die Reichen reicher.«

»Und Friedrich?«

»Er hatte gedacht, dass die Leute aufwachen. Aber er hat sich gründlich getäuscht. Also hat er ein anderes Projekt wiederaufgenommen.«

»Noch mehr Macht? Die Welt zur Umkehr bewegen? Womit?« Frans Herz klopfte. Sie durfte ihm keine Suggestivfragen stellen, sonst war alles umsonst.

»Er hat nie wirklich daran geglaubt, das müssen Sie wissen.«

»Woran?«, fragte Senior und kam Fran damit zuvor.

»An Satan, Luzifer, Beelzebub. Deswegen sind Sie doch hier? Er hat schwarze Messen gefeiert. Mindestens einmal im Jahr ging es hoch her. Er hat alle Texte gelesen, hat sogar einen Pionier der satanischen Szene kennengelernt: Howard Stanton Levey. Das war in den Sechzigern. Bei einem Studienaufenthalt in den Staaten.«

Fran kannte diesen Namen, die meisten anderen kannten nur seinen Künstlernamen: Anton Szandor LaVey, Begründer der bis heute existierenden und in den USA als Kirche anerkannten Church of Satan. Verfasser der Satanischen Bibel, sozusagen das Standardwerk der satanischen Szene. Alle Achtung. Friedrich von Solderwein war zu beneiden. Mit LaVey hätte sich Fran gerne mal unterhalten, aber er war 1997 gestorben. Es erklärte, warum Friedrich von Solderwein vom Satanismus infiziert worden war: LaVey war ein charismatischer Mensch gewesen, dessen Ziel es immer gewesen war, Satanismus aus seinen mittelalterlichen Denk-Sackgassen herauszuführen in die moderne Welt. Und er war ein Lebemann gewesen. Aber kein Verbrecher.

»Und Sie waren Friedrichs Adept?«, fragte Fran.

»Ja.«

Sein Blick verschleierte sich erneut. Er war wieder auf dem Weg in die Lüge, in Schutzbehauptungen. Friedrich von Solderwein hatte nicht nur *ein* dunkles Geheimnis, das stand fest. Sie musste Ägidius Bonaventura bei der Stange halten. »Das ist nichts Unrechtes. In diesem Land herrscht Religionsfreiheit.«

Ägidius Bonaventura warf Fran einen spöttischen Blick zu. »Wenn Sie es sagen.«

»Haben Sie denn Recht und Gesetz verletzt? Oder Friedrich? Außer Mord ist alles verjährt.«

»Wirklich alles?«

»Es kommt natürlich darauf an, wann Sie etwas getan haben und was es ist«, erklärte Senior. »Aber Sie haben natürlich die Möglichkeit, uns etwas zu erzählen, das Sie von einem Freund gehört haben, ein Gerücht sozusagen, eine Geschichte.«

Ägidius Bonaventura nahm sich noch einen Keks. »Ja«, sagte er gedehnt. »Geschichten sind immer gut. Aber es gibt Geschichten, die können nicht erzählt werden. Sie dürfen nicht erzählt werden.«

Fran spürte, wie er ihnen entglitt. Hatten sie bei ihren satanischen Ritualen über die Stränge geschlagen? Gemordet? Vergewaltigt? War die Messe auf seinem Grab gefeiert worden, um Friedrich von Solderwein zu verfluchen?

»Hat Friedrich ein Tagebuch hinterlassen? Unterlagen? Irgendetwas?«

»Alles verbrannt! Ungelesen! Das geht niemanden etwas an!« Ägidius Bonaventura versteifte sich.

Für Fran war klar, dass er log, und es war ihr genauso klar, dass sie nichts von dem, das Ägidius Bonaventura in seinem Besitz hatte, bekommen würde. Es gab noch einen Hebel, den Fran versuchen wollte. »Wie ist Friedrich gestorben?«

Tränen schossen aus Bonaventuras Augen. Treffer! Dieser Mann liebte Friedrich von Solderwein über den Tod hinaus abgöttisch. War das erstrebenswert? Fran überlief es kalt. Nein, nicht für sie. Sie konnte sich vorstellen, jemanden zu lieben und um ihn zu trauern, wenn er starb. Aber den Rest des Lebens wegwerfen, alles, was ihr selber wichtig war, missachten, nur weil dieser eine Mensch tot war? Nein!

Ägidius Bonaventura hatte sich wieder gefasst. »Wie alle Toten strahlte sein Gesicht Ruhe und Frieden aus, aber ich wusste es besser. Er hat sein Leben lang gekämpft, mit sich, mit seinen Dämonen, von denen ich nur einige wenige kannte.«

»Also hat er sich das Leben genommen?«, fragte Fran leise.

»Sein Hausarzt, ein guter Freund, rief mich an. Er fand ihn, als er wie gewöhnlich nach ihm schauen wollte. Morgens noch war ich bei Friedrich gewesen, er war guter Dinge gewesen.

Anton …« Ägidius Bonaventura blickte Fran kurz in die Augen, als wolle er sagen, dass er schon mehr preisgegeben hatte, als er eigentlich wollte. Er straffte die Schultern. »Anton Mocher ist unser Hausarzt. Er klingelte, und als niemand öffnete, stellte er fest, dass die Tür offen war. Friedrich lag in der Badewanne, das Wasser so rot wie schwerer Wein.«

Der Hausarzt. Wie hatte Fran das übersehen können! Hausärzte kannten die Menschen oft besser als sie sich selbst. Sie wussten, ob die Ehe kaputt war oder ob die Kinder Probleme machten.

»Er hat sich die Pulsadern geöffnet?«, fragte Fran leise.

»Mit dem Rasiermesser, das ich ihm zum fünfzigsten Geburtstag geschenkt hatte.« Ägidius Bonaventura schluckte. Die Trauer schien ihn zu überwältigen, er krallte die Hände in die Lehnen seines Sessels. »Mit meinem Messer!« Jedes Wort spuckte er aus. Er hob den Kopf und starrte Fran an. »Glauben Sie nicht auch, dass er mich damit anklagen wollte? Aber ich war doch immer sein Freund gewesen, habe ihn immer aufgenommen, in jeder schweren Stunde, weil er mich doch gerettet hat. Weil ich ihn doch geliebt habe.« Er ließ den Kopf wieder sinken, seine Hände entspannten sich.

Seine Erinnerungen hatten ihn eingeholt, und Fran wusste, dass viele Menschen in diesem Moment begannen, ihre Lebensbeichte abzulegen. Wie lange hatte Ägidius Bonaventura all das mit sich herumgeschleppt?

»Wir ließen das Wasser ab, hoben ihn aus der Wanne, er war so leicht wie eine Feder, vielleicht noch fünfzig Kilo, mehr nicht. Wir wuschen ihn, sprachen ein Gebet, und dann …« Ägidius Bonaventura seufzte tief. »Dann begruben wir ihn in einem Zinksarg. Es war sein letzter Wille.«

Fran schloss kurz die Augen. Was war in Friedrich von Solderwein nur vorgegangen? Hatte er sich letztlich in religiösen

Wahn geflüchtet und, als ihn Satan ebenfalls enttäuscht hatte, umgebracht? Warum schnitt er sich die Adern mit dem Geschenk seines besten Freundes auf? Des Mannes, der ihn ein Leben lang beschützt hatte!

»Der Himmel wird ihm wohl für lange Zeit verwehrt bleiben«, sagte Fran. »Als Jünger Satans.«

Eine weitere Träne stahl sich über die Wangen des alten Mannes. »Er wird wohl nie in den Himmel kommen.«

»Das ist furchtbar«, flüsterte Senior.

Ägidius Bonaventura erwachte zu neuem Leben, streckte seine Glieder. »Sie glauben an Gott, Herr Haller?« Die Überraschung war ihm anzusehen.

Senior überlegte einen Moment, und Fran war gespannt auf seine Antwort. »Ich glaube, dass Friedrich von Solderwein letztlich doch an Gott geglaubt hat und er sterben musste, mit der Gewissheit, in der Hölle zu landen. Was gibt es Furchtbareres?«

»Sie sind ein weiser Mann, Herr Haller.«

»Glauben Sie denn an Gott, Herr Bonaventura?«, fragte Fran.

»Aber ja. Gott ist alles, und alles ist Gott. Er ist größer als alles, auch als Satan. Obwohl seine Prüfungen schwer sind, bin ich überzeugt, dass alles einen Sinn macht. Auch Friedrichs Tod.« Er erhob sich. »Ich bin erschöpft, und ich bin mir sicher, dass ich alles gesagt habe.«

Fran war von dem plötzlichen Stimmungswechsel überrascht und brauchte einen Moment, um zu begreifen. Senior stand bereits, schüttelte Bonaventuras Hand. Sie sprang fast aus dem Sessel und nahm die Hand, deren Haut zart war wie bei einem Säugling. »Ich danke Ihnen für Ihr Vertrauen, Herr Bonaventura. Sie haben mir sehr geholfen.« Fran hielt seine Hand fest.

Er hob die Augenbrauen. »Tatsächlich? Wissen Sie jetzt, wer das Grab …«

»Ich denke, ich kann den Täterkreis eingrenzen. Und wenn ich wüsste, was Friedrich in seine Tagebücher geschrieben hat, könnte ich sehr wahrscheinlich den Fall zu den Akten legen.«

Ägidius Bonaventura seufzte und entzog ihr seine Hand. Ob er den Köder schlucken würde? Würde er das Tagebuch oder die Dokumente herausrücken? Wenn er sie denn tatsächlich hatte. Ob ihm die Sühne der Tat wichtiger war als die Bewahrung der Geheimnisse seines Freundes? Denn Fran war sich sicher, dass Solderweins Leben und auch sein Sterben noch einige Überraschungen zu bieten hatten. Ägidius Bonaventura begleitete Fran und Senior zur Tür.

»Und wenn Sie Zeit und Lust haben, Sie beide, dann würde ich mich über ein gepflegtes Gespräch mit Ihnen sehr freuen. Wann immer Sie Zeit haben. Aber warten Sie nicht zu lange.« Er lachte kaum hörbar und schloss leise die Tür hinter sich.

*

So geht das nicht. Ich kriege Franziska nicht aus dem Kopf. Ständig stelle ich mir vor, wie ich sie nehme, von hinten, sie schreit vor Lust, verlangt mehr, was für schmutzige Gedanken. Darf ich das? Darf ich so schmutzige Gedanken haben? Ich muss sie aus meinem Kopf kriegen, sonst kann ich nicht mehr klar denken, und dann mache ich Fehler, und dann kann ich mein Werk nicht vollenden. Alles muss meinem Werk untergeordnet werden.

Kaltes Duschen hat nur für fünf Minuten geholfen. Schmerz ist der Ausweg. Das hat immer funktioniert. Meine Eltern haben es mir bewiesen. Wenn der Schmerz groß genug ist, dann geht alles. Ich halte die Nadel über das Feuerzeug. Schnell glüht die Spitze. Ich denke an Franziskas Brüste, jage mir die Nadel in den Arm. Mein Schrei erschreckt mich selbst. Aber die Brüste verschwinden nicht. Im Gegenteil. Ich habe eine Erektion. Verflucht! Der Schmerz hat das Gegenteil ausgelöst. Dann muss es sein. Dann muss ich die Dienste einer Prostituierten in Anspruch nehmen.

Auf der Fährstraße stehen sie immer mit ihren Campingwagen. Es dauert eine Weile, bis ich eine gefunden habe, die keine Probleme hat, wenn es ein bisschen wehtut. Dafür gibt es auch einen Hunderter extra. Sie ist geschickt, das Kondom flutscht nur so über meine Latte, sie kniet sich hin, ein echter Profi, lässt mich nur mit Kondom rein, prüft, ob ich es mir nicht vielleicht runterziehe im letzten Moment, aber ich bin ja nicht verrückt. Es fühlt sich an, als wäre ich in einen Schraubstock eingespannt, meine Hoden sind hart, die Nutte ist eng und trocken. Mit beiden Händen schlage ich ihr auf die Hinterbacken, sie werden rot, die Nutte stöhnt, ruft: »Mehr, mehr, mehr.«

Ich komme so plötzlich, dass es mich fast umhaut, es wirkt sofort. Franziska verschwindet.

Ich bezahle die Nutte, sie hat eine hässliche Stimme, sie wird nie erfahren, dass das einmal in ihrem Leben ein Vorteil war.

Ich hätte nicht gedacht, dass es so gut ist mit einer Hure. Es war das erste Mal, aber gewiss nicht das letzte. Neue Erfahrungen erweitern den Horizont. Ich werde in Zukunft noch mehr neue Erfahrungen wagen. Vielleicht muss ich meine Grenzen überschreiten und doch eine Frau gegen ihren Willen nehmen. Nein. Es gibt Dinge, die darf ich nicht tun. Nicht, wenn ich ein aufrechter Mensch bleiben will.

*

Fran und Senior warteten, bis sie wieder im Auto saßen.

»Denkst du dasselbe wie ich?«, fragte Senior.

»Was Friedrich von Solderwein angeht?«

Senior hob die Schultern, was so viel hieß wie: »Was glaubst du denn?«

Fran stieß ein kurzes Lachen aus.

Senior nahm sein Handy und wählte, nach einem kurzen Gespräch wandte er sich an Fran. »Dann schauen wir mal, was uns Sybille Anselm zu sagen hat. Sie ist zu Hause, und es macht ihr nichts aus, dass wir sie um acht Uhr am Abend stören. Es ist nicht weit. Sie wohnt ebenfalls in Kaiserswerth, allerdings in einer anderen Ecke.«

»Und dann nehmen wir uns Anton Mocher vor«, sagte Fran und wunderte sich, dass Senior ihr das letzte Wort ließ.

Senior fuhr los.

Fran war es recht, so konnte sie sich in aller Ruhe das Gespräch mit Bonaventura noch mal durch den Kopf gehen lassen.

Ägidius Bonaventura hatte ihre These bestätigt: Friedrich von Solderwein war mit Satanisten im Bunde gewesen oder zumindest mit ihren Lehren. Als Chef einer der größten Banken Europas ein Unding. Wäre das aufgeflogen, er wäre augenblicklich aus allen Positionen rausgeflogen, die Aktien hätten nachgegeben, Verluste in zweistelliger Millionenhöhe wären wahrscheinlich gewesen. Ägidius Bonaventura musste einen unglaublichen Schutzwall aus Täuschungen um Friedrich von Solderwein errichtet haben.

Welche Rituale hatten sie gefeiert? Was war von Solderweins Ziel gewesen? Wem war er vielleicht auf die Füße getreten? Hatte er so etwas wie ein Testament hinterlassen? Ein Kreis begann sich zu formen. Sie musste herausfinden, wer der Erbe des Friedrich von Solderwein war, wer sein Vermächtnis oder seine Träume zu erfüllen versuchte oder ihn auch im Tod zu vernichten suchte.

Sie hatten drei Mordfälle und eine schwarze Messe für einen Banker mit satanischen Anwandlungen. Es muss Zusammenhänge geben, dachte Fran. Das war alles kein Zufall. Wenn es einen Zufall gab, dann den Umstand, dass die Verbindungen jetzt erst zutage traten. Als hätte alles im Dunkeln gelauert, um plötzlich hervorzubrechen, um sie zu prüfen. Sie atmete tief durch. Zurück zu den Fakten, mahnte sie sich. Wenn die Hamburger Kollegen sich nicht geirrt hatten, dann hatten sie immer noch Frank Bredows und Helena Meier, die eine Gemeinsamkeit hatten, auch wenn die Gerichtsmedizin bei Bredows noch nicht sicher war: Sie wurden mit Stromstößen gefoltert. Und bei beiden zeigte ein dicker roter Pfeil auf Satan, die Zeichen waren unübersehbar. Der Maskierte am Unterbacher See hatte jedoch eindeutig auf sie gezeigt. Wenn es ein Einzeltäter war, was wollte er dann von ihr? War sie wirklich nur die Übersetzerin, die Platzhalterin für die Polizei, oder war sie persönlich im Fadenkreuz?

»Fran!«

Sie schreckte aus ihren Gedanken hoch.

»Da vorne rechts. Das weiße Haus.«

Fran reckte den Hals. Haus? Das war eine verdammte Villa!

Sie fuhren auf das Tor zu, es öffnete sich ferngesteuert, ein Mann in Livree wies sie zu einem Parkplatz. Fran unterdrückte einen Anfall von Neid. Wer in Kaiserswerth eine Villa besaß, der hatte Geld, und Frau Anselm musste richtig Geld haben, denn diese Villa war mit Sicherheit nicht unter vier Millionen zu bekommen. Der Diener verbeugte sich und führte Senior und Fran in einen Salon, der eingerichtet war mit Möbeln, die hervorragend für einen Historienfilm aus dem achtzehnten Jahrhundert als Kulisse hätten dienen können.

Frau Anselm trug ein rosafarbenes Kleid, das ihre schmale Taille betonte, ohne aufdringlich zu wirken. Das war nicht Frans Geschmack, aber alles in allem hatte Frau Anselm Stil. Sie begrüßte Senior und sie mit Handschlag, die Hände der Frau waren warm und trocken. Alle drei nahmen Platz, auf dem hochbeinigen Tisch standen Kuchen, Gebäck und Obst und natürlich der unvermeidliche Kaffee, obwohl es bereits nach acht Uhr am Abend war.

Fran verzichtete auf Small Talk und kam gleich zur Sache. »Danke, dass Sie Zeit für uns haben. Es geht um Frank Bredows. Kannten Sie ihn?«

»Ja, ich kannte ihn. Und ich bedaure sehr, dass er nicht mehr lebt.«

»Warum?« Fran fixierte Sybille Anselm, versuchte, sie damit zu verunsichern, versuchte, ihren Verstand zurückzudrängen, damit sie durch ihre Gefühle geleitet mehr erzählte, als sie vielleicht wollte.

»Ich habe eine sehr schöne Affäre mit Frank gehabt. Aber das war nicht der Grund, warum wir uns haben scheiden lassen.«

»Nein?«

»Nein.« Sybille Anselm lächelte. »Wenn Sie glauben, dass mein Ex ihn umgebracht hat, fürchte ich, verfolgen Sie eine falsche Spur.«

»Joachim Keller, Ihr ›Ex‹, hat uns nichts über diese Affäre erzählt.«

»Warum sollte er? Es hatte keine Bedeutung. Wir waren siebzehn Jahre verheiratet, die letzten neun Jahre waren nichts als eine Zweckgemeinschaft. Jeder hatte seine Liebschaften, seine Affären, und das war gut so. Wir haben uns vor zwei Jahren in bestem Einvernehmen getrennt, als unser Sohn Nils aus dem Haus war. Er studiert in Barcelona und hat eine ganz reizende Spanierin zur Freundin. Ach ja, wir feiern immer noch Weihnachten zusammen. Frank allerdings war nie bei unseren intimen Feiern dabei, wie gesagt, er war eine kurze reizvolle Affäre, kein Mitglied der Familie.« Sybille Anselm öffnete eine silberne Schatulle und entnahm ihr mit ihren langen Fingern eine Zigarette. Sie fragte nicht, ob es störte, sondern steckte sie an, inhalierte tief, legte den Kopf nach hinten und blies den Rauch in die Luft.

»Könnten Sie sich vorstellen, dass jemand anderes in der Firma Streit mit Frank Bredows gehabt haben könnte?«

»Aber ja«, antwortete Sybille Anselm, als sei das selbstverständlich.

»Wer?«, fragte Fran freundlich und zückte ihr neuestes technisches Spielzeug, ein Smartphone, das sie wie einen Notizblock benutzen konnte. Sie schrieb mit einem Plastikgriffel auf den Bildschirm, und das Gerät wandelte ihr Gekrakel in lesbare Maschinenschrift um. Es hatte einige Zeit gedauert, bis das Gerät Frans Schrift erkennen gelernt hatte, aber jetzt funktionierte es wunderbar.

Sybille Anselm lehnte sich zurück. »Hat Joachim nichts darüber erzählt?«

»Worüber?«, hakte Senior nach.

»Na ja.« Anselm zögerte. »Sie werden es ja so oder so herausfinden, und mich geht es nichts mehr an. Hauptsache, Sie finden den Täter.« Sie beugte sich nach vorne, hob den Deckel der Kaffeekanne, klatschte in die Hände. »Johann!«, rief sie. »Würden Sie bitte noch ein wenig Kaffee bringen?«

Fran durchstieß fast die Oberfläche ihres Smartphones. Hatte sie gerade richtig gehört? Johann? Mehr Klischee ging nicht.

Sybille Anselm kräuselte die Lippen und warf Fran einen bösen Blick zu. »Überrascht Sie das, Frau Miller?«

»In der Tat«, antwortete Fran und konnte nicht verhindern, dass sie noch einen Satz zu dem Thema von sich gab. »Ich dachte immer, dass die Diener ›Albert‹ heißen. Meinen werde ich auf jeden Fall ›Albert‹ nennen. Das klingt eleganter, meinen Sie nicht?«

Senior hustete kurz und hart. »Meine Damen, das können wir zu einem späteren Zeitpunkt gerne ausführlich diskutieren, jetzt sollten wir aber zum Thema zurückkommen. Liebe Frau Anselm, an wen hatten Sie gedacht?«

»Edgar Simplon. Bredows hätte ihm die Stelle als Abteilungsleiter hier in Düsseldorf fast vor der Nase weggeschnappt.«

»Wenn Bredows nicht plötzlich verschwunden wäre«, ergänzte Fran.

Sybille Anselm nickte und drückte ihre Zigarette in einer Schale aus, die Fran niemals für einen Aschenbecher gehalten hätte. Aber diese Frau Anselm hätte wohl auch die Handfläche von Johann dafür benutzt, wenn es ihr in den Sinn gekommen wäre.

»Sie wissen nicht zufällig …«

»Doch, das weiß ich. Ich kann Ihnen die Adresse geben, zumindest hat er da noch vor sechs Wochen gewohnt.«

»Eine weitere unwichtige Affäre?« Fran spürte, dass sie es einfach nicht lassen konnte. Diese Frau machte sie rasend. Wie alt mochte sie sein? Um die vierzig? Wie oft geliftet? Dieses Weibsstück war arrogant, männerfressend und stinkreich.

»In der Tat, meine Liebe. Ein hervorragender Liebhaber, er wurde allerdings zu besitzergreifend, deswegen musste ich ihn abschießen.«

»Womit?« Aus den Augenwinkeln sah Fran, wie Senior die Augen verdrehte.

»Mit einer Flasche Veuve Clicquot, einer unvergleichlich heißen Liebesnacht und einer Rolex als Abschiedsgeschenk.

War es das, was Sie hören wollten?« Sie gickelte wie ein kleines Mädchen, aber unterdrückte Wut schwang mit.

»Ja, so habe ich mir das vorgestellt, vielen Dank.«

»Noch jemand, der mit Frank Bredows eine Rechnung offen hatte?«, fragte Senior dazwischen.

Sybille Anselm wurde ernst und wandte sich Senior zu. »Mein lieber Herr Haller. Wenn Sie Ihre moralinsaure Wildkatze an die Leine legen, bin ich gerne bereit, Ihnen alles zu erzählen, was ich weiß. Sind Sie sicher, dass diese Frau Miller eine Kriminalkommissarin ist?«

Fran sah, wie sich Senior erfolgreich bemühte, nicht in schallendes Gelächter auszubrechen.

»Da bin ich mir sicher. Verzeihen Sie bitte, aber manchmal macht sich unser Spielchen guter Cop – böser Cop selbstständig.«

Sybille Anselms Augen begannen zu leuchten. »Ich verstehe. Nicht schlecht.« Sie wandte sich Fran zu und neigte leicht den Kopf. »Kompliment, junge Frau. Sie haben mich tatsächlich auf die Palme gebracht, das gelingt normalerweise niemandem, vor allem keiner Frau.«

Fran wäre am liebsten im Polster des Sessels versunken, aber sie lächelte verbindlich. »Verzeihen Sie. Sie können versichert sein, dass wir uns keine moralischen oder sonstigen Urteile anmaßen. Wir sind sehr dankbar für Ihre Zusammenarbeit«, sagte sie mit trockenem Mund.

Sybille Anselms Oberlippe zuckte kurz, aber sie fuhr fort zu erzählen. »Es gibt da einen Fahrer, dem hat Frank Hörner aufgesetzt, und zwar bevor er mit mir zusammen war. Sebastian Halterrode. Da müssen Sie sich die Adresse von Joachim besorgen. Mit Sebastian hatte ich nie was. Das war und ist ein Prinzip von mir: Ich breche in keine Beziehung ein.«

Sehr löblich, dachte Fran.

Senior stand auf. »Vielen Dank, Frau Anselm, Sie haben uns sehr geholfen. Der Kaffee war übrigens hervorragend.«

Sybille Anselm schien sich über das Kompliment zu freuen.

»Die Kekse ebenfalls«, sagte Fran, als sie sich erhob und Senior und Johann folgte. Sie drehte sich noch einmal um und sah das fragende Gesicht von Sybille Anselm.

»Aber …«, rief sie, doch Fran und Senior waren bereits durch die Tür und marschierten auf ihren Wagen zu.

»… Sie haben doch gar keine Kekse gekostet!«, ergänzte Fran mit spitzer Stimme und schmunzelte.

Senior schien nicht sonderlich erfreut über diese Bemerkung.

Mit dem Wagen rollten sie langsam die Einfahrt hinunter auf das Tor zu, es schwebte zur Seite, Fran gab Gas.

Senior drehte den Kopf und sah Fran wütend an. So sah ein Wolf aus, kurz bevor er seinem Opfer an die Kehle ging. »Noch so ein Ausrutscher, und du bist raus, klar?«

Er brauchte nicht laut zu werden, Fran glaubte ihm auch so aufs Wort. »Entschuldige bitte, Senior, das war wirklich unprofessionell. Keine Ahnung, was mich an der Frau so gereizt hat.«

»Erstens lügst du, ohne rot zu werden, und zweitens ist mir das scheißegal, Fran. Wenn du es genau wissen willst, dann frag einen Psychologen. Wir sind hier nicht im Mädcheninternat.« Er starrte sie an.

Fran zog es vor zu schweigen und nickte ein paar Mal mit dem Kopf. Sie war dünnhäutig in der letzten Zeit. Kein Wunder. Erik ging ihr nicht aus dem Kopf, ständig spukte er in ihren Gedanken herum. Das musste sie abstellen. Und sie wusste auch schon, wie: mit einem Besuch in Köln.

*

Lars nahm die S-Bahn zum Hauptbahnhof. Um neunzehn Uhr fünfzig sollte der ICE planmäßig ankommen, in dem Johanna saß.

Mutter hatte immer noch geschlafen, als er die Wohnung verlassen hatte. Ihr Atem war gleichmäßig gegangen und ihr Gesichtsausdruck friedlich gewesen. Am Montag würde Dr. Jemiskate vorbeischauen und erfreut feststellen, dass es Mutter schon viel besserging.

Er suchte den richtigen Bahnsteig und nutzte die Zeit bis zur Ankunft, um sich die passenden Worte zurechtzulegen, mit denen er Johanna die frohe Botschaft mitteilen würde, dass sie sich mit Marvin vereinigen durfte und damit zur Adeptin der zweiten Stufe aufsteige.

Eine krächzende Stimme, die kaum zu verstehen war, kündigte die Einfahrt des ICE an. Lars hatte sich in der Mitte des Bahnsteigs postiert, so hatte er den besten Überblick. Menschen quollen aus den Schlünden der Waggons, Lars spürte Unwohlsein aufsteigen, wie Flüssigkeit umspülte ihn die Menge, er begann zu schwitzen. Jemand tippte ihm auf die Schulter, er fuhr herum. Johanna!

Sie lächelte ihn an, und er merkte sofort, dass etwas nicht stimmte. »Hallo Lars«, sagte sie, und ihre Stimme ließ ihn schaudern. »Da bin ich.« Sie breitete die Arme aus.

Er drückte sie und küsste sie auf die Wangen. »Alles klar?«, fragte er, obwohl er wusste, dass nicht alles klar war.

Sie stand aufrecht vor ihm, das Kreuz durchgedrückt, der Blick klar, was war mit ihr passiert?

»Ja, bestens, alles klar. Weißt du was?«

Er schüttelte hilflos den Kopf.

»Lass uns spazieren gehen. Im Volksgarten. Da war ich schon so lange nicht mehr. Und dann gehen wir bei Meckenstocks einen trinken.«

»In Ordnung.« In seiner Kehle kratzte es. In ihren E-Mails hatte er nichts Verdächtiges erkennen können. Wenn er es richtig bedachte, war es immer nur Small Talk gewesen, Banalitäten, nichts Wichtiges.

»Bei dir auch alles klar? Wie geht es deiner Mutter?«

»Gut«, sagte Lars. »Sehr gut. Ich glaube, sie wird bald wieder gesund sein.«

Johanna strahlte. »Nein! Wirklich? Das ist ja fantastisch! Wie kommt das …«

Sie verkniff sich die Worte, aber Lars wusste, was sie hatte sagen wollen: »Aber sie war doch schon so gut wie tot.«

Lars trat einen Schritt zurück. »Wo ist dein Gepäck?«

Sie hatte nur einen kleinen Koffer dabei.

»Das meiste ist noch in England.« Sie runzelte die Stirn. »Lass uns gehen. Ich erzähle dir alles, wenn wir im Volksgarten sind.«

Lars fügte sich, Angst kroch seine Wirbelsäule hoch. Warum hatte sie ihr Gepäck in England gelassen? Das konnte nur bedeuten, dass sie wieder zurückwollte. Aber das ging doch nicht. Sie musste hierbleiben. Er brauchte sie. Sie war auserwählt als Medium für den achtzehnten Henochischen Schlüssel, der Luzifer auf diese Welt rufen würde. Sie war die entscheidende Variable, all ihre Daten wiesen darauf hin: Geburtsdatum, Alter, Größe, alle Zahlen stimmten überein, ergaben die Lösung zum Schlüssel. Sie musste sich vorbereiten, das dauerte seine Zeit, zwei Jahre etwa, sie hatten keine Zeit zu verlieren, sie konnte, sie durfte nicht zurück!

Sie stiegen an der Haltestelle Volksgarten aus, gingen zum Biergarten.

Johanna begrüßte einen Bekannten, der dort arbeitete und bereitwillig ihren Koffer aufbewahrte. Sie hakte sich bei Lars unter, es dämmerte bereits. Johanna seufzte wohlig. »Ach Lars, die Welt ist manchmal seltsam. Seltsam schön. Irgendwie laufen mir immer die richtigen Leute über den Weg. Weißt du noch, wie wir uns kennengelernt haben?«

Das wusste Lars noch genau, und er würde es niemals vergessen. Wie so oft hatte er auf dem Burgplatz alleine in einer Kneipe gesessen, Johanna hatte ihn bedient, war gestolpert und hatte ihn mit einer Altbierdusche beglückt. Sie war fast verzweifelt, er hatte gelacht und gesagt, dass Bierduschen gut seien für das Haar. Daraufhin hatte sie ebenfalls gelacht, aber nicht lange. Ihr Chef fiel über sie her, beschimpfte sie als einen hoffnungslosen Trampel. Lars versuchte ihn zu beschwichtigen, aber der Mann war vollkommen außer sich gewesen. Lars hatte vom Nachbartisch ein volles Glas Weizenbier genommen, es Johannas Chef über den Kopf geschüttet und gesagt, jetzt seien sie quitt. Das Publikum an den Tischen lachte und applaudierte, Johanna zog ihre Schürze aus, warf sie ihrem vollkommen perplexen Ex-Chef in die Arme und ging mit Lars zur Ufertreppe, wo sie sich niederließen und stundenlang redeten. Lars war begeistert von der Reinheit ihrer Seele, von ihrer ungebremsten Lebenslust, Johanna war begeistert von der satanischen Lehre, die so ganz anders war, als sie es vermutet hatte. Lars lud sie ein, und Johanna kam zu einem Treffen der Church of XXXL. Wenig später nahm er sie in die Kirche auf.

»Natürlich weiß ich das noch.« Lars hörte seine eigene Stimme zittern.

Er hatte ihr die Kraft gegeben, sich von ihren Eltern zu befreien. Sie war zu Hause ausgezogen, hatte eine Lehrstelle gefunden. Jetzt war es an der Zeit, dass sie Treue zu ihrer Kirche und ihrem Hohepriester bewies.

»Jetzt ist es wieder so. Ich habe genau den Richtigen getroffen. Stell dir vor, ich habe mich verliebt!«

Lars blieb stehen, die Worte fuhren ihm in den Magen. »Was?«, fragte er, und es war lauter, als er gedacht hatte.

Johanna zuckte zusammen und trat einen Schritt zurück.

Lars hob beschwichtigend die Hände. »Sorry, aber das kommt sehr plötzlich, unerwartet, du und verliebt, das klingt schon komisch.« Seine Stimme vibrierte.

Sie lächelte unsicher. »Er heißt Ricky Thompson. Er ist der Sohn des Restaurantbesitzers, bei dem ich arbeite. Wir werden heiraten.«

Lars schüttelte heftig den Kopf, seine rote Mähne geriet in Bewegung. »Nach drei Wochen? Heiraten?«

Johanna war vollkommen verrückt geworden. Nach drei Wochen heiraten, so ein Unsinn, sie war verwirrt, irgendjemand dort hatte sie vergiftet, ein starker Zauber musste es sein, den er unbedingt durchbrechen musste. Sofort begann er, den neunten Henochischen Schlüssel zu beschwören, mit dem er Johanna retten konnte: »Eine mächtige Schildwache aus Feuer …«

»Hör auf mit dem Scheiß«, schrie Johanna. »Deinen Henochischen Mist kannst du dir sonst wo hinstecken.«

Lars schwieg bestürzt. Es war noch schlimmer, als er gedacht hatte.

»Ich wollte es dir schonend beibringen, aber du bist ja vollkommen verbohrt. Ich werde heiraten, ich werde nach England gehen, ich werde aus der Church of XXXL austreten und mich wieder dem Christentum zuwenden. Ob du willst oder nicht. Es gibt Christen, die sind echt nett. Wenn ich das gewusst hätte … Und jetzt gehe ich.«

Sie wollte an Lars vorbei, aber er hielt sie grob am Arm fest. Mit einer schnellen Bewegung drehte sie sich zu ihm hin und zog ihm ihre Fingernägel durchs Gesicht.

Greller Schmerz durchzuckte Lars, er ließ ihren Arm los und

schlug ihr mit der Faust ins Gesicht. Johanna ging mit einem Gurgellaut zu Boden, Blut spritzte aus einer Platzwunde, roter Nebel stieg vor seinen Augen auf, Lars versuchte ihn zu vertreiben, aber er wurde immer dichter. »Bitte nicht jetzt«, brabbelte er. Seine Knie knickten ein, er spürte, wie er in Zeitlupe auf den Weg sank. Dann spürte er nichts mehr.

9. Samstag

Endlich wieder ein freier Samstag. Eingekauft habe ich bereits, meine Wohnung ist geputzt, mit den Nachbarn habe ich ein paar freundliche Worte gewechselt. Es sind tumbe Menschen, deren Gespräche sich um Urlaub, Fernsehen und Schnäppchen drehen. Ich sage, dass ich mir demnächst einen großen Flachbildschirm kaufen will und alle digitalen Kanäle abonnieren werde – das hat sie tief beeindruckt, und ich konnte in ihren Augen sehen, dass sie sich am liebsten selbst bei mir eingeladen hätten.

Ich muss dringend mein Studio warten. Das ist mit hohem Risiko verbunden. Die Wassertanks sind leer, die Abortgrube ist voll, die Luftfilter sind zugesetzt, die Dieseltanks für das Stromaggregat fast leer.

Ich beginne mit den Wassertanks. Mit einem Schubkarren muss ich viermal vom Auto zum Einfüllstutzen, der unter einer Schicht Waldboden und Laub versteckt ist. Ich schwitze, aber es gelingt mir, ohne dass mich jemand sieht. Über kurz oder lang muss ich mir eine andere Lösung einfallen lassen, aber ich habe keine Zeit.

Die Abortgrube ist schnell abgesaugt, ich entsorge alles in den Wald, so wie ich Friedel und die anderen entsorgt habe: Ich vergrabe es.

Der Tank für das Aggregat fasst zweihundert Liter Diesel.

Nach den ersten vier Kanistern muss ich unterbrechen. Spaziergänger haben sich verirrt, sie trampeln durch das Unterholz. Ein Pärchen. Um die fünfzig. Er ist dünn wie eine

Bohnenstange, sie rund wie eine Tonne. Dick und Doof. Er hält ein GPS-Gerät in der Hand, flucht, irgendwo müsse doch der Weg sein, das Gerät könne sich nicht irren. Ich liege auf der Lauer. Wenn sie die Deadline überqueren, sind sie tot. Hoffentlich finden sie den Weg, die Dicke wiegt mindestens zwei Zentner, das wäre eine teuflische Arbeit. Noch drei Meter. Ich entspanne alle Muskeln, so wie eine Raubkatze, bin zum Sprung bereit, das Jagdmesser in der rechten Hand. Bevor die Dicke überhaupt begreift, was passiert, ist ihr Begleiter tot, und zwei Sekunden später hat sie das Messer in ihrer wabbeligen Brust stecken. Noch ein Meter. Ich schließe für einen Wimpernschlag die Augen, öffne sie, der Dünne bleibt stehen. Fuchtelt mit den Armen. »Da lang«, ruft er. Sie drehen mir den Rücken zu. Die Stimme des Dünnen elektrisiert mich. Sie hat ein spezielles Timbre und einen rauen Nachhall. Schade. Wenn die Dicke nicht wäre, hätte ich es vielleicht riskiert.

Ich lasse sie ziehen, wechsele die Filter. Jetzt ist alles bereit für meine ganz besonderen Gäste.

*

»Und? Ist es seine DNS?« Fran spürte ihre Anspannung in jedem Muskel.

»Eindeutig. Er hat die Karte abgeschleckt wie einen Lolli. Der Typ ist echt pervers, weißt du?«

»Oh ja, das weiß ich«, sagte Fran.

»Soll ich es an die Staatsanwaltschaft weiterleiten?«

»Nein«, sagte Fran schnell. »Auf keinen Fall. Ich werde mich selbst drum kümmern.« Jetzt hatte sie Gewissheit. Der Besuch in Köln war unvermeidlich, wenn sie nicht verrückt werden wollte.

»Mach keinen Scheiß, Mädchen. Und wenn, dann pass auf, und lass dich nicht erwischen!« Sie lachte und legte auf.

Fran hatte seine Adresse in zehn Sekunden herausgefunden, das war kein Problem gewesen, er wohnte immer noch in derselben Wohnung in Köln. Zum zweiten Mal hatte sie ihre Befugnisse für eigene Zwecke missbraucht, und es fühlte sich ebenso gut an wie die Ohrfeige, die sie ihrem Vater verpasst hatte.

Schmerzen schossen durch ihren Unterleib, sie krümmte sich, zählte von zehn bis null. Der Schmerz verflog. Sie richtete sich wieder auf, verließ das Haus und fuhr mit dem Zug nach Köln.

Er wohnte in Ehrenfeld, Erik Muench, ihr Ex, der sie seit zwei Jahren verfolgte, und zwar so geschickt, dass sie nichts dagegen machen konnte, so wie Tausende anderer Frauen, die gestalkt wurden. Jetzt würde sie den Spieß umdrehen, jetzt würde sie ihm zeigen, dass sie kein Opfer war, so wie sie es ihrem Vater gezeigt hatte. Es war ihr egal, ob er es verstand, ob er sein Verhalten änderte. Sie würde ihm nur eins klarmachen: Ich werde jedes Mal, wenn du mich stalkst, dafür sorgen, dass du danach Schmerzen hast, große Schmerzen. Ich werde dich heimsuchen, dein Auto, deine Wohnung. Ich werde dir zeigen, was es heißt, einen Verfolgungswahn zu entwickeln, ständig über die Schulter zu schauen, Durchfall zu bekommen vor Angst, jeden Kratzer am Türschloss als Bedrohung zu erleben. Ich werde *dich* stalken, und du wirst wünschen, mich nie kennengelernt zu haben!

Er hatte eine Wohnung in einem Mehrfamilienhaus, und nur ein paar Ecken weiter war seine Stammkneipe.

Sie legte sich auf die Lauer, und gegen halb zwei kam er angetorkelt. Dieses besoffene Schwein! Sie ekelte sich. Warum hatte sie sich nur mit diesem Typen eingelassen? Weil er gut aussah, weil er ein unglaubliches Lächeln hatte, das ihre Mutterinstinkte geweckt hatte. Und weil er im Bett genau wusste, was sie wollte. Es hatte auch schöne Zeiten mit ihm gegeben. Sie war schon kurz davor, ihren Plan fallen zu lassen, aber sie erinnerte sich an den Hieb in den Magen, den er ihr verpasst hatte.

Sie folgte ihm bis zur Wohnung. Er fummelte den Schlüssel ins Schloss, drückte die Tür auf, und schon war sie über ihm. Sie stieß ihn in den Flur und verpasste ihm einen Schlag auf den Solarplexus. Ohne einen Laut sackte er auf die grünen Fliesen. Sie nahm ihn in den Kreuzfesselgriff, aus dem es kein Entkommen gab, ein wenig mehr Druck, und sie konnte ihm ohne Probleme die Schulter ausrenken oder das Ellbogengelenk brechen. Der Drill auf der Polizeischule hatte auch seine guten Seiten.

Sie drückte ihn flach auf den Boden und brachte ihre Lippen ganz dicht an sein Ohr. »Hör mir gut zu. Jedes Mal, wenn du mich belästigst, komme ich und tue dir weh. Auf die eine oder andere Art und Weise. Und ich werde dich finden, egal, wo du bist. Dein Name ist im System, und die Kollegen stehen auf meiner Seite. Du hast ausgeschissen, klar?«

Und sie hätte ausgeschissen, wenn ihre Kollegen wüssten, was sie gerade tat. Egal.

»Du hast unser Kind getötet, gib mir ein neues. Das bist du mir schuldig«, nuschelte er und versuchte, sich freizumachen, aber sie hielt ihn eisern fest. Er stöhnte vor Schmerz. »Du bist eine Mörderin!«, presste er durch die Lippen, und es klang, als bereite ihm der Gedanke große Freude.

Sie erhöhte den Druck auf seine Schulter, ein schriller Schrei entfuhr ihm, der ihr in den Unterleib fuhr und sie ohne Vorwarnung mit glühendem Schmerz überschüttete. Sie musste ihn loslassen, gab ihm einen Stoß, er taumelte nach hinten, wie ein gehetztes Wild rannte sie auf die Straße, der Schmerz verbrannte ihre Gebärmutter, sie rannte weiter, schrie und heulte wie ein Kind ohne Hoffnung auf Trost, sie trat gegen eine Mülltonne, rannte weiter, bis sie keinen Atem mehr hatte und keine Tränen und keinen Schmerz. Verdammt, so ging es nicht. Sie schlug die Hände vor das Gesicht und schämte sich in Grund und Boden. Sie war ein Scheusal. Sie war eine Bestie. Sie hatte einen Menschen heimtückisch angegriffen, geschlagen, gefoltert. Sie war nicht besser als er, denn sie wollte sich rächen, sie wollte die Vergangenheit auslöschen, wollte die Erinnerung an ihr Kind auslöschen, das niemals geatmet hatte.

»Kann ich helfen?«

Die Stimme einer jungen Frau. Fran blickte auf. Die junge Frau lächelte, und Fran warf sich ihr in die Arme, schmiegte ihren Kopf an ihre Schulter, die Frau erwiderte die Umarmung, tätschelte ihr den Kopf und schwieg.

»Ich habe gerade jemanden geschlagen«, wimmerte Fran.

»Wen haben Sie geschlagen?«, fragte die Frau.

»Den Vater meines toten Kindes.«

»Ihr Kind ist tot? Das ist ja furchtbar.«

Fran nickte fast unmerklich. »Ich habe es verloren.« Schüttelfrost raste durch Frans Körper.

Die Frau hielt sie fester.

»Zuerst wollte ich das Baby nicht. Aber ich habe mich überreden lassen, und dann …« Ihre Worte gingen im Schluchzen unter.

Die Frau sagte nichts, sondern streichelte Fran immer noch mit der Hand über die Haare.

Das Schluchzen versickerte in Frans Kehle. »Im dritten Monat. Morgens. Mein ganzer Körper bestand nur aus Schmerz. Ich musste auf die Toilette, dann kam das ganze Blut, ich habe abgezogen …«

»… und da ist Ihr Kind weggespült worden.«

Frans Antwort war ein langgezogenes heulendes »Ja«.

Die Frau presste sie an sich und weinte nun ebenfalls. »Das ist so unendlich traurig«, sagte sie immer wieder, wie ein Gebet oder eine Beschwörung.

Irgendwann, Fran wusste nicht, wie viel Zeit vergangen war, versiegten ihre Tränen. Wie eine Ertrinkende schnappte sie nach Luft, sie machte sich vorsichtig frei und betrachtete die Frau, die jetzt ihr furchtbarstes Geheimnis kannte. Sie war jung, vielleicht achtzehn oder neunzehn Jahre alt, ihre Wimperntusche war mit den Tränen in Strömen über die Wangen gelaufen. Fran küsste sie auf die schwarzen Striemen.

»Danke, dass du für mich da warst.«

Die junge Frau lächelte. »Du hast keine Schuld«, sagte sie leise und ging weiter.

»Ich habe keine Schuld am Tod meines Babys«, sagte Fran tonlos, drehte sich um, fiel in einen langsamen Trab, lief bis zum Ehrenfeldgürtel, bestellte sich ein Taxi, weil keine Bahn mehr ging, und ließ sich nach Hause fahren. Sie fühlte sich erleichtert, so, als wäre eine schwere Grippe vorüber. So, als hätten sich in ihrem Kopf Dinge neu geordnet.

Vorsichtig tastete sie sich in ihren Erinnerungen zu dem Tag zurück, an dem sie ihr Baby verloren hatte. Es fühlte sich anders an. Nicht mehr so vernichtend, so endgültig. Sie atmete langsam und gleichmäßig.

Ja, sie hatte es abtreiben wollen. Als er sagte, sie solle es austragen und ihm geben, hatte sie nur gelacht, ihn nicht ernst genommen. Er hatte sie beschimpft und war ausgezogen.

Und dann hatte sie angefangen, ihr Baby zu lieben, wollte es mit jeder Faser ihres Körpers, das Leben in ihr war so unglaublich schön gewesen.

Ausgerastet war er, als sie ihm erzählt hatte, dass ihr Baby im

Abort untergegangen war. Der Erzeuger, der nicht mit ihr zusammenleben wollte, der nur das Kind wollte, der sie beschuldigte, es vorsätzlich getötet zu haben. Der sie eine Mörderin nannte und ein neues Kind von ihr einforderte.

Aber sie war keine Gebärmaschine und keine Mörderin. Sie war nur ein Mensch, der nicht fähig gewesen war zu trauern. Sie hatte kein Grab angelegt. Sie hatte ihr Kind nicht verabschiedet, sie hatte es jeden Tag aufs Neue verloren, sie horchte in sich hinein. Es war noch nicht vorbei, aber es fühlte sich anders an.

Sie bezahlte den Taxifahrer, gab ihm ein üppiges Trinkgeld, wünschte ihm gute Fahrt. Der Schlüssel hakelte ein wenig im Schloss, da musste der Schlüsseldienst ran, dachte sie, wankte zu ihrem Bett, ließ sich darauf fallen und war im selben Moment eingeschlafen.

10. Sonntag

Erst nach dem zweiten Refrain von *Like a Satellite* wachte Fran so weit auf, dass ihr bewusst wurde, dass sie verschlafen hatte. Wie viel Uhr war es? Ihr Wecker zeigte zehn Uhr dreißig. Verdammt. Dann kam ihr ein anderer Gedanke. Es war doch Sonntag? Sie hatte doch frei? Oder? Nein, sie hatten Bereitschaft vereinbart, also war etwas passiert. Gerade, als sie das Gespräch annehmen wollte, verstummte das Handy, sie drückte die Rückruftaste, und Senior meldete sich sofort.

»Volksgarten. Eine junge Frau. Johanna Magold. Wir haben einen dringend Verdächtigen. Nimm den Zugang über die Redinghovenstraße. Kommst du?«

»Sofort«, brummte Fran in das Gerät, unterbrach die Verbindung, bestellte ein Taxi, weil sie keinen Streifenwagen blockieren wollte, und nahm eine Expressdusche.

Senior führte sie zur Fundstelle. Er zog sich am Ohrläppchen und sah sie von der Seite an. »Du siehst echt scheiße aus, Fran.«

»Oh, danke, das baut auf.«

»Soll ich lieber schleimen? Ich mache mir Sorgen, ist das so schlimm?«

»Ich bin erst um vier ins Bett, das ist alles. Worum geht es hier?«

Senior kratzte sich am Kopf. »Sie ist erdrosselt worden.«

Und wahrscheinlich hat der Täter ihren Rücken mit satanischen Zeichen verunstaltet, dachte Fran.

Ein weißes Zelt kam in Sicht, es stand am Rand einer Wiese, die in eine kleine lichte Waldfläche überging.

Herz kam gerade aus dem Zelt, hielt auf sie zu, grüßte mit einer müden Handbewegung und führte Fran zur Leiche. »Eine Rentnerin hat sie gefunden und sofort Alarm geschlagen.«

»Wie geht es ihr?«

»Bestens. Sie ist traurig über die furchtbare Tat, aber sie hat mir erzählt, dass sie im Krieg ganz andere Sachen gesehen hat.«

Eine Frau mit Schwielen auf der Seele, dachte Fran und fragte sich, ob die Schwielen auf ihrer eigenen Seele sie blind machten.

Johanna Magold lag auf dem Bauch, sie war nicht nackt, ihre Bluse war aufgerissen, der Rücken frei, die blutigen Linien gut sichtbar. Fran erkannte sofort, dass es kein Muster war, es war kein satanisches Zeichen zu erkennen. Sie seufzte. Ein Trittbrettfahrer? Aber bis jetzt hatten die Medien dichtgehalten – oder doch nicht? Verstellte der Täter seine Handschrift? Sollte das ein Rätsel sein und keine Botschaft? Auf jeden Fall hatte sich der Modus Operandi verändert. Erdrosseln ist eine sehr direkte Art des Tötens, im Gegensatz zur Vergiftung mit einem Schlafmittel, dachte Fran. Erdrosseln ist Zweikampf, das Opfer zappelt, versucht sich zu wehren, der Tod kommt langsam, beide Körper haben engen Kontakt, Schweiß, Blut, Röcheln, es ist eine Tötung, die nur Menschen ausführen können, die solch engen Kontakt vertragen oder sogar genießen. Und das Risiko eingehen, dass sich das Opfer befreit und kämpft, vielleicht sogar obsiegt.

Der Gerichtsmediziner bestätigte, dass das Opfer keinerlei Brandmarken oder andere Folterspuren trug. Allerdings war sie vor ihrem Tod ins Gesicht geschlagen worden, sie war gestürzt und hatte sich eine stark blutende Kopfverletzung zugezogen, die allerdings nicht tödlich war. Vielleicht war sie bewusstlos gewesen, eine kurze Zeit lang, aber nicht mehr.

»Keine Spuren einer Vergewaltigung. Ach ja, Fundort und Tatort sind mit an Sicherheit grenzender Wahrscheinlichkeit identisch. Gewebe und Blut unter den Fingernägeln. Ich bin fertig«, sagte er.

Fran bedankte sich, der Arzt packte seine Sachen und murmelte vor sich hin, dass ausgerechnet, wenn er Bereitschaft habe, immer die übelsten Sachen passierten. Und dass er schon in Verzug sei, dass drei weitere Tote auf ihn warteten.

»Was sagst du?« Senior war hinter Fran getreten.

»Mein Kopf sagt: Das war ein anderer. Alles ist anders. Nicht schwer zu erkennen, oder? Mein Bauch sagt: Es war derselbe.«

»So sehe ich das auch. Allerdings gibt es eine Parallele zu satanischen Symbolen. Johanna Magold war Mitglied in einer Sekte.«

Senior zögerte, Fran verdrehte die Augen. »In einer satanischen, nehme ich an.«

»Church of XXXL.«

»Church of XXXL?« Fran kicherte. »Das ist ein interessanter Name, klingt ein bisschen nach McFastfood oder auch …« Sie schaute Senior tief in die Augen.

»Nach meiner Kleidergröße?«

Fran musste grinsen. »Na ja … irgendwie schon.«

Senior verzog keine Miene. Als Antwort hielt er Fran eine Plastiktüte unter die Nase, in der ein aufgeklappter Ausweis steckte, der Johanna Magold als Mitglied der Church of XXXL auswies. In goldenen Lettern auf schwarzem Grund prangten die Worte: »Church of XXXL – die wahre Kirche Luzifers«. Der Ausweis war gut gemacht, wirkte wie ein echtes offizielles Dokument.

Fran schluckte. Sie hatte von dieser Sekte schon gehört, und wenn sie sich richtig erinnerte, gab es sogar einen Interviewbogen, in dem sie erwähnt wurde.

Sirenengeheul durchschnitt die Stille des Sonntagmorgens, riss Fran aus ihren Gedanken, zwei Löschzüge der Feuerwehr rasten die Kruppstraße entlang.

»Wirklich ein schöner Sonntag heute«, sagte Senior und zog sein Handy aus der Tasche, das vibrierte. Er lauschte einen Moment, steckte es wieder ein. »Wir haben ihn. Kommst du mit?«

»Den dringend Verdächtigen?«

»So ist es. Lars Rüttgen. Der Guru.«

»Hohepriester. Oder Meister. So heißen die Gurus der Satanisten. Meistens.«

Senior schluckte die Belehrung ohne Reaktion. »Er ist mit Johanna Magold gesehen worden, gestern Abend. Sie haben heftig gestritten, jetzt ist er zu Hause, Solig ist mit ein paar Kollegen vom SEK vor Ort und hat die Lage sondiert.«

»Und Rüttgen lebt noch?«

Senior lächelte schwach. »Solig wartet auf Freigabe von Böhrerjan.«

»Dann nichts wie hin.«

*

Es hörte sich an, als würden die Säulen der Erde einstürzen. War Luzifer auf dem Weg? Lars horchte. Nein. Schläge an die Tür. Brutale Schläge, als wolle jemand die Tür zerstören. Wo war er? Zu Hause? Verflucht, es war schon wieder passiert. Totaler Blackout. Er öffnete die Augen. Ja. Der Flur. Er lag bäuchlings im Flur, und jetzt hörte er seinen Namen. Eine harte Stimme brüllte ihn immer wieder, und noch etwas drang in sein Bewusstsein: »Polizei! Öffnen Sie, oder wir brechen die Tür auf.« Lars verstand nichts. Was sollte das?

Er rappelte sich hoch, wieder donnerte es an der Tür. Er drückte die Klinke, und noch bevor er die Tür öffnen konnte, flog sie ihm entgegen. Schwarz gekleidete Gestalten stürzten sich auf ihn, hielten ihm Pistolen vor die Nase, schrien, er solle sich sofort hinlegen, sofort, sonst würden sie schießen. Dann brüllten sie: »Flur gesichert!«

Lars ließ sich fallen, was wollten die von ihm, er war doch kein Terrorist. So ging man doch nur mit Terroristen um. Er spürte harte Stiefel auf seinem Rücken, harte Hände an seinen Armen und Beinen und an seinem Kopf, nur mit Mühe konnte er atmen, Speichel tropfte aus seinem Mund, weil er seine Lippen nicht schließen konnte, so fest drückten sie ihn auf den Boden. Selbst wenn er gewollt hätte, er hätte sich nicht mehr bewegen können. Seine Arme wurden ihm auf den Rücken gerissen, er stöhnte, der Schmerz fuhr ihm von den Schultern aus durch den ganzen Körper. Als wenn das noch nicht genug gewesen wäre, schnitt ihm etwas Scharfes in die Handgelenke.

»Zielperson gesichert«, schrie einer, als ob er die Stimmen von tausend Mann übertönen müsste.

»Wohnung sicher«, brüllte ein anderer.

Wenn sie Mutter etwas taten, dann …

Lars wurde hochgerissen, er schwitzte am ganzen Körper, Angst schnürte ihm die Kehle zu, seine Blase drückte, er konnte keinen klaren Gedanken mehr fassen. Vor ihm stand ein bulliger Typ. War das hier versteckte Kamera? Vom Flur her hörte er eine verärgerte Frauenstimme.

»Solig, Sie Vollidiot, was wird das hier?«

Der Mann, der vor ihm stand, drehte sich um. »Zugriff, wie angeordnet.«

Die Frau drängte sich durch die Horde der schwarz Gekleideten. »Von wem?«

»Von Staatsanwalt Böhrerjan«, bellte der Typ zurück.

Ein älterer dicker Mann kam hinter der Frau her und schob sich vor sie. »Der leitet aber nicht den Einsatz, oder siehst du ihn irgendwo?«

Der Typ zuckte nur mit den Achseln.

»Nehmt ihm die verdammten Kabelbinder ab, und legt ihm Handschellen an«, befahl der ältere Mann mit harter Stimme.

Sein Befehl wurde augenblicklich ausgeführt.

An den musste er sich halten. Das war der Leitwolf.

»Danke«, sagte Lars zu dem älteren Mann und setzte ein dankbares Lächeln auf.

Aber der Mann lächelte nicht zurück, sondern hielt ihm eine Plastikkarte vor die Nase.

»Ich bin Kriminalhauptkommissar Benjamin Haller. Ich nehme Sie vorläufig fest wegen des dringenden Verdachts, Johanna Magold erdrosselt zu haben.«

Johanna erdrosselt? Was war das denn für eine Scheiße? Da steckte doch die Selm-Böden dahinter! Er hatte Johanna eine Backpfeife verpasst, ja, aber sonst nichts. Außerdem konnte Johanna nicht tot sein. Sie durfte nicht tot sein. Er brauchte sie.

Der Kommissar drehte sich zu Solig um. »Schafft ihn ins Präsidium, aber behandelt ihn wie einen Verdächtigen und nicht wie einen Massenmörder, oder ich reiße euch den Arsch auf, kapiert?«

Niemand sagte etwas, der Typ, der ihn niedergerissen hatte und anscheinend Solig hieß, drehte sich zu Lars um, setzte ein falsches Grinsen auf und zeigte auf die Tür. »Wenn Sie so nett wären, mir zu folgen.«

Aber das ging nicht. Er musste sich um Mutter kümmern, man konnte sie doch nicht alleine lassen.

»Nein«, rief Lars. »Meine Mutter, sie ist krank. Ich muss mich um sie kümmern.«

Solig wiegte den Kopf. »Was glaubst du, wie viele Leute, die ich abhole, plötzlich eine kranke Mutter haben?«

Ein schwarz Gekleideter griff Solig an die Schulter und flüsterte ihm etwas ins Ohr.

»Okay, alles klar. Pass auf …«, sagte er.

Lars konnte seine Worte nicht verstehen, aber er spürte, dass sich die Haltung des Mannes geändert hatte. Er schien verunsichert. Sie hatten Mutter gefunden. Gut. Dann würden sie einsehen, dass er nicht wegkonnte. Und was sollte überhaupt diese irrsinnige Anschuldigung?

»Wir kümmern uns um deine Mutter, aber du musst mitkommen. Da führt kein Weg dran vorbei«, sagte der Bulle.

Lars versteifte sich, aber er wurde von vielen Händen weggezerrt, es machte keinen Sinn, sich zu wehren, er würde bald wieder hier sein, schließlich hatte er nichts getan. Und wenn es wegen der Messe war, das war eine Lappalie.

Vier Mann eskortierten ihn zu einer schwarzen Limousine, vor dem Haus war eine Menschenmenge zusammengelaufen, Blitzlichter zuckten, Polizisten in Uniform versuchten, die Leute zu verscheuchen, die wie ein Schwarm Schmeißfliegen zurückwichen, aber sofort wieder herbeiflogen, um sich über ihr Opfer hermachen zu können. Dieser Hauptkommissar, dieser Haller, setzte sich zu ihm nach hinten, einer der Schwarzen setzte sich auf die andere Seite. Mit Blaulicht und Sirene startete die Prozession, Lars sah einen Leichenwagen vorfahren. Was, bei Bucephalos, ging da vor?

Die Fahrt dauerte nicht lange, sie fuhren zum Polizeipräsidium. Ein Tor öffnete sich, Lars schien es wie ein großes Maul, das ihn verschlingen wollte, er wollte seine Hände heben, um sich zu schützen, aber der Kommissar und der Schwarze hielten ihn unerbittlich fest.

»Nur die Ruhe«, sagte der Kommissar. »Ihnen wird nichts

geschehen, solange Sie friedlich bleiben, wir müssen uns nur unterhalten, wir müssen einige Dinge klären.«

Lars glaubte kein Wort. Warum behandelten sie ihn wie einen Schwerverbrecher? Warum die Handschellen? Warum schwarze Rambos? Sein Herz raste.

»Was ist mit meiner Mutter?«, fragte Lars, und er bemühte sich, leise zu sprechen, damit sich seine Wächter nicht erschraken.

»Wir kümmern uns um sie, darauf können Sie sich verlassen«, sagte der Schwarze.

Der Kommissar schaute aus dem Fenster.

Lars spürte Panik aufsteigen. Der Kommissar sah ihn nicht an, er verschwieg etwas.

Der Wagen hielt an, sie stiegen aus, der Schwarze nahm Lars am Arm, vier weitere eskortierten ihn. Sie durchquerten einen Hof, der wie ein Gefängnishof aussah, gingen auf eine vergitterte Tür zu.

»Warum der Leichenwagen?«, fragte Lars in die Luft.

»Na, wegen der toten Frau in der Wohnung«, kam es von hinten.

Mutter war tot! In Lars' Kopf explodierte etwas. Sie hatten sie umgebracht, es war eine Verschwörung, sie wollten ihn daran hindern, Luzifer zu rufen. Er riss sich los, trat dem Schwarzen zwischen die Beine, der röchelnd in die Knie ging. Der Kommissar wich zurück, sein Gesicht war verzerrt vor Wut, sofort stürzten sich die anderen Schwarzen auf Lars. Er versuchte, sie zu erwischen, aber bevor er zutreten konnte, schoss Schmerz durch seinen Kopf, und er verlor das Bewusstsein.

*

Der Notarzt war in zwei Minuten bei Rüttgen, er hatte es nicht weit von seiner Bereitschaftsstelle im Präsidium.

Fran kämpfte sich zu dem Vollidioten in schwarzer Uniform durch, der den Tod von Rüttgens Mutter ausposaunt hatte. Sie schlug ihm mit der Faust vor die Brust. Er taumelte einen Schritt zurück. Sofort ging Solig dazwischen.

»Wie bescheuert seid ihr eigentlich?«, brüllte sie, und Speichelfetzen flogen Solig ins Gesicht.

Er hob die Arme. »Ja, ja, das war echt Scheiße, ich werde dem Vollpfosten schon noch die Leviten lesen.«

»Der gehört aus dem Dienst geworfen«, schrie Fran und stach über die Schulter von Solig hinweg mit dem Zeigefinger auf den Hohlkopf in Schwarz. Fran konnte es nicht fassen. Das Arschloch hatte fast eine Katastrophe ausgelöst. Der gehörte suspendiert. So wie sie selbst, dachte sie und ließ die Arme sinken. »Schon gut, Solig. Schon gut.« Sie entspannte sich etwas. Ihr Puls war zwar immer noch auf hundertachtzig, aber die Wut war verraucht, ihr schlechtes Gewissen hatte den Zorn einfach aufgefressen.

Solig schien erleichtert. »Glauben Sie mir, der kommt nicht ungeschoren davon. So eine Scheiße auch. Das ist nicht mein Stil.«

Fran sah ihm kurz in die Augen, verzichtete darauf, ihm zu sagen, dass das, was er als seinen Stil bezeichnete, einfach nur zum Kotzen war, und wandte sich Senior zu, der dastand und den Kopf schüttelte. Der Notarzt kniete über Lars Rüttgen und klammerte die Platzwunde am Kopf.

»Er muss ins Krankenhaus«, sagte der Mann müde und erhob sich. »Mit Polizeibegleitung, nehme ich an?«

Seniors Kopfbewegung verwandelte sich in ein Nicken. »Ja, aber kein SEK. Wir nehmen unsere Leute, damit der Junge eine Chance hat zu überleben.«

Der Notarzt hob die Augenbrauen. »Hoffen wir das Beste.« Er stand auf, dirigierte die Sanitäter, die Rüttgen auf eine Bahre hoben und in den Rettungswagen schafften.

»Rickelbrock!«, rief Senior.

Ein Polizeihauptkommissar drehte sich um. »Was gibt's?«

»Sei so gut und kümmer dich um Lars Rüttgen.«

Rickelbrock nickte, zeigte auf vier Kollegen, die in ihre Dienstwagen stiegen und den Rettungswagen in die Mitte nahmen.

Fran schaute ihnen misstrauisch hinterher.

»Wenn Rickelbrock das macht, brennt nichts an, Fran. Er ist ein echt guter Mann. Der hätte ihn alleine hierhergebracht, ohne ihn einmal anzufassen, davon kannst du ausgehen.«

»Lass uns hochgehen«, sagte Fran. »Wir müssen ein paar Dinge klären.«

»Das müssen wir«, bestätigte Senior.

Das Chaos auf dem Hof lichtete sich, aber Fran ließ sich nicht die Gelegenheit entgehen, einen blutigen Tupfer, an dem Rüttgens Blut klebte, mitzunehmen. Das ganze Verfahren war jetzt ausgebremst, jeder Amateuranwalt würde ihnen die Hölle heißmachen; bis sie einen Beschluss hatten, um Rüttgens DNS zu nehmen, konnte zu viel Zeit vergehen. Johanna Magold hatte jede Menge Gewebe unter ihren langen Fingernägeln gehabt, und Lars Rüttgens Gesicht zierten drei blutige Striemen. Stimmte die DNA überein, war Rüttgen so gut wie fällig für die U-Haft, und der Fall würde eine klare Richtung nehmen.

Senior zog die Tür hinter sich zu, sein Büro war wirklich lächerlich eng, die Möbel sahen aus wie Überbleibsel aus der DDR.

Fran ließ sich in den Rohrsessel fallen, der vor einem abgrundtief hässlichen Glastisch stand, Senior sank in seinen Chefsessel, den er selbst bezahlt hatte.

»Böhrerjan wird zum Risiko«, stellte Fran fest. »Wie befürchtet.«

Senior ließ den Kopf hängen. So deprimiert hatte sie ihn schon lange nicht mehr gesehen.

»Ich habe mit Solig geredet. Der Einsatz war von Mario Hartbäcker gedeckt.«

»Aber …« Fran fehlten die Worte.

»Ich finde das auch beschissen. Das war völlig überzogen. Aber was sollen wir tun? Staub aufwirbeln? Die sitzen am längeren Hebel. Und wir können nichts beweisen. Wie wird das in der Öffentlichkeit dargestellt? Rüttgen hat versucht zu fliehen, hat einen Beamten angegriffen und verletzt, er musste stillgelegt werden.« Er hob eine Hand. »Deine oder meine Aussage wird gegen alle anderen stehen, das ist dir doch klar?«

»Ist das hier immer so? Willkür? Lügen? Betrug?«

»Nein, im Gegenteil. Normalerweise kommen wir vor lauter Regelwerk, das wir peinlich befolgen müssen, nicht vorwärts. Aber Böhrerjan ist persönlich betroffen, er und große Teile des Apparats reagieren emotional, und er fordert jetzt alle Gefallen ein, die ihm die Leute schulden. Und das dürften nicht wenige sein.«

Fran fiel nichts mehr ein. Während ihrer drei Jahre in Uniform hatte sie Fehlverhalten gesehen, weil den Kolleginnen und Kollegen manchmal wegen der Überlastung einfach die Nerven durchgingen. Ihr war das auch passiert: Sie hatte nach zwölf Stunden Dienst einen Junkie, der seine Frau verprügelt hatte, unsanft festgenommen, und nur weil die Kollegen weggesehen hatten, hatte sie kein Disziplinarverfahren bekommen. So etwas war ihr nie wieder passiert. Aber diese offene Form des Machtmissbrauchs war ihr Gott sei Dank nicht untergekommen. Die Frage hieß nach wie vor: entweder – oder. Blieb sie dabei, musste sie mitspielen. Klinkte sie sich aus, war die Möglichkeit, sich zu profilieren, für sie unwiederbringlich verloren. Sie dachte an den blutigen Tupfer. Sie zog die Plastiktüte hervor und hielt sie hoch. »Weißt du was, Senior? Was die können, können wir schon lange!«

*

Die letzte Nacht war zu viel. Scheiß Nutte. Die hat mir echt den Rest gegeben. Schon am Weiher hatte ich einen heißen Kopf. Und es ist immer schlimmer geworden. Ich kann kaum noch klar denken, schlucken kann ich nur unter Schmerzen. Mein Körper zeigt mir die Rote Karte. Das Fieberthermometer zeigt neununddreißig Grad. Ich schleppe mich zum Arzt, der schaut mir einmal in die Augen, dann in den Hals.

»Sie haben eine eitrige Angina. Sie sollten sich die Mandeln rausnehmen lassen.«

Er schaut mich an, als wäre ich ein Depp. Ich schüttele nur den Kopf. Ich gehe nicht ins Krankenhaus. Niemand schnipselt an mir herum, und Vollnarkose kommt nicht infrage.

Der Arzt verschreibt mir Penicillin und stellt mir einen gelben Schein für zwei Wochen aus. Wenn es nicht besser wird, soll ich wiederkommen. Er ermahnt mich mit erhobenem Zeigefinger: »Eine verschleppte Angina kann tödlich sein.«

Wenn er wüsste, wie egal mir der Tod ist, wenn er wüsste, dass ich mit dem Tod spiele, wie es mir beliebt, mit meinem und dem anderer. Soll ich ihn zu mir einladen? Sein Gesicht würde ich gerne sehen, wenn er auf dem Thron aufwacht, wenn ich ihm den erhobenen Zeigefinger entgegenstrecke und ihn maßregele, ihm sage, dass der Kontakt mit *mir* tödlich ist. Ein verlockender Gedanke. Aber ich muss mich ausruhen. Ich werde die zwei Wochen stillhalten, vielleicht auch ein wenig länger, ein netter Spielzug, das wird Fran verwirren, das wird sie erst mal auf die falsche Fährte bringen. Und dann werde ich ihr ein weiteres Liebesbriefchen zukommen lassen, mit der Lösung des Rätsels, das sie umtreibt. Und dann kommt sie zu mir.

Ich wanke nach Hause, fühle mich wie besoffen, mache mir einen heißen Tee mit Honig, fühle mich wie damals, bevor meine Mutter starb. Schade, dass meine Frau und meine Töchter nicht da sind. Sie könnten mir Wadenwickel machen und mit mir Rommé spielen. Aber wahrscheinlich würden sie mich nur nerven, mir in den Ohren liegen, dass sie wegwollen aus Düsseldorf, aber ich habe bestimmt, dass sie hierbleiben, und daran gibt es nichts zu rütteln.

Ich lege mich auf die Couch, stelle den Fernseher an, zappe durch die Programme, bin fasziniert, welchen Müll sich die Menschen in die Köpfe stopfen.

Ah, hier gibt es eine gute Sendung. Wissen. Wie funktionieren Maschinen. Die Sendung ist gut gemacht, sie erklärt komplexe Vorgänge einfach. Sie interviewen einen Ingenieur, es ist so einer, wie ich es mal war. Maschinenbau. Komplexe Universen aus Metall und Kunststoff, gefühllos, kontrollierbar. So muss es sein. Kontrollierbar. Sie zeigen eine Produktionslinie für Joghurt. Hunderte Parameter, wenn nur einer falsch eingestellt ist, fliegen die Becher durch die Gegend, oder die ganze Suppe spritzt bis an die gegenüberliegende Hallenwand. Eine echte Herausforderung. Diese Produktionslinie funktioniert einwandfrei. Alles greift wunderbar ineinander. Ein Wunderwerk.

Ich habe Fließbänder für die Autoindustrie gebaut, eine Endmontage habe ich als leitender Ingenieur entworfen und realisiert. Aber auch das ist mir mit der Zeit langweilig geworden. Und die Menschen haben mich angeekelt, sie kamen mir zu nahe.

Mir fallen die Augen zu, ich spüre, wie ich in einen Halbschlaf hinübergleite, wie sich die Pforte zu meiner Traumwelt öffnet. Auch in meinen Träumen überlasse ich nichts dem Zufall.

Ich wähle einen meiner Lieblingsträume, schalte meine Gedanken aus, Stück für Stück. Das Licht wechselt, die Sonne steht tief, ich bin ein kleiner Junge, gerade fünf Jahre alt geworden, und auf dem Weg zum Kindergarten. Der Weg führt mich an einem großen dunklen Haus vorbei. In diesem Haus wohnt eine alte Frau, die zwei weiße Pudel besitzt.

Gerade, als ich auf der Höhe der Haustür bin, öffnet sie die Tür und spricht mich an. Ob ich nicht Lust habe hineinzukommen, auf einen warmen Kakao und einen Keks. Ich schaue mir die Frau an. Ihr Gesicht ist übersät von Pockennarben, Muttermalen und Pickeln. Ihre Nase ist lang und spitz, ihre Augenbrauen buschig, ihr Haar struppig, ihre Augen tränen. Aber ich habe keine Angst vor ihr. Der Duft des Gebäcks fließt aus der Tür, ich kann einfach nicht widerstehen.

Ich steige die vier Stufen hinauf, sie dreht sich zur Seite und zeigt auf den langen dunklen Flur, an dessen Ende ich die Tür zur Küche sehe. Licht strahlt durch den Gang. Ich weiß, dass dort die Küche ist, denn ich war schon öfter hier. Ich gehe vor, betrete die Küche, die weiß gekachelt ist. Auf dem dunklen Holztisch, der immer schief steht, weil zwei Beine zu kurz sind, entdecke ich die Kanne mit Kakao und die Schüssel mit Keksen. Heute sind es Vanillekipferl, die ich besonders gern mag. Ich setze mich auf den Stuhl, der immer ein wenig wackelt, die alte Frau setzt sich mir gegenüber, lächelt und zeigt auf die Schüssel mit den Keksen. Ich nehme mir ein Vanillekipferl, stecke es in den Mund, kaue, greife mir das nächste Kipferl. Die alte Frau schenkt mir Kakao ein, mit der freien Hand nehme ich die Tasse, setze an und trinke einen Schluck. Ich esse noch drei Kipferl, trinke noch eine Tasse Kakao, dann stehe ich auf und sage: »Liebe alte Frau. Vielen Dank für den feinen Kakao und für die Kipferl.«

Dann drehe ich mich um, verlasse die Küche, gehe durch den Flur zur Tür, öffne sie und trete hinaus auf die Straße. Etwas Seltsames ist geschehen. Es ist bereits dunkel. Ich bin überrascht, dass ich bei der alten Frau so viel Zeit verbracht habe. Dabei habe ich doch nur zwei oder drei Tassen Kakao getrunken und ein paar Kipferl gegessen. Aber jetzt ist es zu spät, um in den Kindergarten zu gehen, also drehe ich mich um und gehe nach Hause.

Dort wartet meine Mutter und fragt mich, wo ich denn so lange gewesen sei. Ich antworte ihr, ich sei bei der alten Frau gewesen, auf einen Kakao und ein paar Kipferl. Dann lacht meine Mutter, gibt mir einen Kuss auf die Stirn und sagt: »Na dann ist es ja gut, mein Schatz. Aber jetzt musst du ins Bett.«

Ich putze mir die Zähne, ziehe meinen Schlafanzug an und gehe ins Bett. Meine Mutter liest mir noch eine Geschichte vor, dann schlafe ich ein.

Ich wache auf. Im Traum.

Was ist los? Der Traum entgleitet meiner Kontrolle. Ich versuche, aus dem Traum zu fliehen. Vergeblich.

Mein Vater steht am Bett, zieht mir die Decke weg, schreit, dass ich ein widerlicher Bastard bin, der in den Müll gehört und nicht in eine deutsche Familie. Er zieht seinen Gürtel aus, hält mich mit eisernem Griff, zieht mir den Gürtel über den Rücken, die frischen Narben springen auf, heiß rinnt mir das Blut über die Haut. Der Schmerz ist so mächtig, dass ich nicht einmal schreien kann.

*

Fran räkelte sich. »Es hat auch Vorteile, wenn einer der Großkopferten mit im Spiel ist. Alles geht schneller. Den Blutgruppenabgleich haben wir. Rüttgen hat Johanna Magold niedergeschlagen, das ist so gut wie sicher.«

Senior starrte auf seinen Bildschirm, klickte zweimal. »Und wir haben eine Schädelkalotte, in der Blut war. Menschliches und tierisches.« Klick, klick. »Außerdem gibt es mehrere Zeugen, die die beiden im Volksgarten gesehen haben. Sie haben sich gestritten.«

»Und wir haben die tote Mutter von Rüttgen.«

»Der verstummt ist, weil er einen Schlag auf den Kopf bekommen hat. Er ist noch nicht bei Bewusstsein, aber gut bewacht. Wann kriegen wir den DNA-Abgleich, Fran?«

»In vier Stunden, sie wenden das neue Verfahren an, es ist reichlich Material dafür da.«

»Und da die Mutter tot ist, haben wir ein Testament ...«, sagte Senior und zeigte auf Fran.

»... in der die Rede ist von einem Tagebuch. Und zwar von dem Tagebuch, das schon längst verbrannt sein sollte, das zumindest hat Ägidius Bonaventura behauptet, der sich neuerdings weigert, mit uns zu reden.«

»Das Tagebuch des Friedrich von Solderwein, der seines Zeichens der Erzeuger von Lars Rüttgen ist, woran ich keinerlei Zweifel hege, denn die Bilder von Friedrich von Solderwein zeigen eindeutig das ältere Ebenbild seines Sohnes Lars Rüttgen, wenn auch etwas ansehnlicher!« Senior kniff die Augen zusammen. »Er muss Lars mit fünfundvierzig gezeugt haben. Damit haben wir den Missing Link zu deiner These. Lars Rüttgen muss gewusst haben, dass Solderwein sein leiblicher Vater ist. So langsam wird die ganze Sache interessant. Schade, dass das Tagebuch nicht mehr in dem Schließfach ist, dessen Schlüssel Rüttgens Mutter ihrem Sohn hinterlassen hat.«

»Wir sollten herausfinden, ob Lars Rüttgen das Tagebuch irgendwo versteckt hat. Oder zumindest, ob unsere Annahme stimmt und er es zumindest teilweise gelesen hat.« Fran rieb sich die Augen. »Wie wäre es mit einer kleinen Scharade?« Auf ein Vergehen mehr oder weniger kam es jetzt auch nicht mehr an.

»An wen hast du gedacht?«

»Günther Anleder. Der geht ohne Probleme als Notar oder Anwalt durch.«

»Das muss ja niemand wissen«, sagte Senior.

Fran deutete eine Verbeugung an und rief Günther an, schilderte ihm die Situation und kam gar nicht dazu, ihm die Scharade vorzuschlagen, denn er kam von selber auf die Idee. Als Mitglied von Frans Team hatte er ungehinderten Zugang zu Rüttgen.

»Was wir nicht haben, sind die Tatwaffen. Kein Messer, kein Drosselungswerkzeug.« Senior wies auf die Tatortfotos, die vor ihm lagen, nachdem Fran ihr Telefonat beendet hatte.

»Aber wir haben die Liste mit den restlichen Mitgliedern der Church of XXXL. Und einen Plan des Nordfriedhofs.« Fran freute sich über die umfangreichen Unterlagen, Hunderte von Dokumenten, die sie in Rüttgens Wohnung gefunden hatten und die von einem Dutzend Kollegen ausgewertet wurden. Darunter gab es eine Liste mit allen Messen, die sie bereits zelebriert hatten, und allen, die er geplant hatte. Die Church of XXXL war in München gewesen, eine Art Betriebsausflug, vielleicht auch eine Übung. Fran war sich sicher, dass es diese schwarze Messe gewesen war, die der Schüler heimlich gefilmt hatte. Die Münchner Kollegen würden sich über die Ermittlungsergebnisse sicher freuen.

Lars Rüttgen glaubte, dass er Luzifer mit der Beschwörung der Henochischen Schlüssel als mathematische Formeln auf die Erde locken konnte, und er hatte einen präzisen Zeitplan, der jetzt allerdings dahin war. Und er hatte Pläne gehabt für Johanna Magold.

Seniors Tischtelefon läutete. Er drückte einen Knopf, damit Fran mithören konnte.

»Jana Wolff, Adeptin der vierten Stufe der Church of XXXL, samt Eltern und Anwalt sind da, soll ich sie raufschicken?«

»Schick sie in Vernehmungsraum drei, mit Wachbegleitung. Wir kommen runter.« Senior unterbrach die Verbindung.

Sie standen auf, Fran taumelte einen Moment, dumpfer Kopfschmerz pochte hinter ihrer Stirn. Innerhalb von zwei Tagen hatte sie ihren Vater geohrfeigt und ihrem Ex fast den Arm gebrochen. Sie hatte kaum geschlafen. Kein Wunder also, dass sie sich nicht taufrisch fühlte. Aber die Schmerzen im Unterleib waren nicht mehr aufgetaucht. Das war es wert gewesen. Und sie musste ständig an Albert Neusen denken. Vielleicht nahm sie seine Einladung nach Hamburg an, wenn der Fall gelöst war.

Senior musterte sie. »Soll ich alleine …?«

Sie winkte ab. Sie musste diese Jana Wolff erleben, musste sie riechen, sie spüren. Allein die Tatsache, dass sie mit Eltern und Anwalt anrückte, ließ auf ein riesengroßes schlechtes Gewissen schließen, so wie es Fran schon vermutet hatte.

»Nein«, sagte sie und legte ihm eine Hand auf die Schulter. »Ich würde sie gerne …«

Senior schmunzelte. »Ist in Ordnung, du kannst die Vernehmung leiten, schließlich ist sie ja einer von deinen Satansbraten.«

»Danke«, sagte Fran.

»Immer gerne«, antwortete Senior.

Für diesmal ließ sie ihm das letzte Wort, und er quittierte es mit einem milden Lächeln.

Vernehmungsraum drei war wie alle anderen Vernehmungsräume mit zwei Videokameras und Richtmikrofonen ausgestattet, die sowohl den Zeugen oder den Beschuldigten als auch die Beamten aufnahmen. Opfer vernahmen sie in der Regel in einem anderen Raum, der eher wie ein Wohnzimmer eingerichtet war. Senior hatte ihn mit Spendengeldern und einem Zuschuss des Weißen Rings eingerichtet.

Fran ging auf die Gruppe zu, lächelte freundlich. Jana Wolff war die junge Frau mit der Brille und dem verschlossenen Blick. Rechts von ihr stand ihr Vater, links die Mutter, die Gesichtszüge waren unverkennbar. Neben dem Vater stand Olaf Weihrauch, der Rechtsanwalt, der sich die Krawatte zurechtrückte. Er musste um die vierzig Jahre alt sein.

Fran hielt bei der Begrüßung eine klare Reihenfolge ein: Tochter, Mutter, Vater, Anwalt. Senior hielt es genauso, die Begrüßungs- und Vorstellungsrunde war schnell erledigt.

Fran bat alle in den Vernehmungsraum, es mussten noch zwei Stühle beschafft werden, dann nahmen sie Platz. Sie postierten zwei Kollegen von der Schutzpolizei hinter Jana Wolff und ihren Eltern.

»Ich danke Ihnen, dass Sie Zeit haben«, begann Senior.

Bevor er weitersprechen konnte, meldete sich Olaf Weihrauch. »Ehe wir beginnen, möchte ich eine Einlassung meiner Mandantin vortragen.«

Senior nickte, und Fran wettete eins zu hundert, dass er einen Deal vorschlagen wollte. Es war die Church of XXXL gewesen, die die schwarze Messe auf dem Nordfriedhof gefeiert hatte, das ging glasklar aus den Unterlagen hervor, die sie bei Rüttgen gefunden hatten. Und noch einiges mehr hatte er fein säuberlich vermerkt, hatte Dossiers über die Mitglieder seiner kleinen Gemeinde angelegt. Jana Wolff studierte Jura. Eine Verurteilung wäre das Aus ihrer Karriere gewesen.

Weihrauch zog einen Hefter aus seiner Lederaktentasche und schaute kurz darauf. »Meine Mandantin Jana Wolff ist bereit, vollumfänglich ihre Beteiligung an den Vorgängen am Grab von Friedrich von Solderwein einzuräumen und gegen ihre Mittäter auszusagen, wenn die Staatsanwaltschaft im Gegenzug bereit ist, das Verfahren gegen Zahlung einer angemessenen Geldbuße einzustellen.«

Fran musste ein Grinsen unterdrücken. Volltreffer.

Senior schnaufte, als hätte er gerade einen Berg bestiegen. »Sehr geehrter Herr Weihrauch. Sie wissen, dass ich das nicht entscheiden kann. Ich muss den leitenden Staatsanwalt dazu befragen. Das kann einen Moment dauern.«

Fran nickte. »In der Zwischenzeit könnten wir ja schon mal ein informelles Gespräch führen, was meinen Sie? Dann sind wir schneller fertig, denn ich gehe davon aus, dass der Staatsanwalt damit einverstanden sein wird, falls sich darüber hinaus keine weiteren Anhaltspunkte für eine Straftat ergeben.« Fran beschloss, Jana Wolff zu konfrontieren. Sie blickte ihr in die Augen, sie wich nicht aus. »Sie studieren Jura, nicht wahr?«

Jana Wolffs Unterkiefer mahlten. »Ja.«

Mehr sagte sie nicht, aber das genügte vollkommen.

»Wenn es zu einer Verurteilung kommt, und, was noch unangenehmer wäre, zu einer schmutzigen Medienkampagne, können Sie Ihr Studium an den Nagel hängen.«

Jana Wolffs Augen wurden zu Strichen, Fran spürte ihre Angst.

»Was ist mit dem Staatsanwalt?«, fragte Jana Wolff, und ihre Stimme vibrierte leicht.

»Ich kümmere mich darum«, sagte Senior und verließ den Raum.«

»Können wir?« Fran schaute zu Weihrauch, der Jana Wolff

zunickte. Sie setzte sichtbar die Aufnahmegeräte in Gang, spulte die Belehrung ab und gab Jana Wolff ein Zeichen, dass sie nun beginnen konnte.

Die junge Frau holte tief Luft. »Wir sind gegen drei Uhr in der Nacht auf den Friedhof gegangen. Marvin hat das Huhn besorgt.«

»Sie meinen Marvin Mutoah?«, fragte Fran und machte sich eine Notiz: »Rolle von Marvin Mutoah klären.«

»Ja.« Jana Wolff schwieg einen Moment, sie schien sich zu sammeln. »Ich habe nichts gegen Hühner.«

»Aber gegen Banker?« Fran tippte mit dem Kugelschreiber auf die Tischplatte.

»Unsinn. Wir wollten dem Typ nichts Böses. Im Gegenteil. Er sollte uns helfen.«

Frans Puls beschleunigte sich. »Wie? Wie soll Ihnen ein toter Banker bei was helfen?«

Jana Wolff schloss kurz die Augen, dann schaute sie zu ihren Eltern, denen man die blanke Verzweiflung ansehen konnte. »Wir wollen Luzifer dazu bringen, wieder diese Welt zu beherrschen, damit er allen Menschen Glück und Frieden bringt.« Ihr Gesicht wurde trotzig wie bei einem kleinen Kind, sie verschränkte die Arme vor der Brust. »Luzifer ist nicht schlecht. Die Christen benutzen ihn als Sündenbock für ihre eigenen Verbrechen.«

»Aber Kind …« Jana Wolffs Mutter stand kurz davor, die Fassung zu verlieren, Tränen glänzten in ihren Augenwinkeln, ihr Mann nahm sie in den Arm.

Die beiden wussten nichts von ihrer Tochter, gar nichts.

»Wer war noch mit von der Partie?«, fragte Fran und legte möglichst viel Wärme in ihre Stimme.

»Lars Rüttgen, unser Hohepriester, und Kim Schmitt. Und Marvin natürlich.«

»Das sind bis auf eins alle Mitglieder ihrer Kirche«, stellte Fran fest und vermied bewusst das Wort Sekte, das Jana Wolff sofort in eine Schublade gesteckt und mit Sicherheit Widerstand erzeugt hätte. Sie wollte das Vertrauen der jungen Frau gewinnen, wollte ihr zeigen, dass sie in anderen Kategorien dachte als ihre Eltern und das System, das sie verachtete.

»Ja, das ist korrekt. Johanna«, sie stutzte, »Johanna Magold«, sie betonte Magold, »ist erst seit gestern wieder in Düsseldorf.«

»Wissen Sie, wo sie ist?«

»Entweder bei Lars oder bei sich zu Hause. Ich habe sie noch nicht gesehen und noch nicht mit ihr gesprochen.«

Jana Wolff fragte nicht nach, sie hatte keinen Verdacht geschöpft. Gut.

»Kommen wir noch mal auf den Banker zurück. Warum er? Warum dieses Grab?«

Jana Wolff schüttelte den Kopf. »Keine Ahnung. Lars hat nur gesagt, der Banker sei ein rechtschaffener Mann gewesen und Luzifer würde ihn belohnen. Und er würde uns helfen. Wie gesagt.« Sie überlegte einen Moment. »Wir haben grundsätzlich nichts gegen Banker. Oder gegen Schwule und Lesben. Oder gegen irgendeine Religion. Luzifer sagt, wir sollen die Menschen nach dem beurteilen, was sie tun, nicht nach dem, was sie glauben.«

»Lobenswert. Aber Sie wissen, dass das nicht alle Satanisten so sehen?«

Fran gefiel sich in der Rolle der Vernehmungsleiterin. Auch die Arbeit in der MOKO war genau richtig für sie. Warum hatte sie sich nur abwerben lassen? Wegen Dad.

»Was gehen mich irgendwelche Spinner an?«, fragte Jana Wolff leise.

»Wie ist die Messe abgelaufen?«, fragte Fran.

Jana wurde rot, Schweißperlen bildeten sich an ihrem Haaransatz, sie holte tief Luft, warf einen Blick auf ihre Eltern, die mit offenen Mündern dasaßen. »Wir haben uns in einem Gebüsch versteckt. Sie müssten dort ein Taschentuch gefunden haben. Da ist Marvins DNA dran, und zwar jede Menge von ihm, er hat sich mehrmals geschnäuzt. Und Abdrücke von Springerstiefeln. Wir tragen immer Springerstiefel, wenn …« Sie hielt sich die Hand vor den Mund.

»Kein Problem«, sagte Fran. »Wir haben eine ausführliche Liste aller Messen gefunden. Das ändert nichts an unserem Deal.« Fran wartete einen Moment. »Ich bin sicher, dass der Staatsanwalt zustimmt.«

Jana blickte zu Weihrauch, der kurz nickte. »Bis jetzt haben wir die Messen immer im Wald abgehalten, Lars hat gesagt, es gehöre sich nicht, die Ruhe von Toten zu stören, egal, ob sie Christen seien oder nicht. Und es sei Unrecht, blindwütig etwas zu zerstören. Und vor allem wollte er nicht mit den Nazi-Arschlöchern in eine Schublade gesteckt werden.«

Ein echter Heiliger, dachte Fran. Der Gutmensch im Satanskostüm, der eine seiner Jüngerinnen niedergeschlagen, vielleicht ermordet hat. War Lars Rüttgen der Mörder von Bredows und Meier? Möglich war es. Er hatte mit nahezu hundertprozentiger Wahrscheinlichkeit eine Persönlichkeitsstörung, und wenn Verfolgungswahn dazukam, dann wurde es gefährlich. Dann war Rüttgen eine Zeitbombe. Da war sich Fran sicher. Wie weit würde er gehen? Wie weit war er gegangen? Sie würden ihn nicht eher von der Leine lassen, bis sie es mit Sicherheit wussten.

Fran nahm das Gespräch wieder auf. »Und das Huhn? Haben Sie es getötet?«

Jana senkte den Kopf. »Nein. Das hat Kim gemacht. Es hat nicht gelitten.«

»Sie hat ihm den Kopf abgerissen, sehr routiniert, nicht zum ersten Mal«, stellte Fran fest.

Jana Wolff schwieg.

»War es ein Blutritual?« Sie würde die Frage verstehen, und es würde sich zeigen, ob sie bereit war, wirklich alle Karten auf den Tisch zu legen.

»Ja«, murmelte sie, und erneut stieg ihr Röte ins Gesicht.

»Sie haben das Blut des Tieres mit Menschenblut gemischt, ist es nicht so?«

»Ja.«

»Oh mein Gott!«, entfuhr es Janas Vater. Sein Gesicht war verzerrt vor Ekel.

Fran hob die Augenbrauen und starrte ihn einen Moment an, in der Hoffnung, er möge sie verstehen und sich beherrschen. Tatsächlich sagte er nichts, aber sein Atem ging schwer. Weihrauch zeigte keine Regung. Sollte sie abbrechen? Sollte sie die Eltern rausschicken? Was jetzt kam, konnte sie überfordern. Die Gefahr einer Eskalation lag in der Luft. Fran wusste, wie ein Blutritual abgehalten wurde, nicht aber die Eltern von Jana Wolff.

Die Tür öffnete sich, und Senior kam herein. Fran war froh, ihn zu sehen.

Er wandte sich an Weihrauch. »Die Abmachung gilt für alles, das ohne Anstrengung mit Bewährung durchgehen würde.«

Weihrauch nickte. »Damit kommen wir dicke hin.«

Fran hoffte, dass der Anwalt die Situation korrekt einschätzte. Jana Wolff konnte durchaus etwas mit dem Tod von Johanna Magold zu tun haben.

Jana Wolffs Vater hielt es nicht mehr aus. Er stach mit dem Zeigefinger nach seiner Tochter. »Du bist eine Hexe«, kreischte er. »Hast *du* das Blut getrunken? So wird es doch gemacht, oder? Habt ihr auf dem Grab gefickt?«

Weihrauch erhob sich. »Herr Wolff, das ist ein denkbar schlechter Zeitpunkt …«

Jana Wolffs Vater stieß den Anwalt zur Seite. »Sie stecken mit ihr doch unter einer Decke. Hat Sie mit Ihnen auch gefickt, am Hexensabbat?«, fauchte er den Anwalt an.

Weihrauch trat einen Schritt zurück, die zwei Schutzpolizisten nahmen Jana Wolffs Vater in die Mitte und drückten ihn zurück auf den Stuhl, wo er in sich zusammensackte.

Jana Wolff sprang auf, riss den Ärmel ihrer Bluse nach oben und hielt ihrem Vater den Unterarm vor die Nase, der mit Narben übersät war.

Jana Wolff litt unter dem Borderline-Syndrom. Das erklärte so manches. Fran tauschte mit Senior einen Blick, sie würden es noch ein wenig laufen lassen.

»Du Dreckstück, was glaubst du, warum ich das mache? Weil du mich hasst, weil du mich nie haben wolltest. Weil du einen Sohn haben wolltest, aber deine beschissenen Eier geben das nicht her, du bringst nur Mädchen fertig, und deswegen verabscheust du mich.« Ihre Worte sprühten vor Hass.

Gibt es denn nur schlechte Väter auf dieser Welt? Das kann doch nicht sein! Fran dachte an Senior. Der war eine Ausnahme, zumindest waren seine Töchter gut geraten, sie lebten ihr Leben, waren, soweit Fran es beurteilen konnte, glücklich.

»Lars hat mir die Augen geöffnet. Nicht ich bin krank! Ihr seid es! Schert euch doch zum Teufel.« Sie stützte sich mit den Handflächen auf dem Tisch ab. »Nein, das tut ihr besser nicht, denn Luzifer hat das nicht verdient. Verpisst euch in den Himmel, dann soll sich Gott mit euch engstirnigen Egoisten rumschlagen.«

Fran hielt sich die Hand vor den Mund, räusperte sich, versteckte ihr Grinsen. Seine Eltern Gott an den Hals zu wünschen wie ein eitriges Geschwür, das war eine amüsante Vorstellung.

Jana Wolffs Mutter brach in Tränen aus, ihr Vater schnappte wie ein Fisch auf dem Trockenen nach Luft. Es war an der Zeit, die beiden rauszubringen. Weihrauch hatte ein gutes Gespür für die Situation, er kam Fran zuvor, nahm Janas Mutter am Arm, zog sie auf den Flur, ihr Mann folgte wie ein Zombie.

Jana Wolff blickte ihnen hinterher, hob die Hand, machte eine Faust und ließ Zeigefinger und kleinen Finger aufschnappen wie ein Klappmesser, sodass sie wie zwei Hörner aussahen – das Zeichen für Luzifer. Dann drehte sie sich zu Fran, lächelte und ließ sich graziös auf ihrem Stuhl nieder.

Eine typische Verhaltensweise. Extreme Gemütsschwankungen, manchmal, so wie jetzt, innerhalb kürzester Zeit, manchmal in langen Intervallen von Monaten. Unberechenbar und schwer zu behandeln. Selbst die Experten waren sich uneinig über Ursachen und Therapien.

Fran beschloss, eine Pause zu machen.

*

Ich schrecke hoch. Was ist das? Ein schabendes Geräusch. Oben schlurft jemand über den Boden. Ich kann es genau hören. Ist er schon wieder zurück? Ich dachte, er ist weg. Mein Herz rast. Wenn er merkt, was ich gemacht habe, dann bringt er mich um. Er hat es mir verboten, immer wieder. Als er mich das letzte Mal erwischt hat, hat er mich zwei Tage in den Keller gesperrt. Samstag und Sonntag. Nur Wasser und hartes Brot hat er mir gegeben. Und das Licht hat er ausgemacht.

Es hat nur einen Augenblick gedauert, dann sind sie gekommen. Aus allen Ecken. Keinen Ton haben sie von sich gegeben. Nur angeschaut haben sie mich. Mit ihren großen runden Telleraugen. Die Lippen haben sie sich geleckt und mit

Tentakeln auf mich gezeigt. Ich habe in die Hose gemacht, sie haben mich nur ausgelacht. Ich habe geweint, und sie haben noch mehr gelacht. Dann habe ich gemerkt, dass sie mir nichts tun, dass sie einfach nur mit ihren Tentakeln auf mich zeigen und sich totlachen, wenn ich mich bepinkele. Dann sind sie plötzlich verschwunden. Aber ich weiß, dass sie da sind, dass sie jetzt beleidigt sind, dass sie nur darauf warten, mich zu erschrecken.

Da! Ein Rascheln. Sie rascheln eigentlich nie, sie haben sich also etwas Neues ausgedacht, aber das kann ich auch. Ich stopfe mir die Ohren zu. Dann setze ich mich auf den Boden. Ich weiß, dass der Boden aus festgestampftem Lehm gemacht ist. Ich kralle meine Nägel in den Boden, ein Stück löst sich. Ich forme ihn mit den Händen zu einer Kugel. Ich lege die Kugel neben mein rechtes Bein. Dann die nächste Kugel. Immer mehr werden es, wie schön es ist, die Kugeln zu sammeln. Kleine, große, manche haben eine Delle, andere ein Loch, ich kann es fühlen, ich habe sie erschaffen. Es beruhigt mich, und die dunklen Wesen sind überrascht. Sie rascheln nicht mehr. Ich glaube, sie finden meine Sammlung schön.

Plötzlich blendet mich Licht. Ich kann nichts sehen, aber ich höre meine Mutter. Sie schreit, sie schimpft, sie kommt die Kellertreppe hinunter, hinter ihr mein Vater, er brüllt, dass ich nichts anderes verdient habe, dass er mir austreiben muss, Tiere zu verstümmeln, dass ich nach wie vor ein verdammter Bastard bin, den man eigentlich totschlagen müsste. Ich muss schon wieder pissen, meine Mutter fängt an zu heulen, mein Vater steht hinter ihr, holt aus.

Ich schrecke hoch, ich bin nass von Kopf bis Fuß, es ist Schweiß, das Fieber kocht mich, ich habe Durst, falle aus dem Bett, krabbele auf allen vieren ins Bad, ziehe mich am Waschbecken hoch, trinke aus dem Hahn, kaltes Wasser rinnt meine

Kehle hinunter, ich schleppe mich zurück, schlucke eine Schlaftablette, falle ins Bett, versinke im Schlaf.

*

Fran schaltete die Geräte ein, Jana Wolff wartete nicht auf eine Aufforderung.

»Sehen Sie«, sagte sie, »meine Eltern sind vollständige Gefühlskrüppel. Mich wollten sie auch dazu machen, aber ich bin entkommen.« Sie zeigte auf die vielen alten und die wenigen frischen Narben an ihrem Arm. »Seit ich Lars kenne, muss ich mich nur noch selten ritzen. Ich kann es kontrollieren, verstehen Sie? Andere trinken oder rauchen, ich ritze. Und ich habe hervorragende Noten.«

Fran ging nicht näher darauf ein, da musste eine Therapeutin ran. »Es war Ihr Blut, das Sie mit dem des Tieres gemischt haben?«

Sie lächelte. »Ja, das war es. Und es war gut.« Ihre Mundwinkel senkten sich. »Aber ich werde so etwas nicht wieder über einem Grab tun. Ich werde so etwas überhaupt nicht mehr tun. Das schwöre ich.«

»Sie wollen Ihr Studium zu Ende bringen, nicht wahr?« Seniors Stimme hatte diesen weichen samtenen Klang, den nur eine Vaterstimme haben konnte.

Jana Wolff sprang sofort darauf an. »Auf jeden Fall. Ich meine, das war eine Dummheit, und überhaupt … Ich werde die Church of XXXL verlassen. Das ist mir alles zu viel.« In ihren Augen standen Tränen.

»Haben Sie auf einer der Messen einem Hund die Därme bei lebendigem Leib herausgerissen?«

Jana Wolff lief rot an. »Wir haben es danach nie wieder getan. Ich schäme mich dafür. Wir alle haben uns geschämt. Wir haben zusammengelegt und dreihundert Euro an den Tierschutzverein gespendet. Es tut mir leid ...«

Der Spendenbeleg war in Rüttgens Akten aufgetaucht, er hatte ihn aufgehoben und mit einem Zitat versehen: »Reue ist Verstand, der zu spät kommt.« Es stammte von dem Arzt und Philosophen Ernst von Feuchtersleben. Rüttgen hatte in der Tat einen weiten Horizont, und dennoch war seine Seele krank.

Die Tür ging, Weihrauch kam wieder herein. »Herr und Frau Wolff sind nach Hause gefahren.«

Mehr sagte er nicht, und das war auch nicht nötig. Fran überlegte, ob sie nicht besser Günther hinzuzöge, aber sie verwarf es. Sie würde ihm die Bänder zeigen, falls es notwendig wurde, dass er sich ein Bild von Jana Wolff machte.

»Wir können«, sagte Weihrauch.

»Frau Wolff hat uns schon sehr geholfen. Sie ist äußerst kooperativ«, sagte Senior.

»Welche Rolle hat Lars Rüttgen gespielt?«, fragte Fran.

Jana Wolff knabberte an ihrem Daumen. »Er ist unser Hohepriester, er kennt die Bibel, den Koran, er kennt die Schriften von LaVey, er kennt alles.« Sie lachte kurz. »Es ist unglaublich.« Sie blickte von Fran zu Senior. »Auswendig. Er kann das alles auswendig. Ich beneide ihn. Ein Jurastudium wäre für ihn ein Klacks. Er will ja Mathematik studieren, auch nicht schlecht. Jura würde er nicht aushalten.«

»Warum studieren *Sie* Jura?«, fragte Fran.

»Weil ich das System verändern will. Und das geht nur, wenn ich in den Apparat eintauche und ihn von innen verändere. Oder wenn Luzifer kommt.« Sie schüttelte den Kopf. »Aber das glaube ich nicht wirklich.«

»Nein? Warum nicht?« Fran faszinierte diese junge Frau, die hochintelligent war und ihre Krankheit auf eine ganz besondere Art im Griff hatte: weil sie in einer Glaubensgemeinschaft lebte, die sie nicht als krank, sondern als auserwählt betrachtete. Ein schmaler Grat. Wie würde sie weitermachen, jetzt, da ihre Kirche zerstört war? War sie bereits stark genug, die Welt, die sie so furchtbar quälte, auf sich gestellt zu ertragen?

»Luzifer ist ebenso wenig wie der Gott der Christen eine materielle Erscheinung. Er ist Prinzip und entsteht nur durch den Glauben an ihn. Es sind die Prinzipien, die mir gefallen, der Gegenentwurf zu den Religionen des Buches, die letztlich alle lebensfeindlich sind und vor allem frauenfeindlich, bis heute.«

Jana Wolff kannte sich aus, keine Frage. Christen, Juden und Moslems gingen auf dieselben Wurzeln zurück, Altes Testament, Teile des Neuen Testaments, mit dem kleinen Unterschied, dass sie sich nicht einig darüber waren, wer der letzte Bote Gottes gewesen war. Christen waren davon überzeugt, dass es Jesus Christus, der Sohn Gottes, sei. Die Moslems leugneten nicht die Existenz Christi, aber sie hielten ihn nur für einen Propheten, nicht für den Sohn Gottes. Mohammed war sozusagen der aktuellste Botschafter Gottes, mehr als sechshundert Jahre nach Christus geboren, und deshalb galt sein Wort. Für die Juden war Jesus Christus nichts als ein Mensch, ein Prediger, denn nach ihrem Glauben konnte kein Mensch Gott sein. Die Christen warfen ihnen vor, Christus getötet zu haben. Ein Widerspruch in sich selbst, denn wenn Jesus der Sohn Gottes war, konnte er nicht getötet werden. Jede Menge Stoff, um sich Jahrtausende darüber zu streiten. Fran hatte ihre Diplomarbeit über die Psychologie in der vergleichenden Religionswissenschaft geschrieben.

»Was für ein Mensch ist Lars Rüttgen?«

»Ein guter Mensch.« Jana Wolff runzelte die Stirn. »Ja, das ist das richtige Wort. Er hat eine kranke Mutter, müssen Sie wissen, um die er sich hingebungsvoll kümmert. Sie hat Krebs, Endstadium. Austherapiert. Ein Wunder, dass sie noch lebt. Das muss an seiner guten Pflege liegen, an seiner Liebe.«

»Hat er Fehler?«, fragte Fran und ließ ihre Stimme neutral klingen.

»Oh ja, selbstverständlich. Ein guter Mensch sein heißt ja nicht, ein perfekter Mensch zu sein.«

Fran nickte. »Und welche Fehler hat er, glauben Sie?«

Jana Wolff blickte von Fran zu Senior und wieder zu Fran, dann zu Weihrauch, der das Wort ergriff.

»Was haben die Fehler von Lars Rüttgen mit den kleinen Verfehlungen meiner Mandantin zu tun? Das Gespräch nimmt eine seltsame Wendung. Um was geht es hier?«

Senior seufzte, Fran schnalzte mit der Zunge. Es blieb ihnen nichts anderes übrig, als die Katze aus dem Sack zu lassen. Sie mussten zumindest Weihrauch einweihen. Vielleicht war er bereit mitzuspielen.

Fran unterbrach die Vernehmung, stoppte die Geräte, bat ihn nach draußen. »Ich muss Sie nicht an Ihre Schweigepflicht erinnern, Herr Weihrauch?«

»Und doch tun Sie es, Frau Miller. Egal. Was liegt gegen Lars Rüttgen vor?«

Dieser Weihrauch war wirklich gut. »Wir ermitteln in einem Mordfall. Rüttgen sitzt in U-Haft. Es liegt dringender Tatverdacht vor. Seine DNA haben wir unter den Fingernägeln des Opfers gefunden.«

»Holla«, sagte Weihrauch. »Und meine Mandantin? Wird gegen sie ermittelt?«

Fran zögerte. »Noch nicht. Ihre Eltern haben ihr bereits ein Alibi gegeben, ohne es zu wissen. Sie war zur Tatzeit mit Sicherheit nicht am Tatort.«

Weihrauch wusste so gut wie sie, dass es dennoch Möglichkeiten der Mittäterschaft gab: Anstiftung, Beseitigen der Tatwaffe und vieles mehr.

Fran betrachtete Weihrauch genauer. Er hatte Ringe unter den Augen, sein Haar war voll, aber schon fast vollständig ergraut. Seine Augen waren braun, mit grünen Sprengseln in der Iris.

»Und jetzt wollen Sie, dass sie weiterhin befragt wird, ohne zu wissen, worum es geht, damit sie munter plaudert.«

Fran nickte. »Es geht uns um Rüttgen.«

Weihrauch schüttelte den Kopf. »Das kann ich nicht machen, das werden Sie verstehen. Ich muss und werde meine Mandantin einweihen.« Seine Miene wurde ernst. »Sie haben gut daran getan, mich zu informieren. Ich muss Sie ja nicht an die Strafprozessordnung erinnern?«

»Touché, Herr Weihrauch. Mir geht es nur darum, möglichst nahe an die Wahrheit heranzukommen. Und wir ermitteln auch alles, was für Rüttgen spricht.« Sie senkte die Stimme. »Das Opfer war Mitglied in seiner Church of XXXL. Sie heißt Johanna Magold. Er hat sie nachweislich niedergeschlagen.«

»Ich danke Ihnen für Ihre Offenheit, aber meine Mandantin wird ohne Rücksprache mit mir unter vier Augen kein Wort mehr sagen.« Sein Blick wurde ernst. »Und noch eins, Frau Miller. Ich geben Ihnen den guten Rat, nicht noch mal irgendwelche Tricks zu versuchen.«

Fran wurde es heiß, sie deutete auf die Tür, Weihrauch bat Jana Wolff zu sich, Fran setzte sich neben Senior und brachte ihn auf den Stand der Dinge.

Er zuckte nur mit den Achseln. »Einen Versuch war es wert.«

»Das mache ich nie wieder. Weihrauch hat mir die Leviten gelesen. Ich fühle mich wie gegrillt.«

»Der Mann ist gut. Nicht alle sind so gut. Was glaubst du,

was wir hier schon alles erlebt haben. So mancher wäre ohne Anwalt besser dran gewesen.«

Fran dachte an ein altes Sprichwort: »Wenn du geschwiegen hättest, wärest du Philosoph geblieben«, und wandelte es ab: »Wenn du geschwiegen hättest, wärest du ein freier Mann geblieben.«

Weihrauch und Jana Wolff kamen zurück in den Vernehmungsraum. Die junge Frau rieb sich mit einem Taschentuch die Tränen aus dem Gesicht. »So etwas würde Lars nie tun.« Sie zog die Nase hoch, es gurgelte leise. »Er ist kein schöner Mann, aber ein zärtlicher, liebevoller.«

Fran wusste nur, dass Mörder sich nicht an ihrer Physis erkennen ließen und ebenfalls nicht an ihren Fähigkeiten im Bett. Lars Rüttgen hatte ein breites, grobes Gesicht und eine knollige Nase, sein roter Bart machte ihn zehn Jahre älter. Durch seine stark ausgeprägten Knochenwülste über den Augen sah er ein wenig aus wie ein Neandertaler. Kein Frauenschwarm, das stand fest. Aber für viele Frauen war das Äußere nicht so wichtig, wenn das Innere stimmte. Sie selbst hatte sich vom Äußeren täuschen lassen – und von den Fähigkeiten beim Sex.

Fran räusperte sich. »Entschuldigen Sie die indiskrete Frage …«

»Ja, ich habe mit ihm geschlafen«, stieß Jana Wolff hervor, »und es war richtig gut. Er ist nicht mein Traummann, und er stand nie auf der Liste der potenziellen Väter meiner Kinder, aber im Bett kann er Gedanken lesen.«

Das ist eine Eigenschaft, die nicht viele Männer besitzen, dachte Fran, ein Grund mehr, warum sich die junge attraktive und intelligente Jana Wolff mit Rüttgen und seiner Kirche eingelassen hatte. Johanna Magold war ebenfalls eine schöne Frau gewesen. Von Kim Schmitt hatte sie noch kein Bild gesehen.

»Frau Wolff«, Fran faltete die Hände und beugte sich zu Jana

Wolff hinüber, »wenn Lars Rüttgen unschuldig ist, finden wir das heraus.« Fran versuchte den Blick von Jana Wolff einzufangen. Es gelang ihr. Der Tod von Johanna Magold war ihr sehr nahegegangen, und es war klar, dass der Hass auf den Täter immens sein musste. »Wenn er allerdings nicht unschuldig ist«, setzte Fran nach, »dann sollte er für das, was er getan hat, zur Rechenschaft gezogen werden, meinen Sie nicht?«

Fran war sich nicht sicher, ob die Kopfbewegung, die Jana Wolff machte, Zustimmung bedeutete oder nicht.

Die junge Frau holte tief Luft und schluckte. »Wenn er es war, dann soll er zur Hölle fahren.«

Sie sagte den Satz sehr leise, sehr überzeugt. Und diesmal meinte sie mit »Hölle« ewiges Leiden und nicht ein Stelldichein und ewige Party mit Luzifer.

»Wir sprachen von seinen Fehlern.« Jana Wolffs Stimme gewann an Festigkeit. »Er ist sehr dominant, sagt, wo es langgeht. Das ist einerseits angenehm, aber andererseits duldet er keinen Widerspruch. Nicht, dass er irgendwann laut geworden wäre, nein, er diskutierte so lange mit uns, bis wir es selber einsahen.« Sie blickte auf den Boden. »Nur auf unseren kleinen Ausflügen wurde nicht geredet. Da gab es nur eins: Er befahl, wir folgten. Und dann konnte er schon ganz schön heftig werden.«

»Wie heftig?«

Jana Wolff schien über ihre eigenen Worte zu erschrecken. »Er hat uns nie angefasst! Hätte er das gewagt, ich wäre sofort ausgetreten und hätte ihn angezeigt.«

»Was meinten Sie dann mit ›heftig‹?«

»Manchmal wurde er laut oder schimpfte, wenn wir was falsch machten, was er uns schon gezeigt hatte.«

Fran wechselte das Thema, sie wollte den günstigen Moment nutzen, denn Jana Wolff war in der Stimmung zu beichten. »Wie steht es mit Drogen?«

Jana Wolffs Kopf ruckte hoch.

»Sie haben nichts zu befürchten«, sagte Senior. »Es sei denn, Sie haben kiloweise Ecstasy verkauft. Egal, was Sie geschluckt haben, es ist strafrechtlich nicht relevant.«

Weihrauch nickte seiner Mandantin zu.

»Von Zeit zu Zeit hat er uns Trips gegeben, die ganz anders waren, als ich es kannte.«

Sie hielt inne, wurde sich wohl bewusst, dass sie sich gerade als erfahrene Drogenkonsumentin geoutet hatte. Als niemand etwas sagte, fuhr sie sichtlich erleichtert fort. »Bei normalen Trips bleibe ich immer wach. Wenn ich seine genommen habe, bin ich immer eingeschlafen. Mal länger, mal kürzer. Zuletzt war ich fast eine Stunde weg. So richtig weg. Mit Träumen und Halluzinationen. Und danach habe ich mich seltsam gefühlt. So, als ob ich schlafgewandelt wäre.« Ihre Miene hellte sich auf. »Jetzt wo ich darüber nachdenke: Es war unheimlich. Als sei jemand in mein Innerstes vorgedrungen.«

»Wer war mit dabei?«, fragte Fran.

»Ich, Kim, Marvin und Lars. Wie immer. Unsere ganze klitzekleine Kirche. Außer Johanna natürlich.« Ein scheues Lächeln huschte über ihr Gesicht, dann verdunkelte sich ihre Miene wieder. »Warum sollte er …« Sie schaute Fran in die Augen.

»Keine Ahnung«, erwiderte Fran. »Deswegen ist es ja so wichtig, dass Sie uns alles erzählen, was Sie wissen. Sie kennen das sicherlich: Jede Kleinigkeit kann bedeutsam sein.«

Mit beiden Händen rieb sich Jana Wolff die Augen. »Und Sie wollen Lars wirklich nicht in die Pfanne hauen?«

»Wirklich nicht«, antworteten Senior und Fran im Chor.

»Davon bin ich ebenfalls überzeugt«, sagte Weihrauch.

Fran war sich sicher, dass er das sagte, weil Jana seine Mandantin war. Wäre Lars Rüttgen sein Mandant gewesen, er hätte ganz anders reagiert. Aber es lag im Interesse seiner Mandantin, und damit in seinem, dass sie auspackte. Nur so konnte er sie vor Strafverfolgung schützen.

Jana Wolff kaute auf ihrer Unterlippe. »Da war was. Aber das kann ich mir nicht vorstellen.«

»Frau Wolff, bitte. Es ist wichtig.« Frans Puls schlug immer noch gleichmäßig, sie war vollkommen ruhig, auch wenn die Aussicht darauf, dass ihre Tätertheorie vollkommen daneben war, sie nicht fröhlich stimmte. Rüttgen hatte dunkle Geheimnisse, und sie standen kurz davor, eines zu lüften.

»Johanna war noch Jungfrau. Und sie hat sich geweigert, mit Lars das große Ritual zu vollziehen. Letztes Jahr, in der Johannisnacht. Kim und ich haben es gemacht, das war klar, und wie gesagt, es war echt geil. Aber Johanna hat sich geweigert.« Bevor Fran fragen konnte, wedelte sie verneinend mit dem Zeigefinger. »Nein, er hat sie nicht gezwungen, im Gegenteil. Er hat immer gesagt, dass er so lange warten würde, bis die Zeit reif sei.«

Was immer das bedeutete. Ein mögliches Motiv zeichnete sich ab. Die Zeit war für Lars Rüttgen reif gewesen, aber Johanna Magold hatte sich geweigert: Streit, eine Hand rutscht aus, sie stürzt, Lars Rüttgen rastet aus, erdrosselt sie. Aber warum die Verstümmelung? Bis jetzt hatten die Dämme gehalten, die Medien hatten nichts darüber berichtet. Niemand wusste von den Verletzungen, niemand wusste von Helena Meier. Hatte sie auch etwas mit der Church of XXXL zu tun gehabt, und niemand ahnte es? War sie Anwärterin gewesen? Sie tauchte nicht in Rüttgens Unterlagen auf. Wusste Böhrerjan etwas, das er nicht in der Öffentlichkeit sehen wollte?

»Er hat niemals Druck ausgeübt?« Senior vermochte seine Zweifel nicht zu verbergen.

»So ist es«, antwortete Jana Wolff. »Er hat immer gesagt,

wer die Church verlassen wolle, könne das jederzeit und ohne Konsequenzen tun. Alles andere hätte seinem Glauben widersprochen.«

Jana ließ den Kopf hängen. Wahrscheinlich drang die Trauer über den Tod ihrer Freundin wieder in ihr Bewusstsein.

»Da ist noch was«, sagte sie, ohne den Kopf zu heben. »Das hat ihn rasend gemacht.«

»Was hat ihn rasend gemacht, Frau Wolff?«, fragte Fran.

Es sah so aus, als käme Geheimnis Nummer zwei ans Tageslicht.

»Ärger mit der Schule. Sie haben ihn vom Gymnasium geworfen, weil er einer Lehrerin die Leviten gelesen hat, weil sie seine Mutter eine Hure genannt hat.« Sie zog eine Grimasse. »Na ja. Er hat sie am Kragen gepackt und fast aus den Schuhen gehoben.«

Eine wichtige Information. Lars Rüttgen war also gewaltbereit, wenn seine Emotionen überkochten. Und der Ausbruch richtete sich gegen den Hals der Lehrerin. Vom Würgen zum Drosseln war es nur ein kleiner Schritt. »Welches Gymnasium?«

»Das Justus-Liebig.«

»Wie heißt diese Lehrerin?«, fragte Fran freundlich.

»Selm-Böden. Reli.«

»Lars Rüttgen, der Hohepriester der Church of XXXL, war im Religionsunterricht?«, fragte Senior belustigt.

Jana Wolff zuckte mit den Achseln. »Er hat immer gesagt, man muss seine Feinde gut kennen. Außerdem hat er immer eine Eins gehabt. Er kannte sich aus, wie gesagt. Die Selm-Böden muss an ihm verzweifelt sein. Sie können sich vorstellen, dass ihr mehr als einmal die Argumente ausgegangen sind.« Sie lächelte, obwohl ihr immer noch Tränen über die Wangen liefen.

Fran hatte den Eindruck, dass Jana Wolff noch etwas erzählen wollte. »Und wie hat er darauf reagiert?«

Das Lächeln verschwand. »Er hat beschlossen, einen Vernichtungszauber über die Schule im Allgemeinen und die Selm-Böden im Besonderen zu verhängen.«

»Eine ernste Angelegenheit«, sagte Fran.

»Ja und nein.« Jana Wolff hob den Kopf. »Wissen Sie, ich glaube ja nicht wirklich an den Hokuspokus, wie gesagt. Es ist halt gegen das System, es ist aufregend, spannend und konspirativ. Und Lars hat mich gelehrt, mich so zu nehmen, wie ich bin. Ich habe der Church einiges zu verdanken, aber ich bin darüber hinausgewachsen. Und meine Eltern gehen mir am Arsch vorbei!«

Sie war laut geworden, und Fran wusste, dass Eltern niemandem jemals am Arsch vorbeigingen.

Jana Wolff senkte ihre Stimme. »Aber so ein Zauber richtet nichts aus. Vernichtungszauber – so ein Unsinn!«

»Denken alle so, Lars Rüttgen natürlich ausgenommen?«, fragte Senior.

»Nein.« Sie atmete heftig aus. »Marvin ist felsenfest überzeugt von alledem. Und wenn etwas nicht eintrifft, dann schiebt er es der Christen-Moslem-Juden-Buddhismus-Hinduismus-Verschwörung zu, die mit aller Macht die Rückkehr Luzifers verhindern will. Marvin vergöttert Lars.« Sie rieb sich die Handgelenke. »Also Marvin würde ich so was eher zutrauen.«

Sie suchte Bestätigung bei Weihrauch, der kurz nickte.

»Marvin war schon früher richtig aggro, richtig gewalttätig. Deswegen ist er von der Hauptschule geflogen und hat keine Lehrstelle gefunden. Sein Vater ist ein Depp, seine Mutter tot. Und ich glaube, er war in Johanna verliebt.«

Fran schlug den Aktenordner auf, der vor ihr lag. Marvin

Mutoah. Kein unbeschriebenes Blatt, aber in den letzten achtzehn Monaten war er nicht auffällig gewesen. Das konnte der Einfluss von Lars Rüttgen sein, Marvins Vaterersatz und Identifikationsfigur, der Marvins Aggressionen kanalisierte und zumindest teilweise beherrschte. Eine gefährliche Mischung. Auf jeden Fall ein wichtiger Ansatzpunkt. Vielleicht hatte Lars Rüttgen gemeinsam mit Marvin Mutoah Johanna Magold zur Rede gestellt. Dasselbe Spiel: Streit, Lars rastet aus, er schlägt Johanna, sie lassen sie liegen, Marvin kommt zurück, tötet die Abtrünnige, die seine Zuneigung verschmäht, verstümmelt ihren Rücken in einem Rausch rasender enttäuschter Liebe. Er nimmt den Rücken, weil er ihr nicht ins tote Gesicht schauen kann.

Sie hatten eine Streife zu Marvin Mutoahs Adresse geschickt, aber er war nicht da gewesen.

Fran beugte sich zu Senior und flüsterte: »Fahndung?«

Senior stand auf und verließ den Raum, was so viel wie »Ja« hieß.

Jana Wolff sackte in sich zusammen, saß da wie ein Häufchen Elend. Vielleicht hatte sie gerade zwei ihrer Freunde ans Messer geliefert, das war keine leichte Kost.

Fran beschloss, dass es genug war für heute. Aber bevor sie Jana Wolff gehen lassen konnte, versuchte sie, ihr noch etwas klarzumachen. Sie diktierte die Abschlussformel für die Vernehmung und schaltete die Geräte aus. »Ich danke Ihnen vielmals, Frau Wolff, und auch Ihnen, Herr Weihrauch. Sie haben uns ein gutes Stück weitergebracht.« Fran legte die Hände flach auf den Tisch. »Darf ich Ihnen noch etwas raten, Frau Wolff, ganz privat?«

Weihrauch schien erstaunt, aber er blieb sitzen.

Jana Wolff erwiderte Frans Blick.

»Geben Sie nicht auf. Suchen Sie sich gute Therapeuten, damit Ihre Grenzen nicht wieder verwischen, damit Sie immer wissen, wie Ihr Weg ist, wer Sie sind. Ich weiß, das ist schwer. Aber es ist kein unabwendbares Schicksal. Und dann sollten Sie Rechtsanwältin werden. Ich glaube, das wäre das Richtige für Sie.«

Jana Wolff stand auf, ihr Gesicht verriet nichts. Sie drehte sich um, verließ den Vernehmungsraum.

Weihrauch folgte ihr und schwieg, hielt aber hinter dem Rücken eine Hand mit dem Daumen nach oben.

Reden war einfach, dachte Fran, handeln schwer. Sie würde handeln und sich wieder auf die Suche nach einer Therapeutin begeben, die ihr gewachsen war. So etwas wie in dieser Nacht durfte nie wieder passieren. Sie war nur um Haaresbreite einer Katastrophe entgangen, und wer weiß, vielleicht hatte sie eine andere entfesselt, indem sie ihrem Ex jeden Anlass geliefert hatte, über sie zu triumphieren: Sie hatte sich auf seine Ebene ziehen lassen.

Sie verließ den Vernehmungsraum, Senior kam ihr auf dem Flur entgegen, winkte ihr. Sie folgte ihm in einen Raum, der vollgestopft war mit Technik. Vor mehreren Monitoren saßen Kollegen und hackten auf ihre Tastaturen ein.

»Wir sollten das Material gleich in die Akte einfügen, was meinst du?« Er klatschte leise in die Hände, vier Köpfe drehten sich zu ihm um. »Entschuldigt bitte, dass ich euch für ein paar Sekunden aus eurer Lieblingswelt entführe.« Er zeigte auf Fran. »Das ist Franziska Miller, LKA, Operative Fallanalyse. Sie braucht die Daten aus Vernehmungsraum drei, letzte Vernehmung.«

Eine junge Frau hob kurz die Hand, die anderen murmelten irgendetwas, das Fran nicht verstand, und wandten sich wieder ihren Bildschirmen zu.

Senior und Fran stellten sich rechts und links neben der Technikerin auf.

Fran hielt ihr die Hand hin. »Fran, nett, Sie kennenzulernen.«

Ohne den Blick vom Bildschirm zu nehmen, hielt die junge Frau Fran ihre Hand hin, Fran griff zu.

»Juwel, ebenso.«

Wie ein kalter Fisch fühlte sich die Hand an, und kaum hatten sie sich berührt, zog Juwel die Hand wieder zurück und malträtierte die Tastatur.

Einen Moment später schob sie ihren Stuhl zurück und zeigte auf den Monitor.

Fran sah eine Eingabemaske für Benutzernamen und Passwort. Sie gab die Daten ein, Juwel drückte die Entertaste, der Rechner begann zu arbeiten, ein grüner Balken bewegte sich in einem Fenster langsam von links nach rechts.

»Das dauert ein bisschen«, sagte Juwel. »War's das?«

»Yep«, sagte Fran und schob ein kurzes »Danke!« hinterher. Nur kein überflüssiges Wort.

Juwel schob sich wieder an den Monitor heran, und es schien, dass sie Senior und Fran schon wieder vergessen hatte.

Senior zog Fran nach draußen und schmunzelte. »Mach dir nichts draus, die sind immer so. Wir nennen sie ›Grottenolme‹. Sie brauchen weder Tageslicht noch menschliche Wärme.«

»Sie leben von den Bits und Bytes, nehme ich an.«

»Du hast es erraten. Aber sie sind richtig gut!«

Fran schaute auf die Uhr. Es war fast zwanzig Uhr, ihr Magen knurrte. Sie zupfte Senior am Ärmel seiner Strickjacke. »Ich denke, es ist Zeit, dass du mich zum Essen einlädst.«

»Gute Idee. Ich muss auch was essen, obwohl es mir nichts schaden würde, wenn ich zwei Wochen fasten würde.«

Fran tätschelte Seniors Bauch. »Fasten ist gefährlich, Jo-Jo-Effekt und so. Außerdem passt der Bauch zu dir.«

Senior rümpfte die Nase. »Das ist eindeutig der Fangschuss.«

Fran lachte. »So hab ich das nicht gemeint.« Sie druckste einen Moment herum. »Dein Bauch ist nett, kuschelig.«

»Sag ich ja: Fangschuss. Wenn eine junge attraktive Frau sagt, dass mein Bauch kuschelig ist, dann heißt das ja wohl, dass ich nicht mehr sexy bin, oder?«

Fran überlegte einen Moment. War Senior sexy? Nein. Zumindest nicht für sie. »Für mich bist du ein interessanter Mann. Aber nicht sexy, ganz klar.«

Senior grinste. »Gott sei Dank. Alles andere hätte mich misstrauisch gemacht.« Er streckte sich. »Was hältst du vom *Zerogradi*? Richtig gute Pizza und einen schönen Frascati Secco dazu? Und dann ein paar Stunden ohne Blut und Leichen und Elend?«

Fran seufzte wohlig. »Das ist ein Angebot, das ich nicht ablehnen kann.«

*

Lars hielt die Augen geschlossen. Er war schon einige Zeit wach, hatte mitbekommen, was die Ärzte über ihn gesagt hatten. Dass er Glück gehabt habe, dass er nicht schwerer verletzt worden sei. Und dass diese Rambos vom SEK mal wieder total über die Stränge geschlagen hätten.

Ein ganz junger Arzt, zumindest der Stimme nach, hatte gesagt, dass sie ihn mindestens eine Woche hierbehalten würden, damit sie sicher sein konnten, dass nicht irgendwo im Gehirn eine Blutung ausbrach. Zwar habe das CT keinen direkten Befund erbracht, aber man wisse ja nie.

Also war sein Kopf vollkommen in Ordnung, und seine Blackouts mussten etwas anderes sein. Wahrscheinlich rief ihn Luzifer dann zu sich. Aber warum erinnerte er sich an nichts mehr?

Ein anderer Arzt hatte mit gedämpfter Stimme gesagt, dass das dem Staatsanwalt überhaupt nicht recht war, denn er musste mindestens zwei Beamte rund um die Uhr abstellen, um ihren Patienten zu bewachen, und die armen Kerle, die das machen mussten, waren davon überhaupt nicht begeistert.

Wieder ein anderer hatte gelacht und zum Besten gegeben, ihr Patient sei ein echter Teufelsbraten, brandgefährlich, ein Priester von Satan oder Luzifer oder so.

Sie waren sich schnell einig gewesen, dass die Polizei meistens übertreibe. Aber keiner der Ärzte wusste, weswegen Lars verhaftet worden war.

Dabei war er gar nicht verhaftet worden. Man hatte ihn vorläufig festgenommen, so hatte der Kommissar es ausgedrückt. Lars wusste das von Jana, die sich immer über die Krimis im Fernsehen lustig machte, wenn dort alles drunter und drüber ging. Der Kommissar hatte es richtig gemacht. »Ich nehme Sie unter dem dringenden Verdacht, Johanna Magold ermordet zu haben, vorläufig fest.«

Was war passiert? Ja, sie hatten gestritten, und er hatte sie geschlagen, sie war gestürzt, aber sie hatte gelebt. Er hatte sich noch über sie gebeugt, sie hatte geatmet, und ihre Lider hatten geflattert, er wollte sich entschuldigen und ihr aufhelfen, aber dann war ihm schwarz geworden vor Augen. Erst zu Hause war er wieder aufgewacht.

Johanna tot? Sein Hals verengte sich, aber er unterdrückte die Tränen, denn er wusste, dass Tränen und Trauer ihn schwach machen würden. Und jetzt, besonders jetzt, musste er stark sein, so stark wie noch nie in seinem Leben.

Sein Gedankenfluss versiegte für einen Moment. Etwas graues Grausames schob sich in sein Bewusstsein. Mutter! In seinem Bauch bildete sich ein Stein, der so schwer war, dass er glaubte, sich nie wieder bewegen zu können.

Mutter konnte nicht tot sein. Sie hatten das nur behauptet, um ihn besser weich kochen zu können. Vielleicht hatten sie sie sogar umgebracht, als Hexe verbrannt. Tausende waren der Inquisition zum Opfer gefallen, und noch immer beherrschten die verblendeten Christusjünger fast die ganze Welt.

Er spürte Panik in sich aufkommen, aber er riss sich zusammen, damit die Ärzte nicht bemerkten, dass er wach war. Er spürte eine Fessel um das rechte Handgelenk. Wie ein wildes Tier hatten sie ihn festgebunden, aber er war doch der Erlöser! Wenn Luzifer über diese Welt herrschte, gab es keinen Platz mehr für Lüge, für Verbrechen, für Korruption. Die Menschen würden aufwachen, würden sich eine Welt schaffen, wie sie es wollten, frei von allen Fesseln. Und Luzifer würde als milder und gerechter Herrscher die Schicksale der Menschen lenken. Um ihn davon abzuhalten, Luzifer zu rufen, war seinen Gegnern jedes Mittel recht. Sie würden von ihm verlangen, sein Vorhaben aufzugeben. Er musste kämpfen, er musste eine Möglichkeit finden zu fliehen, seine Mutter zu befreien. Er schloss die Augen. Bisher war er davor zurückgeschreckt, aber ihm blieb keine andere Wahl. Er musste die Kräfte der schwarzen Magie entfesseln, er musste Luzifer schneller beschwören, er musste eine Abkürzung gehen. Doch das war nicht möglich ohne ein Menschenopfer. Eiskalt lief es ihm über den Rücken. Aber letztlich war es jetzt egal. Die Seele des Menschenopfers würde eingehen in die Ewigkeit, würde ewigen Frieden und ewige Freude finden. Dennoch graute ihm davor, einen Menschen zu töten. Einem Huhn den Kopf abzureißen oder einem Hund die Eingeweide herauszureißen, das war heftig, keine Frage, aber einem Menschen das Leben zu nehmen war etwas ganz anderes, auch wenn es in diesem Falle nicht moralisch verwerflich war. Ob er stark genug sein würde, seine Pflicht zu erfüllen? Und wer würde es sein? Luzifer würde ihm den Weg weisen, da war sich Lars sicher.

Jetzt musste er sich erst einmal Gedanken darüber machen, wie er aus diesem verfluchten Krankenhaus entkommen konnte. So wie er im Moment gefesselt war, hatte er absolut keine Chance. Er musste versuchen, während des Transportes vom Krankenhaus ins Gefängnis, in das sie ihn mit Sicherheit bringen würden, zu fliehen. Aber auf dem Weg hierher hatten sie ihm die Hände hinter dem Rücken gefesselt, und damit war er so gut wie wehrlos gewesen. Zwar hatte er dem einen Vermummten sein Knie in die Eier rammen können, aber es waren einfach zu viele gewesen. Sie hatten ihn in Sekundenschnelle überwältigt und niedergeschlagen. Was er jetzt brauchte, war Klarheit, Stärke und Geduld.

»Ich glaube, er ist wach.«

Das war die Stimme des jungen Arztes, die Lars hörte. Woran hatte der Arzt erkennen können, dass er wach war? Vielleicht an den Bewegungen seiner Augen?

»Herr Rüttgen, wir wissen, dass Sie wach sind. Wie geht es Ihnen? Haben Sie noch Kopfschmerzen?«

Langsam hob Lars seine Lider, aber entgegen seinen Erwartungen blendete ihn kein Licht. Der Raum war halb abgedunkelt, an ein paar Geräten sah er grüne und rote Lichter blinken. Wie lange hatte der Arzt an seinem Bett gestanden?

»Nein«, sagte Lars. »Ich nehme an, Sie haben mich mit Chemie vollgepumpt?«

Der Arzt lächelte, zog einen Stuhl ans Bett und setzte sich. »Wir haben Ihnen etwas gegeben, damit Sie sich beruhigen, wir haben etwas gegen die Schmerzen gegeben, das ist richtig, aber das ist eigentlich schon alles.«

Der Arzt war tatsächlich so jung, wie Lars es vermutet hatte, er sah aus, als sei er nicht viel älter als er selber. Obwohl das eigentlich nicht sein konnte. Ärzte mussten lange studieren, und bis sie dann wirklich als Arzt arbeiten konnten, vergingen manchmal zehn Jahre.

»Wie alt sind Sie?«

Der Arzt hob die Augenbrauen. »Ich muss zugeben, das ist die seltsamste Frage, die mir jemals jemand gestellt hat, nachdem er aus der Bewusstlosigkeit wieder aufgewacht ist. Aber ich will sie Ihnen gerne beantworten. Ich bin zweiunddreißig Jahre alt. Und jetzt beantworten Sie mir bitte meine Frage: Wie geht es Ihnen?«

Lars rüttelte sachte an seiner Fessel. »Reicht das als Antwort?«

»So habe ich das nicht gemeint. Wir kümmern uns hier ausschließlich um Ihren Körper. Haben Sie Schmerzen?«

»Nein.«

»Gut«, sagte der Arzt. »Es geht darum, dass ich entscheiden muss, ob Sie vernehmungsfähig sind.«

»Das bin ich. Ich brenne darauf, mit den Leuten zu sprechen, die mich entführt haben, die mich niedergeschlagen haben, die mich anscheinend am liebsten tot sähen.«

»Ich kann Ihnen versichern, Herr Rüttgen, dass Ihnen niemand nach dem Leben trachtet. Die Umstände Ihrer Festnahme waren auch meiner Meinung nach nicht angemessen, aber wir leben in einem Rechtsstaat.«

Lars unterdrückte einen Lacher. Der Arzt schaute Lars einen Moment in die Augen. Lars konnte darin nichts Böses erkennen.

»Wie auch immer«, sagte Lars, »ich fühle mich absolut in der Lage, vernommen zu werden. Und ich habe einiges zu sagen.«

*

Fran stöhnte. Das konnte nicht wahr sein! Ihr Handy spielte *Like a Satellite*, und sie musste nicht auf die Uhr sehen, um zu wissen, dass es mitten in der Nacht war. Sie hatte ein Glas Frascati mehr getrunken, als es ihr eigentlich guttat, Senior hatte immer wieder nachgeschenkt. Das Zimmer kippte leicht zur rechten Seite, als sie sich hastig im Bett aufrichtete. Sie knipste die Nachttischlampe an und verfluchte die Sparlampe, die eine halbe Ewigkeit brauchte, bis sie vernünftiges Licht spendete. Sie bekam ihr Handy zu greifen und erkannte Seniors Nummer. Das konnte nur bedeuten, dass sich eine neue Katastrophe anbahnte. Sie strich über den Touchscreen, und Senior hielt sich gar nicht erst mit den üblichen Sprüchen auf, dass er wisse wie spät es sei und so weiter.

»Wir haben Marvin Mutoah. Eine Streife steht in ein paar Minuten vor deiner Tür. Fran, du musst sofort kommen.«

Fran fuhr sich mit der Hand durch die Haare. »Hat das nicht Zeit bis morgen?«

»Hat es nicht, Fran. Er steht auf dem Dach des Schlossturms am Burgplatz und droht zu springen.«

Mit einer schnellen Bewegung riss Fran ihre Bettdecke zur Seite. »Und warum steht er da?«

»So wie es aussieht, hat er versucht, die Schule, die Lars Rüttgen rausgeworfen hat, abzufackeln. Meine Fresse, der steckt echt knietief in der Scheiße!«

Fran war jetzt hellwach. »Und woher wisst ihr, dass er versucht hat, die Schule abzufackeln?«

Senior räusperte sich. »Na ja, die Schule hat vor einem Dreivierteljahr Überwachungskameras installiert. Amok-Angst. Marvin Mutoah ist zu sehen, wie er zuerst ein paar Scheiben einwirft und dann Brandsätze hinterher. Die Fahndung wurde sofort ausgelöst, Bilder an alle Streifen gesendet. Die Streife, die wir vor seiner Wohnung postiert hatten, konnte kaum glauben, dass es der Brandstifter war, der auf sie zuspazierte.«

»Und warum haben sie ihn nicht festgehalten?«

Senior seufzte. »Sie sind ausgestiegen, haben durch die Gegend gebrüllt, dass sie von der Polizei seien, dass er stehen bleiben solle, was er natürlich nicht gemacht hat, auch nicht, als sie gedroht haben zu schießen, was sie dann allerdings nicht gemacht haben, weil Passanten im Weg waren. Er hat die Beine in die Hand genommen, ist gerannt wie ein Wiesel. Erst auf dem Burgplatz haben ihn fünf Streifen in die Enge getrieben, und er ist wie King Kong den Turm hochgeklettert.«

»Wie das? Da kommt noch nicht einmal ein Freeclimber hoch.«

»Eine Seite ist eingerüstet. Wir haben hier jetzt eine echt fette Show, Fran. Böhrerjan ist da und Oberstaatsanwalt Hasso Kittner, der den Einsatz leitet. Und jetzt kommt das Beste. Halt dich fest.«

Fran ließ sich von der Bettkante gleiten, ging ins Bad, drehte den Wasserhahn auf und spritzte sich kaltes Wasser ins Gesicht.

»Hallo? Alles klar, Fran?« Senior klang besorgt.

»Anscheinend nicht, Senior, sonst hättest du mich nicht aus dem Schlaf gerissen. Was ist das Beste?«

»Er will nur mit einer Person reden.«

Oh nein, dachte Fran, bitte nicht das, was ich glaube.

»Er will nur mit Lars Rüttgen reden, seinem Hohepriester.«

»Senior, warte mal gerade eine Minute.« Fran legte das Handy zur Seite, wusch sich die Achselhöhlen, knallte sich eine anständige Portion Deo drauf, zerrte eine Jeans, ein Sweatshirt und eine leichte Sommerjacke aus dem Schrank und zog alles in Windeseile an. Sie nahm das Handy wieder auf und holte tief Luft, packte ihr Holster und den Schlüssel. »Wir sollten

Lars Rüttgen auf keinen Fall zu Marvin Mutoah bringen, aber wir sollten mit ihm reden. Sag Kittner, wir machen es so: Er soll vor Ort durch den Verhandlungsfachmann klären lassen, dass wir Lars Rüttgen holen, aber dass wir etwas Zeit dafür brauchen. In der Zeit soll die Feuerwehr alle Sprungpolster organisieren, die es gibt, und den Turm damit einkesseln. Wir beide treffen uns im Krankenhaus. Bis gleich.«

Sie sprang die Treppe hinunter, die Tür am Streifenwagen stand offen, sie stürzte sich hinein, grüßte kurz, der Fahrer gab Gas. Mit Blaulicht, ohne Sirene donnerten sie Richtung Innenstadt. Fran lehnte sich zurück. Das hatte sie während ihrer Zeit als Streifenmieze genossen: mit einhundertsechzig über den Südring. Sie schloss die Augen.

Wenn Marvin Mutoah die Schule wirklich angezündet hatte, dann steckte sicherlich Lars Rüttgen dahinter, auch wenn sie noch nicht genau wusste, wie. Von wegen fauler Vernichtungszauber. Diese Brandstiftung war ganz real.

Wieder kam ihr der Gedanke, dass doch Lars Rüttgen der Mann war, den sie suchten, der seine Opfer folterte und verstümmelte. Hatte er seine Dämonen nicht mehr im Griff? Und was hatte Friedrich von Solderwein damit zu tun? Wann hatte Lars Rüttgen erfahren, wer sein leiblicher Vater war? Wusste er von den satanischen Experimenten, die sein Vater gemacht hatte? War er in die Fußstapfen seines Vaters getreten? War die Church of XXXL nur Tarnung?

Es war möglich, dass Marvin Mutoah bei den anderen Morden assistiert hatte und dass der Mord an Johanna Magold allein auf seine Kappe ging, deshalb die falsche Handschrift. Und Marvin Mutoah konnte durchaus der Mann vom See sein, der ihr zugewunken hatte, seine Statur passte und auch sein Talent wegzulaufen. Allerdings war Marvin Mutoah nicht intelligent. Das passte nicht: Er war ein Verlierer; er verfügte nicht über die

Infrastruktur, Menschen zu verstecken, sie mit professionellen Mitteln zu betäuben und über Stunden mit Elektroschocks zu foltern und ihnen mit chirurgischer Präzision Glieder abzuschneiden. Das musste Rüttgens Part sein, wenn sie denn richtiglag. Aber auch er hatte nicht die Mittel dazu. Zumindest offiziell. Vielleicht hatte ihm Friedrich von Solderwein ein Vermögen hinterlassen, gut getarnt, nur Bargeld, so wie er Ägidius Bonaventura und sich selbst den Lebensabend gesichert hatte? Vielleicht hatte Rüttgen irgendwo einen Keller angemietet, in einer Gegend, wo es niemanden interessierte, was der Nachbar tat? Rüttgen stand außerhalb jeglicher sozialer Kontrolle. Er konnte ohne Probleme ein Zweitleben führen.

Ein paar Minuten und ein paar rote Ampeln später sprang Fran aus ihren »Taxi«, bedankte sich bei den Kollegen für die ruhige Fahrt und eilte in die Notaufnahme.

Sie zückte ihren Dienstausweis und fragte nach Lars Rüttgen. Eine übernächtigte Krankenschwester führte sie zu dem Zimmer, in dem Lars Rüttgen lag. Die zwei Polizeibeamten, die vor dem Zimmer Wache standen, waren aufmerksam wie zwei Kettenhunde. Sie prüften Frans Ausweis gründlich, dann gaben sie den Eingang frei.

Sie öffnete leise die Tür, trat in den Raum hinein und lauschte einen Moment. Sie hörte das Atmen eines Menschen, gleichmäßig und ruhig. Es dauerte einen Moment, bis sich ihre Augen an die Dunkelheit gewöhnt hatten, aber dann konnte sie die Umrisse von Lars Rüttgen in dem Krankenbett gut erkennen. Er war gefesselt, kein Wunder nach seinem Ausraster. Wenn sie etwas auf der Polizeischule gelernt hatte, dann war es die absolute Notwendigkeit der Eigensicherung. Ein Mann vom Kaliber Lars Rüttgens konnte, wenn er vollkommen durchdrehte und die Hände freihatte, ohne Probleme ein Dutzend Männer beschäftigen.

Sie war erstaunt, dass Lars Rüttgen schlief, als läge er zu Hause in seinem Bett. Sie hätte kein Auge zumachen können, wenn wenige Stunden vorher ihre Mutter gestorben wäre.

Hitze stieg in ihr auf. Und wenn es so wäre? Wenn ihre Mutter jetzt sterben würde? Sie waren im Streit auseinandergegangen. Sie musste unbedingt mit ihr reden, sich entschuldigen, dass sie ihr den Geburtstag verdorben hatte. Gleich morgen würde sie anrufen und sich mit ihr treffen.

Sie konzentrierte sich wieder auf Lars Rüttgen. Entweder hatte er ein reines Gewissen, oder er verfügte über besondere mentale Fähigkeiten. Oder er war vollkommen in seiner Welt gefangen, in der es nur eins gab: Luzifer war der Heilsbringer, und Lars Rüttgen war sein Wegbereiter, sein Statthalter auf der Erde. Oder sie hatten ihn sediert, was ohne richterlichen Beschluss nicht so ohne Weiteres möglich war.

Ein Lichtstrahl zeigte ihr an, dass die Tür geöffnet wurde.

Senior trat ein, schloss die Tür und zeigte auf Lars Rüttgen. »Wir sollten ihn wecken.« Er bemühte sich nicht, leise zu sprechen.

Fran deutete mit dem Daumen auf die Tür. Sie verließen das Krankenzimmer, Fran erklärte Senior ihre Bedenken.

»Wir sollen ihn zum Schlossturm bringen. Klare Anweisung.«

»Aber ich garantiere für nichts, Senior. Wenn die zwei Komplizen sind, dann wird Rüttgen nicht davor zurückschrecken, seinen Diener über die Klinge springen zu lassen.«

Senior wiegte den Kopf. »Das ist möglich, wir müssen halt aufpassen.«

»Rüttgen ist kein Idiot! Er hat einen IQ von über hundertvierzig! Hast du nicht die Tests gesehen, die wir bei ihm gefunden haben? Er hat alle aufgehoben. Und du weißt, wozu ein intelligenter Killer in der Lage ist.«

»Das weiß ich alles, aber wir haben nicht das Sagen, also tragen wir auch nicht die Verantwortung. Wir werden Kittner unsere Bedenken mitteilen, alles andere geht uns nichts an. So ist das Spiel, Fran. Lass uns reingehen. Die Zeit drängt. Wenn nichts passiert, wird Mutoah springen, das sagt sogar der Polizeipsychologe. Die Sprungtücher sind geordert, aber das dauert seine Zeit. Die sind über die ganze Region verteilt. Und wir brauchen viele. Ich glaube nicht, dass sie reichen werden.«

Fran nickte. Sie brauchten verdammt viele. »Sprungtuch« war ein veralteter Begriff. Keine deutsche Feuerwehr benutzte die Tücher, die von sechzehn Mann gehalten werden mussten und nur bis zu einer Sprunghöhe von wenigen Metern in der Lage waren, einen Erwachsenen aufzufangen. Benutzt wurden Luftpolster, die aber nur knapp vier mal zwei Meter Fläche abdecken konnten und nur bis zu sechzehn Metern Sprunghöhe Leben retten konnten. Bei einem Umfang von etwa vierzig Metern brauchten sie zehn Polster, mal zwei, machte zwanzig. Hoffnungslos! So viele gab es in ganz NRW nicht.

»Wie gehen wir vor?«, fragte Fran.

»Wir versprechen ihm nichts. Er hat die Chance, seinem Adepten das Leben zu retten. Wir können nur sagen, dass sich sein Verhalten vor Gericht sicherlich auswirken wird.«

Fran nickte automatisch, in Gedanken ging sie einen ganz anderen Plan durch, Marvin Mutoah lebend vom Turm herunterzuholen. »Wir sollten auf keinen Fall von seiner Mutter sprechen.« Obwohl sie auf dem Flur standen, sprach Fran im Gegensatz zu Senior leise, so, als fürchtete sie, dass Lars Rüttgen sie auch durch die geschlossene Tür hören konnte.

»Okay, dann wollen wir mal.«

Sie gingen zurück in das Krankenzimmer, die Tür blieb einen Spalt weit offen.

Senior trat an das Bett heran, gerade so weit, dass Rüttgen

ihn nicht erreichen konnte. Die Kette, mit der seine Hand gefesselt war, erlaubte ihm keinen allzu großen Bewegungsspielraum. Senior hob die Stimme. »Herr Rüttgen, wachen Sie bitte auf.«

Lars Rüttgen reagierte nicht. Senior wiederholte sein Anliegen, diesmal etwas lauter. Immer noch keine Reaktion. Auch als Senior ans Bett trat, ihn am Arm griff und rüttelte, hielt Lars Rüttgen seine Augen geschlossen. Fran hielt die Luft an. Das war lebensgefährlich, Rüttgen hätte ihm mit einer Hand den Kehlkopf zertrümmern können, aber Rüttgen reagierte einfach nicht. Senior ließ ihn in Ruhe und trat drei Schritte zurück. Schweiß glänzte in seinem Haar.

»Herr Rüttgen, ich muss Ihnen mitteilen, dass einer Ihrer Adepten, Marvin Mutoah, versucht hat, Ihre ehemalige Schule in Brand zu setzen«, sagte Fran. Sie beobachtete Lars Rüttgen. Seine Glieder zuckten hier und da. Er war wach, verstand jedes Wort. »Im Moment steht Marvin Mutoah auf dem Dach des Schlossturms und will sich hinunterstürzen, falls er nicht mit Ihnen reden kann. Sie sind der Einzige, den er als Kontaktperson akzeptiert.«

Lars Rüttgen öffnete die Augen.

Der gelbliche Strahl, der aus dem Flur in das Zimmer fiel, teilte Rüttgens Gesicht in zwei Hälften. Fran atmete einmal tief ein und wieder aus, denn er sah aus wie Dr. Jekyll und Mr. Hyde, und es schien, als könne das Monster in ihm jeden Moment die Herrschaft übernehmen.

»Warum sollte ich das glauben?« Seine Stimme füllte rau und dunkel den Raum.

Er hat eine Radiostimme, stellte Fran fest. Aber anstatt Nachrichten zu verlesen oder sein Publikum zu unterhalten, anstatt ein angesehener Mitbürger zu sein, stand er unter Mordverdacht, und die Presse wartete nur darauf, aus ihm ein

Ungeheuer zu machen. Auf diese Weisc bekam er ein großes Publikum, das sich auf seine Kosten bestens amüsieren würde. Fran verabscheute diese Seite der Medienlandschaft zutiefst.

»Welchen Grund hätten wir, Sie zu belügen?«, fragte Fran.

Lars Rüttgen stieß einen verächtlichen Laut aus. »Weil Sie mich ständig belügen, weil Sie mich hier gefesselt haben, weil ich niedergeschlagen worden bin, weil ich eines Verbrechens beschuldigt werde, das ich nicht begangen habe. Reicht das?«

»Wir mussten Sie fesseln, weil Sie versucht haben, sich der Festnahme zu entziehen. Sie haben einen meiner Kollegen verletzt. Deswegen schätzen wir Sie als gefährlich ein«, sagte Fran.

Lars Rüttgen verzog die Lippen. »Das ist mir alles vollkommen egal. Ich glaube Ihnen kein Wort.«

Er schloss seine Augen, und Fran war klar, dass sie eingreifen musste, bevor sich Lars Rüttgen vollkommen in sich selbst zurückzog. »Sehen Sie es mal so, Herr Rüttgen. Wenn wir Sie belügen, können Sie das ganz leicht nachprüfen. Wenn wir nicht lügen und Marvin springt, weil Sie ihn nicht davon abgehalten haben, dann sind Sie für seinen Tod verantwortlich.«

Lars Rüttgens Miene versteinerte. »Sie sind eiskalt und clever.«

»So ist es, Herr Rüttgen. Ich bin so eiskalt, dass ich Sie tatsächlich belügen würde, nur damit Sie versuchen, Marvin das Leben zu retten. Und das ist keine Lüge. Sie wissen genauso gut wie ich, warum er das getan hat.«

Lars Rüttgen riss an seinen Fesseln.

Fran war ein hohes Risiko eingegangen, indem sie ihn provoziert hatte, aber es wirkte. Dieser Mann war ein Pulverfass, mit einer kurzen Lunte, die funkensprühend brannte. Sie durften Marvin Mutoah auf keinen Fall seinem Einfluss aussetzen. Ihre Gedanken fügten sich ineinander, der Plan, Marvin Mutoah zu retten, schien umsetzbar. Zuerst mussten sie Zeit gewinnen. Sie mussten Rüttgen zum Turm bringen, damit Marvin Mutoah vorerst nicht sprang.

»Sie können sich in Ihrem Selbstmitleid suhlen, Sie können aber auch Verantwortungsgefühl beweisen und mit uns kommen. Oder haben Sie etwas zu verbergen? Wünschen Sie sich, dass er springt? Dass er schweigt?«

Lars Rüttgen drehte seinen Kopf in Frans Richtung und öffnete die Augen. »Sie wissen nichts. Gar nichts. Sie sind wie die Schafe, die zur Schlachtbank geführt werden. Ich komme mit, aber nur wenn Sie mir die Fesseln abnehmen.«

Senior lachte kurz auf. »Sehen Sie, Herr Rüttgen, ich bin noch kälter als meine Kollegin hier. Bevor ich Sie von der Leine lassen würde, würde ich in Kauf nehmen, dass dieser Marvin Mutoah seine Entscheidungen selbst trifft. Denn wenn er springt, dann war das seine eigene Entscheidung. So oder so. Glauben Sie mir, *ich* werde keinerlei Schuldgefühle haben. Die Schuldgefühle werden nur *Sie* haben.«

Lars Rüttgen starrte Senior an, dann umspielte ein feines Lächeln seine Lippen, das Fran nicht deuten konnte.

»Worauf warten wir?«, sagte Lars Rüttgen und rasselte leise mit seiner Kette.

Fran rief die Polizeibeamten. Inzwischen war Verstärkung eingetroffen, zu viert eskortierten sie Lars Rüttgen zum Einsatzfahrzeug. Die Hände wurden ihm vor dem Bauch an einem Hüftgurt fixiert, die Fußfesseln erinnerten ihn mit jedem Schritt daran, dass eine Flucht unmöglich war.

Mit Blaulicht und Sirene hetzten sie zum Burgplatz, auf dem mehrere Streifenwagen und Krankenwagen standen. Die Feuerwehr war ebenfalls vor Ort, sie hatten bereits zwei Sprungpolster aufgebaut.

Das würde für Frans Plan ausreichen.

Eine ansehnliche Menge an Schaulustigen hatte sich versammelt, darunter viele Betrunkene, denen das Drama eine willkommene Abwechslung war. Im Vorbeigehen hörte Fran, wie die Leute wetteten:

»Er springt!«

»Er springt und ist tot.«

»Er springt und überlebt mit Querschnittslähmung.«

Angewidert ging sie weiter.

Sie brachten Lars Rüttgen zu Hasso Kittner, und Fran stellte mit Entsetzen fest, dass Böhrerjan neben ihm stand und sie eifrig miteinander diskutierten. Böhrerjan musterte Lars Rüttgen von oben bis unten, als wolle er sich ein Körperteil aussuchen, das er ihm zuerst abschneiden würde. Fran drängte sich zu Kittner durch, griff ihn vorsichtig am Arm. Er blitzte sie an, sie stellte sich vor, er nickte.

»Herr Kittner, ich befürchte, dass Rüttgen und Mutoah gemeinsame Sache gemacht haben und dass Rüttgen die Gelegenheit nutzen könnte, einen unliebsamen Zeugen auszuschalten, indem er ihn dazu bringt zu springen.«

Kittner legte die Stirn in Falten. »Er wird auf jeden Fall springen, wenn wir nichts tun. Wir müssen das Risiko eingehen. Die Chancen stehen fünfzig zu fünfzig.«

»Nein, es gibt eine andere Möglichkeit.« Fran atmete kurz durch, schöpfte Atem. »Ein Betäubungsschuss. Es gibt in Düsseldorf einen Scharfschützen, der dafür ausgebildet ist. Ein Schuss hochdosiertes Sedativum, und Mutoah sackt entweder auf dem Dach zusammen, oder er fällt dort, wo wir ihn haben wollen, dort, wo zwei Sprungpolster bereitstehen. Dann bekommt er sofort das Gegenmittel und überlebt.«

Kittner kratzte sich am Kopf. »Das ist verrückt – aber sehr gut. Rufen Sie den Mann an, wir versuchen Mutoah hinzuhalten.«

Fran atmete auf, zog ihr Handy und tippte die Nummer

von Karl-Friedrich Selt ein, dem Mann, von dem man sagte, er könne tatsächlich einer Fliege ein Auge ausschießen – mit einem Luftgewehr. Das Freizeichen dröhnte aus ihrem Handy, immer wieder. »Verflucht, Karl-Friedrich, geh dran!«, murmelte Fran und erstarrte, als sie plötzlich Rüttgens Stimme hörte, vielfach verstärkt. Sie unterbrach die Verbindung, drehte sich um.

Böhrerjan hielt Rüttgen ein Megafon vor den Mund. Senior schrie wütend, er solle das gefälligst lassen, versuchte an Böhrerjan heranzukommen, aber Böhrerjan gab zwei Beamten ein Zeichen, die Senior von Rüttgen fernhielten. Kittner war zum Einsatzleiter der Feuerwehr gegangen, er war außer Reichweite. Fran stürzte los, aber es war zu spät. Rüttgens Stimme hallte über den Platz.

»Habe ich dir befohlen, die Schule anzustecken?«

Vom Dach wehte ein klägliches »Nein!« hinunter.

»Also hast du gegen meine Befehle gehandelt!«

Diesmal blieb Marvin Mutoah seinem Hohepriester eine Antwort schuldig, Rüttgen redete sofort weiter.

»Damit hast du dich beschmutzt und bist nicht mehr würdig, der Church of XXXL anzugehören …«

Fran stieß die zwei Polizisten neben Senior zur Seite, brüllte, Böhrerjan solle das verdammte Megafon runternehmen, aber Böhrerjan reagierte nicht, schien nicht zu begreifen, was Rüttgen da sagte, was Rüttgen vorhatte. Sie boxte einem Beamten, der sie aufhalten wollte, in den Magen, er ging zu Boden, sie stürzte sich auf Böhrerjan und schlug ihm das Megafon aus der Hand, das krachend und jaulend auf dem Pflaster aufschlug.

Marvin Mutoah stieß einen markerschütternden Schrei aus, ließ seine Arme hängen, wie ein Verurteilter. Dann hob er den Kopf, rannte los, machte mit der linken Hand das Satanszeichen und sprang vom Dach. Die Männer der Feuerwehr versuchten das Polster zu positionieren, vergeblich. Marvin Mutoah schlug mit einem schmatzenden Geräusch auf dem Burgplatz auf.

Sofort rannten Sanitäter und Notärzte los, aber Fran war sich sicher, dass sie nur noch den Tod feststellen konnten. Sie schloss die Augen, würgte zweimal und erbrach Galle auf den Boden.

Sie hob ein wenig den Kopf, als Böhrerjan laut und vernehmlich »Scheiße« brüllte. Wie ein trotziges Kind trat er auf das Megafon. Dann drängelte er sich durch die Beamten, die Senior losgelassen hatten, und wollte in seinen Wagen steigen.

Mit drei Schritten war Senior bei ihm, sein Gesicht starr vor blinder Wut, Fran richtete sich auf, warf sich zwischen den Staatsanwalt und Senior. Nicht auch das noch. Senior war drauf und dran, seine Pensionsansprüche zu verwirken. Böhrerjan war zu weit gegangen, er würde die Quittung bekommen, das stand fest, aber es war nicht nötig, dass sich Senior opferte.

Der Staatsanwalt fluchte, sprang in seinen Wagen, bellte dem Chauffeur einen Befehl zu, der sofort Gas gab und hupend durch die Menge pflügte.

Senior öffnete den Mund, schloss ihn wieder, es fiel ihm nichts ein, außer mit der Faust zu drohen.

Kittner kam angelaufen. Im fahlen Licht der anbrechenden Dämmerung war nicht zu übersehen, dass er leichenblass war. Er griff Senior an der Schulter, drehte ihn zu sich herum. »Böhrerjan hat den Bogen überspannt, keine Frage«, er hechelte wie nach einem Hundert-Meter-Sprint, »das gibt Ihnen aber nicht das Recht, hier einen auf Rambo zu machen.« Er schlug ihm väterlich auf den Rücken. »Ich werde mich um ihn kümmern, lassen Sie die Finger von ihm, klar?«

Senior schluckte hart. »Klar«, presste er hervor.

»Morgen wird Rüttgen dem Ermittlungsrichter vorgeführt, und glauben Sie mir, es wird keine Aufhebung des Haftbefehls geben. Und Sie beide gehen wieder an die Arbeit und quetschen diesen Rüttgen aus. Aber vorher schlafen Sie ein paar Stunden, verstanden?«

Das war eine klare Dienstanweisung, und Fran hatte auch nicht die geringste Lust, noch eine Sekunde länger zu bleiben.

Kittner erwartete keine Antwort, drehte sich um, zog sein Handy, Fran hörte den Namen des Innenministers und einen saftigen Fluch.

Sie atmete tief durch. Die Presse würde über sie alle herfallen. Lars Rüttgen hätte die Macht gehabt, Marvin Mutoah von seinem Freitod abzubringen, aber er wollte seinen Adepten lieber tot sehen, und dieses Arschloch von Böhrerjan hatte ihm genau in die Hände gespielt, hatte sich zum Mittäter gemacht. Natürlich würde die offizielle Lesart anders heißen: Marvin Mutoah konnte seine Schuld nicht ertragen und wählte den Freitod. Niemand hätte ihn davon abbringen können, und dass Rüttgen so reagierte, das hätte niemand voraussehen können … Wie ein Gift breitete sich das schlechte Gewissen in Frans Seele aus. Was hatte *sie* falsch gemacht? Was hatte *sie* übersehen? Was hätte *sie* anders machen müssen? Sie hätte Rüttgen gar nicht hierher bringen dürfen, sie hätte sich weigern müssen, hätte sich durchsetzen müssen, hätte Rückgrat zeigen müssen.

Sie sah sich Rüttgen an. Er zeigte keinerlei Regung, im Gegenteil, er schien zufrieden mit sich und der Welt zu sein. Eiskalt! So eiskalt wie ein Killer, der Menschen folterte und tötete, zum eigenen Vergnügen oder aus einer menschenverachtenden Überzeugung heraus. Fran verspürte den Impuls, ihm rechts und links mit der flachen Hand ins Gesicht zu schlagen.

Wie passte dieses Verhalten zu der Aussage von Jana Wolff, dass Lars Rüttgen ein guter Mensch war?

Rüttgen lächelte sie an. »Sie verachten mich, nicht wahr? Dabei habe ich Marvin nur beschützt. Sie hätten ihn den Rest seines Lebens eingesperrt. Jetzt aber ist er an der Seite unseres Herrn. Luzifer hat ihn bereits begrüßt und …«

»Halten Sie doch Ihr dummes Maul!« Fran erschrak vor sich selbst. Sie drehte sich auf dem Absatz um und marschierte los.

Senior schloss sich ihr an. »Verdammte Scheiße«, sagte er und spuckte auf den Boden. »Er war sofort tot. Hätten wir es wirklich verhindern können, Fran?«

»Natürlich hätten wir das.« Fran hörte ihre eigene Stimme zittern wie bei einer alten Frau. »Wenn ich mitkriege, dass dieses Arschloch von Böhrerjan sich weiter in die Ermittlungen einmischt, dann werde ich jedes dreckige Detail an die Presse geben.«

Senior seufzte. »Ich glaube nicht, dass Böhrerjan noch die Stirn hat, weiter die Ermittlungen leiten zu wollen. Und wenn doch, dann kannst du Gift darauf nehmen, dass ich auf deiner Seite stehe. Dann werfe ich hin, mit einem echten Donnerschlag.«

Seniors Handy zwitscherte. Er nahm das Gespräch entgegen, hörte einen Moment zu, unterbrach die Verbindung und lächelte leise. »Unsere Gebete sind bereits erhört worden. Der Innenminister hat Böhrerjan mit sofortiger Wirkung von *allen* Aufgaben entbunden. Er wird sich verantworten müssen. Intern. Vorbeugendes Personalroulette. Böhrerjan ist erledigt.«

Fran verzog das Gesicht. »Zu spät.« Sie konnte nichts ändern an dem, was passiert war, so furchtbar es auch sein mochte, aber sie konnte weitermachen und aus den Fehlern lernen, lernen, dass sie selbst Entscheidungen treffen musste, dass sie handeln musste, wie sie es für richtig hielt. Noch einmal würde ihr so etwas nicht passieren. »Okay, Senior. Wir werden ja sehen, wie Kittner so ist. Zumindest wollte er auf meinen Vorschlag eingehen.« Sie schilderte Senior ihren Plan.

Der nickte anerkennend. »Das hätte funktionieren können.«

»Und jetzt ist der einzige Zeuge tot. Lass uns Lars Rüttgen weich kochen. Er ist der beste Kandidat, den wir haben, und alles spricht gegen ihn. Was ist eigentlich mit Kim Schmitt?«

»Sie steht für morgen früh zehn Uhr auf dem Programm. Sie wird alleine kommen, hat sie mitgeteilt. Und jetzt lassen wir Günther auf Rüttgen los.«

11. Montag

Lars konnte nicht schlafen. Immer wieder sah er Marvin vom Turm stürzen, hörte das Geräusch, fühlte den Schmerz. Was waren die Menschen doch Schwächlinge! Er hatte Marvin den größten Liebesdienst erwiesen, der möglich war: Er hatte ihn erlöst!

Unter der Decke hatte Lars seine Finger zum satanischen Gruß zusammengelegt. Eine Hand war wieder mit der Kette ans Bett gefesselt. Immer wieder murmelte er den achtzehnten Henochischen Schlüssel, der Luzifer herbeirufen sollte, immer wieder flohen die Worte aus seinem Gedächtnis, er jagte ihnen hinterher, fing sie, versuchte, sie in eine sinnvolle Reihenfolge zu bringen.

Fast hatte er es geschafft, da öffnete sich die Tür, und Lars wusste, dass es nicht Luzifer war, der ihn besuchte. Er hoffte, dass es Jana oder Kim waren.

Aber es war ein älterer Mann, der sein Gefängnis betrat. Lars schätzte ihn auf Mitte vierzig, graue Rest-Haare, über die Glatze gekämmt, in dem lächerlichen Versuch, die nackte Kopfhaut zu verbergen. Das genaue Gegenteil erreichte der Mann damit, wie rote Pfeile zeigten die fettigen Striemen auf die haarlosen Flächen des massigen Schädels. Eine schwarze eckige Brille verunstaltete sein Gesicht, das von einer nach oben gebogenen Nase vollends zur Karikatur gemacht wurde.

»Maximilian Rebenpfeil«, sagte der Mann mit einer Stimme, die sich hinter einer Folie zu verstecken schien, und neigte seinen Kopf ein wenig. »Ich bin Notar und Rechtsanwalt und bin ermächtigt, Ihnen das Testament Ihrer verstorbenen Mutter auszuhändigen.«

Lars wurde wütend. »Was für einen Unsinn reden Sie da? Meine Mutter ist nicht tot. Sie ist eine Geisel. Man will mich weich kochen, will verhindern, dass ich meinen Auftrag zu Ende führen kann.«

Der Mann mit dem seltsamen Namen sah ihn mitleidig an. »Sie wollen es nicht wahrhaben, das kann ich nur zu gut verstehen. Könnte ich Sie von der Wahrheit meiner Worte dadurch überzeugen, dass Sie sich den Leichnam Ihrer Mutter ansehen? Ich habe ein Foto dabei.«

Lars konnte es nicht verhindern. Sein Herz schmerzte. Er hasste dieses Gefühl, dem er hilflos ausgeliefert war. Immer, wenn ihn dieser Schmerz überkam, überfielen ihn auch die Erinnerungen: wie sein Vater auf Mutter lag, er zuckte wie ein Spastiker und stöhnte; wie sein Vater mit einer Flasche über Mutter hergefallen war; wie sein Vater die Kellertreppe hinunterstürzte und sich nicht mehr bewegte; wie der Pfarrer ihn anblickte und seinen Kopf nur einen Millimeter nach vorne bewegte; wie der Polizist sagte, dass sie schon lange damit gerechnet hatten, dass er im Rausch die Treppe hinunterstürzen würde.

Rebenpfeil griff in seine Aktentasche und hielt eine Fotografie hoch. »Sie ist ganz friedlich eingeschlafen, sie hatte keine Schmerzen, und wie Sie sehen, lächelt sie sogar ein wenig. Man hat mir gesagt, dass Sie Ihre Mutter gepflegt haben. Dafür möchte ich Ihnen meinen Respekt aussprechen.«

Lars warf nur einen kurzen Blick darauf, ja es war seine Mutter, und er musste zugeben, dass es eine sehr gute Fälschung war. Sie sah aus wie tot, sah aus, als sei sie friedlich eingeschlafen. Er hatte nichts anderes erwartet. Seine Feinde waren mächtig, und ihnen war jedes Mittel recht, ihn zu verwirren. Ein Foto zu fälschen war kein Problem.

»Sie glauben doch nicht im Ernst, dass ich auf dieses plumpe Machwerk hereinfalle?«

Rebenpfeil hob die Augenbrauen. »Wie bitte?«

»Das Foto ist eine Fälschung, was sonst?!«

»Soll ich einen Arzt rufen, Herr Rüttgen?«

Nur mit Mühe gelang es Lars, seinen Kopf ein wenig von rechts nach links zu bewegen und damit zu signalisieren, dass er niemanden brauchte. Er wollte Rebenpfeil entgegenschleudern, dass er ein Christenknecht sei, aber er fühlte sich immer noch, als sei er verprügelt worden. Wahrscheinlich hatten sie ihn wieder sediert, ihn mit der chemischen Keule kampfunfähig gemacht. Er lächelte, Rebenpfeil stand die Verwunderung über seine Stimmungsänderung ins Gesicht geschrieben. »Ist doch egal, was ich glaube. Können Sie mir das …«, er zögerte, musste sich überwinden, das Wort auszusprechen, »das Testament vorlesen?« Er vermied zu sagen: »Das Testament meiner Mutter.«

»Sie möchten also, dass ich Ihnen das Testament Ihrer Mutter vorlese.«

Lars nickte. Genau das hatte er gesagt. Was gab es daran misszuverstehen?

Der Anwalt zeigte keine Regung und zog einige Blätter aus der Aktentasche, die abgetragen aussah, das fiel Lars erst jetzt auf. Wie oft mochte Rebenpfeil schon irgendwelche Papiere oder Fotos aus dieser Tasche gezogen haben?

»Sind Sie bereit?«, fragte Rebenpfeil.

Lars verzichtete auf eine Erwiderung.

»Ich, Ruth Rüttgen, geborene Lohmann, verfüge hiermit im Vollbesitz meiner geistigen Kräfte, dass mein Sohn Lars Rüttgen mein Alleinerbe sein soll.« Rebenpfeil hielt inne, legte die Blätter auf den Medikamententisch und putzte seine Brille. Dann fuhr er fort. »Mein lieber, lieber Sohn. Ich habe dir nicht viel zu vermachen. Da ist noch ein Sparbuch, das liegt im Besenschrank, unter der Truhe mit den Schuhputzsachen. Ich glaube, da sind noch ein paar Hundert Euro drauf. Das ist alles, was ich habe.«

Lars schloss kurz die Augen. Die Bullen hatten gründlich gearbeitet, die Wohnung auf den Kopf gestellt und alles gefunden. Fast alles. Und jetzt glaubten sie, ihn mit »Insiderwissen« bluffen zu können.

»Aber ich habe noch etwas, das viel wichtiger ist als Geld. Die Wahrheit. Im Leben war ich zu feige, und jetzt, da ich tot bin, sollst du erfahren, wer dein Vater war. Nicht nur seinen Namen. Auch seine Gedanken, seine Seele, sein Wesen. Ich habe bei Herrn Rebenpfeil, dem du unbedingt vertrauen kannst, den Schlüssel für ein Bankschließfach hinterlegt. Darin verwahre ich den größten Schatz auf, den ich besitze: das Tagebuch deines leiblichen Vaters, Friedrich von Solderwein.«

Lars konnte es nicht fassen. Wie naiv waren die Bullen eigentlich? Sie wollten ihn tatsächlich dazu bringen, ihnen zu verraten, wo er das Tagebuch versteckt hatte! Er musste sich anstrengen, nicht laut zu lachen. Er setzte eine ernste Miene auf. »Dieser Banker soll mein Vater gewesen sein? Und er hat ein Tagebuch geschrieben, das in einem Schließfach liegt?«

Rebenpfeil nickte.

Was für eine Farce, dachte Lars. Es war an der Zeit zurückzuschlagen. »Ich will einen Anwalt. Wenn ich es richtig sehe, werde ich hier unrechtmäßig festgehalten. Mehr habe ich nicht zu sagen.«

Rebenpfeil seufzte. »Ich werde es weiterleiten.«

Er steckte die Papiere wieder ein, grüßte und verließ das Krankenzimmer.

Endlich war Lars wieder alleine. Er dachte an das Tagebuch und musste sich ein paar Tränen aus den Augen wischen. So schnell würde er nicht aufgeben. Gut, dass Luzifer ihn alle Schliche der Verstellung gelehrt hatte.

*

Maximilian Rebenpfeil alias Günther hatte einiges erreicht. Es war klar, dass Rüttgen ihn durchschaut hatte und dass er ihnen nicht über den Weg traute, denn er hatte nach einem Anwalt verlangt. Aber Günther war sich sicher, dass Rüttgen das Tagebuch besaß und gut versteckt hatte, dass er wusste, wer sein Vater war und von ihm Hilfe erwartete. Und er war sich sicher, dass Rüttgen unter einer schweren Persönlichkeitsstörung litt, wahrscheinlich eine paranoide Schizophrenie in Verbindung mit einem Borderline-Syndrom. Dass er der Killer war, das konnte Günther nicht ausschließen, aber er führte ein wichtiges Gegenargument an: »Lars Rüttgen ist hochmoralisch. Er lebt in seiner selbst geschaffenen Welt, die voller Regeln ist und eine Art ehrenhaften Wertekanon besitzt. Lars Rüttgen ist empathisch, kein Zweifel. Der Killer, den wir suchen, ist sehr wahrscheinlich ein Soziopath, nicht fähig zur Empathie.«

Fran fielen fast die Augen zu, sie kämpfte gegen den Schlaf. Günthers Worte gingen ihr durch den Kopf, sie wiederholte sie immer wieder, und sie ließen nur eine Schlussfolgerung zu. Rüttgen war nicht der Serienmörder. Außerdem kämpfte sie mit der Überraschung, dass man sie zur Pressekonferenz eingeladen hatte, ihr aber eingeschärft hatte, dass man sie achtkantig rauswerfen würde, wenn sie nur ein Wort sagen würde, ohne gefragt worden zu sein. Senior hatte nur mit den Schultern gezuckt, gegrinst und ihr ins Ohr geflüstert, dass Hasso Kittner immer so freundlich sei. Das sei kein Wunder, wenn man als Vornamen den typischen Namen eines Wachhundes trage.

Die Klappe halten war kein Problem für sie, denn der Tanz mit den Medien war immer ein Tanz mit dem Teufel, und Fran wusste, dass man ein Profi sein musste, um bei diesem Tanz nicht unter die Hufe zu geraten. Deswegen gab es bei der Polizei inzwischen Pressesprecher, die intensiv ausgebildet und ständig weitergebildet wurden.

Die wenigen Stunden, die sie im Bett verbracht hatte, waren alles gewesen, nur kein erholsamer Schlaf.

Senior dagegen sah aus wie frisch aus dem Ei gepellt. Auf ihre Frage, wie er das mache, hatte er nur hintergründig gelächelt und gemurmelt, das sei sein Geheimnis.

Der Andrang der Medien war gigantisch. Ein Wald von Mikrofonen war auf den Tischen aufgebaut. Niemand ließ sich dieses Spektakel entgehen: Es war durchgesickert, dass es um mehrere Morde ging, um Satan und einen Staatsanwalt. Sogar die BBC hatte ein Team geschickt.

Immerhin gab es zu verkünden, dass die Schändung des Grabes von Friedrich von Solderwein aufgeklärt sei.

Fran sah das ganz anders, denn aufgeklärt war nur, wer es getan hatte, aber das Motiv war nicht geklärt und auch nicht, was Friedrich von Solderwein zu verbergen hatte. Aber wenn sie die wegwerfende Handbewegung von Hasso Kittner richtig interpretierte, hatte auch niemand Interesse daran. Wichtig war, dass es eine kleine durchgeknallte Sekte von Teufelsanbetern gewesen war. Ein gefundenes Fressen für die gesamte Medienlandschaft.

Auf dem Podium saßen der Oberstaatsanwalt und Mario Hartbäcker, der Staatssekretär im Innenministerium, und natürlich Heinz Manger, der Polizeichef.

Mario Hartbäcker eröffnete den Tanz. Er fasste die Ermittlungsergebnisse zusammen, behielt, wie immer bei einer solchen Gelegenheit, die Namen der Tatverdächtigen für sich und lobte die außerordentlich professionelle Arbeit der Polizei, die in diesem Fall mit der Abteilung Operative Fallanalyse des Landeskriminalamtes bestens zusammengearbeitet hatte.

Er zeigte auf Fran, ein Blitzlichtgewitter ergoss sich über sie, und sie genoss es. Dad würde im Dreieck springen, würde alle Zeitungen, in denen ein Bild von ihr abgedruckt war, in kleine Fetzen zerreißen. Bei jedem Fetzen würde er sich vorstellen, dass sie es war, die er da zerriss.

Senior knuffte sie in die Seite, beugte sich zu ihr und flüsterte ihr ins Ohr: »Siehst du, Fran, Ehre, wem Ehre gebührt. Der Apparat ist zwar manchmal nervenzerfetzend, aber zumindest sind sie dir gegenüber fair.«

Anstatt den Kopf zu schütteln, räusperte sich Fran. Ihre Leistung hatte darin bestanden, das Offensichtliche zusammenzufassen. In ihren Augen war die gesamte Ermittlung ein einziges Desaster, ein Mensch war unnötig in den Tod gesprungen, und der Serientäter noch lange nicht überführt, ja, noch nicht einmal identifiziert. Rüttgen schied definitiv aus.

Den Mord an Johanna Magold traute sie Rüttgen allerdings zu: ein affektiver Schub, sie widersetzt sich seinen heiligen Regeln, und schon war es passiert.

Sie würde auf keinen Fall aufgeben, bis sie wusste, wer Anastasia Stanowski, Frank Bredows, Johanna Magold und Helena Meier ermordet hatte.

Fran hielt sich an ihr Sprechverbot, Senior hatte ebenfalls nichts zu sagen und wurde auch nicht gefragt. Nach vierunddreißig Minuten war die Pressekonferenz beendet.

Die Führungsköpfe machten sich von dannen.

Fran und Senior eilten in den Vernehmungsraum eins, wo bereits Kim Schmitt auf sie wartete. Willig berichtete sie über jedes Detail der schwarzen Messe auf dem Nordfriedhof. Ihre Einschätzung von Lars Rüttgen und Marvin Mutoah entsprach der von Jana Wolff. Sie bedauerte den Tod von Marvin Mutoah und Johanna Magold, aber sie zerfloss nicht vor Trauer.

Also nichts Neues. Nach zwei Stunden entließen sie Kim Schmitt.

Sie hatte bereits mit ihrem Chef alles besprochen, ihm alles gebeichtet, und er besaß die Größe, sie trotzdem weiter in seinem Betrieb auszubilden.

Fran war erstaunt, dass sowohl Kim Schmitt als auch Jana Wolff auf der einen Seite ihrem Hohepriester quasi blind gefolgt waren, auf der anderen Seite aber genug Verstand bewiesen hatten, sich ihre Zukunft nicht zu verbauen. Damit hatten die beiden ihr eindeutig etwas voraus.

Um vierzehn Uhr war eine Gesamtkonferenz angesetzt. Genug Zeit für Fran und Senior, sich mit dem Stand der Dinge vertraut zu machen und in der Kantine eine Kleinigkeit zu essen.

Um Punkt vierzehn Uhr eröffnete Senior die Konferenz der MOKO Boot, die inzwischen auf über sechzig Beamte angewachsen war und nicht mehr nur den Mord an Frank Bredows bearbeitete, sondern auch die Morde an Helena Meier und Johanna Magold. Der Raum platzte aus allen Nähten, die Hälfte der Kollegen musste stehen. Fran hatte die Nachricht schon gehört, die Senior gleich verkünden würde, und sie war nicht besonders erfreut darüber.

»Liebe Kolleginnen, liebe Kollegen.« Senior zeigte auf das interaktive Whiteboard, auf dem ein Messer in Übergröße abgebildet war. Deutlich waren im Blut Fingerabdrücke zu sehen. Sie hatten es in einem Gebüsch gefunden, fast hundert Meter vom Tatort entfernt, zusammen mit einem Draht, der aller Wahrscheinlichkeit nach das Strangulationswerkzeug war. »Das sind eindeutig die Fingerabdrücke von Marvin Mutoah.«

Ein Raunen ging durch die Runde, einige applaudierten, Aber Fran waren die Konsequenzen aus dem Fund bewusst.

»Daraus schließen wir, dass sich der Tatablauf wie folgt ergibt: Lars Rüttgen holt Johanna Magold am Bahnhof ab. Das können wir bis auf die Minute genau rekonstruieren. Sie fahren zum Volksgarten, gehen spazieren, geraten in Streit, Lars Rüttgen schlägt Johanna Magold nieder. Er hält inne, erkennt seinen Fehler und verlässt den Tatort. Marvin Mutoah hat sie beobachtet, ihr Gespräch mit angehört. Als er erkennt, dass Johanna Magold ihn zurückweisen wird, kocht seine Eifersucht über. Er nutzt die Gelegenheit, erdrosselt Johanna Magold, reißt ihr die Bluse vom Körper und verstümmelt in rasender Wut ihren Rücken, nicht, weil er ein Nachahmungstäter ist, sondern weil er ihr nicht in die toten Augen sehen kann. Dann legt er im Justus-Liebig-Gymnasium Feuer, um seinem Hohepriester Lars Rüttgen zu imponieren und die Schuld für den Mord abzutragen. Den Rest kennen Sie.« Senior setzte sich.

Hasso Kittner stand auf. »Es sind nur noch ein paar Details zu klären, dann werde ich das Ermittlungsverfahren wegen des Mordes an Johanna Magold einstellen. Nach wie vor ungeklärt sind die Morde an Frank Bredows und Helena Meier. Ich gehe allerdings davon aus, dass wir mit Lars Rüttgen den Täter bereits dingfest gemacht haben. Lars Rüttgen ist gewaltbereit, er ist religiös fundamentalistisch, und wahrscheinlich leidet er unter einer paranoiden Schizophrenie. Aus den Vernehmungsprotokollen geht auf jeden Fall hervor, dass er gefährlich ist, und deshalb wird er in Haft bleiben.« Hasso Kittner warf einen Blick auf Fran. »Ich möchte hier ausdrücklich nochmals unserer Kollegin vom Landeskriminalamt, Franziska Miller, danken. Sie hat sofort erkannt, dass es sich bei den Morden um religiös motivierte Taten handelt.« Er klatschte in die Hände, und sofort fielen alle mit ein und applaudierten.

So ein Unsinn. Das hatte sie nie gesagt, und das glaubte sie auch nicht – noch nicht. Fran wurde es heiß. Denn sie wusste genau, was Hasso Kittner als Nächstes sagen würde.

»Es ist nur eine Frage der Zeit, bis wir genügend Indizien und Beweise gegen Lars Rüttgen gesammelt haben werden. Um unsere Ressourcen zu schonen, wird daher die MOKO Boot auf zwölf Mitglieder verkleinert, und Franziska Miller kann ihre Forschungsarbeit zum Thema Satanismus und Gewalt, die jetzt in einem aktuellen Licht zu sehen ist, weiterführen. Ich persönlich werde mich dafür verwenden, dass für diese Studie weitere Ressourcen zur Verfügung gestellt werden. Ich danke Ihnen allen für Ihren hervorragenden Einsatz und wünsche Ihnen weiterhin viel Erfolg bei der Jagd.« Kittner setzte sich wieder und strotzte dabei vor Selbstgefälligkeit.

Diesmal fiel der Applaus spärlich aus, denn für viele bedeutete diese Entscheidung die Rückkehr an ihre Schreibtische, die überquollen von immer denselben langweiligen Fällen.

Kittner beugte sich zu Fran hinüber, flüsterte: »Die Einvernahme von Herrn Böhrerjan und Frau Meier übernehme ich.«

Kein weiteres Wort.

Fran warf einen Blick auf Senior, der wie versteinert dasaß. Sie stieß ihn mit dem Fuß ans Schienbein. Er schreckte hoch, räusperte sich mehrmals und sagte dann bemüht energisch: »Auch ich möchte mich für die gute Zusammenarbeit bedanken. Die Kolleginnen und Kollegen, die in der MOKO Boot verbleiben, werden innerhalb der nächsten Stunde informiert. Bis dahin bitte ich, alle noch nicht fertiggestellten Berichte zu vollenden und online zu stellen. In drei Stunden werden die Passwörter für die Akten der MOKO Boot gewechselt.«

Jetzt applaudierte niemand mehr, die Stimmung sank unter den Nullpunkt. Hasso Kittner machte sich aus dem Staub.

Senior griff seinen Aktenstapel, nickte Fran zu, stampfte los,

Fran eilte ihm hinterher, mit einem Fußtritt öffnete er seine Bürotür, warf den Aktenstapel auf den Boden.

»Verfluchte Scheiße«, rief er und stemmte die Hände in die Hüften.

Fran wunderte sich, dass sie nicht wütend wurde. Das musste daran liegen, dass sie fest mit dieser Wendung gerechnet hatte. Hätten sie das Messer nicht gefunden, sähe alles ganz anders aus. Das Innenministerium und die Staatsanwaltschaft wollten schnell einen Täter haben, und jetzt hatten sie einen, den sie nicht besser hätten erfinden können. Kittner war noch schlimmer als Böhrerjan, er folgte der Politik und nicht dem Täter und vor allem nicht den Opfern. Oder hatte Böhrerjan Kittner vielleicht am Wickel?

»Und jetzt?«, fragte Fran.

»Das lass ich mir nicht bieten! Wie bescheuert sind die eigentlich! Wie blind sind die? Natürlich *kann* Lars Rüttgen der Täter sein. Aber für mich ist noch nicht einmal geklärt, ob Marvin Mutoah Johanna Magold ermordet hat.«

Senior ließ sich in seinen Bürostuhl fallen. »Ist dir klar, dass wir hier in einen Justizskandal hineinschlittern? Dass wir den Weg bereiten für ein fatales Fehlurteil?«

Fran lachte kurz. »Das ist mir schon lange klar. Das hat angefangen, als Böhrerjan die Ermittlungen an sich gerissen hat. Das alleine ist schon ein Justizskandal. Welche Möglichkeiten haben wir, in andere Richtungen weiterzuermitteln?«

Senior schüttelte den Kopf. »Keine.«

Fran schürzte die Lippen. »Es liegt mir bis jetzt nichts Schriftliches vor, dass ich den Stellvertreterposten aufgeben soll. Kittner hat nur gesagt, dass ich mich wieder meiner Studie widmen *kann*. Solange ich das nicht schriftlich habe, betrachte ich mich als die stellvertretende Leiterin der MOKO Boot. Was meinst du dazu, Chef?«

Senior feixte. »Ich würde sagen, es kommt wirklich darauf an, jedes noch so kleine Wörtchen genau zu interpretieren. Kittner kehrt zurück in sein Büro, dort stapeln sich die Akten, und er wird mit all seiner juristischen Finesse versuchen, eine vernünftige Begründung zu formulieren, damit die Einstellung des Verfahrens wegen des Mordes an Johanna Magold wasserdicht ist. Er wird uns nicht in die Quere kommen, solange wir uns ruhig und still verhalten.«

Fran atmete auf. Sie hatte Senior nicht falsch eingeschätzt. Er stand auf ihrer Seite, er war ein echter Polizist, der sich nicht mit Halbwahrheiten zufriedengab.

»Ich schlage vor«, sagte Fran, »du machst erst mal hier weiter, und ich arbeite mit meinem Team das Täterprofil weiter aus, unter der Voraussetzung, dass sowohl die Morde an Anastasia Stanowski, unser Hamburger Opfer, Frank Bredows, Helena Meier und Johanna Magold von demselben Täter begangen wurden. Wenn wir das Profil haben, brauchen wir deine Ressourcen. Kriegst du das hin?«

Senior machte ein kampflustiges Gesicht. »Das kriege ich hin. Ich hab nur noch ein paar Jahre bis zur Pension, ich kann mir das leisten.«

Fran musste an Dad denken. Warum war ihr Vater so, wie er war? Und nicht ein wenig mehr wie Senior? Bevor die Trauer sie überrollte, grüßte sie Senior, verließ das Präsidium und machte sich auf den Weg zu Anton Mocher. Noch nie zuvor hatte sie so deutlich gespürt, dass ihre Kolleginnen und Kollegen ihre Familie waren.

Fran stand vor einem frisch renovierten Haus aus der Gründerzeit. »Dr. Anton Mocher, Allgemeinmediziner« stand auf einem blank polierten Schild am Eingang. Der Flur roch nach frischer Farbe, der Eingang zur Praxis war eine brandneue Milchglastür. Die Sprechstundenhilfe grüßte freundlich, erbleichte aber, als sie Frans Dienstausweis sah, und kam ins Stottern. Sie telefonierte kurz mit ihrem Chef, nickte, wies auf eine weiße Tür. »Der Doktor empfängt Sie.«

Fran klopfte, trat ein.

Ein Mann, etwa so groß wie sie selbst, mit einem Kopf, der ein wenig zu groß war für seinen Körper, kam ihr lächelnd entgegen, schüttelte ihr mit beiden Händen die Hand und bot ihr einen Sessel an. »Liebe Frau Miller, was kann ich für sie tun?«

»Danke, dass Sie Zeit für mich haben. Hat Ägidius Bonaventura schon mit Ihnen gesprochen?«

»Das hat er, vergangenen Freitag bereits, und er sagte, ich solle nichts verheimlichen. Gut, dass er anfängt, sich mit seiner Vergangenheit auseinanderzusetzen.«

Fran nickte. »Das ist wunderbar. Dann können wir ja gleich zur Sache kommen.«

Mocher schwieg.

»Sie haben den Totenschein von Friedrich von Solderwein ausgestellt, richtig?«

Mochers Lächeln verschwand. »Eine furchtbare Sache. Keiner hat damit gerechnet. Und dann das.«

Fran kniff die Augen zusammen. »Herr Mocher. Ich dachte, Sie wollten nichts verheimlichen? Ich habe Ägidius Bonaventura Diskretion zugesagt. Wenn Sie mit mir kooperieren, will ich darüber hinwegsehen, dass Sie sich strafbar gemacht haben, als Sie einen falschen Totenschein ausgestellt haben.«

Mocher leckte sich über die Lippen. »Sie wissen ja bereits, dass es Suizid war. Sehen Sie, ich habe nicht nur die Verantwortung für das leibliche Wohl meiner Patienten. Es wäre nicht in Ordnung gewesen, wenn er auch noch im Jenseits bestraft worden wäre.«

»Ich weiß nicht viel über Friedrich von Solderwein. Aber

ich weiß, dass er weder gläubiger noch praktizierender Christ war.« Fran legte so viel Härte wie möglich in ihre Stimme. »Ich will wissen, wie die Leiche ausgesehen hat.« Mocher hob zum Sprechen an, aber Fran unterbrach ihn. »Am besten sagen Sie gleich die Wahrheit, sonst beantrage ich noch heute die Exhumierung. Er liegt in einem Zinksarg, und das heißt, nach zwei Jahren ist er noch so gut wie frisch. Unsere Leute vom LKA werden alles finden.«

Mocher schluckte. »Er hatte Hämatome an den Armen und eine Verletzung am Hinterkopf.« Er ließ den Kopf hängen. »Ich wusste, dass es eines Tages ans Licht kommen würde.«

»Sie haben unter Umständen einen Mord gedeckt, ist Ihnen das klar?«

»Natürlich ist mir das klar«, sagte und warf die Arme in die Luft. »Was glauben Sie, wie oft ich den Hörer in der Hand hatte und die Polizei verständigen wollte. Aber ich habe es nicht über mich gebracht.«

Fran konnte das nicht verstehen. »Warum in Dreiteufelsnamen? Was ist wichtiger? Die Aufklärung eines Mordes oder die Befindlichkeiten von …« Sie biss sich auf die Zunge. Sie wollte nicht ungerecht sein, aber es regte sie auf, dass ein Mörder frei herumlief, weil zwei alte Männer Gott spielten.

»Ich war mir nicht sicher. Die Verletzungen hätten auch von einem Sturz kommen können. Man hätte …«

»… die Leiche obduzieren müssen«, sagte Fran. »Und das wird sie auch, und Sie werden dafür sorgen, oder ich sorge dafür, und dann wird es richtig unangenehm für Sie.«

Fran hielt Mochers flehendem Blick mühelos stand. Langsam zog sie ihr Handy aus der Tasche. Mocher winkte ab, sie steckte das Handy wieder ein. »Ich rate Ihnen, nicht zu erwähnen, dass ich bei Ihnen war, das könnte der Staatsanwalt missverstehen.«

»*Ich* habe verstanden.«

Jegliche Herzlichkeit war aus seiner Stimme verschwunden. Er nahm den Hörer seines Telefons ab, wählte die Eins-Eins-Null, wartete einen Moment und sprach eine saubere Selbstanzeige samt Geständnis in den Hörer.

Fran nickte zufrieden, stand auf und ließ Mocher einfach sitzen. Auf der Straße atmete sie tief durch. Sie schüttelte den Kopf, lachte kurz. Zurzeit sammelte sie Dienstvergehen wie andere Menschen Briefmarken, also konnte sie ruhig noch mal bei Rüttgen vorbeischauen.

*

Ich drehe die kalte Dusche voll auf. Das Wasser beißt in meine Haut wie Schmirgelpapier. Aber es muss sein. Ich kann mir nicht länger Schwäche leisten. Die Uhr läuft. Ich habe Vorbereitungen zu treffen, ich darf Fran nicht unterschätzen. Wenn sie mich zu früh erkennt, scheitert mein Plan. Sie ist neugierig, sie ist schlau, sie könnte auf die Idee kommen, Dinge zu tun, die sie nicht tun soll, wie ein unartiges Kind. Was für dumme Gedanken mache ich mir? Sie ist auch nur ein Mensch, sie ist eine Frau, sie ist fehlbar. Sie wird genau den Weg beschreiten, den ich ihr vorgezeichnet habe, sie kann nicht anders. Weil sie berechenbar ist, weil alle berechenbar sind, weil sie immer das tun, was sie immer tun, weil sie nicht über das Problem hinausdenken können, weil sie immer glauben, was nicht denkbar ist, kann nicht geschehen. Und deshalb werden sie immer versagen, deswegen können sie mich nicht mit ihren Gedanken erreichen. Und da sie mich mit ihren Gedanken nicht erreichen können, existiere ich nicht für sie. Erst wenn ich es ihnen erlaube, werden sie mich erkennen, erst dann werde ich für sie existieren. Aber dann ist es zu spät, dann habe ich bereits gewonnen, so wie ich es vorausgesehen habe.

Jetzt heiß. Dann wieder kalt. Heiß-kalt-heiß-kalt-heiß. Ich rubbele mich trocken. Schaue in den Spiegel. Betrachte mich kritisch. Bin ich für die Aufgabe fit genug? Sie ist knifflig, verlangt hohe Konzentration, erlaubt keinen Fehler. Fehler sind tödlich. Mein Rücken brennt kurz, nur einen Moment, wie ein einziger Peitschenhieb, dessen Schmerz schnell versickert. Ich halte meine Arme ausgestreckt vor mich. Sie sind ruhig. Nicht das kleinste Zittern.

Ich ziehe mich an, gehe ins Wohnzimmer, Kerstin und die Kinder sind nicht da, sie können mich nicht stören, das ist angenehm. Langsam setze ich mich auf meinen Hocker, den ich schon seit Jahren benutze, wenn es um besonders schwierige Arbeiten geht. Das Werkzeug liegt bereit. Ich nehme einen Schraubenzieher und schaue in den Schlund der Hölle.

*

Es war genau sechzehn Uhr, als Fran im Krankenhaus ankam und anstandslos zu Lars Rüttgen vorgelassen wurde. Sie winkte einen der Beamten mit in den Raum.

Rüttgen hatte seinen Blick auf einen Punkt an der Wand hinter Fran gerichtet und schwieg.

»Wir haben uns bereits kennengelernt, Herr Rüttgen. Sie wissen, wer ich bin. Möchten Sie einen Anwalt hinzuziehen?«

Rüttgen reagierte nicht.

Fran war sich noch nicht ganz sicher, mit welcher Taktik sie vorgehen sollte. Sollte sie versuchen, ihn zu provozieren? Sollte sie versuchen, an seinen Gerechtigkeitssinn zu appellieren? Wie eine übergroße Statue saß Rüttgen vor ihr, und sie war froh, dass er ans Bett gefesselt war. Es wäre ihm ein Leichtes gewesen, sie mit einer Hand zu erwürgen. Seine Pranke konnte mühelos ihren Hals umfassen. Sie beschloss, ihn aus der Reserve zu locken. Sie musste zumindest einschätzen können, ob und, wenn ja, wie er mit dem Tod von Johanna Magold in Verbindung stand.

»Herr Rüttgen, Sie sind vollkommen ausgerastet, als Sie erfahren haben, dass Ihre Mutter gestorben ist. Ich kann verstehen, dass das traurig für Sie ist, aber handgreiflich werden geht gar nicht.«

Rüttgen zuckte nicht mit der Wimper.

Fran hob die Stimme. »Ah! Ich verstehe, Herr Rüttgen. Sie glauben gar nicht, dass Ihre Mutter tot ist. Sie haben Sie noch gar nicht tot gesehen. Möchten Sie sie sehen?«

Rüttgen lächelte.

»Ist es Ihnen egal, ob Ihre Mutter tot ist oder nicht? So egal wie bei Marvin? Der war für sie ja nur eine Wanze.« Fran blätterte durch den schmalen Aktenordner, den sie mitgenommen hatte. Außer ein paar leeren Blättern befand sich nichts darin. »Sie ist zumindest friedlich gestorben. Sie müssen zu der Zeit in der Wohnung gewesen sein. Sie starb ohne Sie. Völlig allein.« Fran ließ ihre Worte wirken.

Aber Rüttgen reagierte nicht.

»Nun, Herr Rüttgen, wenn Sie glauben, dass Ihre Mutter noch lebt, dann gehe ich davon aus, dass Ihre Mutter Sie braucht. Wenn Sie aber nicht mit uns reden, dann werden wir Sie Monate hierbehalten. Sie stehen unter dringendem Mordverdacht, die Indizien sind erdrückend. Die Sache auf dem Friedhof ist Kleinkram. Aber wenn es um Mord geht, sind wir nicht zu Scherzen aufgelegt. Es liegt an Ihnen, die Aussage zu verweigern, aber, wie gesagt, der Haftrichter wird mit Sicherheit U-Haft gegen Sie anordnen. Also überlegen Sie sich sehr gut, wie Sie sich verhalten.«

Die Tür öffnete sich. Ein junger Mann in dunklem Anzug trat ein und stellte sich vor. »Jonathan Jung, Strafverteidiger. Sie sind …«

Fran zuckte zusammen, stand auf, schüttelte seine Hand. Deswegen hatte Rüttgen nicht auf ihre Frage nach einem Anwalt reagiert. »Franziska Miller, LKA, stellvertretende Leiterin der zuständigen Mordkommission.«

»Sehr erfreut, Frau Miller. Darf ich fragen, was Sie hier machen?«

»Routinemäßige Einvernahme des Beschuldigten zur Informationserlangung. Strafprozessordnung …«

Jung hob die Hände und nickte. »Ich kenne den Paragrafen, und ich habe mir die Akten angesehen. Morgen ist Haftprüfungstermin, richtig?«

Das stimmte, Kittner hatte darauf bestanden, er wollte nichts anbrennen lassen, und er wollte bald eine Anklage.

»Richtig«, antwortete Fran. »Möchten Sie bei der Einvernahme dabeibleiben?«

»Unbedingt.« Jung zog sich einen Stuhl heran und platzierte ihn neben Rüttgen. Er zeigte auf Fran. »Bitte. Fahren Sie fort.«

»Sie glauben, dass Sie Luzifer heraufbeschwören können?«

Zu Frans Überraschung antwortete Rüttgen ohne Zögern.

»Ja, daran glaube ich, und ich bedaure, dass ich das Grab dieses ehrenwerten Mannes besudelt habe. Aber es war unumgänglich.«

»Warum haben Sie Marvin Mutoah in den Tod getrieben?«

Jung wedelte mit einer Hand. »Frau Miller, ich bitte Sie …«

»Haben Sie Johanna Magold getötet?«

Frans Handy spielte *Like a Satellite*. Senior.

»Fran, wo bist du?«

»Bei Rüttgen«, flüsterte sie.

»Ist Jung schon da?«

»Ja.«

»Brich sofort ab. Sonst kriegen wir Ärger.«

Fran unterbrach die Verbindung. »Ich bin fertig.«

Jung grinste breit. »Wir sehen uns morgen. Ich nehme an, Sie sind beim Haftprüfungstermin zugegen?«

Fran bestätigte.

»Dann ziehen Sie sich warm an.« Jungs Miene wurde ernst. »Wir sind hier nicht im Wilden Westen.«

*

Fran glaubte nicht an Gott. Sie glaubte auch nicht, dass es in der Natur Zeichen gab, an denen man die Zukunft oder sein Schicksal ablesen konnte. Doch an diesem Morgen lief es ihr eiskalt über den Rücken, als sich kurz nach Sonnenaufgang die Sonne verschleierte und Nebel aufzog, der sich wie Spinnweben über den Nordfriedhof legte. Ungewöhnlich für diese Jahreszeit, ungewöhnlich für die Lage in der Stadt, wo es selbst im Herbst selten Nebel gab. Mit einem Ruck zog sie den Reißverschluss ihrer Jacke zu und schlug den Kragen hoch.

Senior trat neben ihr von einem Bein auf das andere.

»Die lassen sich echt Zeit«, sagte Herz, der nur einen leichten Blazer trug, dessen obere Knöpfe offen standen. Er schien nicht zu frieren.

»Hoffentlich haben sie es sich nicht anders überlegt«, brummte Senior.

Die Exhumierung von Friedrich von Solderwein musste in Gegenwart von zwei Gemeindemitgliedern durchgeführt werden, und obwohl es seitens der Verwaltung keinerlei Bedenken gegeben hatte, waren letzte Zweifel geblieben. Wie weit reichte der Arm der Banken? Wenn Friedrich von Solderwein ermordet worden war, konnte durchaus eine Verschwörung gegen seine Person dahinterstecken, angezettelt von ehemaligen Kollegen. Solderwein hatte eine Finanzierungsblase platzen lassen, die einige hochgestellte Banker fast mit in den Abgrund gezogen hätte. Sie hatte sich die Prozessakten angesehen. Friedrich von Solderwein hatte die Rechnung ohne den Wirt gemacht. Er hatte fest damit gerechnet, seine Verurteilung sei der erste Dominostein, der umfiel und alle anderen mit sich zog. Da hatte er sich gründlich geirrt. Er hatte zu hoch gepokert, die Schuld wurde allein ihm aufgebürdet, alle anderen wurden entweder freigesprochen, weil sie nur getan hatten, was er angeordnet hatte, oder die Verfahren wurden wegen Geringfügigkeit oder mangelnden öffentlichen Interesses eingestellt. Friedrich von Solderwein musste in schwere Depressionen verfallen sein, als ihm das klar wurde.

Anton Mocher jedenfalls hatte sich an sein Versprechen gehalten und nicht preisgegeben, wodurch sein Sinneswandel ausgelöst worden war und er sich selbst angezeigt hatte. Außer ihm, Fran und Senior kannte niemand die Wahrheit. Der Staatsanwalt hatte keine andere Wahl gehabt, als ein Ermittlungsverfahren zu eröffnen und bei einem Richter die Exhumierung zu beantragen.

Niemandem stand der Sinn nach Konversation. Die Leiterin der Gerichtsmedizin, Professorin Welken, stand etwas abseits und telefonierte, die Arbeiter, vier an der Zahl wegen des schweren Zinksargs, rauchten. Niemand sonst war anwesend, der Friedhof war abgesperrt, um Gaffer und Presse auszusperren. Alles sollte so diskret wie möglich abgewickelt werden.

Mit zehn Minuten Verspätung trafen endlich die Gemeindevertreter ein. Senior begrüßte sie, überreichte den richterlichen Beschluss, die beiden Herren nickten, die Arbeiter begannen mit einem kleinen Bagger das Grab zu öffnen. Professorin Welken beendete ihr Telefongespräch, schüttelte den

Gemeindevertretern die Hand und erläuterte kurz die Vorgehensweise: Sie würden an Ort und Stelle den Sarg öffnen, sie würde eine äußerliche Leichenschau durchführen und dann entscheiden, ob die Leiche obduziert werden müsste. Wieder nickten die beiden Herren, und das Gespräch versiegte.

Schon nach wenigen Minuten schlug die Schaufel des Baggers auf Metall, vorsichtig legte der Arbeiter den Sarg frei. Oben waren Ösen befestigt, Stahlseile wurden eingehängt, und schon baumelte der Zinksarg in der Luft. Wie eine Feder ließ der Baggerfahrer den schweren Kasten zu Boden gleiten. Die anderen Arbeiter begannen, die Schrauben des Sargdeckels zu lösen, insgesamt waren es zwölf. Alle Schrauben gaben ohne Widerstand nach, der Baggerfahrer kam zu Hilfe, zu viert hoben sie mit Mühe den Deckel ab, der Fran vorkam wie der Verschluss eines Sarkophags.

Süßlicher Verwesungsgeruch stieg Fran in die Nase. Sie schluckte, öffnete leicht den Mund, versuchte, nicht durch die Nase zu atmen, das machte es etwas erträglicher.

Solderwein war in einem sehr guten Zustand. Zwei Jahre im Zinksarg unter Luftabschluss hatten dem Leichnam nicht viel anhaben können.

Professorin Welken trat an den Sarg, gab einige Laute von sich, deren Bedeutung Fran nicht verstand, beugte sich über den Sarg und schob die Ärmel des Totenhemdes nach oben. Wieder brummte sie vor sich hin, dann wandte sie sich an die Gemeindevertreter. »Meine Herren, es tut mir sehr leid, aber ich muss die sterblichen Überreste des Friedrich von Solderwein obduzieren. Es besteht der Verdacht, dass er weder Suizid begangen hat, noch, dass er eines natürlichen Todes gestorben ist. Wir führen die Obduktion sofort durch, in zwei bis drei Stunden haben wir das Ergebnis. Ich werde Sie informieren, wenn das Ermittlungsverfahren eröffnet wird, wovon ich ausgehe.«

Die Gemeindevertreter schwiegen auch jetzt, nickten und verließen den Friedhof.

Die Arbeiter nahmen den Leichnam aus dem Sarg, legten ihn auf eine vorbereitete Bahre und fuhren ihn zum Leichenwagen, der am Haupteingang wartete.

Fran, Senior, Herz und Welken gingen hinterher.

»Haben Sie es gesehen?«, fragte Welken.

Senior nickte. »Griffhämatome an den Armen.«

»Und die Schnitte an den Armen waren nicht tödlich, sie sind im rechten Winkel zum Arm geführt«, ergänzte Fran. »Ein Anfängerfehler. Die entscheidenden Blutgefäße werden nicht verletzt, es gibt nur wenig Blutverlust.«

»Aber genug, um das Wasser in einer Badewanne rot zu färben«, sagte Herz.

»Ausgezeichnet!« Welken klatschte in die Hände. »Friedrich von Solderwein ist mit an Sicherheit grenzender Wahrscheinlichkeit ermordet worden.«

*

»Der Banker ermordet, der Satansjünger gesprungen, nicht schlecht.« Günther Anleder nahm seine Brille von der Nase und putzte sie. »Dass Mutoah sich das Leben genommen hat, ist nicht eure Schuld, das ist euch klar?«

»Ja und nein. Vielleicht hätten wir energischer sein müssen?«, sagte Fran.

Senior nickte.

Günther winkte ab. »Unsinn. Ihr habt alles richtig gemacht. Schuldig machen wir uns, wenn wir die Hände in den Schoß legen. Ich persönlich fühle mich verpflichtet, der Sache wirklich auf den Grund zu gehen. Wenn wir nicht ganz falsch liegen, läuft da draußen immer noch ein äußerst gefährlicher

Mörder herum. Ich kann da nicht einfach zuschauen. Und so, wie es steht, nimmt Jung morgen Kittner und die MOKO auseinander. Dann haben wir zu dem Serienkiller noch einen schizophrenen Hohepriester, der zu allem fähig ist.«

»Wir sollten mit dem Profil anfangen«, sagte Martina. »Das ist unser Job, und die Zeit läuft uns davon.«

Fran hob den Kopf und schaute Günther Anleder in die Augen. Er lächelte warm, und sie sah ihn in einem ganz anderen Licht. Zu hundert Prozent stand er auf ihrer Seite, er versuchte nicht, sie zu blamieren oder bloßzustellen. Das fühlte sich gut an.

»Okay«, sagte Fran, »ich bin absolut deiner Meinung.«

Günther lächelte. »Siehst du, es geschehen noch Zeichen und Wunder!«

Fran schaltete das Whiteboard ein und projizierte die vorbereitete Grafik darauf. Sie hatte die Rücken der vier Opfer nebeneinandermontiert. Sie musste den Präparatoren der Rechtsmedizin Hochachtung zollen. Das Schnittmuster auf dem Rücken von Frank Bredows war trotz der fortgeschrittenen Verwesung sehr gut zu erkennen.

Bruno Rheinstahl ergriff als Erster das Wort. Seine Stirn lag in Falten. »Also ihr könnt sagen, was ihr wollt, einer dieser Rücken tanzt aus der Reihe.«

»Das sehe ich genauso«, sagte Martina.

Christine und Günther brummten zustimmend.

Fran konnte dem nicht widersprechen. Der Rücken von Johanna Magold trug definitiv eine andere Handschrift als die anderen. Die Handschrift war ungelenk und unausgegoren, als habe der Täter, der normalerweise mit rechts schrieb, diesmal mit links geschrieben. Oder es war ein Täter gewesen, der versucht hatte, die Handschrift nachzuahmen, zu fälschen. Damit deutete alles weiterhin darauf hin, dass Marvin Mutoah

Johanna Magold ermordet hatte: Fingerabdrücke logen nicht. Und wenn das Messer und das Kabel, das sie gefunden hatten, wirklich die Tatwaffen waren, dann würde niemand mehr ernsthaft an Mutoahs Schuld zweifeln. Zumindest in diesem Punkt lag Hasso Kittner nicht völlig daneben. Die Rechtsmedizin würde noch heute den Abschlussbericht schicken, damit der Haftrichter morgen entscheiden konnte.

Günther Anleder stöhnte. »Seltsam ist aber, dass zufällig ein Serienkiller unterwegs ist, der dem satanischen Umfeld zuzuordnen ist, und parallel dazu, ebenfalls in einem satanischen Umfeld, ein weiterer Mord geschieht und dann noch die schwarze Messe …« Er ließ den Satz in der Luft hängen.

»Keine Frage, Günther«, sagte Fran. »Das macht die Sache komplizierter. Wenn Marvin Mutoah versucht hat, mit verstellter Handschrift von sich abzulenken, dann muss er gewusst haben, dass es auch noch andere Morde mit dieser Handschrift gegeben hat. Aber das bezweifle ich. Wenn er es nicht gewusst hat, dann war es schlicht und einfach Parallelität der Ereignisse. Oder Rüttgen war der Regisseur. Ich schlage vor, dass wir Johanna Magold vorerst aus dem Muster herausnehmen. Zumindest so lange, bis wir bei Rüttgen weitergekommen sind.«

»Das macht Sinn«, sagte Martina. »Die geografischen Daten, die ich bisher aufgenommen habe, ergeben auch ohne Johanna Magold ein recht klares Anfangsbild. Wir können davon ausgehen, dass der Täter in Düsseldorf wohnt und dass er, wie Fran schon angedeutet hat, nach dem Mord von Anastasia Stanowski von Hamburg nach Düsseldorf gezogen ist; die Wahrscheinlichkeit dafür beträgt über achtzig Prozent. Der Täter nimmt keine langen Wege in Kauf, er ist stationär und kein Reisender, davon sollten wir ausgehen, bis wir Belege für das Gegenteil haben. Und sowohl Rüttgen als auch Mutoah haben noch nie in Hamburg gewohnt, zumindest nicht angemeldet. Nach meiner geografischen Analyse scheiden die beiden als Täter aus, solange Anastasia Stanowski zu den Opfern gehört. Scheidet sie aus, sind Rüttgen und Mutoah wieder im Spiel.«

Fran drückte eine Taste, und auf dem Whiteboard erschien ein kurzer Text. »Ich fasse mal zusammen, was wir mit großer Wahrscheinlichkeit sagen können: Der Täter ist ein Mann, zwischen fünfundzwanzig und etwa fünfzig Jahren. Er ist hochintelligent, plant sorgfältig. Er hat sich entwickelt. Wollte er in Hamburg sein Opfer noch vollkommen verschwinden lassen, indem er es in die Müllverbrennungsanlage warf, so hat er sich jetzt dafür entschieden, seine Verbrechen öffentlich zu machen. Zuerst Frank Bredows, den er vor mindestens einem halben Jahr ermordet hat. Auf den Videos der Überwachungskamera provoziert er uns, als er die Bombe legt, die Bredows' Leiche sprengt. Helena Meier hat er bewusst offen abgelegt, hat uns beobachtet und eine Botschaft hinterlassen. Er hat sich vom ängstlichen übervorsichtigen Täter, der jedes Risiko scheut, zum Spieler, zum Adrenalinjunkie entwickelt, der bereit ist, alles zu riskieren. Die Entführung und Ermordung von Frank Bredows hat er sorgfältig geplant, er hat ihn geparkt, bis er ihn wieder brauchte, Helena Meier war mit großer Wahrscheinlichkeit ein Gelegenheitsopfer, das er von der Straße geholt hat. Kein Opfer zeigt Spuren von sexuellem Missbrauch, aber alle Opfer wurden gefoltert. Was sind also seine Motive? Erste Variante: Er ist Satanist und getrieben von fehlgeleitetem Glauben, er vollzieht Rituale mit Menschenopfern. Zweitens: Er ist psychotisch, hat Wahnvorstellungen, hört Stimmen, die ihm seine Taten befehlen. Drittens: Er ist ein rationaler Soziopath mit dissozialer Persönlichkeitsstörung, er lebt seine Gewaltfantasien voll aus. Es geht ihm um den Schmerz der Opfer, er genießt ihre Qualen, ihre Schreie.« Fran rief eine Audiodatei auf. »Seit einiger Zeit kursiert das hier im Internet.«

Sie klickte auf »Play«. Markerschütternde Schreie erfüllten den Raum. Schmerzensschreie, keine Frage. Alle hörten aufmerksam zu.

»Die Kollegen sagen, sie sind sich nicht sicher, ob die Schreie echt sind. Sie neigen jedoch dazu, sie für echt zu halten.« Fran grinste. »Ich weiß, ungenauer geht es kaum. Also, was glaubt ihr?«

Sie spielte die Datei noch mal ab. Auch Fran fiel es schwer zu entscheiden, ob es hervorragende Schauspieler waren, die sich da einen üblen Scherz erlaubten, oder ob es die Opfer des Serientäters waren.

»Es gibt nur einen winzigen Anhaltspunkt, der einen Hinweis darauf gibt, dass die Aufnahmen echt sein könnten.« Fran rief eine weitere Datei auf. Ein Schrei war isoliert, eine tiefe warme Stimme, die plötzlich abriss und einem Gurgeln Platz machte. »Die Phonetiker sagen, so höre es sich an, wenn Stimmbänder rissen. Und das passiert nur bei extremer Überbelastung, die bei einem Schauspieler unwahrscheinlich ist. Das Phänomen ist vor allem bei Folteropfern bekannt.«

»Wir sollten davon ausgehen, dass sie echt sind«, sagte Günther. »Es passt ins Bild. Einerseits absolute Kontrolle, andererseits offenbart er sich. Er will, dass die Öffentlichkeit Anteil hat an seinem …« Er kratzte sich die Glatze. »… an seinem Werk.«

»Er will etwas erschaffen«, sagte Christine leichthin, und einen Moment war es totenstill.

»Ja, das ist ein guter Ansatz«, bestätigte Fran. »Er verfolgt einen Plan, den wir noch nicht durchschauen, von dem wir nur wissen, dass die Öffentlichkeit darin eine Rolle spielt, dass wir eine Rolle darin spielen. Wenn das so ist, funktionalisiert er die satanischen Symbole, und er ist kein echter Satanist. Einwände?«

Niemand meldete sich.

»Damit wir nichts unversucht lassen, hier unsere Ermittlungsempfehlungen: Erstens: Wir durchleuchten die gesamte satanische Szene. Zweitens: Wir bauen öffentlichen Druck auf, damit er seinen Bau verlässt. Wir machen einen Mediencheck. Hat der Täter so großen Druck, dass er sich vielleicht schon öffentlich gezeigt hat, es bisher aber nicht bemerkt wurde? Siehe unsere Datei mit den Schreien. Drittens: Welche alleinstehende Person in Düsseldorf ist in der letzten Zeit plötzlich, aber mit vorheriger Ankündigung verschwunden? So hat der Täter es mit Bredows gemacht, und wir sollten davon ausgehen, dass er bereits mehrfach gemordet hat.«

»Aber wie sollen wir das denn herausfinden?«, fragte Christine Austerlitz und schüttelte den Kopf.

»Wir brauchen Hilfe«, sagte Fran.

»Es bleibt uns nichts anderes übrig, als ein wenig zu tricksen. Wir brauchen viel Hilfe, viele Leute.« Günther Anleder kratzte sich am Kopf und schien amüsiert. »Ich kenne da ein paar Studenten, die sind mir noch einen Gefallen schuldig. Ihr kennt doch bestimmt auch Leute, die euch einen Gefallen schuldig sind, oder?«

»Ich sage es nicht gerne, aber du bist wirklich ein kleines Genie, Günther«, sagte Fran.

»Immer gerne zu Diensten.«

»Ich gebe die ersten drei Punkte an Benjamin Haller weiter, ihr kümmert euch um den vierten Punkt.«

Sie alle waren erstaunt, von wie vielen Menschen sie noch einen Gefallen gut hatten – oder auch zwei. Letztlich kamen sie auf achtzehn Personen, die geeignet waren, mit ihnen zusammen die Nadel im Heuhaufen zu finden. Die beste Nachricht des

Tages aber war, dass Fellmis krank geworden war. Bruno übernahm die Leitung, und damit hatten sie sturmfreie Bude. Es war kein Problem, zwanzig zusätzliche Telefonleitungen zu bekommen, da Fran sich auf Oberstaatsanwalt Hasso Kittner berief, der angeordnet hatte, dass sie ihre Studien forcieren sollte.

Am frühen Abend waren alle eingetroffen, die sich bereit erklärt hatten, ihre Freizeit mit Telefonieren zu verbringen, auf der Suche nach einer vermissten Person, von der niemand wusste, ob es sie überhaupt gab.

Fran betrachtete die Büros, die überquollen von telefonierenden Menschen. Sie war nicht besonders optimistisch, dass ihre Aktion Erfolg haben würde, denn um alle Firmen in Düsseldorf abzutelefonieren, würden sie fast drei Monate brauchen. Sie begannen in konzentrischen Kreisen, ausgehend von dem mutmaßlichen Wohnort des Täters in Bilk. Und wenn das kein Ergebnis brachte, dann mussten sie den Kreis ausweiten, und das potenzierte die Zahl der Kontakte. Aber die Hoffnung stirbt zuletzt, sagte sich Fran und freute sich über das geschäftige Treiben.

Endlich hatte sie Zeit, sich die Fragebögen der Church of XXXL genauer anzuschauen.

*

Mein Husten ist weg, das Fieber verschwunden, und meine Nase tropft nicht mehr. Ich fühle mich wie neugeboren, meine Kräfte sind wieder vollständig zurückgekehrt. Ich habe alles vorbereitet. Jetzt fehlt nur noch der Köder. Am besten eine Russenhure vom Straßenstrich. Die haben oft schöne raue Stimmen. Der Zuhälter wird denken, sie ist abgehauen.

Inzwischen sind die Informationsdeiche gebrochen: Ich kann es kaum glauben. Diese dämlichen Satanisten, dieser

Marvin Mutoah, der von seinen Eiern und seinem Schwanz beherrscht wurde, der soll all diese genialen Taten vollbracht haben? Und dann hat er sich vom Turm gestürzt, weil sein Priester ihm das befohlen hat! Wie naiv sind die eigentlich? Was soll's. Ich habe alle Hände voll zu tun.

Für Engel, die bald bei mir zu Gast sein wird, richte ich im Maschinenraum eine kuschelige Ecke ein. Sie soll sich bei mir wohlfühlen, sie soll die Zeit, bis sie sterben muss, genießen können, und natürlich werde ich ihr keine Angst machen, sondern ich werde ihr wie allen anderen Freiheit und Leben versprechen.

Die ganze Zeit quält mich ein Gedanke oder, besser gesagt, ein Gefühl. Eigentlich sind es Träume, Fantasien. Ich möchte mit Engel Sex haben. Seit ich bei der Hure war, hat sich meine Begierde von Fran auf Engel verschoben. Und anders als bei Fran ist mir eigentlich egal, ob sie will oder nicht. Engel ist da, mir zu Diensten zu sein, sie ist geboren worden, um mir ihre Stimme, ihren Körper zu geben. Aber ich darf ihren Willen nicht mit Gewalt brechen. Das gefährdet die gute Zusammenarbeit. Ich werde sie betäuben, dann werde ich mit Sicherheit mehr Freude haben, als wenn ich die ganze Zeit damit beschäftigt bin, sie zu bändigen. Und sie wird sich an nichts erinnern, wird sich voll auf ihre Stimme konzentrieren können.

Ich liege im Wohnzimmer auf meiner Couch und nehme einen Schluck Bier. Das tut gut, beruhigt ein wenig meine irritierten Nerven, die mir ständig das Bild von Engel vor die Augen führen. Wie die Heilige Jungfrau Maria sieht sie aus.

Eine Idee schießt mir in den Sinn: Bevor ich Engel einlade, werde ich Fran einladen. Morgen. Oder besser nicht? Was, wenn sie aufwacht?

*

Der Cursor blinkte schneller als sonst, so schien es Fran. Bisher war ihre Suche erfolglos geblieben. Die Fragebögen, die sie bisher untersucht hatte, wollten nichts preisgeben, es gab kein Muster, keine Verbindung, nichts. Woran hatte sie sich erinnert? Wo steckte der Informationsfetzen, der sie weiterbringen konnte? Die Bögen der Church of XXXL gaben nichts her.

Aus den Büros der anderen drang nach wie vor das Murmeln der Telefongespräche, die die Freiwilligen führten, aber auch von dieser Front gab es nichts Neues. Das Sichten der Videos hatte keine weiteren Ergebnisse gebracht.

Fran quälte sich aus ihrem Stuhl, streckte sich und beschloss, die Fragebögen ruhen zu lassen, sich damit abzufinden, dass sie ihr nichts verraten konnten.

Vielleicht gab es ja etwas Neues bei Senior? Sie rief ihn an, aber er hatte nur schlechte Nachrichten. Die DNA-Analyse ließ auf sich warten, die Obduktion hatte nichts Nennenswertes ergeben, Lars Rüttgen schwieg beharrlich. Sie hatten beim Staatsschutz angefragt, ob Informationen über die satanische Szene vorlagen, die für sie relevant waren – Fehlanzeige. Immerhin gab es kein neues Opfer zu beklagen, aber das tröstete Fran nicht wirklich. Es war nur eine Frage der Zeit, wann der Mörder wieder zuschlagen würde. Das Schlimmste, das einer MOKO passieren konnte, war eingetreten: Stillstand.

Das Telefon riss sie aus ihren Gedanken.

Der Pförtner meldete sich. »Ich habe hier einen Albert Neusen, der Sie sprechen möchte.«

»Albert Neusen? Aus Hamburg?« Fran hörte, wie der Pförtner nachfragte, und sie erkannte sofort Albis Stimme. In ihrem Bauch regten sich Schmetterlinge, aber so wie sich das anfühlte, war es etwas Größeres.

»Hamburg, ja, ein Kollege.«

»So spät? Das ist eine Überraschung. Sagen Sie ihm, dass ich ihn abhole.«

Fran schnappte sich ihre Codekarte und zwang sich, nicht loszurennen. Albi hier in Düsseldorf! Was wollte er? Und warum hatte sie das Gefühl, dass er genau im richtigen Moment kam? Sie sprang die Treppen hinunter, bog in die Lobby ein, die durch eine schusssichere Glasschleuse vom Eingang getrennt war. Tatsächlich. Albert Neusen. Mit einem kleinen Handkoffer. Der Pförtner öffnete die Schleuse, Albi trat hindurch, lächelte und reichte Fran die Hand. Sie dachte, dass sie sich, verdammt noch mal, nicht verlieben würde in diese verdammt noch mal hübschen braunen Augen, aber ihr Bauch sagte etwas anderes.

Seine Hände waren weich, warm und trocken, sie drückte sie gerade so fest, dass er ihre Kraft spüren konnte, aber nicht das Gefühl bekam, sie wolle sich mit ihm messen.

»Willkommen in Düsseldorf. Was führt dich hierher? Noch dazu …« Sie zögerte. Wie sollte sie es ausdrücken? Unangemeldet? Das klang wie ein Vorwurf. Sie freute sich, Albi zu sehen, das wollte sie sagen, ohne allzu vertraulich zu wirken.

»… unangemeldet?«, ergänzte Albi.

Ertappt. »Unangemeldet ja, aber auf jeden Fall willkommen. Hattest du eine gute Fahrt?« Small Talk war jetzt die beste Lösung.

Albi stieg auch sofort darauf ein. »Furchtbar! Ein Stau nach dem anderen, jede Menge Überholspurblockierer, die ich aus dem Weg fegen musste, und Horden verrückter Lkw-Fahrer, die immer genau dann ausscheren, wenn ich sie überholen wollte.«

Fran schaute ihn entgeistert an.

Albi feixte. »Ich bin mit der Bahn gekommen und habe vom Bahnhof aus ein Taxi genommen.«

»Und ich dachte schon, du bist so ein durchgeknallter PS-Rambo. Dann hättest du dir eine andere Fremdenführerin suchen müssen.«

»Was für ein Glück!« Er verneigte sich leicht. »Aber ich heize gerne vereiste Buckelpisten hinunter, je steiler, desto besser.«

»Das ist in Ordnung«, sagte Fran, drehte ihm den Rücken zu und ging los. Natürlich war sie neugierig, was ihn nach Düsseldorf trieb, vor allem, ob sie zumindest zum Teil dafür mitverantwortlich war. Aber sie wollte ihn nicht überfallen.

»Willst du denn nicht wissen, warum ich hier bin? So plötzlich, als sei ich aus dem Boden gewachsen?«

Fran blieb stehen, wandte sich Albi langsam zu, wollte zuerst sagen, dass er aufhören sollte, ihre Gedanken zu lesen, aber dann entschied sie sich für einen Frontalangriff. »Du hast dich unsterblich in mich verliebt, und jetzt versuchst du, mich zu betören, was sonst?«

Fran lächelte, als Albi einen Moment herumdruckste und sich dann räusperte.

»Du bist echt gut! Du hast mich durchschaut. Allerdings ist mir gerade siedend heiß eingefallen, dass ich den Verlobungsring zu Hause habe liegen lassen. Wenn meine Frau den findet, gibt es richtig Ärger.«

»Du bist verheiratet?« Enttäuschung und Erleichterung hielten sich die Waage.

»Ja. Allerdings leben wir in Trennung.«

Verheiratete Männer waren ein ganz klares Tabu für Fran. Nicht, weil sie moralische Bedenken gehabt hätte. Nein, sie wollte sich schützen, denn ein Platz auf der Reservebank kam für sie nicht infrage. Aber getrennt lebend war ja so gut wie geschieden.

»Also gut. Warum bist du hier?«

»Ich habe zwei Wochen Urlaub. Und mich lässt Claudius

Ferter, mein kleiner Satanist, nicht ruhig schlafen. Und ich finde, Düsseldorf ist eine nette Stadt …«

Sie ignorierte seine Meinung über Düsseldorf. »Ich dachte, der Fall ist wasserdicht?« Ihr Puls beschleunigte sich.

»Gute Indizien, sehr gute. Wie gesagt, die Akten sind schon bei Gericht. Aber Ferter hat nicht gestanden, es gibt keinen forensischen Beweis, keine DNA, keinen Fingerabdruck, nichts, nach wie vor. Ich habe den Mann stundenlang vernommen, habe alle Register gezogen, aber er bleibt stur. Er hat eine schwere Störung, keine Frage, aber mein Gefühl sagt mir, dass da etwas nicht stimmt.«

Er wartete einen Moment, aber Fran hatte nichts dazu zu sagen. Für sie war es selbstverständlich, dass man auf seine Gefühle hören musste, dass man sie mit den Fakten abgleichen musste, um zum richtigen Ergebnis zu kommen.

»Ich habe die Dateien mit allen Verhören dabei.«

Fran holte tief Luft, ahnte, was Albi ihr vorschlagen würde. »Komm erst mal mit, ich bringe dich auf den neuesten Stand.«

Das ganze Team begrüßte Albi überschwänglich, seine Zweifel an der Schuld von Claudius Ferter heizten das Jagdfieber an. Inzwischen war es zweiundzwanzig Uhr, die Freiwilligen waren nach Hause gegangen. Günther orderte Pizza und kochte starken Kaffee, Martina fütterte den Computer mit den Videodaten der Vernehmungsprotokolle von Claudius Ferter, Fran löschte das Licht, dann ging die Show los.

Das Gesicht eines jungen Mannes tauchte auf, dessen Haut so blass und durchscheinend war wie helles Transparentpapier. Eine Hand reichte ihm ein Taschentuch. Er wischte sich Tränen aus den Augen, schnäuzte sich und legte das Taschentuch vor sich auf den festgeschraubten Metalltisch. Albi begann zu sprechen, er stellte die richtigen Fragen, schlug den richtigen Ton an, Claudius Ferter beantwortete jede Frage, aber er leugnete immer wieder, dass er etwas mit dem Mord an der Prostituierten Anastasia Stanowski zu tun hatte. Nach der ersten Vernehmung, die nach knapp drei Stunden beendet war, legten sie eine Pause ein, um ihre Eindrücke auszutauschen.

»Ich glaube Ferter, dass er davon überzeugt ist, Anastasia Stanowski nicht ermordet zu haben. Und ich neige dazu, ihn nicht für den Täter zu halten. Aber er weiß etwas.« Günther wandte sich an Albi. »Du hast es geschickt angestellt, hast ihn dazu gebracht, Gewohnheiten zu zeigen.« Er kratzte sich am rechten Nasenflügel. »Das macht Ferter immer dann, wenn er überlegen muss, wenn er in seinen Erinnerungen wühlt.«

Albi machte große Augen.

»Ihr habt keinen Shrink dabeigehabt?«, fragte Günther.

»Shrink?«, fragte Albi.

»Shrink, ja, irgendeinen Psycho.«

»Nein.«

»Warum nicht?«

»Zu teuer.«

Günther schnaubte. »Immer dasselbe«, sagte er und deutete auf die anderen. »Was meint ihr?«

»Er weiß etwas. Hundertpro!«, erwiderte Fran. »Vielleicht hat er den Mord beobachtet.«

»Und warum sagt er dann nichts? Er riskiert fünfzehn Jahre Gefängnis und danach ab in die Klapse. Wen will er schützen, warum?«, fragte Bruno.

»Das sind die richtigen Fragen«, sagte Günther. »Ich nehme an, ihr habt ihn durchleuchtet?«

»Mit zehntausend Kilowatt Lichtleistung«, bestätigte Albi.

Fran hob die Hand. »Ich habe die Akten gelesen. Ferter ist ein Satansjünger, der seine Messen zu Hause im Hobbykeller gefeiert hat. Mit Tieren aus der Zoohandlung. Damit fängt es immer an.«

Die Mehrzahl der Serienmörder machte ihre ersten Tötungserfahrungen mit Tieren. Sie stellen fest, dass es Spaß macht und dass es ihnen nichts ausmacht, ein Lebewesen zu töten. Aber ihre Fantasien gehen weiter, entwickeln sich, bis der erste Mensch dran ist. Wann hatte dieses Phantom angefangen? Keine Datenbank hatte etwas ergeben. Es war zum Verrücktwerden.

»Wir haben alles auf den Kopf gestellt …« Albi klang verzweifelt. »Schließen wir Ferter als Täter einfach mal aus, das ist doch in eurem Sinne.«

»Gut«, sagte Fran. »Also: Wen will er schützen?«

»Eine Person, die er entweder liebt, verehrt oder der er hörig ist. Die üblichen Verdächtigen«, sagte Günther.

Albi nickte. »Das Problem ist nur, dass wir alle, zu denen Ferter vielleicht ein solches Verhältnis haben könnte – Vater, Mutter, Geschwister –, ebenfalls durchleuchtet haben – negativ. Freunde hat er keine, nur ein paar weitläufige Bekannte, die nicht infrage kommen. Ebenfalls Fehlanzeige.« Er kratzte sich am Kinn. »Ausermittelt!«

Ausermittelt. Ein schreckliches Wort, denn das hieß: Wir haben versagt.

Fran blickte in die Runde und sah nur müde Gesichter und unterdrücktes Gähnen. Es war Zeit, nach Hause zu gehen.

»Feierabend«, rief sie. »Wir drehen uns nur noch im Kreis. Morgen um acht geht es weiter. Dann sind wir ausgeruht, dann können wir wieder geradeausdenken.«

Alle nickten, packten ihre Sachen und machten sich auf den Weg.

Albi wartete, bis Fran die Rechner runtergefahren und das Licht gelöscht hatte. Sie war einen Moment versucht, ihn zu fragen, ob er nicht bei ihr schlafen wolle. Aber das wäre ein Fehler gewesen; Albi als Leibwächter zu missbrauchen war der falsche Weg. Er nahm sich ein Taxi in den Hafen. Sie verabschiedeten sich wortlos mit einem Händedruck.

Fran sah ihm hinterher und wünschte sich einerseits, bei ihm zu sein, wünschte sich im selben Moment aber auch, alleine zu sein. Letzteres zumindest konnte sie haben. Sie schwang sich auf ihr Fahrrad, ließ sich Zeit, genoss die warme Nacht, ließ die Gedanken schweifen, die sich schnell selbstständig machten und sie von einer Klippe zur nächsten führten: Der Konflikt mit ihrem Vater. Ungelöst, heiß, brennend. Der Krieg, den sie mit ihrem Ex vom Zaun gebrochen hatte. Ungelöst, gefährlich, drohend. Ihre Mutter, die sie am liebsten aus diesem verfluchten Haus herausgeholt hätte. Nicht lösbar, zermürbend, endlos. Sie liebte ihre Mutter, und sie schämte sich dafür, ihren Geburtstag so verschandelt zu haben, sie schämte sich, dass sie sich immer noch nicht bei ihr entschuldigt hatte, dass sie sich bis heute nicht bei ihr gemeldet hatte. Und Anne? Ihre kleine naive Schwester, die ihr Fähnchen nach dem Wind hing, die Männer verschliss wie ein Formel-Eins-Rennwagen die Reifen. War Anne glücklich? Und Albi? Sie wünschte sich seine Nähe. Sie wollte ihn kennenlernen. Er war ein Kandidat. All das verursachte ihr Kopfschmerzen, aber da war noch etwas. Etwas, dass ihren Magen angriff. Normalerweise dachte sie nicht schwarz-weiß, aber dieser Mann, der sie am Unterbacher See beobachtet hatte, war für sie ein schwarzer Schatten, eine Untiefe, aus der jederzeit ein Monster auftauchen konnte, um sie zu fressen. Ihr Hals verengte sich, sie trat fester in die Pedale, sie musste schneller sein, schneller als das Monster aus der Tiefe, sie stemmte sich hoch, trat die Pedale, als seien sie ihre Feinde, die Ampel am Südring sprang auf Rot, von links sah sie einen Sportwagen, sie musste es schaffen, legte zu, ihre

Beine schmerzten, und jetzt fiel ihr ein, dass sie etwas vergessen hatte: Sie fuhr ohne Licht, die Scheinwerfer des Sportwagens wuchsen zu kleinen Sonnen heran, die Hupe gellte in ihren Ohren, Reifen quietschten, der Sportwagen stellte sich quer, sie raste weiter, hörte das ärgerliche Hupen und malte sich aus, was Günther wohl sagen würde, wenn er wüsste, wie sie mit ihren Ängsten umging. Nach ein paar hundert Metern zog sie die Bremsen und hielt an. Sie wischte sich den Schweiß aus dem Gesicht, der sich mit ein paar Tränen gemischt hatte. »Das reicht«, sagte sie zu ihrem Fahrrad, zitterte am ganzen Leib, benutzte den Fahrradweg.

Ihr Haus kam in Sicht, sofort meldete sich ihre Angst wieder. Sie stieg ab, beobachtete zwei Minuten lang den Eingang, aber sie konnte nichts Verdächtiges erkennen.

Sie brachte das Fahrrad in den Keller, lauschte in den Flur, aber nichts regte sich, kein Atmen, kein Schuh, der nervös über die Fliesen scharrte.

Sie bog um die Ecke, und noch bevor sie es sah, spürte sie Gefahr. Und tatsächlich: Ein Zettel hing an der Tür. Ihre Hände zitterten, als sie ihn abzog, denn die Vorderseite war nicht beschrieben. Aber auf der Rückseite stand: »Du entkommst mir nicht!«

Fran untersuchte das Schloss, aber sie konnte keine neuen Kratzer erkennen. Sie öffnete die Tür, ging in die Hocke und knipste mit ausgestrecktem Arm das Licht an. Niemand. Auch nicht in der Küche, im Schlafzimmer und im Bad.

Sie riss sich die Kleider vom Leib, stürzte unter die Dusche und stellte den Temperaturregler auf heiß. Er würde nicht hier einbrechen. Er würde sich nicht zeigen, würde niemals die offene Konfrontation suchen, das Gericht hatte ihm verboten, sich ihr zu nähern, hatte eine Bannmeile von fünf Kilometern um ihr Haus verfügt.

Das Schlimme war: Er musste sich gar nicht zeigen, er schlich sich in ihre Gedanken, fütterte ihre Fantasie. Damit trieb er sie in den Wahnsinn, weil sie sich vorstellte, was sein könnte, und letztlich konnte alles passieren: Er konnte sie überfallen und vergewaltigen, in der Hoffnung, sie zu schwängern; er konnte ihr aus Hass mit Säure ihr Gesicht zerstören, damit kein anderer Mann sie haben wollte; er konnte sie halb totprügeln; er konnte sie entführen. All das hatten Frauen schon erdulden müssen. Gegen einen hinterhältigen Angriff wäre sie machtlos. Er säße im Halbdunkel und lachte sich ins Fäustchen, weil sie dumme Pute wieder auf ihn hereingefallen war, weil sie ihn überfallen hatte.

Es war an der Zeit, ihn in die Offensive zu zwingen, ihm seine widerliche grinsende Maske vom Gesicht zu reißen. Und dafür gab es nur eine Möglichkeit: Sie musste sich selbst anzeigen.

12. Dienstag

Fran hatte Albi mit klopfendem Herzen abgeholt und am LKA abgesetzt. Er sollte mit dem Team eine Strategie entwickeln, während sie den Haftprüfungstermin wahrnehmen musste.

Sie würde Albi heute Abend zum Essen einladen und dann nach allen Regeln der Kunst verführen. Das war ihr in der Nacht klar geworden. Sie grinste. In dem Moment, als sie sich entschlossen hatte, sich selbst anzuzeigen, hatten sich in ihr Türen geöffnet, und der Entschluss hatte festgestanden. Es kribbelte im Bauch, sie hatte fast vergessen, wie sich das anfühlte.

Jetzt saß sie eingezwängt zwischen Rechtsanwalt Jung und Oberstaatsanwalt Hasso Kittner in dem engen Dienstzimmer von Richter Rowald, einem jungen Mann, vielleicht Mitte dreißig, der als gnadenloser Verfechter der Menschenrechte galt.

Der Richter blinzelte. »Das nennen Sie einen hinreichenden Tatverdacht, Herr Kittner? Ich muss schon bitten. Gerade haben Sie mir alle Beweise dafür vorgelegt, dass Marvin Mutoah der Mörder von Johanna Magold ist. Und jetzt erzählen Sie mir, dass Lars Rüttgen ein Serienkiller ist, dass er mit Mutoah gemeinsame Sache gemacht hat?«

Kittner holte Luft, aber Rowald hob die Hand.

»Ich bin noch lange nicht fertig. Es gibt keinen einzigen Beweis. Keinen Fingerabdruck, keine DNA-Spur, keine Faser, nichts. Die Alibis sind nicht beweisführend, da die Zeiträume der Tatbegehung viel zu groß sind. Ach ja. Mit dem Tod seines leiblichen Vaters hat er ebenfalls nachweislich nichts zu tun.

Er war zur Tatzeit im Krankenhaus. Blinddarm. Und wenn ich die Vorgänge auf dem Burgplatz in Augenschein nehme, dann bekomme ich große Lust, von Amts wegen gegen Ihren ganzen Apparat ermitteln zu lassen. Das war unsäglich!«

Kittner ließ sich nicht beeindrucken. Er war ein alter Hase und wusste, dass Richter meistens große Reden führten.

Kittner zählte die Beschuldigungen auf: »Er hat einen Beamten schwer verletzt; er hat eine schwarze Messe zelebriert; er hat einem Hund die Gedärme bei lebendigem Leib herausgerissen; er hat eine Schulbescheinigung gefälscht. Seine Wohnung ist vollgestopft mit satanischem Propagandamaterial, er glaubt an die Wiederkehr Luzifers als Herrscher der Welt und will alles dafür tun; er hat Johanna Magold niedergeschlagen, weil sie ihm nicht sexuell zu Willen sein wollte …«

»Das ist falsch.« Jung erhob sich, stieß an Frans Stuhl, entschuldigte sich nicht und trat einen Schritt vor.

Richter Rowald ließ ihn gewähren, Kittner schnappte hörbar nach Luft.

»Es ist ungeheuerlich, wie der Staatsanwalt versucht, meinen Mandanten zu dämonisieren. Die Vernehmungen von Kim Schmitt und Jana Wolff haben eindeutig ergeben, dass Lars Rüttgen ausdrücklich die Anwendung von Gewalt gegen Menschen ausgeschlossen hat. Seine Praktiken richteten sich ausschließlich gegen Tiere und Sachen. Staatsanwalt Kittner will meinen Mandanten vorverurteilen, weil die Ermittlungsbehörden mit dem Rücken an der Wand stehen. Dass er Johanna Magold geschlagen hat, war eine singuläre Affekthandlung. Das räumt mein Mandant ein, und er bereut es zutiefst.« Er setzte sich wieder, achtete diesmal darauf, Frans Stuhl nicht zu berühren.

Fran wusste nicht, ob sie sich ekeln sollte oder ob sie Jung bewundern sollte. Sie entschied sich für bewundern, denn

Jung machte nichts anderes als seinen Job: Er verteidigte seinen Mandanten mit allen legalen Mitteln. Vielleicht brauchte sie demnächst auch so einen Anwalt.

Rowald funkelte Kittner an. »Für diese Taten wird Herr Rüttgen belangt werden, aber das zu erwartende Strafmaß rechtfertigt auf keinen Fall die Anordnung der Untersuchungshaft. Er wird auf keinen Fall mehr als ein oder zwei Jahre bekommen, so wie sich der Fall darstellt, und sehr wahrscheinlich auf Bewährung. Es besteht also weder Flucht- noch Verdunklungsgefahr. Und jetzt möchte ich wissen, was Franziska Miller dazu zu sagen hat.« Er nahm Fran ins Visier. »Sie haben ein Täterprofil erstellt, ist das richtig?«

»Das ist korrekt«, antwortete Fran.

»Gut. Bitte tragen Sie es vor, aber nur Ihre Ergebnisse und keine Einführung in die Problematik der Operativen Fallanalyse. Ich bin durchaus in der Lage, mir selbst ein Urteil zu bilden.«

Fran schluckte und erhob sich.

Rowald seufzte. »Sie können sitzen bleiben, Frau Miller. Wir sind hier nicht vor Gericht, die Herren Anwälte versuchen mich mit diesen dramatischen Gesten zu beeindrucken, was ihnen regelmäßig misslingt.«

Fran ließ sich auf ihren Stuhl plumpsen und unterdrückte ein Grinsen. »Wir …«

»Wer ist ›wir‹?« Rowald hob die Augenbrauen.

»Das Spezialistenteam Operative Fallanalyse des LKA.«

Rowald nickte, Fran spulte das Profil ab, sie brauchte nur wenige Minuten dafür.

»Ich danke Ihnen, Frau Miller, für die knappe und sehr aufschlussreiche Zusammenfassung. Damit scheidet Herr Rüttgen als Serientäter aus, nicht wahr?«

Dagegen konnte Fran nichts einwenden. Aber sie war noch

nicht fertig. Sie hielt es für nicht akzeptabel, dass Rüttgen auf die Menschheit losgelassen wurde. »Das stimmt, ja. Aber Günther Anleder, unser Experte für klinische Psychologie, und ich sind der Auffassung, dass Lars Rüttgen unter einer schweren paranoiden Schizophrenie leidet, Herr Rowald, und Anleder ist der Auffassung, Rüttgen müsse unter Beobachtung gestellt werden.«

Bevor Rowald antworten konnte, sprang Jung wieder von seinem Stuhl auf, wie von einer Stahlfeder getrieben, und stieß mit seinem Zeigefinger in Frans Richtung. »Alle Ermittlungsbehörden haben sich gegen meinen Mandanten verschworen. Die Haftprüfung platzt, also ziehen Sie die Psycho-Karte. Weder Franziska Miller noch Günther Anleder sind vereidigte Gutachter. Ihre Meinungen sind vollkommen wert- und wirkungslos. Ich bin restlos entsetzt! Vor allem, weil sich dieser angebliche Experte unter falschem Namen bei meinem Mandanten einschleichen wollte, um ihm eine Information zu entlocken. Das geht zu weit!« Den letzten Satz schrie Jung fast.

Rowald lief rot an. »Ist das korrekt, Herr Kittner?«

»Das ist korrekt und im Rahmen einer Mordermittlung durchaus zulässig«, erwiderte Kittner kleinlaut. »Es war keine Täuschung während einer Vernehmung, sondern ein Fall von verdeckter Ermittlung, Strafprozessordnung Paragraf …«

»Schweigen Sie!«, polterte Rowald. »Glauben Sie mir, ich werde mir jeden einzelnen Buchstaben noch mal genau ansehen. Gibt es ein echtes Gutachten zum Geisteszustand von Herrn Rüttgen?«

Kittner schüttelte den Kopf, Jung grinste.

Rowald schlug mit der Faust auf den Tisch. »Das alles ist unsäglich! Es ergeht folgender Beschluss: Lars Rüttgen wird augenblicklich aus dem Gewahrsam entlassen. Allerdings unter der Auflage«, er zeigte auf Jung, »dass er Düsseldorf nicht verlässt, sich einem psychologischen Gutachten unterzieht und sich bis zur Klärung der Vorwürfe einmal am Tag bei der zuständigen Polizeistelle meldet.«

Jung deutete eine Verbeugung an, Kittner rauschte aus dem Raum, Frans Puls raste.

Immerhin hatte der Richter ein Gutachten angeordnet. Aber Fran machte sich keine Hoffnungen. Sie hatte beide Gesichter von Rüttgen kennengelernt: den Hohepriester und den braven Jungen. Beide Rollen beherrschte er perfekt, und sie wusste, wie einfach Gutachter zu täuschen waren, vor allem, wenn sie nicht genug Zeit hatten. Rüttgen war gefährlich, daran zweifelte Fran nicht eine Sekunde.

Sie verließ das Gericht auf der Rückseite durch den Nebenausgang, stieg auf ihr Fahrrad und beschloss, kurz nach Hause zu fahren, um sich zu duschen. Sie fühlte sich schmutzig und verschwitzt.

Auf ein Rennen mit der 712 verzichtete sie, kettete ihr Fahrrad an eine Laterne. Sie hörte ein Geräusch, dann fühlte sie einen Stich im Arm. Bevor sie sich fragen konnte, was gerade passierte, wusste sie nichts mehr.

*

»Fran!«

Wer schrie da so? Was sollte das? Konnte man denn nicht einmal ausschlafen? Sie war so müde, unendlich müde.

»Fran, wach auf!«

Fran wollte nicht aufwachen. Sie hatte geträumt, von Albi, und es war ein schöner Traum gewesen. War das nicht seine Stimme, die sie hörte? Warum war er in ihrem Schlafzimmer? Hatte sie ihn schon verführt? Hatte sie so viel getrunken, dass sie sich an nichts erinnern konnte? Erinnern? Woran konnte sie sich erinnern? Bilder flackerten. Sie wollte nach Hause. Ein Stich im Arm. Dann nichts mehr. Nur der Traum. Ansonsten Schwärze. Tiefe Nacht.

»Fran, hörst du mich?«

Eine andere Stimme. Sie erkannte Senior.

»Fran, du musst aufwachen, komm schon.«

Sie spürte etwas Kühles auf ihrer Stirn. Langsam öffnete sie die Augen, und entgegen ihrer Erwartung konnte sie alles klar und deutlich sehen. Senior, Albi, Rettungssanitäter, Schutzpolizisten.

»Was, verdammt …« Ihre Kehle war zu trocken, um weiterzusprechen. Ein Sanitäter hielt ihr einen Becher hin, gierig trank sie.

»Wir haben auf dich gewartet, aber du bist nicht gekommen«, sagte Albi. »Und du bist nicht ans Telefon gegangen.« Er hielt ihre Hand, sein Gesicht war von Sorgenfalten verzogen, er sah hinreißend aus. »Dann ging bei der Polizei ein Anruf ein, dass jemand um das Haus schleiche und sich verdächtig benehme. Senior und ich sind sofort los und haben tatsächlich jemanden eingefangen, der nicht hierher gehört. Erik Muench. Kennst du ihn?«

Also hatte Senior ihm noch nichts erzählt. Und ob Fran ihn kannte. Senior allerdings auch. Erik Muench, ihr Ex. Dass Erik sie betäuben würde, hätte sie nicht erwartet. Was hatte er mit ihr angestellt? Sie fuhr hoch, Albi musste ihre Hand loslassen.

»Was hat er …« Sie presste die Hand auf den Bauch. Wenn er sie vergewaltigt hatte, dann würde sie ihn umbringen.

Senior legte ihr eine Hand auf den Oberarm. »Nichts, Fran. Nichts ist passiert. Du hast einfach in deinem Bett gelegen und warst bewusstlos. Der Notarzt hat dich untersucht.«

Fran schossen Tränen in die Augen. War sie nicht selbst schuld? Sie musste Senior einweihen. Was war mit Albi? Sollte sie ihn rausschicken? Nein. Er sollte sie so kennenlernen, wie sie war.

Die Sanitäter verabschiedeten sich, Fran dankte ihnen für ihre Hilfe.

»K.O.-Tropfen«, sagte Senior und blickte zu Albi. »Mit einer Spritze. Du hattest keine Chance.«

»Albi soll alles wissen«, sagte Fran.

Senior nickte.

»Ich habe Erik Samstagnacht abgepasst und habe ihm gedroht, habe ihn verletzt, aber dann bin ich abgehauen. Er stalkt mich nach wie vor, trotz Bannmeile. Er hört nicht auf.«

Albi runzelte die Stirn. »Dein Ex?«

»Ja, entschuldige, das kannst du ja nicht wissen.« Sie deutete auf den Kleiderschrank. »Links oben. Schau es dir an.«

Albi ging zögernd zum Schrank, öffnete ihn, schaute in eine offene Schachtel, zog eine Ansichtskarte heraus und las sie. »Mein Gott!«

»Ich hatte eine Fehlgeburt. Seitdem verfolgt er mich und will, dass ich ihm ein neues Kind austrage.«

»Ich verstehe«, sagte Albi und legte die Karte wieder zurück. »Aber jetzt ist er dran.« Er setzte sich wieder zu Fran aufs Bett, nahm ihre Hand und streichelte ihr über den Kopf.

Das tat unendlich gut. »Ich bin so ein Idiot«, sagte Fran. Sie hatte eine Lawine losgetreten, die sie fast überrollt hatte.

»Dieser Muench ist der Täter, nicht du, Fran. Er hat dich monatelang terrorisiert. Es ist ein Wunder, dass du ihn nicht einfach plattgemacht hast. Der Typ gehört in die Geschlossene«, sagte Albi.

Senior schien nicht zufrieden. »Du weißt selber, dass du nichts als unverschämtes Glück gehabt hast, oder? Ich kann nur hoffen, dass du an einen guten Richter gerätst. Das kann dich deinen Job kosten, das ist dir doch klar?«

Er wandte sich an Albi. »Ich halte Ihnen zugute, Herr Neusen, dass Sie anscheinend emotional in die Sache verstrickt sind, ansonsten müsste ich annehmen, dass Sie ein Problem mit Ihrem Beruf haben. Bei mir zumindest ist kein Platz für Selbstjustiz. Und bei aller Freundschaft zu Fran: Genau das ist es gewesen.«

Albi lief rot an.

Fran hielt seine Hand fest, hinderte ihn daran aufzustehen. »Es stimmt, Albi. Was ich gemacht habe, ist nicht zu entschuldigen. Wenn wir anfangen, das Recht in die eigene Hand zu nehmen, sind wir ganz schnell am Ende mit unserem Rechtsstaat. Ich werde mich dafür verantworten.«

Albi entspannte sich. »Natürlich. Aber ich finde es trotzdem erbärmlich, dass es gegen diese miesen Typen keine vernünftige Handhabe gibt, dass erst Menschen verletzt werden müssen, bevor wir eingreifen dürfen.«

»Das sehe ich genauso, Herr Neusen«, sagte Senior.

Fran streckte sich, leichte Übelkeit überkam sie, wie nach einer durchzechten Nacht.

Seniors Handy klingelte. Es gab Neuigkeiten. In Muenchs Wohnung hatten die Kollegen aus Köln zwei Ampullen K.O.-Tropfen, flüssige GHB, gefunden, inklusive Injektionsbesteck. Es war unglaublich, welche Mengen von diesem Mistzeug auf dem Markt waren. An jeder Ecke konnte man es kaufen.

»Ich glaube, du bist ihn los, Fran.«

Vorerst zumindest. Aber wenn überhaupt, würde Erik keine allzu lange Gefängnisstrafe erhalten. Wenn sie Glück hatte, würde ein Gutachter ihn einweisen lassen, und wenn sie ganz viel Glück hatte, würde Erik eine Therapie machen und wieder gesund werden. Ansonsten würde er zeit seines Lebens eine Bedrohung für sie darstellen. Auf jeden Fall war ihre Entscheidung, alle Karten auf den Tisch zu legen, die richtige gewesen. Erik war ihr zuvorgekommen, aber das spielte keine Rolle. Ob er sie schon angezeigt hatte? Ihr Kopf schien mit Watte gefüllt zu sein, aber ihre Gedanken klarten immer mehr auf.

»Du kannst aufstehen?«, fragte Senior, und sein Ton verriet, dass er genau das erwartete. »Wenn nicht, dann hätte ich etwas, dass deine Genesung extrem beschleunigen wird.«

Fran schwang die Beine aus dem Bett, drückte sich von der Bettkante ab und stöhnte. So musste es sich anfühlen, wenn man achtzig Jahre alt war. Sie ging in die Knie, winkte aber ab, als Albi sie stützen wollte. Sie atmete ein und stemmte sich hoch, das brachte ihr Blut wieder etwas in Schwung, denn die K.O.-Tropfen ließen den Kreislauf in den Keller fallen. Bei falscher Dosierung wachte das Opfer nicht mehr auf.

»Nun rede schon, Senior!« Sie machte ein paar Rumpfbeugen; bei der ersten fiel sie fast vorneüber.

»Wir haben einen Treffer. Der Mann heißt Friedel Frenzen, arbeitete bei einem Getränkehandel, bis er vor knapp einer Woche schriftlich die Kündigung einreichte, weil er angeblich an einer tödlichen Krankheit litt und die letzten Monate im Süden verbringen wollte.«

Fran schlug sich mit der Faust in die Hand. Inzwischen hatte sie zehn Rumpfbeugen gemacht und fühlte sich schon wieder wie ein normaler Mensch. »Worauf warten wir? Weiß Kittner schon Bescheid?«

Senior schürzte die Lippen. »Er erwartet uns.«

*

»Nicht schlecht«, sage ich zu dem Jungen, der vor mir auf dem Tisch liegt und nach Angstschweiß stinkt. »Das war ein Rekord! Selbst mein Favorit, Friedel, den du nicht kennst, hat diesen Schalldruck nicht geschafft. Und das mit nur einem klitzekleinen Elektroschock. Bemerkenswert.«

Ich habe den Kleinen am Bahnhof aufgegabelt. Ein Ausreißer, ein Stricher, ein Fixer. Optimal. Ich habe ihm einen Hunderter vor die Nase gehalten, und er konnte gar nicht schnell genug in meinen Wagen springen. Es war gar nicht so einfach, ihn davon abzuhalten, mir sofort einen zu blasen. Einen Moment lang habe ich mit dem Gedanken gespielt, es auszuprobieren, aber ich musste an Engel denken, und sofort verging mir die Lust an dem Strichjungen. Ich will sie zuerst. Mein Körper will sie. Und dann Fran. Meine Seele will Fran. So wird es sein. Meine Kräfte sind wieder zurückgekehrt, und ich fühle mich besser als je zuvor. Niemand kann mich aufhalten. Deus Sonor ist unfehlbar.

Ich rücke mir die Maske zurecht. Meine Sammlung ist fast komplett. Schon mehr als fünfhunderttausend Mal sind meine Werke angeklickt worden. Die Menschen fühlen, dass sie teilhaben an einer großen Sache, an etwas, das über ihre eigene armselige Existenz hinausgeht, sie spüren den göttlichen Atem. Das fühlt sich besser an, als ich gedacht habe. Ich bin Deus Sonor!

Und der Bubi hier vor mir hat mir nicht nur den Dezibelrekord geliefert, er wird auch dafür sorgen, dass Fran endlich meine anderen Botschaften versteht. In den Nachrichten haben sie gemeldet, dass dieser Rüttgen wieder frei ist, weil Fran ihn für unschuldig hält, zumindest, was meine Gäste angeht. Alle Achtung! Ich wusste doch, dass sie kein gewöhnlicher Mensch ist. Ihr Täterprofil ist erstaunlich genau, wenn auch etwas ausgeschmückt mit Psycho-Geschwätz. Und in einer Sache irrt sie: Ich empfinde keinerlei Lust, wenn ich mit meinen Gästen arbeite, im Gegenteil, manchmal stelle ich mir sogar vor, ich könnte sie verschonen, und der Gedanke ist gar nicht so furchtbar. Aber sie kann sich in mich hineinversetzen, sie kann denken und fühlen wie ich, wir sind füreinander geschaffen, das steht fest. Ob sie herausfindet, was mich und Rüttgen verbindet? Ich darf ihr nicht zu viel verraten. Muss vorsichtig sein.

Es wird Zeit. Ich nehme meine Maske ab.

Der Junge fängt an zu weinen. Er versteht.

»Du musst jetzt sterben, mein Kleiner«, sage ich. »Es tut mir leid, aber es geht nicht anders. Es tut auch gar nicht weh, und dann hast du es hinter dir, dann musst du keinem mehr den Schwanz lutschen, und du musst nicht mehr zitternd in der Ecke hocken und kotzen, weil du deinen Schuss nicht bekommst.« Die bösen Worte kommen ohne Probleme über meine Lippen, weil ich nicht fluche, sondern einfach nur die Wahrheit sage. »Ist das nichts? Gleich bist du bei deinem Gott, falls du an so etwas glaubst.«

Der Junge wimmert, stammelt immer wieder dieselben Worte: »Bitte nicht, ich will nicht sterben.«

Ich verstehe das nicht. Sein Leben ist doch einfach nur armselig. Und trotzdem will er nicht sterben. Aber es ist nun mal so, dass mein Wille geschieht.

Ich drücke den Kolben durch, es dauert keine Minute, dann hat er das Bewusstsein verloren. Ich habe es eilig, also durchtrenne ich seine Halsschlagader, halte eine schwere Folie darüber. Sein Herz schlägt noch, heiß presst es das Blut gegen die Folie, ich trage Latexhandschuhe, die meisten Fixer haben AIDS, und darauf kann ich gut verzichten. Seine Muskeln erschlaffen, ich drehe ihn auf den Bauch, reinige ihn und graviere meine Botschaft in seinen Rücken. Ich bin versucht, mit meinem Künstlernamen zu signieren, aber das wäre geschmacklos. Ich verpacke ihn. Bringe ihn zu einem Ort, an dem er bald gefunden werden muss. Alles andere ist ebenfalls bestens vorbereitet.

Jetzt wird Fran verstehen, jetzt kann sie die anderen Botschaften entschlüsseln. Und bald werde ich ihr in die Augen sehen.

*

Kittner legte die Hände aneinander. »Ich muss mich bei Ihnen entschuldigen, Frau Miller. Sie lagen wohl richtig mit Ihrer Analyse.«

»Es ist die Analyse meines Teams, Herr Kittner.«

»Dann lag Ihr Team richtig. Ach ja, bevor ich es vergesse: Erik Muench hat Anzeige gegen Sie erstattet.«

»Er ist mir zuvorgekommen.«

»Das glaube ich Ihnen. Wir werden ermitteln müssen.« Kittner fixierte Fran.

»Natürlich. Ich werde vollumfänglich aussagen.«

Kittner lächelte. »Ich bin über die Vorgänge informiert. Machen Sie sich keine Sorgen. Da dieser Erik Muench anscheinend fit genug ist, Sie zu überfallen, können Sie ihn nicht sehr schwer verletzt haben. Ich gehe davon aus, dass die Sache gegen Zahlung einer Geldbuße eingestellt werden wird; damit Sie sich in Ruhe auf die wichtigen Dinge konzentrieren können.«

Fran war erleichtert und warf Senior einen triumphierenden Blick zu. Sie konnte nicht anders, als Befriedigung zu empfinden. Gleichzeitig fiel ihr ein, dass sie damit Teil des Systems wurde, das auf Gefälligkeiten und Rücksichtnahmen beruhte. Ihre gute Laune verflog.

Kittner klatschte in die Hände. »Gut. Und jetzt zu den aktuellen Ereignissen. Wir haben es mit einem hochintelligenten Soziopathen zu tun. Ist das in der Kürze so richtig?«

»Zu vierundachtzig Prozent«, bestätigte Fran und verdrängte die aufkeimende Übelkeit. »Und wir haben mit großer Wahrscheinlichkeit ein weiteres Opfer ausfindig gemacht. Der Täter hat bis vor Kurzem versucht, die Identität seiner Opfer zu verschleiern. Im Fall Bredows«, Fran schwieg einen Moment, und Kittner gab zu verstehen, dass er die Akten kannte, »haben wir exakt das gleiche Muster. Der grafologische Vergleich steht noch aus, aber ich glaube nicht, dass wir eine Überraschung erleben werden. Es wird weder Rüttgens noch Frenzens Schrift sein. Unser Problem ist vor allem, dass sich der Täter anscheinend emotional überhitzt, das heißt, er gerät außer Kontrolle, alles, was er viele Jahre lang unterdrückt hat, drängt nach außen. Wir wissen nicht, wie viele Opfer er auf dem Gewissen hat, aber die Zeiträume zwischen den Taten werden immer kürzer. Exponenziell. Seine Angst, erwischt zu werden, hat sich in Größenwahn verkehrt. Vom heimlichen Killer zum allmächtigen Gott. Er wird immer mehr zur reißenden Bestie. Er wird sich sehr bald wieder zeigen. So oder so. Er will mit uns kommunizieren.«

Die Bilder der entstellten Rücken gingen Fran durch den Kopf. Neben den satanischen Mustern und den Hieroglyphen hatte sie noch ein anderes Muster erkannt, aber sie hatte den Eindruck, dass es nicht vollständig war.

»Was schlagen Sie vor?«, fragte Kittner.

»Ein Massenscreening. Und provokative Presse. Wir müssen den Fuchs aus dem Bau jagen, je eher, desto besser.«

Kittner rieb sich die Augen. »Wird er dann nicht noch mehr Druck aufbauen?«

»Das ist das Risiko. Aber wenn wir nichts tun, bleibt er ein Phantom. Und Druck baut er so oder so auf. Das Problem ist, dass er bisher uns seine Spielregeln aufgedrückt hat. Das müssen wir umkehren. Wir müssen aktiv werden, müssen ihn zum Reagieren zwingen.«

»Okay. Sie haben meinen Segen. Wenn Sie irgendeinen Beschluss brauchen, ich besorge Ihnen alles.«

Fran drückte sich aus dem Sessel hoch.

Kittner wies mit dem Zeigefinger auf sie. »Ich habe die Akten sorgfältig studiert. Meinen Sie nicht, dass der Täter es auch auf Sie persönlich abgesehen haben könnte? Er hat Sie am Unterbacher See im Fokus gehabt, und nur Sie konnten diese speziellen Symbole entschlüsseln.«

»Das könnte sein, durchaus«, erwiderte Fran und begriff, dass sie Kittner vollkommen falsch eingeschätzt hatte. Er beherrschte sein Handwerk.

»Sie bekommen Polizeischutz, keine Widerrede. Rund um die Uhr. Drei Schichten. Personenschützer vom LKA. Elite.«

Fran deutete eine Verbeugung an und fühlte Erleichterung. »Dagegen ist nichts einzuwenden. Ich danke Ihnen.«

Beschwingt verließ sie Kittners Büro, mit Senior und Albi im Schlepptau. Alles schien sich zum Guten zu wenden.

Albi wäre sicherlich nicht abgeneigt, ihren dritten Bodyguard zu spielen. Es kribbelte wieder angenehm in ihrem Bauch, als sie daran dachte, mit ihm im Bett zu liegen und zu kuscheln. Nach dem Sex.

Jetzt mussten sie nur noch den großen Unbekannten finden. Und das war nur eine Frage der Zeit.

*

Die Wohnung war leer. Mutter war nicht da. Das blanke Chaos herrschte. Die Bullen hatten alles verwüstet, jede Schublade herausgerissen, Matratzen aufgeschnitten, Holzdielen aus dem Boden gebrochen, wo sie einen Hohlraum vermutet hatten. In der Küche waren Fliesen von der Wand geschlagen. Alles lag übereinander, nicht ein Stück hatten sie aufgeräumt.

Jung hatte ihm erklärt, das sei rechtens, allerdings müssten die Schäden repariert werden, wenn das Verfahren gegen ihn eingestellt würde oder er in einem Prozess freigesprochen würde. Er müsse so oder so die Reparaturen veranlassen und dann die Rechnung ans Gericht schicken. Das könne gut ein bis zwei Jahre dauern, bis das alles bearbeitet sei und er sein Geld habe.

Und er hatte ihm noch etwas erklärt: Mutter war wirklich tot, und sie war an ihrer Krankheit gestorben. Sie waren in die Leichenhalle gegangen, sie hatten ihm ihren toten Körper gezeigt, es hatte ihm alle Eingeweide umgedreht, aber weinen hatte er nicht können. Warum hatte Luzifer nicht eingegriffen? Weil die Reinigung nur durch das Feuer der Trauer und der Schmerzen möglich war? Oder wollte Luzifer ihn prüfen, weil er, Lars Rüttgen, auserkoren war, von Luzifer zum neuen Lichtbringer erhoben zu werden?

Sein Arbeitszimmer war leer gefegt, alles hatten sie mitgenommen, nichts wollten sie ihm zurückgeben, bis das Gericht über ihn geurteilt hatte.

Er musste die Überlebenden seiner Kirche zusammenrufen, sie mussten handeln, sie mussten sich auf die Reise begeben, mussten Flüche und Zauber sprechen, es waren so viele, dass es Lars alleine nicht schaffen konnte.

Immerhin hatten sie ihm sein Handy wiedergegeben, nachdem sie den gesamten Inhalt irgendwo gespeichert hatten. Und sie ließen ihn nicht aus den Augen. Auf der Straße stand ein Zivilauto mit zwei Bullen drin, sie bemühten sich nicht einmal, sich zu verbergen. Aber das Tagebuch hatten sie nicht gefunden. Weil sie verblendet waren.

Vor acht Jahren, Lars war gerade zehn geworden, hatte er in Mutters Nachttischschublade nach Süßigkeiten gesucht, stattdessen das Tagebuch gefunden, aber nur wenige Seiten lesen können: die Seiten, die Mutter mit einem Lesezeichen markiert hatte. Da stand, dass sein Erzeuger Friedrich von Solderwein war; dass Lars während eines satanischen Rituals gezeugt worden war; dass Solderwein glaubte, dass Luzifer die Welt befreien konnte, dass er das Joch des ewigen Egoismus von den Menschen nehmen könnte, wenn Gott und Satan wieder vereint würden, und dass dann das goldene Zeitalter anbreche und die Menschen endlich frei wären. Weiter hatte er nicht lesen können, Mutter hatte ihn überrascht, er musste das Buch schnell verstecken, doch sie hatte wohl alles bemerkt, denn als er das Tagebuch weiterlesen wollte, war es verschwunden gewesen.

Erst vor wenigen Monaten, als Mutter sich nicht mehr selbst helfen konnte, hatte er das Tagebuch im Keller wiedergefunden. Es war in einem Altpapierpaket versteckt, das schon viele Jahre dort gelegen haben musste. In Mutters klarer Handschrift stand darauf: »Ungelesen zu verbrennen«, was Lars natürlich nicht gemacht hatte. Er hatte das Paket durchsucht, das Tagebuch gefunden und in seinem Geheimversteck in einer Dokumentenschachtel abgelegt. Immer wieder wollte er es zu Ende lesen, aber die Angst, eine furchtbare Wahrheit über sich zu erfahren, hatte ihn davon abgehalten. Heute war der Tag gekommen, an dem er sich nicht mehr drücken konnte.

Aber zuerst musste er Kim und Jana anrufen. Wahrscheinlich wurden alle ihre Telefone abgehört, es nutzte also nichts, dass er sich ein Prepaid-Handy besorgte. Er wählte Janas Nummer.

Sie meldete sich, doch bevor er etwas sagen konnte, fiel sie über ihn her.

»Lass mich doch in Ruhe mit deiner Scheiße! Ich will nie wieder irgendetwas von deiner bescheuerten Satanskacke hören. Du hast Marvin auf dem Gewissen. Und Johanna auch.

Du bist schuld! An allem. Steck dir deinen Satan in den Arsch, da gehört er hin. Und jetzt verpiss dich.«

Ihre Worte trafen ihn schmerzhafter als die Schläge der Bullen. Sie hatten sie umgedreht, hatten sie einer Gehirnwäsche unterzogen. Ohne eine Antwort unterbrach er die Verbindung, tippte Kims Nummer ein.

Sie meldete sich, blieb ruhig, aber auch sie kehrte der Church of XXXL den Rücken. Sie wünschte ihm alles Gute.

Lars vermochte nicht zu antworten, so groß war der Kloß, der ihm im Hals steckte. Seine Kirche war zerstört, eingerissen bis auf die Grundmauern. Aber musste es nicht so sein? Musste nicht der Prophet letztlich alleine gegen alle stehen?

Er warf das Handy auf sein Bett, ging in den Keller, den die Bullen zwar auch durchsucht hatten, aber sie hätten das ganze Haus abtragen müssen, um das Tagebuch zu finden. Er hatte es eingemauert, die Stelle war nicht von der normalen Wand zu unterscheiden. Mit ein paar Hammerschlägen löste er die Steine, entnahm die Schachtel dem Hohlraum dahinter, setzte sich auf einen alten Campingstuhl und begann, von vorne zu lesen.

Die Worte lösten Schmerzen aus in seinem Kopf, er war versucht, sich zu entziehen, war versucht, das, was er da in der Hand hielt, zu verbrennen, so wie seine Mutter es gewünscht hatte, aber die Worte entfalteten eine Magie, der er sich nicht entziehen konnte. Sie führten ihn weit zurück in der Zeit, in ein Internat, in dem sein Vater von Dämonen geplagt nachts nicht schlafen konnte, der nur Trost fand, wenn er andere beherrschen konnte, wenn er bekam, was er wollte. Und eines Tages merkte er, dass er mit Geld nicht alles kaufen konnte, als ihn ein Mädchen zurückwies. Da nahm er sich das Mädchen mit Gewalt, und sein bester Freund Ägidius sorgte dafür, dass sie schwieg. Noch einmal tat er das, und noch einmal schützte ihn Ägidius. Aber er drohte, Friedrich zu verlassen, wenn sich das wiederholen sollte. Also dachte sich Friedrich etwas anderes aus. Er wandte sich den okkulten Mächten zu, wurde Satanist, aber nur in der Nacht. Am Tage war er der strahlende Sohn einer mächtigen Familie, und bald war er selbst so mächtig, dass es ihn langweilte, und er beschloss allen zu zeigen, wie verrückt es war, was er tagtäglich tat. In der Walpurgisnacht vollzog er Jahr für Jahr das große Ritual, und immer fanden sich Frauen, die bereitwillig ihr Blut verspritzten und sich Friedrich hingaben. Und immer stand Ägidius an Friedrichs Seite und kehrte ihm hinterher, sorgte dafür, dass nichts, was nachts geschah, das Licht des Tages erblicken konnte. Zwei Frauen wurden schwanger, zwei Kinder verstieß Friedrich von Solderwein, stieß sie geradewegs in die Hölle. Aber das war nicht Luzifers Werk und Wille! Das war schlechte Magie, das war schwarze Magie, die nur Tod brachte und Verderben. Wie konnte das sein? Sein leiblicher Vater hatte Lars einem Mann überlassen, der das Böse gewesen war, bis zu dem Tag, als Lars ihn zur Rechenschaft gezogen und die Treppe hinuntergestoßen hatte.

Und Lars erkannte, dass er das Schicksal des verstoßenen Sohnes mit einem Menschen teilte, von dem er nichts gewusst hatte: mit seinem Bruder.

»Kein Mensch ist ohne Fehl« stand auf der letzten Seite und »Ich bitte euch, verzeiht mir, dass ich ein Mensch bin«.

Ein Sturm tobte in Lars' Kopf, in seiner Brust und seinen Eingeweiden. War Luzifer wirklich ein Irrweg? Zerstörte Luzifer die, die ihm dienten? Aber er sprach zu ihm, zu Lars, klar und deutlich. Nein, den Irrweg hatte sein Vater beschritten, als er zu feige gewesen war, sich zu seinen Söhnen zu bekennen, als er zwar die Rituale der Vereinigung vollzogen hatte, aber nicht die des Blutes. Lars spürte keine Wut, keinen Hass, nur die Trauer, dass er seinem Vater bisher nur durch die Magie der Messe verbunden war.

»Das Blut ist stärker als alles andere«, flüsterte Lars. »Ich verzeihe dir, Vater, und ich werde meinen Bruder suchen, und dann wird die Familie wieder zusammen sein, dann werden wir wieder stark sein.«

Lars packte das Tagebuch, ein paar Kleider, seine Zahnbürste, sein Handy und seinen Laptop in einen Rucksack, löste das Sparbuch seiner Mutter auf, das ihm immerhin fast zweitausend Euro brachte, ging zum Bahnhof und löste eine Karte nach Hamburg. Einfache Fahrt.

13. Mittwoch

Ein Handy brummte. Es war nicht Frans Handy. Ein Mann fluchte leise. Fran brauchte keine zwei Sekunden, um wach zu werden. Dann begann ihr Handy, *Like a Satellite* zu spielen. Einen Moment noch wusste sie nicht, wo sie war, dann fiel ihr alles wieder ein.

Der Mann war Albi. Er lag in ihrem Bett. Sie hatte ihm gestern noch die Altstadt gezeigt, gegen elf Uhr hatten sie beschlossen, schlafen zu gehen, denn sie waren beide am Tisch schon weggedämmert, das war sogar der Bedienung aufgefallen, die sie lachend nach Hause schickte. Fran hatte Albi ihr Bett angeboten, er hatte dankend angenommen, sie hatten sich aneinandergekuschelt, sie hatte sämtliche Pläne für wilden Sex fallen lassen, sie waren sofort eingeschlafen.

Fran griff ihr Handy, Albi hatte seines vom Nachttisch gefegt, er hing halb aus dem Bett und suchte es. Sie hielt sich das Handy ans Ohr, es war Senior, und das konnte nur eins bedeuten.

Bevor Senior überhaupt etwas sagen konnte, fragte sie: »Wo?«

»Bärenkopf, Rheinkilometer 746,7. Weißt du, wo das ist?«

»Ja, auf der anderen Rheinseite, bei Oberkassel. Wir sind gleich da.«

Albi hatte inzwischen sein Handy gefunden und war auf demselben Stand der Dinge. Herz hatte ihn angerufen.

Fran strich ihm kurz mit der Hand über das Gesicht, er lächelte.

Dann sprangen sie aus dem Bett, zogen sich in Windeseile an und hetzten los.

»Gut, dass ich Polizeischutz habe«, sagte Fran. »Immer ein Taxi vor der Tür, mit echten Sonderrechten.«

Albi lachte, sie quetschten sich zu fünft in den Streifenwagen, Albi vorne, Fran und die beiden Bodyguards hinten. Mit Blaulicht und Sirene rasten sie los.

Am Tatort war die Hölle los. Fernsehteams von mindestens zehn Sendern waren in Stellung gegangen, an die zwanzig Beamte waren mit nichts anderem beschäftigt, als die Gaffer zurückzudrängen. Weitere fünf filmten zu Frans Genugtuung unablässig die Umstehenden. Sie hatten die Lektion von Unterbach gelernt. Aber warum war sie erst jetzt benachrichtigt worden? Der Apparat lief schon eine ganze Weile.

Kittner war da und sogar Mario Hartbäcker, der Staatssekretär im Innenministerium. Die Sache begann politische Dimensionen anzunehmen, denn ein Serienkiller, der quasi mit Ansage die gesamte Düsseldorfer Polizei narrte, war nicht förderlich für die Reputation der Politiker. Fran wappnete sich gegen alle Eventualitäten vom Rausschmiss bis zur Beförderung.

Kittner trat auf sie zu, stellte sie Hartbäcker unnötigerweise vor, mit den Worten, hätte man eher auf sie und ihr Team gehört, wäre vielleicht einiges anders gelaufen.

Hartbäcker verzog keine Miene, aber er schüttelte kräftig ihre Hand.

Senior winkte ihr, sie entschuldigte sich bei den beiden Herren, die sie ziehen ließen, denn sie mussten sich um die Presse kümmern.

»Wann?«, fragte Fran ärgerlich.

»Um fünf Uhr dreißig. Du hättest nichts machen können,

wir haben die ganze Gegend, auch das andere Ufer, abgesucht. Der Täter hat sich nicht blicken lassen.«

»Mein Team?«

»Ist unterwegs. Kommt mit.« Er grüßte Albi mit einem väterlichen Schlag auf die Schulter. »Kittner ist erfreut, dass Sie mitmachen. Das gibt gute Presse. Zusammenarbeit über die Ländergrenzen und so.«

Albi verzog das Gesicht zu einem schiefen Lächeln.

Auf Brettern gingen sie zur Fundstelle der Leiche. Die Spurensicherung war in vollem Gange, riesige Scheinwerfer waren aufgebaut, als wolle man hier einen Film drehen.

Die zweite Leiche an einem Gewässer. Hatte das etwas zu sagen? Warum machte er das? Was wusste er über Operative Fallanalyse? Legte er falsche Spuren? Fran rauschte der Kopf.

Senior trat zur Seite, sie sah den Rücken, die roten Linien und die Brandmarken. Er war es. Kein Zweifel. Spätestens jetzt hatten sie eine Serie. Drei Morde, derselbe Täter. Sie starrte auf das Muster, auf die Schnitte, auf die Handschrift.

»Senior! Albi!«

Beide drehten sich zu ihr um.

»Er ist wütend.« Sie stockte. »Nein. Nicht wütend. Verärgert. Ungeduldig. Seht ihr die Wundränder? Sie sind nicht so glatt, nicht so elegant. Hier und da hängt ein Fetzen Haut. Und er hat ihm die Kehle durchgeschnitten.«

»Absolut korrekt«, brummte es von hinten.

Fran musste sich nicht umdrehen. Es war Bruno.

»Er ist angepisst«, sagte er. »Oder er hatte es eilig. Das zweite Opfer, das er uns vor die Tür legt. An einem Gewässer.«

»Genauso wie Helena Meier.« Fran überlegte einen Moment. Schlagartig wurde ihr klar, dass sie nichts mehr ausschließen durften. Im Gegenteil. Dieser Täter hatte zwar eine Handschrift, aber er war intelligent genug, sich zu verstellen, er war ein Chamäleon, er beherrschte die Mimikry perfekt. Vielleicht hatte er Johanna Magold doch getötet. Vielleicht war es doch ein Team. Wo war Rüttgen?

Fran fokussierte die Linien, blinzelte mit den Augen. Wieder begannen sie zu schwimmen, und diesmal ergaben sie einen Sinn, zusammen mit den Mustern der anderen Rücken. Konnte das möglich sein? Bevor sie die Pferde scheu machte, musste sie sicher sein.

»Haben wir Intranet-Zugriff?«, fragte sie, ohne die Augen von dem misshandelten Körper zu nehmen.

»Sicher«, antwortete Senior und deutete auf einen Lieferwagen. »In der Leitstelle.«

»Ich brauche ein Foto, senkrecht von oben.«

»Ist alles schon im Kasten.«

Fran lief los, enterte die Leitstelle, besetzte einen Rechner.

Bruno kam schwer atmend hinterher, stellte sich hinter sie. »Es sind Zahlen, nicht wahr?«

Fran nickte anerkennend und lud sich die anderen Muster der Rücken auf den Rechner, isolierte die Linien, blendete die satanischen Symbole und die Hieroglyphen aus, die nicht ins Muster passten. Sie rief das grafische Analyseprogramm auf, das die Linien einzeln erfasste, sie separieren und in verschiedenen Ebenen anzeigen konnte.

Es waren insgesamt einundneunzig Elemente, verteilt auf drei Rücken: Bredows, Meier und jetzt dieser junge Mann. Sie schob die Ebenen übereinander. Auch wenn die Schrift verzerrt war und manchmal schief und schlecht zu lesen, die Botschaft war eindeutig. In alter digitaler eckiger Schrift, so wie auf den ersten elektronischen Anzeigen, tauchten Ziffern auf und Zeichen. »51°11’45.55” N und 6°45’49.74” O.«

Fran spürte Hitze in ihr Gesicht steigen. Ihre Finger flogen über die Tastatur. Eine Adresse erschien: Fritz-Reuter-Straße,

Bilk. Und ein Name: Joseph Kaldenbach. Und ein Bild. Fran brach der Schweiß aus, ihr wurde übel.

»Fran, was ist los?« Albi legte ihr beide Hände auf die Schultern, und sie stellte fest, dass sie die Berührung beruhigte. »Du bist weiß wie die Wand.«

Fran zeigte auf den Bildschirm. »Ich kenne ihn. Ich sehe ihn fast jeden Tag. Er fährt die 712.«

»Mein Gott!«, entfuhr es Senior. »Was wissen wir sonst noch über ihn? Ist er aktenkundig?«

Sie klickte einen Button an. Ein Ping ertönte. Keine Einträge. Saubere Weste.

Seniors Handy läutete. Er ging ran, hörte einen Moment zu, dann verließ er den Wagen.

Fran hörte ihn brüllen wie einen Berserker: »Ihr elenden Versager, ihr unnützen Schmarotzer, wozu werdet ihr eigentlich bezahlt? Findet raus, wo er hin ist, zeigt Bilder am Bahnhof herum, ihr Deppen.« Er schwieg einen Moment, dann entgegnete er etwas ruhiger, dass er wisse, dass sie zu zweit überfordert seien, und dass er wisse, dass das MEK zuständig sei, und dass er wisse, dass sie das freiwillig machten, weil der Richter weder eine Überwachung noch Abhöre angeordnet habe und sie daher auch sein Handy nicht anzapfen durften, und erst morgen, wenn er sich nicht bei der Polizei gemeldet hätte, erst dann dürften sie eine Fahndung einleiten. Senior entschuldigte sich mehrfach, dankte den Kollegen und kam zurück.

Sein Kopf war hochrot, selten hatte Fran ihn so wütend erlebt, noch nie hatte sie erlebt, dass er Kollegen grundlos so fertiggemacht hatte. Senior brauchte eine Auszeit, aber das würde sie ihm nicht sagen, denn die Antwort kannte sie.

»Sie haben Rüttgen verloren. Er ist mit dem Rucksack los, in der Straßenbahn hat er sie abgehängt.«

Fran seufzte. Das war großer Mist, Rüttgen konnte jederzeit

ausrasten. Sein Leben lag in Scherben: seine Mutter tot, seine Kirche aufgelöst, er war von der Schule geflogen.

Aber jetzt mussten sie sich erst einmal auf Kaldenbach konzentrieren. Sie betrachtete sein Gesicht. Das Foto stammte aus den Akten der Rheinbahn. Charmantes Lächeln, warme Augen, eine Adlernase, so kannte sie ihn aus der Bahn. Und sie hatte ihn in einem anderen Zusammenhang schon einmal gesehen, aber wo? Sie verdrängte den Gedanken, sie wusste, dass es nichts half, ihr Gehirn zu stressen. Wenn sie ihn schon einmal gesehen hatte, dann würde es ihr einfallen.

Kittner gab gerade den Befehl durch, Kaldenbachs Haus abzusperren und dann zu durchsuchen, und er orderte zwei Einheiten des SEK zuzüglich einer Hundertschaft Bereitschaft und einen Übertragungswagen, damit sie die Aktion hier mitverfolgen konnten.

Günther öffnete die Tür, Fran winkte ihn herein, obwohl eigentlich gar kein Platz mehr war. Sie rückten noch enger zusammen, Günther überflog die Informationen, Fran erklärte ihm den Ermittlungsstand.

»Warum führt er uns zu seinem Haus?«, fragte Fran laut.

»Er will gefasst werden. Sein Unterbewusstsein hat ihm einen Streich gespielt«, sagte Kittner. »Das kennen wir von vielen Tätern. Die Schuld ist zu groß, er will endlich Frieden haben.«

Günther schüttelte den Kopf. »Nicht dieser Täter.« Er fixierte Kittner. »Kaldenbach spielt mit uns. Und er hat einen Punkt erreicht, an dem es für ihn keine Umkehr mehr gibt. Er will Aufmerksamkeit, keine Frage, aber nicht, indem er sich ausliefert. Er ist zum Gott geworden, und er lässt jetzt die Puppen tanzen. Wir werden in seinem Haus alles Mögliche finden: Hinweise, Forderungen, Statements, aber nicht ihn.«

»Wenn ich an Bredows denke, rechne ich mit einer Falle.

Alles, was er tut, eskaliert. Wir müssen sehr, sehr vorsichtig sein, und wir müssen mehr über ihn wissen«, sagte Fran zu Kittner. »Beruflicher Werdegang, wo hat er gewohnt, das ist mir besonders wichtig, ist er verheiratet und so weiter. Sie kennen das ja.«

Kittner nickte, gab weitere Befehle durch, forderte Gerichtsbeschlüsse für Ärzte, Krankenkassen, Staatsschutzarchiv und Bundesnachrichtendienst an.

Fran wippte ungeduldig mit den Füßen. Das alles dauerte zu lange. »Bevor wir nicht wissen, wer Kaldenbach ist, darf niemand in das Haus, es kann eine Sprengfalle sein«, warf sie in die Runde und gab es auch an die Einheiten vor Ort weiter. Diesmal würde niemand sagen können, er habe das Risiko nicht gekannt.

Günther und Kittner nickten gleichzeitig, Kittner forderte die Sprengstoffexperten des LKA und den Sprengmittelräumdienst an.

Ein Monitor flackerte, dann erschien ein Bild. Fran erkannte die Fritz-Reuter-Straße und Kaldenbachs Haus. Sie war oft genug daran vorbeigefahren. Zumindest hatte er es nicht auf sie abgesehen, sonst wäre sie schon längst tot.

Ein Gedanke schoss ihr durch den Kopf, sie fühlte den Boden unter ihren Füßen weich werden. Hektisch öffnete sie ein neues Fenster, rief die Akte ihres Ex auf. Das Labor war fleißig gewesen. Sie hatten bereits die K.O.-Tropfen aus ihrem Blut mit denen von Erik verglichen. Das Ergebnis sprang auf den Monitor, Fran schloss die Augen. No match. Keine Übereinstimmung. Erik hatte sie nicht betäubt. Ein Vermerk in der Datei sprang ihr in die Augen: Weitergabe der Beweismittel an die Staatsanwaltschaft, Verdacht des sexuellen Missbrauchs. Aber sie war nicht das Opfer gewesen, wer dann? Sie gab den Namen ihres Ex in die Datenbank der aktuellen Ermittlungsverfahren, und sofort hörte sie ein Ping. Sie las, und obwohl sie Erik hasste, hätte sie ihm das nicht zugetraut: Die Staatsanwaltschaft ermittelte gegen ihn wegen mehrfacher Vergewaltigung. Bei der Durchsuchung seiner Wohnung hatten sie ein ganzes Sortiment weiblicher Unterwäsche gefunden.

Aber das ließ nur einen Schluss zu: Nicht Erik hatte sie betäubt, es war Kaldenbach gewesen, sie war in seiner Gewalt gewesen, er hatte sie verschont. Ihr Mund wurde trocken. Sie holte die Laborergebnisse der Betäubungsmittel, mit denen die Opfer von Kaldenbach umgebracht worden waren, auf den Schirm.

»Senior! Schau dir das an.«

Senior blinzelte ein paar Mal. »Mein Gott!«, hauchte er. »Wir lassen dich nicht mehr aus den Augen.«

Fran schluckte. »Ich bitte darum.«

Kittner warf einen Blick auf die Ergebnisse. »Er benutzt Sie als Kontaktperson und Bauer in seinem Spiel, das er mit uns spielt, wie ich vermutet habe«, stellte er fest. »Und er hat eine besondere emotionale Beziehung zu Ihnen.«

Fran schluckte, unterdrückte den Impuls, einfach wegzulaufen. »Ich bin sein Liebes- und Hass-Objekt. Er hat bewiesen, dass er Herr über mein Leben ist, indem er mich betäubt hatte, mich in seiner Gewalt hatte und mich am Leben gelassen hat.«

»Jetzt ist er nicht mehr derjenige, der den Ton angibt«, sagte Kittner grimmig.

Aber Fran konnte das nicht beruhigen. Sie wusste nur zu gut, dass man sie nicht ewig schützen konnte. Wenn sie wirklich Kaldenbachs Objekt war, würde er sie irgendwann fangen, vorausgesetzt, er konnte sich in Geduld üben. Dass er sie zu seinem Haus führte, hieß, dass er untergetaucht war und vielleicht die Bühne für Jahre verlassen würde.

Soligs Stimme krächzte aus den Lautsprechern. »Wir haben

alles abgesperrt. Im Haus scheint es ruhig zu sein. Wir fahren jetzt die Kameras rein.«

»Tun Sie das«, gab Kittner zurück. »Danke.«

»Er ist abgehauen«, sagte Fran.

»Davon können wir ausgehen. Schauen wir doch, was er uns zu sagen hat«, sagte Kittner und deutete auf mehrere Bildschirme.

Einer zeigte eine Außenansicht des Hauses. Ein ganz normales Einfamilienhaus mit Garten und Garage. Auf den anderen konnten sie jeweils die Perspektive einer ferngesteuerten Kamera sehen, die sich langsam durch die Räume vorarbeitete.

Solig meldete sich erneut. »Die Bombenjungs sind da. Sollen wir reingehen?«

»Nein«, antwortete Kittner. »Wir warten die Ergebnisse der Kameraobservation ab.«

Eine gute Entscheidung. Immer weiter schlängelten sich die ferngesteuerten Augen vor, durch einen Flur, der mit beigefarbenem fleckigem Teppich belegt war.

»Verdammt!«, rief Senior. »Das sind Blutspritzer.«

Sofort blieb die Kamera stehen und zoomte auf einen der Flecken. Rot, keine Frage. Blut? Vielleicht.

»Weiter«, rief Kittner.

Die Kamera schob sich durch eine Tür und ermöglichte den Blick in ein Zimmer, das wahrscheinlich das Wohnzimmer war. Die Kamera drehte sich, und alle stöhnten gleichzeitig auf. In einem Ohrensessel saß eine mit Klebeband gefesselte Frau, die aussah wie eine graue Mumie, sie blutete am Kopf, war geknebelt und atmete heftig durch die Nase.

Das war der Köder, schoss es Fran durch den Kopf. Nichts als ein verdammter Köder. Genau wie Bredows, den Kaldenbach mit einer kleinen Sprengladung hatte zerplatzen lassen.

Durch das einsetzende Geschrei und ihre Gedanken hindurch hörte sie ein »Ping«. Sie schaute auf den Monitor, ein Fenster hatte sich geöffnet, sie runzelte die Stirn. Ein Dossier des Staatsschutzes. Endlich funktionierten die Datenkanäle reibungslos. Aber dafür hatten erst viele Menschen sterben müssen.

Aus den Augenwinkeln sah sie die Silhouetten der Einsatzgruppe, die sich auf die Stürmung des Hauses vorbereitete.

Was hatte der Staatsschutz mit Kaldenbach zu tun? Sie las, und ihr Schrei übertönte alle: »Es ist eine Sprengfalle. Das ist sicher! Keiner geht rein!«

Sofort brachen die Männer den Einsatz ab, zogen sich blitzartig zurück.

Solig erschien im Blickfeld der Hauptkamera. Er schwitzte in seinem schweren Bombenschutzanzug. »Wir haben keinerlei Hinweise auf eine Bombe.«

Fran lachte kurz. »Ich dachte, Sie kennen sich aus, Solig. Die kann überall stecken. Im Boden. In der Wand. In den Möbeln. In der Frau! Kaldenbach ist bei der Bundeswehr ausgebildet worden.«

»Wir müssen die Frau da rausholen.«

Kittner griff sich das Mikrofon. »Solig! Sie bleiben gefälligst, wo Sie sind. Wir schicken erst die Roboter rein.«

Eine andere Stimme mischte sich ein. »Wir haben etwas.«

Auf dem Monitor erschien ein digitales Ziffernblatt. Wie in Zeitlupe zählten die Sekunden zurück. Noch sieben Minuten.

»Sieben Minuten reichen vollkommen aus«, rief Solig, setzte den Helm auf und stürzte los.

»Sie Idiot, bleiben Sie, wo Sie sind!«, bellte Kittner. »Das ist ein Ablenkungsmanöver! Sind Sie vollkommen durchgeknallt? Bleiben Sie stehen, das ist gottverdammt noch mal ein Befehl!«

Aber Solig stapfte weiter.

»Haltet den Wahnsinnigen auf!«, schrie Fran, aber es war zu spät.

Solig stürmte ins Haus, die Kameras erfassten ihn, wie er ins Wohnzimmer wankte, seine Helmkamera zeigte, wie er sein Messer zog, der Frau das Band vom Mund riss. Sofort drangen ihre schrillen Schreie aus den Lautsprechern, sie war nicht in der Lage, auch nur ein Wort zu artikulieren.

Fran wusste, was das hieß. Das Opfer stand unter massivem Schock, hatte jegliche Kontrolle verloren, Panik hatte sie voll und ganz erfasst.

Solig begann, die Fesseln zu durchtrennen. Die Augen der Frau weiteten sich. Kittner brüllte weiter, Solig solle da rauskommen, er fluchte gotteslästerlich, aber Solig ließ sich nicht beeindrucken, sondern redete beruhigend auf die Frau ein und schlitzte das Band mit unglaublicher Geschwindigkeit auf.

Fran biss sich auf die Unterlippe. »Hoffentlich habe ich mich getäuscht«, flüsterte sie.

Niemand erwiderte etwas.

Solig hatte den Oberkörper befreit, beugte sich zu den Beinen hinunter, Schnitt die Beine los, die Helmkamera gab den Blick frei auf das, was hinter den Beinen lag. Eine weitere Digitalanzeige, die in rasender Geschwindigkeit auf null zählte. Solig schoss hoch, rannte los.

Bis auf die Außenkamera wurden alle Kameramonitore gleichzeitig von weißem Rauschen geflutet. Aus den Lautsprechern dröhnte der Explosionslärm, Flammen schossen aus den Fenstern, Dachziegel flogen durch die Gegend. Sofort stand das ganze Haus lichterloh in Flammen. Dieses Inferno konnte niemand überleben.

*

»Bumm!« Immer wieder explodiert mein Haus im Fernsehen. Die Medien weiden sich, eine Sondersendung jagt die andere, jeder Kanal ist voll von mir. Man könnte fast sagen, sie haben den Kanal voll von mir, ich lache, aber es ist ja genau umgekehrt. Sie können den Hals nicht vollkriegen. Der Deus Sonor hat jetzt einen Namen. Meinen Namen. Und ein Gesicht. Mein Gesicht. Eine Gänsehaut nach der anderen läuft mir über den ganzen Körper. Eine Moderatorin berichtet mit betretenem Gesicht, dies sei das furchtbarste Verbrechen, das je im Nachkriegsdeutschland verübt worden sei, durchaus vergleichbar mit der Grausamkeit dieses norwegischen Amokläufers. Dabei hat sie keine Ahnung von dem, was ich bereits vollbracht habe und was noch bevorsteht. Dieser rechtsradikale Spinner hat ziemlich schnell getötet, eine Menge Leute, aber darauf kommt es nicht an. Es kommt auf den Sinn an. Ich tue nichts ohne Sinn. Ich bin ein Künstler, dieser Norweger war lediglich ein durchgeknallter Metzger.

Sie sind in meine Falle getappt, und jetzt beschweren sie sich, dass ich ein hinterhältiger Psychopath sei. Ein selbst ernannter Experte nach dem anderen erklärt, warum ich handele, wie ich handele, und dass ich bald Fehler machen werde und dass der SEK-Mann, dessen Namen sie nicht nennen, nicht anders konnte, als zu versuchen, der Frau das Leben zu retten, und ein Held sei. Das kommt davon, wenn man sich seinen Gefühlen hingibt. Wenn man nicht die richtigen Prioritäten setzt. Muss ich nicht einen opfern, um zwei oder mehr zu retten? Muss ich nicht das opfern, was weniger wert ist, um das zu erhalten, was mehr wert ist? Mein Köder war eine billige Nutte, eine Rumänenschlampe. Um die zu retten, lässt sich ein wertvoller, teuer ausgebildeter Spezialist in die Luft sprengen. Idiotisch.

Wie gut, dass ich nicht der Sklave meiner Gefühle bin, dass ich klar und nüchtern entscheiden kann. Deswegen habe ich

Fran auch noch nicht hierhergebracht. Ich musste abbrechen. Fast hätte mich dieser Schönling erwischt, der ihr neuerdings das schwitzige Händchen hält.

Schade, dass ich Frans Gesicht nicht sehen konnte, als ihr klar wurde, wer ich bin. Ob sie begriffen hat, dass ich sie nicht verletzen will? Dass sie von mir nichts zu befürchten hat? Dass ich sie mag?

Ah, neue Nachrichten. Im Hintergrund das Bild meines ausgebrannten Hauses. Es ist bereits gelöscht. Gute Arbeit. Ich liebe die Arbeit von Profis. Ein weiterer Mann ist seinen schweren Verletzungen erlegen, er war zu nah dran, wollte Solig rausholen. Alles läuft wie geplant. Nur in einem Punkt habe ich mich anders entschieden. Ich habe mir jemand anderen ausgesucht, um Fran meine Zuneigung zu zeigen, jemand Besseren als ihren Vater, den ich kurzfristig in meine Pläne mit einbezogen habe. Man muss flexibel bleiben. Wenn ich diese besondere Person nicht bekommen kann, dann kehre ich zu meinem alten Plan zurück und nehme ihren Vater. Ich muss kichern. Meine Zuneigung! Sie wird das etwas anders sehen. Ich werde ihr ein Angebot machen, das sie nicht ausschlagen kann.

*

War das immer so, dass man einen Menschen, der gerade gestorben war, idealisierte, dass man seine schlechten Eigenschaften vergaß? Sie musste an Solig denken und entschuldigte sich in Gedanken bei ihm.

Er war in das Haus gegangen, hatte nur das Leben dieser Frau retten wollen, alles andere war für ihn unwichtig gewesen. Sie alle hatten sie gesehen, gesehen, wie sie zugerichtet war, wie die Panik sie überflutet hatte. Ob Solig auch reingegangen wäre, wenn er gewusst hätte, dass zwischen ihren Beinen und unter dem Sessel eine Bombe darauf gewartet hatte, ihn zu zerfetzen?

Es musste ein moderner Sprengstoff gewesen sein, mit ungewöhnlich starker Druckwelle. Die KTU würde das klären.

Auf jeden Fall wussten sie jetzt, dass Kaldenbach ein Experte war. In dem Moment, als Solig die Haustür aufgebrochen hatte, hatte Fran das Dossier des Staatsschutzes gesehen. Mit siebzehn hatte Kaldenbach das Abitur abgelegt, mit eins Komma null; das Maschinenbaustudium hatte er vier Jahre später mit Bestnote abgeschlossen. Die Bundeswehr hatte ihn mit Kusshand genommen und als Sprengstoffexperten ausgebildet: ein Überflieger, körperlich fit, unauffällig, beliebt, risikobereit. Und dann ging etwas schief. Bei der Entschärfung einer Bombe im Irak wurde Kaldenbach schwer verletzt, ein Kollege von ihm kam ums Leben. Die Untersuchungen ergaben, dass Kaldenbach grob fahrlässig gehandelt hatte. Er wurde unehrenhaft entlassen.

Für Fran war klar: Das war die Initialzündung gewesen, die Kaldenbachs Seele in Fetzen gerissen hatte.

Sie saßen im großen Konferenzraum des Innenministeriums, ein Krisenstab war gebildet worden. Innerhalb von zwei Stunden lag alles auf dem Tisch, was über Kaldenbach zu finden war.

Kaldenbach war noch gerissener, als Fran gedacht hatte. Das Bömbchen, das Bredows gesprengt hatte, war von ihm in voller Absicht so konstruiert, dass es aussah, als sei es von einem Laien gebaut worden, und hatte so dafür gesorgt, dass sie nicht nach einem Experten gesucht hatten.

Fran war erstaunt, wie viele Informationen zusammenkamen, wie viele Details bei Behörden und im Internet gespeichert waren. Alle Kontenbewegungen, die Kaldenbach jemals veranlasst hatte; ein Bewegungsprofil, verursacht durch die Nutzung seines Handys und seiner Kreditkarten; seine Dienstpläne, seit er das erste Mal in Düsseldorf eine Bahn gefahren hatte; Beurteilungen stapelweise. Gute Beurteilungen. Dennoch wussten sie längst nicht alles über diesen Mann. Wo war seine Familie? Er war verheiratet, hatte zwei Töchter, sie waren in Hamburg abgemeldet, aber in Düsseldorf nicht angemeldet worden. Kaldenbach hatte als Single in Bilk gelebt. Kein Nachbar hatte jemals jemand anderen als Kaldenbach in dem Haus gesehen. Fran glaubte nicht, dass sie seine Frau und die beiden Mädchen lebend finden würden.

In allen Ländern, mit denen Deutschland entsprechende Abkommen hatte, wurde fieberhaft nach Kaldenbach gefahndet, Flughäfen, Bahnhöfe, Busstationen, Häfen wurden abgesucht. Alles, was Beine hatte, war mobilisiert, jeder Polizist in Deutschland, der auf der Straße unterwegs war, hatte ein Foto in der einen Hand, die andere an der Waffe. Kaldenbach war der aktuelle Staatsfeind Nummer eins, und er war wie vom Erdboden verschluckt.

Das überraschte Fran nicht im Geringsten. Kaldenbach handelte überlegt, er hatte einen Plan. Aber wo führte das hin?

Zumindest lief jetzt die Zusammenarbeit mit allen Behörden wie geschmiert. Fran saß mit Bruno, Christine und Martina an einem riesigen Bildschirm, auf dem alle relevanten Bewegungsdaten mit verschiedenfarbigen Punkten und Linien gekennzeichnet waren. Martinas Analyse war auf vierhundert Meter genau gewesen. Kaldenbachs Haus war der Mittelpunkt, eine dicke rote Linie führte nach Norden. Kaldenbach hatte sich und seine Familie Ende Mai abgemeldet und sich alleine in Düsseldorf Anfang Juni wieder angemeldet. Martina hatte die Karte in verschiedene Regionen eingeteilt: Basis, Nahbereich, Aktionsbereich, Komfortbereich, Risikobereich, Ruhezone, Rückzugszone. Die Letztere bereitete ihnen natürlich das meiste Kopfzerbrechen. Wo hielt sich Kaldenbach versteckt? Es gab keinen Hinweis auf irgendein Grundstück oder eine Immobilie, die ihm gehörte, außer seinem zerstörten Haus. Selbst der blutigste Laie konnte sich ausrechnen, dass Kaldenbach alle Brücken abgebrochen hatte, aber dass er noch lange nicht fertig war, was immer er auch plante. Er hatte sie bewusst zu seinem Haus geführt, das ein wichtiger Ankerpunkt für ihn gewesen war.

Wenn das geografische Profil korrekt war, dann war Kaldenbach nicht weit weg. Christine war davon überzeugt, dass er sich innerhalb eines Radius von dreißig Kilometern um sein zerstörtes Haus aufhielt. Irgendwo in diesem riesigen Gebiet war sein jetziger wichtigster Ankerpunkt.

Fran war sich sicher, dass Kaldenbach nicht zitternd vor Angst irgendwo in einem Mauseloch saß, weil die gesamte deutsche und internationale Polizei nach ihm fahndete. Er würde sich ein anderes Gesicht zulegen und damit ungehindert herumspazieren. Wer in der Lage war, über eine solch lange Zeit einen Mord nach dem anderen zu begehen, wer in der Lage war, den gesamten Polizeiapparat so zu narren, wer eine solche Sprengfalle bauen konnte, für den war es ein Klacks, spurlos unterzutauchen.

»Was will er?«, fragte Albi.

Er hatte sich neben Fran gesetzt, sie genoss seine Nähe, und es machte ihr überhaupt nichts aus, in ihn verliebt zu sein.

»Das ist das Problem«, sagte Günther. »Psychologisch gesehen wissen wir es, aber das nützt uns wenig. Er will absolute Kontrolle, Macht und Aufmerksamkeit. Nur wie er das ausgestalten wird, das wissen wir nicht. Es kann sein, dass er von seinem Fuchsbau aus einfach genießt, dass er jetzt ein Medienstar ist. Dass er erst wieder zuschlägt, wenn das Medieninteresse wieder nachlässt. Es kann sein, dass es ein Finale gibt. Es kann sein, dass er schon wieder jemanden in seiner Gewalt hat.«

Fran legte eine Hand auf Albis. »Wir wissen nur, dass seine Gewalt eskaliert, dass es also wahrscheinlich ist, dass er immer mehr Opfer braucht, um sich abzureagieren, dass er womöglich in Konkurrenz tritt mit bekannten Massenmördern und Serienkillern. Per Definition ist er jetzt beides: Er hat mindestens drei Personen, wahrscheinlich fünf, wenn wir Friedel Frenzen und«, Fran zeigte auf Albi, »Anastasia Stanowski dazunehmen, ermordet. Mit erkennbarer Handschrift, auch wenn Anastasia Stanowski keine Strommarken trägt. Und heute hat er zwei Menschen auf einmal ermordet. Wenn wir nicht unverschämtes Glück gehabt hätten, wären es wesentlich mehr gewesen.«

Sie wateten knietief im Blut, und niemand wusste, was Kaldenbach als Nächstes tun würde, welches Ziel er als Nächstes ins Visier nehmen würde. Einen Kindergarten? Eine Schule? Wo und wie konnte man am besten möglichst viele Menschen auf einmal vernichten? Was wollte er mit dem Anschlag beweisen? Sie wussten es nicht.

Fran spürte Hass aufwallen und rief sich zur Ordnung. Sie durfte ihre professionelle Haltung nicht aufgeben, durfte Kaldenbach nicht nur als Täter sehen, sondern auch als Opfer, dem furchtbar mitgespielt worden war; die Art und Weise wie, erklärte verblüffend einfach, warum Kaldenbach die Rücken seiner Opfer verstümmelte.

Er selber trug furchtbare Narben auf seinem. Joseph Kaldenbach war Opfer einer christlichen Splittergruppe geworden, die die Bibel auf ihre Art interpretiert hatte: So wie Christus für die Sünden hatte büßen müssen, indem man ihm den Rücken mit der Peitsche blutig geschlagen hatte, so musste Kaldenbach für seine Verfehlungen büßen. Seine Großeltern peitschten ihn aus, wenn er ins Bett machte, wenn er nicht aufaß, wenn er keine Eins mit nach Hause brachte. Wunderbarerweise war es ein katholischer Pfarrer, der die Verbrechen der Großeltern aufdeckte und dafür sorgte, dass Kaldenbach in ein Heim kam. Doch für den Jungen war das keine Verbesserung. Seine Eltern ignorierten ihn nach wie vor, in den Ferien blieb er im Heim. Kaldenbach begann, Tiere zu quälen, er hatte seine ganz eigenen Methoden. Er weidete sich zum Entsetzen seiner Erzieher an den Schreien seiner Opfer. Wenn er genug hatte, tötete er sie schnell und schmerzlos. Sie schloss das psychologische Gutachten, das der Anstaltsleiter von ihm erstellt hatte.

»Fran?«

Sie schreckte aus ihren Gedanken hoch.

»Was?« Senior sah sie an. Sein Gesicht war eingefallen, verhärmt. »Es nimmt kein Ende. Wir haben Kaldenbachs Familie gefunden.«

Fran schloss die Augen. Die Hoffnung stirbt zuletzt.

»Kaldenbach ist wirklich gut, aber wenn er geglaubt hat, dass die Explosion alles zu Staub zerbläst, dann hat er sich getäuscht«, sagte Senior mit belegter Stimme.

Fran hatte Senior noch nie sprachlos erlebt, und sie hatte noch nie gesehen, dass er mit den Tränen kämpfen musste.

»Sie waren im Keller, in Tiefkühltruhen. Zerlegt. Die Rücken mit Schnitten verstümmelt.« Senior schüttelte den Kopf.

Auge um Auge, Zahn um Zahn. Was man Kaldenbach angetan hatte, tat er seinen Opfern an.

Senior ließ sich auf einen Stuhl fallen und rieb sich mit beiden Händen das Gesicht. »Ich bin wirklich zu alt für diese Scheiße«, murmelte er. »Ich mag nicht mehr.«

Fran setzte sich neben ihn, nahm ihn in den Arm und sagte nichts.

Niemand sagte etwas. Sie schwiegen eine Zeit lang, nur das

Rauschen der Netzgeräte und Ventilatoren der Computer war zu hören.

»Ich glaube nicht, dass er den Sprengsatz falsch dosiert hat, Senior.«

»Du meinst, er wollte, dass wir sie finden?«

Fran nickte müde.

Vorsichtig streckte sich Senior, stand auf. »Ja, das könnte sein. Danke, Fran.« Er schaute sich um. »Wir müssen den Kerl kriegen. Und wenn wir ihn haben, müssen wir versuchen, professionell zu bleiben, so professionell, wie wir jetzt weitermachen. Es ist ein Albtraum, schlimmer als der Rhein-Ruhr-Ripper und die Satanisten-Morde von Witten zusammen.«

Albi hob beide Hände. »Ja, ohne Zweifel. Und deswegen habe ich eine Frage: Warum ist Kaldenbach hierhergezogen?«

Fran neigte ihren Kopf. »Kompliment. Du denkst schon wie wir. Warum hat Kaldenbach was gemacht? Genau darauf kommt es an. Und wir wissen es nicht. Vielleicht wollte er nur auf elegante Art seine Frau und seine Töchter loswerden.«

Albi stand auf. »Ich fahre sofort zurück nach Hamburg und drehe dort jeden Stein um. Und ich werde Ferter noch mal in die Mangel nehmen. So, wie es aussieht, ist es Kaldenbach, den er geschützt hat, und dann kriege ich ihn wegen Beihilfe. Ich denke, das Amtshilfeersuchen wird vor mir da sein?«

Senior schaffte es zu lächeln. »Auf jeden Fall.«

Fran begleitete Albi nach draußen. Die beiden Polizeibeamten wichen ihr nicht von der Seite, hielten aber Abstand genug.

»Es ist weit bis Hamburg«, sagte Fran. Sie tastete nach seiner Hand.

Er nahm sie vorsichtig, so, als könne er sich daran verbrennen. »Nah genug, um es auszuprobieren.«

Fran schluckte. »Ich mag die Nordsee.«

Albis Augen leuchteten auf. »Du würdest …«

Sie legte ihm zwei Finger auf die Lippen. »Nah genug …«

Er schaute verlegen drein. »Ja, klar. Wir haben Zeit.«

Sie drückte ihn fest an sich, spürte ihre Lust, drückte ihn weg und küsste ihn sanft auf die Lippen. »Kannst du Kuchen backen? Und kochen?«

Albi lachte. »Beides. Und ich kann bügeln, Wäsche waschen, ohne dass alles rosa wird, und ich kann Knöpfe annähen. Meine Socken liegen niemals auf dem Boden herum. Ich bin zwanghaft ordentlich.«

»Du meldest dich, wenn du gut angekommen bist?« Fran zwickte ihn in den Arm.

»Aua!« Er streichelte ihre Wange. »Mache ich.«

Ihre Hände glitten auseinander, ein leichtes Vibrieren lief durch Frans Körper, Angst stieg auf. Jemanden lieben heißt, verletzt zu werden, rief es in ihr. Du weißt das doch! Vergiss ihn. Er wird dir nur Unglück bringen.

Albi drehte sich noch mal um, er winkte ihr.

Sie winkte zurück und hätte fast losgeheult.

Er stieg über das Absperrband, die Menschenmasse der Gaffer schluckte ihn, und Fran fragte sich, wann sie ihn wiedersehen würde.

»Fran!« Senior hing aus dem Fenster und und winkte hektisch. »Das musst du dir ansehen!«

Fran sprang die Treppe hoch. Ablenkung konnte sie jetzt gut gebrauchen, vielleicht hatten sie einen Hinweis auf Kaldenbachs Versteck gefunden.

Senior fing sie an der Tür ab, zeigte auf einen Bildschirm. Eine Direktübertragung von Kaldenbachs Haus. Auf einem kleinen Wiesenfleck stand eine Metallkiste, mannshoch, ebenso tief und gut drei Meter lang. Sie war aus Metallplatten zusammengeschweißt, der Deckel hatte Scharniere und war mit einem schwachen Vorhängeschloss gesichert.

Im Hintergrund sah Fran die rußverschmierten Gesichter der Feuerwehr. Sie hatten den Brand schnell unter Kontrolle gebracht, die statische Struktur des Hauses war nicht angegriffen, Kaldenbach *war* ein Experte.

Herz trat ins Blickfeld. »Das da …«, er zeigte auf den Trumm von einer Kiste, »… stand in der Doppelgarage. Die Sprengstoffexperten haben sie gecheckt. Keine Gefahr.«

Feuerwehrleute brachten eine kleine Leiter, Herz nahm eine Webcam mit Lampe und hielt sie hinein. Das Licht spiegelte sich im Glas von Dutzenden Setzkästen. Herz ließ den Strahl darübergleiten. Aufgespießte Insekten, gekreuzigte Nagetiere, eine am Bauch rasierte Maus, übersät mit Brandflecken, wahrscheinlich von einer Zigarette. Herz löste die Maus von ihrer Unterlage und drehte sie um. Feine braune Linien zogen sich über den ebenfalls kahl rasierten Rücken. Er legte die Maus zurück, etwas anderes schien seine Aufmerksamkeit geweckt zu haben.

»Ich brauche noch eine Leiter, damit ich hineinsteigen kann«, rief er über die Schulter.

Sofort bekam er, was er verlangte.

Vorsichtig stieg er hinunter, Fran und Senior erkannten es trotz des verwackelten Bildes. Es raschelte, die Kamera schwang hin und her, plötzlich hörten sie wieder Herz' Stimme.

»Ein Tagebuchauszug.« Herz begann zu lesen. »›Könnte ich doch diese Momente sammeln. So wie man Käfer sammelt. Man findet einen, freut sich über ein besonders schönes oder seltenes Exemplar, tötet es, katalogisiert, konserviert es und kann sich immer wieder daran freuen, kann immer wieder den Moment erleben, als man dieses besondere Tier gefunden hat, das niemand vorher gefunden hat. Sammeln ist eine Leidenschaft. Es hat mir eine Weile geholfen. Aber dann versiegte der Reiz, denn es gibt nichts, das nicht schon von irgendjemandem gesammelt wird, und immer ist irgendjemand besser. Ich habe exotische Pflanzen gesammelt. Und dann kam so ein oberschlauer Botaniker daher und versetzte meiner Sammlung mit einer neuen Orchideenart, die er im brasilianischen Urwald gefunden hatte, den Todesstoß. Aber wie zum Teufel soll ich dort nach Pflanzen suchen? Ich muss meine Arbeit tun, ich kann nicht einfach weg, ich habe eine Familie, ich muss die Raten für das Haus zahlen. Das alles geht mir so auf die Nerven!

Ich habe Nazikram gesammelt, aber schnell wieder aufgegeben, als ich merkte, dass es mindestens fünfzig Sammlungen alleine in Deutschland gibt, an deren Qualität und Quantität meine nie heranreichen würde. Fossilien, Spielzeugautos, Schmetterlinge, ach je, Schmetterlinge, ein hoffnungsloses Unterfangen, wie naiv ich war, als ich allen Ernstes versuchte, mit einer Schmetterlingssammlung zu punkten. Eines Nachts kam mir dann die geniale Idee: Radkappen. Aber nur solche, die man am Straßenrand findet. Jetzt weiß ich, warum das keinen Sinn macht, warum es kaum Radkappen gibt, die am Straßenrand liegen. Wieder waren andere schneller.

Ich war der Verzweiflung nahe, als ich an einem Sonntag zufällig an einem Kinderspielplatz vorbeikam. Kinder spielten, tollten herum, fielen hin, prügelten sich, Eltern prügelten ihre Kinder, und alle Kinder hatten etwas Gemeinsames, das sie gleichzeitig voneinander unterschied wie Fingerabdrücke: Schmerzensschreie. Warum war mir das bei meinen Töchtern nicht aufgefallen? Auf jeden Fall war es die rettende Idee, sonst hätte ich mir wohl das Leben genommen. Seit diesem Tag habe ich wieder ein Leben, das sich zu leben lohnt.‹«

Fran und Senior fehlten die Worte.

»Da ist noch etwas«, sagte Herz.

Er richtete die Kamera aus. Ein Kassettenrekorder kam in Sicht, dann sein Arm, der in einem weißen Schutzanzug steckte, und eine Hand von Herz, verhüllt von einem Latexhandschuh.

»Es ist ein batteriebetriebenes Gerät.«

»Schalt es ein«, sagte Fran.

»Aber es ist uralt …«, erwiderte Herz.

»Kaldenbach wusste, dass wir es finden würden. Es ist betriebsbereit, jede Wette. Schalt es ein.«

Herz drückte die Wiedergabetaste. Es knackte leise, das Band setzte sich in Bewegung, aus den eingebauten Lautsprechern schoss ein jämmerliches Fiepen. Es riss ab, machte einem schmatzenden Geräusch Platz, das sie nicht einordnen konnten. Doch was dann kam, das kannten sie nur zu gut: Eine gefolterte menschliche Seele machte ihrem Schmerz Luft und schrie ihr Leid hinaus in die Welt.

*

Er war ihnen anscheinend entwischt, obwohl er das gar nicht beabsichtigt hatte. Es war ihm egal, ob ihn die Bullen beobachteten oder nicht. Er hatte nicht vor, irgendetwas Illegales zu tun. Er wollte nur herausfinden, wer sein Halbbruder war, und deswegen würde er mit der Frau reden, die ihn geboren hatte. Sie hieß Josephina Fragenbergensen, so hatte es im Tagebuch seines Vaters gestanden, und trotz des ungewöhnlichen Namens hatte er fast zwei Stunden gebraucht, um herauszufinden, dass sie in einem Altersheim im Stadtteil Barmbek lebte, das von Nonnen geleitet wurde. Schlimmer hätte er es kaum erwischen können, er hasste Nonnen, die Symbol waren für alles Lebensfeindliche dieser Welt. Aber er hatte ein Ziel, eine Aufgabe.

Also setzte er eine harmlose Miene auf und trat an die Rezeption, hinter der einer dieser Pinguine saß. Die Frau blickte auf, sie mochte um die fünfzig Jahre alt sein, und lächelte Lars an.

Er lächelte zurück. »Ich bin Lars Rüttgen. Ich komme aus Düsseldorf und möchte Josephina Fragenbergensen besuchen. Sie ist die Mutter meines Halbbruders, und ich möchte von ihr erfahren, wo mein Bruder ist, und vor allem, wer er ist.«

Die Nonne schaute Lars einen Moment überrascht an. »Josephina Fragenbergensen. Ich wusste nicht, dass sie einen Sohn hatte. Können Sie das beweisen?«

Lars kramte das Tagebuch hervor, drückte es der Nonne in die Hand und zeigte auf eine Seite.

»Lesen Sie. Dann wissen Sie Bescheid.«

Die Nonne zögerte, Lars lächelte weiter, nahm seinen Rucksack und trat einen Schritt zurück. Seine Taktik ging auf. Er sah der Nonne an der Nasenspitze an, dass sie vor Neugier fast platzte.

Sie begann zu lesen, ihr Gesicht wurde immer ernster, sie senkte das Buch, deutete zuerst auf Lars, dann wieder auf das Buch. »Darf ich?«

Lars nickte, die Nonne setzte sich und vertiefte sich in die Zeilen, die sein Vater geschrieben hatte und die nicht nur Lars in den Bann geschlagen hatten. Einige Male musste die Nonne Fragen von Besuchern beantworten, das Telefon klingelte immer wieder. Nach einer halben Stunde reichte sie Lars das Tagebuch.

»Junger Mann«, sagte sie leise, drückte einen Knopf und zeigte auf die schwere Glastür, die sich öffnete.

Lars trat hindurch, der Geruch von Desinfektionsmitteln und Kantinenessen schlug ihm entgegen.

Die Nonne ging vor, durch Gänge mit glänzendem Kunststoffboden, vorbei an Türen mit kleinen Namensschildern. Sie durchquerten einen großen Raum, in dem alte Menschen an

Tischen saßen, auf ihre Kaffeetassen stierten und von anderen Pinguinen mit Kuchen gefüttert wurden. Lars schwor sich, in den Freitod zu gehen, um einem solchen Schicksal zu entgehen.

Weiter ging es durch Flure. Wie groß war dieses Altersheim eigentlich? Endlich blieb die Nonne vor einer Tür stehen, auf dem Schild der Name, den Lars herbeigesehnt hatte: Josephina Fragenbergensen.

»Bitte warten Sie, bis ich Sie hereinrufe, ich muss sie erst vorbereiten, sonst werden Sie keine Freude an ihr haben. Sie ist erst fünfundsechzig, aber sie leidet unter fortschreitender Demenz. Wenn Sie Glück haben, ist sie heute klar, wenn nicht, werden Sie nichts von ihr erfahren.«

Sie öffnete leise die Tür, zwitscherte einen Gruß und schloss sie hinter sich.

Lars war davon überzeugt, dass demente Menschen sich einfach langsam aus dem Leben stahlen, weil sie zu feige waren, sich zu töten oder sich mit ihrem verkorksten Leben auseinanderzusetzen. Sie vergaßen sich einfach.

Was war mit Marvin? Er hatte für ihn die Schule in Brand gesteckt und sich umgebracht, weil er es ihm befohlen hatte. War das die bessere Alternative? Hatte es irgendetwas genutzt? Nur, wenn Luzifer Wort hielt und Marvin belohnte. Aber wie konnte er daran zweifeln? Luzifer hielt alles, was er versprach. Alles! Auch wenn er manchmal Umwege ging.

Die Tür öffnete sich wieder. Die Nonne lächelte verschmitzt. »Sie können jetzt rein, Glückspilz. Sie erwartet Sie und ist ausgesprochen gut dran heute. Wenn Sie so weit sind, soll Josephina mich rufen. Ich führe Sie dann wieder nach draußen.« Sie drückte kurz seine Hand. »Nicht verzagen. Bleiben Sie stark.«

»Danke«, sagte Lars und trat ein.

Das Erste, was ihm auffiel, war ein Fenster, das den Blick auf einen Park eröffnete. Das Zweite war ein weißer Sessel, in dem eine hutzelige alte Frau saß, die eher wie neunzig als fünfundsechzig aussah. Sie verschwand fast in dem Möbelstück, ihr Blick schien durch Lars hindurchzugehen. Und dann fiel ihm auf, dass es hier weder Fernseher noch Radio noch Computer gab. Das passte in seine Theorie. Diese Frau wollte nichts wissen von der Welt.

Sie hob den Kopf und musterte ihn. Als sie zu sprechen begann, glaubte er, ihre Stimme suchen zu müssen, so weit weg klang sie.

»Mein Gott, du siehst Friedrich so ähnlich.«

»Ja. Guten Tag. Ich bin Lars Rüttgen und gekommen, um meinen Bruder zu finden. Wo ist er? Wie heißt er?«

»Wo er ist?« Martha zuckte mit den Schultern. »Ich weiß es nicht.« Ihre Augen verdunkelten sich. »Ich habe ihn seit Ewigkeiten nicht mehr gesehen. Als er zwei war, habe ich ihn meinen Eltern gegeben. Ich konnte ihn nicht großziehen, und ich wollte es auch nicht, er war doch die Frucht der Sünde.«

Lars ballte hinter dem Rücken die Faust, bis es schmerzte. Sein Bruder war während des großen Rituals gezeugt worden. Was konnte einem Menschen Besseres passieren, als im Angesicht Luzifers den Odem des Lebens eingehaucht zu bekommen? Sein Bruder war eine Frucht des Lichts. Oder auch nicht. Sein leiblicher Vater war nicht wirklich gläubig gewesen, die Rituale hatten nur seiner Eitelkeit gedient.

Sie kicherte. »Es war so unheimlich und doch irgendwie aufregend.« Einen Augenblick stierte sie vor sich hin. »Es war in einem Bunker. Einer von denen, die nicht gesprengt worden waren, weil niemand mehr wusste, wo er war, unterirdisch im Wald, beim Hardenberger Schloss. Wir haben ihn beim Pilzsammeln entdeckt. Damals, als ich noch in Neviges gewohnt habe. Der Eingang ist unterhalb einer jungen Buche, eine Falltür.

Ich lernte Friedrich beim Schützenfest kennen, mein Gott, was für ein fescher Kerl. Und dann, eines Abends, hat er mich mitgenommen, wir tranken, und dann hat er mich gefragt, ob ich etwas Unerhörtes tun wolle. Ich war beschwipst und verknallt, und er legte mich nackt in diesem Bunker auf einen Tisch, überall standen Kerzen, und eine Ziege war da, ich rieche es heute noch, und er begann in einer seltsamen Sprache zu murmeln, er streichelte mich, dann zog er plötzlich der Ziege ein Messer durch die Kehle, das Blut spritzte, er nahm mich, alles ging so schnell, mir wurde übel, ich rannte weg und sah Friedrich nie wieder. Ich war schwanger, wollte abtreiben, aber meine Eltern haben mich davon abgehalten, haben mir versprochen, sich zu kümmern, und das haben sie ja auch. Und irgendwer hat ihnen Geld gegeben. Viel Geld. Ein wenig haben sie mir auch gegeben. Aber dann bin ich weggezogen und bin putzen gegangen.« Wieder kicherte sie. »Ich bin eine Rabenmutter, nicht wahr?«

Lars lief es eiskalt über den Rücken.

»Aber er hat mir verziehen. Hat sich sogar bedankt. Hat gesagt, dass er zu seiner wahren Berufung gefunden hat. Endlich. Nach so vielen Jahren. Das ist so lange her …« Sie verfiel in Schweigen.

Lars wartete geduldig, und nach einigen Minuten drückte sie sich plötzlich aus ihrem Sessel hoch, ging zu einem Schrank, nahm eine Stofftasche heraus und hielt sie Lars hin.

»Du bist doch sein Bruder. Das hat Schwester Melanie gesagt. Nimm.«

Lars griff zu. »Und wie heißt er?« Er lächelte.

»Wer?«

»Ihr Sohn.«

»Mein Sohn?« Josephina Fragenbergensen blickte Lars verständnislos an. »Ach so, ja. Joseph.«

»Joseph Fragenbergensen?«

»Fragenbergensen? Nein. Fragenbergensen ist mein Mädchenname. Er hieß doch nach meinem Mann.«

»Und wie hieß der?«

»Kaldenbach. Wie denn sonst?«

Lars stürzte aus dem Zimmer, rannte die Flure entlang, fand den Ausgang, würdigte die freundliche Nonne keines Blickes, rannte weiter, bis er keinen Atem mehr hatte.

Bilder blitzten auf. Johanna. Marvin, der ihn anbrüllte, der das Messer aufhob und es ins Gebüsch warf, der ihm den Draht aus den Händen nahm. Lars ließ sich auf eine Bank fallen und weinte. Er hatte Johanna eigenhändig getötet.

Er war nicht besser als sein Bruder. Auf allen Bildschirmen hatten sie es gebracht. Er zerkratzte sich die Arme, Blut quoll hervor, er hob den Kopf zum Himmel, weinte weiter. Ihm blieb keine Wahl. Er musste das große Ritual vollziehen und Luzifer zwei Menschenopfer darbringen, um die Schuld seiner Familie zu tilgen.

*

Fran blinzelte. Die Schrift verschwamm, sie rieb sich die Augen, aber es wurde nicht besser, im Gegenteil, jetzt begannen sie auch noch zu brennen. Es ging nicht mehr. Sie musste sich ausruhen, und wenn es nur ein paar Stunden waren. Sie gab Senior Bescheid, der nur kurz nickte.

Sie warf noch einen Blick auf die Einsatzpläne. In ganz Düsseldorf wurden Schulen, Kindergärten und öffentliche Gebäude nach Sprengstoff durchsucht. Heimlich. Noch konnten sie eine Nachrichtensperre mit der Standardbegründung aufrechterhalten, dass die Ermittlungen nicht gefährdet werden durften. Aber es war nur eine Frage der Zeit, bis die ersten Details durchsickern würden.

Fran und ihr Team hatten nicht mehr viel zu tun. Sie hatten der MOKO unter die Arme gegriffen und Zeugen vernommen, denn jetzt galt es herauszufinden, wo Kaldenbach steckte. Also waren an die hundert Beamte ausgeschwärmt, um Zeugen zu finden. Bisher ohne Ergebnis. Senior hatte aufgeschnappt, dass der Innenminister mit dem Gedanken spielte, die Bundeswehr einzusetzen und ganz Düsseldorf und das ganze Land im Umkreis von dreißig Kilometern umzugraben. Aber da spielte die Verfassung nicht mit. Leider, dachte Fran. Dieses eine Mal: leider. Also wurden unter der Hand alle verfügbaren Einsatzkräfte abgezogen und zur Suche nach Joseph Kaldenbach abgestellt. Die Streifen wurden in Zwölf-Stunden-Schichten eingeteilt, alle Beamten verzichteten freiwillig auf Überstundenausgleich. Sie hatten bereits alle Bunker, die noch zugänglich waren, untersucht – Fehlanzeige. Auch Leerstände – egal ob Wohn-, Lager- oder Büroraum – hatten sie im Bereich Düsseldorf-Stadt abgeklappert. Nichts. Und immer noch quälte Fran eine Frage: Warum war Kaldenbach nach Düsseldorf gezogen?

Fran hatte sich schon an ihre Schatten gewöhnt. Sie bot ihnen Kaffee an, sie nahmen dankbar an. Dann ging sie duschen, schrubbte sich die Haut rot, aber das Gefühl von Schmutz wollte nicht verschwinden. Hatte Kaldenbach sie angefasst? Hatte er sie geküsst? Übelkeit stieg in ihr hoch. Sie dachte an Albi, das half etwas, sie stützte die Hände gegen die Kacheln, ließ sich das Wasser auf den Rücken prasseln.

14. Donnerstag

Like a Satellite drängte sich in ihr Bewusstsein. Sie tastete nach dem Handy, es lag nicht auf dem Nachttisch. Stöhnend richtete sie sich auf und stellte fest, dass das Licht noch brannte. Schlaftrunken schüttelte sie den Kopf, damit ihr Blick klar wurde. Das Handy lag auf dem Boden, es musste ihr aus der Hand gefallen sein, als sie vor Erschöpfung eingeschlafen war. Sie hatte versucht, Mutter zu erreichen, aber niemand war drangegangen. Bei Anne war die Mailbox gelaufen.

Sie griff zu, hielt sich das Handy ans Ohr, es *musste* Albi sein, er hatte sich noch nicht gemeldet, er war überfällig, hoffentlich hatte er gute Neuigkeiten.

»Hallo Franziska.«

Sie kannte die Stimme nicht.

»Du hast jetzt zwei Möglichkeiten. Entweder du hörst mir zu und machst gar nichts, oder du schlägst Alarm und lässt den Anruf zurückverfolgen, was nichts bringen würde, weil ich über das Internet telefoniere. Machst du jetzt nichts, gebe ich dir die Möglichkeit, mit mir über Menschenleben zu verhandeln.«

Der Anrufer schwieg.

Panik ergriff Fran. Sie atmete kontrolliert ein und aus, pumpte Sauerstoff in ihr Hirn, so, wie sie es vor einem gefährlichen Sprung tat. Sie musste klar denken können.

»Ich habe einiges anzubieten«, sagte die fremde Stimme, die weich und warm klang. »Ich könnte so eine nette Bombe wie die in meinem Haus auch woanders hochgehen lassen.«

Mit einer Hand massierte Fran sich den Hals, der so eng geworden war, dass sie keine Luft mehr bekam. Panikattacke, verdammt. Atmen! Atmen! Langsam entspannten sich die Muskeln, Luft strömte wieder in ihre Lunge.

»Bist du noch dran, Fran? Ich habe noch mehr zu bieten. Deine Schwester zum Beispiel. Weißt du, wo sie ist?

Fran konnte nicht sprechen.

»Oder Herrn Neusen, den magst du doch auch. Ich will dich nicht auf die Folter spannen. Beide sind meine Gäste.«

»Wer sind Sie?« Frans Kopf drohte zu platzen.

Leises Lachen. »Franziska, bitte.«

»Joseph Kaldenbach.«

»Höchstpersönlich. Also, für was entscheidest du dich?«

»Ich will mit beiden sprechen.«

Grundregel eins: sich davon überzeugen, dass die Geiseln leben.

»Aber gerne.«

Einen Moment war die Leitung stumm, dann hörte Fran heftiges Atmen.

»Fran, bitte, komm her, rette mich, bitte …« Annes Stimme verlor sich in verzweifeltem Schluchzen.

Fran schossen die Tränen in die Augen, sie konnte es nicht verhindern.

»Das war Nummer eins, und jetzt kommt Nummer zwei.« Kaldenbach war bester Laune, das war nicht zu überhören.

»Fran!«

Albis Stimme, keine Frage. Beherrscht, aber die Furcht in seiner Stimme war nicht zu überhören. »Er meint es ernst. Komm nicht her. Er wird uns alle töten.«

»Seid ihr verletzt?«

»Nein. Fran, um Gottes willen, komm nicht, er bringt uns alle um! Er sammelt Schmerz …«

Weiter kam Albi nicht. Fran hörte ein klatschendes Geräusch und Albis Stöhnen.

»Du kleiner Stinker«, schrie Kaldenbach.

Im Hintergrund hörte Fran Albi ächzen und Anne weinen. Ihre Eingeweide brannten wie Feuer. Sie konnte nicht denken. Diese Situation war nicht zu lösen. Sie konnte nur entscheiden zwischen zwei Toten und drei Toten. Kaldenbach hatte sie in die Hölle gestoßen. Fran hörte ihn schwer atmen, aber seine Stimme war wieder scheißfreundlich.

»Dieser Albert Neusen ist wirklich tapfer. Aber trotzdem war es ein Kinderspiel, ihn abzufangen. Er ist zu hilfsbereit oder, besser gesagt, zu ehrgeizig. Er ist tatsächlich mit mir alleine zu meinem Auto gegangen, weil ich ihm sagte, da sei etwas Ungewöhnliches, ein Mann drücke sich da herum. Wie eine reife Pflaume ist er in meinen Kofferraum geplumpst. Er hat nicht einmal seine Kollegen gerufen.« Er räusperte sich. »Und jetzt zum Geschäft. Du kommst hierher, wir unterhalten uns ein bisschen, du wirst Zeugin meines Werkes, das ich extra für dich vollenden werde. Dann nimmst du deine Lieben mit dir, und alle sind glücklich. Ich bin zwar ein Killer, aber ein ehrlicher Killer. Bevor du nach mir suchen kannst, bin ich längst weit, weit weg. Es gelten die üblichen Regeln: Wenn du nicht alleine kommst, gibt es Ärger. Ach ja, Peilsender und so ein Kram, vergiss es, du weißt, dass ich Ingenieur bin. Du hast ja gesehen, was ich kann.«

Fran zweifelte keine Sekunde an Kaldenbachs Können und seiner Bereitschaft, die ganze Stadt zu zerstören und sich selbst dazu. Nur um ihr zu zeigen, wozu er fähig war, hatte er sein Haus gesprengt. Vielleicht sagte er wirklich die Wahrheit und würde sie laufen lassen. Er musste sie nicht verletzen, das hatte er bereits bewiesen. Sie war in seiner Gewalt gewesen, er hatte sie gehen lassen. Was er wollte, war die absolute Kontrolle, die absolute Macht. Er zog die Fäden an den hilflosen Marionetten. Und wenn er sie nicht bekommen würde, dann würde er Albi und Anne foltern und töten und sich etwas anderes ausdenken, um sie zu bekommen.

Die Entscheidung war gefallen. Alles lief auf ein Duell zwischen ihr und Kaldenbach hinaus. Schaltete sie ihre Kollegen ein, hatte sie die einzige Chance vertan, Albi und Anne zu retten.

»Deal«, sagte sie. »Sie haben gewonnen. Ich halte mich an alle Regeln. Es kann etwas dauern …«

»Die beiden Schatten, ja, ich weiß.« Kaldenbach klang ungeduldig. »Dein Badfenster geht nach draußen. Du kannst doch klettern wie ein Affe, das schaffst du locker.«

»Es ist vergittert.«

»Fran!« Er klang mitleidig. »Natürlich ist es vergittert. Und selbstverständlich habe ich das Gitter so präpariert, dass du es mit einem geringen Kraftaufwand aus dem Weg räumen kannst.«

»Wohin …?«

»Zuerst verlässt du jetzt die Wohnung, das Handy lässt du an. An der Haltestelle am Aachener Platz steht ein Ford Ka. Die Schlüssel liegen auf dem rechten Vorderreifen. Du fährst Richtung Neviges. Unterwegs werde ich dich bei Laune halten.«

»Ich muss einen Moment das Handy …«

»Musst du nicht. Du ziehst dich mit einer Hand an. Ich will, dass du mich am Ohr hast, immer, und mir sagst, was du gerade tust. Der Akku müsste voll sein, du lädst es immer über Nacht auf, nicht wahr?« Er kicherte.

Kaldenbach hatte alles einkalkuliert. Ja, verdammt, der Akku war voll, und sie lud das Handy immer über Nacht. Wie lange hatte er das alles geplant? Seit wann überwachte er ihre

Schritte? Die Eskalation seiner Taten war bemerkenswert, die Planung umso mehr.

Fran schoss durch den Kopf, was Albi hatte sagen wollen. »Er sammelt Schmerzensschreie.«

Die Strommarken. Er folterte, damit seine Opfer schrien, und er nahm alles auf. Er wollte als Künstler unsterblich werden, wollte etwas schaffen, das niemand zuvor geschaffen hatte. Und deshalb suchte er die Öffentlichkeit. Es war nichts Politisches, nichts Religiöses, es war pures übersteigertes Ego. Und sie hatte sich geirrt, als sie annahm, er würde das Foltern genießen. Er labte sich nicht am Schmerz, sondern am Ergebnis. Er wollte seine Opfer nur so weit kontrollieren, dass sie ihm gaben, was er verlangte. Sie war eine Ausnahme. Bei ihr lief es anders. Das war ihre Chance.

»Bist du so weit?«

Kaldenbachs Stimme verursachte ihr Übelkeit. Bald würden sie sich gegenüberstehen, und wenn es eine Möglichkeit gäbe, würde sie ihn töten, selbst wenn es ihren eigenen Tod bedeutete und vielleicht sogar den von Albi und Anne. Nur sie hatte diese Chance. Kaldenbach war ein gefräßiges Monster, dessen Appetit sich mit jeder Leiche steigerte. Er würde nur aufhören, wenn er tot wäre oder in Ketten läge.

Kaum hatte sie den Gedanken zu Ende gebracht, stieg die Angst in ihr auf, ihr Überlebensinstinkt meldete sich, versuchte, ihre Beine und den Verstand zu lähmen. Aber sie zog sich weiter an, hielt das Handy am Ohr, verrenkte sich, wählte Laufschuhe mit Klettverschluss. Fieberhaft überlegte sie, was sie als Waffe gebrauchen könnte. Sie musste aus Kunststoff sein. Nein. Wenn Kaldenbach so gut war, wie sie glaubte, würde sie sich nackt ausziehen müssen.

Die Schlafzimmertür war nur angelehnt, die Leibwächter plauderten über Urlaub.

»Bitte seht her, bitte erlöst mich«, sagte Fran stumm, aber die beiden setzten ihr Gespräch fort.

Sie öffnete die Tür zum Bad, nichts quietschte, alles war bestens geölt, das musste Kaldenbach überprüft haben, als sie in seiner Gewalt gewesen war.

»Ich bin jetzt angezogen und steige aus dem Fenster.« Sie öffnete das Fenster. Das Gitter war da, wo es immer war. »Ich greife jetzt das Gitter.« Sie ruckte daran, und sofort löste es sich. »Ich hebe das Gitter herein, lege es ab. Lautlos.«

Wollte sie sich wirklich opfern? Ständig ging es hin und her, die Stimmen in ihrem Kopf schimpften und fluchten. Sie ist deine Schwester, ja, aber hast du deswegen die Pflicht, dich zu opfern? Und was ist mit Albi? Schmerz fuhr ihr in den Magen. Was fühlst du für ihn? Hast du dich nicht verliebt?! Willst du ihn nicht widersehen? Aber du opferst dich ja gar nicht! Kaldenbach wird dich verschonen, so oder so. Du kannst sie retten, beide. Du kannst die Menschheit von einer furchtbaren Geißel befreien.

Die Luft roch nach Sommer, die Sonne hob sich bereits über den Horizont, es war gerade sechs Uhr. Sie lief zum Aachener Platz, gab ständig ihre Position durch, Kaldenbach schwieg. Der Wagen stand bereit, der Schlüssel lag an der richtigen Stelle, Fran schloss auf, setzte sich, schlug die Tür zu.

»Sehr gut«, sagte Kaldenbach. »Jetzt steckst du dein Handy in die Freisprechanlage, wir wollen doch nicht, dass dich eine übereifrige Streife anhält.«

Das Handy glitt ohne Probleme in die Halterung, sie setzte sich das Headset auf, das auf dem Beifahrersitz bereitlag.

»Noch eine Kleinigkeit, Fran. Ich weiß, wie du dich fühlst. Du hasst mich, du denkst ständig daran, wie du mich unschädlich machen kannst. Das kann ich gut verstehen. Wäre ich nicht ich, ich würde mich sicherlich auch hassen. Aber du weißt ja, dass ich kein Mitgefühl habe. Nur meinen Verstand. Und deshalb habe ich in dem Auto Kameras installiert. Ich würde also sehen, wenn du zum Beispiel mit der Lichthupe irgendwem Morsezeichen geben würdest. Ich kontrolliere dich zu hundert Prozent. Wenn du das einsiehst, dann wird unser Geschäft reibungslos vonstattengehen. Na, was sagst du?«

Fran konnte nichts sagen. Ihre Hände schwitzten dermaßen, dass sie befürchtete, das Lenkrad nicht festhalten zu können.

»Okay, okay«, sagte Kaldenbach wie ein netter Papi, »du schwitzt ja wie ein Pferd. Du brauchst einen Moment Ruhe. Ich bin ja kein Unhold. Du hast sechzig Sekunden. Dann fährst du los, oder Albi ist tot, unser Geschäft geplatzt, und deine Schwester wird den Tag verfluchen, an dem sie geboren wurde. Albi hat dir ja mein kleines Geheimnis verraten. Sechzig Sekunden. Und ich beherrsche mein Handwerk, darauf kannst du dich verlassen. Sechzig Sekunden. Ab jetzt.«

Fran vertrieb alle ängstlichen Stimmen, schlug sie nieder, verbannte sie, sperrte sie ins Verlies. Das Schwitzen ließ nach, nur dieses innere Vibrieren brachte sie nicht unter Kontrolle. Aber es genügte, um losfahren zu können.

»Zweiundvierzig Sekunden. Alle Achtung, Fran, das ist eine ungeheure mentale Leistung. Weiter so. Du kannst es schaffen.«

Fran schluckte. Was hatte er mit ihr vor? Was wollte er wirklich von ihr?

»Warum ich?«, fragte sie.

»Weil ich dich liebe«, sagte Kaldenbach ernsthaft. »Wenn ich könnte, würde ich dich heiraten, aber ich glaube, wir sind zu verschieden.«

»Was?«

»Was ist daran so ungewöhnlich? Du bist eine tolle Frau.

Siehst gut aus, bist intelligent, ehrgeizig, fit, gebildet. Du bist eine liebenswerte Frau. Im wahrsten Sinne des Wortes. Schade, dass du immer an die Falschen gerätst. Wäre Albi nicht mitgegangen, hätte ich ihm nichts tun können. Dann hätte ich vielleicht deine Mutter geholt. Oder deinen Vater. Obwohl, nein, den magst du ja gar nicht. Ihr streitet euch ja dauernd.«

»Sie können nicht lieben«, sagte Fran tonlos.

»Was weißt du schon von mir, he?«, erwiderte Kaldenbach plötzlich zornig. »Wo bist du?«, raunzte er.

»Kurz vor Neviges.«

»Ich weiß.« Kaldenbach hatte sich wieder beruhigt.

Er wusste, wo sie war, also hatte er das Auto mit einem Peilsender verwanzt.

Zumindest war es ihr gelungen, seine Schwachstelle auszumachen. Sie konnte ihn wütend machen, und wenn er wütend war, machte er Fehler, wie jeder Mensch. Mitleid fehlte ihm, keine Frage. Ihm machte es nichts aus, andere zu quälen, aber er selbst steckte voll von Gefühlen, die er zu leugnen versuchte, die ihn von innen her auffraßen. Seine Seele war verstümmelt worden mit Peitschen. Fran spürte, wie sich ihr Puls ein wenig beruhigte, wie sie das warme Gefühl der Hoffnung auf Rettung durchströmte. Er hatte eine Achillesferse!

»Die Nächste links.« Kaldenbach hatte sich wieder voll unter Kontrolle. »Links kommt ein Parkplatz, du fährst aber den Feldweg ein Stück weiter bis an die Schranke.«

Fran kannte die Gegend. Sie war nicht weit entfernt vom Hardenberger Schloss. In dem Waldstück, in das sie jetzt hineinfuhr, gab es nichts außer Bäumen. Kein Forsthaus, keine Hütte, nichts. Sie hatten alle Katasterpläne durchgesehen.

»Du fragst dich, wo ich stecke, nicht wahr?« Kaldenbachs Stimme schmerzte in Frans Ohren.

»Das tue ich. Und ich werde es bald erfahren.«

Eine Bake versperrte ihr den Weg, sie hielt an, legte das Headset weg und nahm das Handy in die Hand.

»Sehr gut. Aussteigen, absperren. Du gehst den Weg weiter, bis zur rechten Hand ein Trampelpfad abzweigt.«

Fran ging los, nach etwa dreihundert Metern wandte sie sich nach rechts. Das Gebüsch wurde dichter, aber es blieb licht genug, um gute zwanzig Meter weit sehen zu können.

Hatte Kaldenbach auf diesem Weg Anne und Albi hierhergebracht? Wie hatte er das angestellt? Er konnte Anne vielleicht tragen, aber Albi war zu schwer.

Fran konzentrierte sich auf den Weg vor ihr. Jedes Detail konnte entscheidend sein. Spuren waren verwischt worden, aber hier und da war ein Stück Reifenabdruck übrig geblieben. Etwa in der Mitte des Pfades und recht breit. Ein Schubkarren. Ja, damit war es ohne Probleme möglich, hundert Kilo zu transportieren. Der Wald wurde lichter, eine alte Buche kam in Sicht, rechts neben ihr begann wieder dichtes Gebüsch.

»Geh zu dem Gebüsch.«

Fran zuckte zusammen. Er konnte sie immer noch sehen? Oder schon wieder?

»Du musst dich durchzwängen.«

Sie zögerte einen Moment. Wo, verdammt, hatte er die Kameras installiert? Sie suchte kurz die Buche ab, konnte aber nichts entdecken.

»Worauf wartest du? Wir haben nicht ewig Zeit.«

Er hatte es eilig, er hatte einen Zeitplan. Gut. Wieder ein Punkt, der Stress erzeugen konnte. Sie drückte vorsichtig die Blätter und Zweige auseinander, ließ sich dabei Zeit.

Kaldenbach reagierte sofort. »Du sollst nicht so rumtrödeln, oder muss ich Anne und Albi bestrafen?«

»So, wie du bestraft worden bist? Ich kenne deine Narben.« Sie verlieh ihrer Stimme so viel Wärme, wie es ihr möglich war.

Kaldenbach atmete heftig. Albis Schrei ließ Fran fast das Trommelfell platzen. Sie riss sich das Handy vom Ohr.

Kaldenbach schimpfte. Sie konnte ihn deutlich hören.

»Was erlaubst du dir? Das alles geht dich einen Scheißdreck an. Noch einmal so eine Scheiße, und ich schneide deinem Bespringer die Eier ab, ist das klar? Und zwar mit einer Rippenschere. Die kennst du doch? Damit knacken die Totenärzte den Brustkorb!«

Fran schloss die Augen und hob das Handy zum Mund, nahm all ihre Kraft zusammen. »Entschuldige, kommt nicht wieder vor.«

Kaldenbach war in einem kritischen Stadium. Nur mit allergrößter Mühe konnte er den Vulkan beherrschen, der in seiner Seele brodelte und kurz vor dem Ausbruch stand. Wenn es zum Ausbruch käme, würde er alles zerstören, was in seiner Reichweite war, egal, ob er dabei draufging oder nicht.

Fran wühlte sich durch das Dickicht, Dornen stachen in ihre Haut, Äste rissen an ihren Kleidern, sie fühlte sich schon jetzt schuldig. Kaldenbach hatte Albi furchtbare Schmerzen zugefügt, weil sie Psycho-Spielchen gespielt hatte. Aber es hatte Kaldenbach abgelenkt.

»Halt.«

Fran blieb wie angewurzelt stehen.

»Genau vor dir.«

Fran sah nur einen Busch mit roten kleinen Früchten und grünen dicken Blättern. Sie schaute genauer hin. Fasste die Blätter an. Das konnte nicht wahr sein.

»Nicht schlecht, was?«

»Genial«, entfuhr es Fran, und sie meinte es ernst.

Der Busch war falsch, aber so gut imitiert, dass es niemandem auffallen würde, solange er nicht mit der Nase draufgestoßen wurde.

Der Busch neigte sich zur Seite, dahinter kam eine kleine Erhöhung zum Vorschein, die bewachsen war mit Gras und Moos und sich bewegte.

»Es war mal eine Falltür. Ich habe sie umgebaut.« Der Bunker existiert auf keiner Karte, weil er exklusiv für einen kleinen Zirkel reicher Leute gebaut wurde. Ein paar Nazis haben hier das Kriegsende ausgesessen und sind dann mit ein paar Kilo Gold und einem Säckchen Diamanten nach Südamerika ausgewandert.«

Der Einstieg in die Unterwelt. Fran fror. Noch konnte sie einfach wegrennen, die Kollegen rufen. Das war nur eine Illusion, Wunschdenken. Ihr wurde übel. Es gab kein Zurück mehr.

Sie setzte einen Fuß vor den anderen, hangelte sich die steile Betontreppe hinab, in den vergessenen Bunker, der schon einmal Anhänger eines leibhaftigen Teufels beherbergt hatte. Heute lauerte hier der Tod. Nein, es war etwas Schlimmeres als der Tod. Es war die Qual, die Erniedrigung, die Entmenschung, für die Kaldenbach stand. Er war Opfer, hatte ebenfalls unsagbar gelitten, aber er hatte sich entschieden, Täter zu werden.

Die Treppe führte in einen gut beleuchteten Flur. Fran hörte ein Summen, das mussten Lüftungsaggregate sein, sie waren etwa vier Meter unter der Erde, eigentlich nicht viel, und doch hätte sie genauso gut auf einer Raumstation sein können, das Ergebnis war dasselbe: Niemand konnte sie sehen, hören, erreichen.

Zu beiden Seiten gingen Räume ab.

»Halt!«, bellte Kaldenbach.

Fran erstarrte. Er stand plötzlich vor ihr, eine Pistole in der Hand, sie konnte nicht sagen, ob es eine echte war oder nicht. Er trug Jeans, ein schwarzes Hemd und eine rote Krawatte. Er war schlank, fast dünn, seine Augen waren so warm wie auf den Fotos. Und wieder hatte sie das Gefühl, ihn schon mal gesehen zu haben.

»Du weißt, ich mache keine Scherze«, sagte Kaldenbach. »Deine Hände, los, her damit.«

Seine Kiefermuskeln mahlten, seine Halssehnen traten hervor, seine Nerven waren zum Zerreißen angespannt. Fran hielt ihm ihre Arme hin, er zielte mit der Waffe auf ihren Kopf und legte ihr blitzschnell Handschellen an. Die Hände vor dem Körper gefesselt. Gut. Mit den Handschellen konnte sie ihn erdrosseln, wenn sie ihn richtig erwischte.

Kaldenbach deutete auf die nächste Tür. Sie setzte sich in Bewegung, jeder Schritt fiel ihr schwer, es fühlte sich an, als sei sie in achttausend Metern Höhe ohne Sauerstoffgerät unterwegs. Sie wusste, dass das der seelische Fluchtreflex war, der sie ohnmächtig werden lassen wollte. Aber das durfte nicht sein. Sie musste jede Sekunde ertragen, denn jede Sekunde konnte der Moment sein, den sie nutzen musste, um Kaldenbach zu besiegen.

Kaldenbach gab ihr einen Stoß zwischen die Schulterblätter. Sie stolperte vorwärts, fing sich, hob den Kopf und stöhnte. Albi saß zusammengesunken auf einem Metallstuhl, Blut lief ihm über das Gesicht, ein Auge war zugeschwollen, an seinen Knöcheln waren Elektroden angebracht. Ihr Puls raste, sie musste aufpassen, dass sie nicht umkippte. Sie verscheuchte ihr Mitleid, zog sich auf ihre objektive Warte zurück: Das Opfer ist am Kopf verletzt, aber es atmet gleichmäßig. Es ist davon auszugehen, dass das Opfer problemlos überlebt. Mit Klebeband an den Stuhl gefesselt. Fesseln schwer zu lösen, selbst mit Messer dauert es mindestens zehn Minuten, es sind ungefähr dreißig Schichten zu durchtrennen.

Fran drehte den Kopf. Opfer Nummer zwei. Nackt. Bewegungsunfähig fixiert auf einem Metalltisch, ähnlich den Tischen in Obduktionssälen. Die Riemen sind leicht von Hand zu lösen. Es sind insgesamt sechs, Füße, Hände, Hüfte, Kopf. Sie ist geknebelt. Ihre Augen sind in Panik geweitet. Elektroden an den Handgelenken. Über ihrem Kopf ein Mikrofon, es sieht aus wie eine Keule. Opfer Nummer zwei scheint äußerlich unverletzt. Am linken Arm ist ein Infusionszugang gelegt. Überlebenschancen: sehr gut.

Von hinten drückte Kaldenbach Fran auf einen Metallstuhl, der genauso aussah wie der, auf dem Opfer Nummer eins saß. Er legte ihr einen Gurt um die Hüfte und zurrte ihn fest.

Opfer Nummer drei: Franziska Miller. Unverletzt. Handfesseln, Hüftgurt. Bewegungsfreiheit eingeschränkt möglich.

Täter: Joseph Kaldenbach. Hochgradig soziopathisch, emotional destabilisiert, Zusammenbruch steht kurz bevor. Überlebenschancen: null.

Kaldenbach riss Anne den Knebel aus dem Mund, hielt ihr den Finger vor die Nase, verließ den Raum, schloss die Tür.

Annes Augen versuchten, Fran zu finden, aber es war vergebens.

»Ich bin hier, alles wird gut«, sagte Fran.

Im selben Moment dröhnte Kaldenbachs Stimme aus Lautsprechern, sie klang wie das Brüllen eines Löwen: »Ruhe!«

Fran schwieg. Albi zuckte, aber er wurde nicht wach, sein Kopf pendelte von rechts nach links. Annes Augen huschten panisch hin und her.

Auf einem Flachbildschirm flammte die Nutzeroberfläche eines Computers auf, über dem Bildschirm hingen drei Uhren. Eine zeigte die aktuelle Zeit: sieben Uhr fünfunddreißig. Auf der anderen zählte ein Countdown rückwärts. Es waren noch acht Minuten bis null. Darüber war ein Schild montiert: »Highway to hell« stand darauf. Die dritte zählte ebenfalls rückwärts. Auf ihr waren es noch sechs Stunden und siebzehn

Minuten, und auch diese Uhr war mit einem Schild versehen: »Highway to heaven«.

»Ich muss kurz meinen Star testen. Achtung Fran, gleich wird's richtig laut.«

Anne schrie, ihr Körper bäumte sich auf, Fran wollte sich die Ohren zuhalten, riss an den Fesseln.

»Ich töte dich, Kaldenbach, ich töte dich!«, brüllte Fran, aber Annes Kreischen übertönte alles.

Sie verstummte, ihr Körper erschlaffte, Kaldenbach hatte den Strom abgestellt. Fran stieg der Geruch von verbranntem Fleisch in die Nase, sie schrie, ihre Stimme überschlug sich, sie verschluckte sich, musste husten, ihr blieb die Luft weg, der Husten versiegte, sie atmete tief ein und aus.

»Na, das ist doch vom Feinsten, nicht wahr, Fran? Hast du gedacht, dass deine Schwester unglaubliche 125 Dezibel schafft? Und das immer wieder. Sie ist ein Wunder und die Krönung meines Werkes. Sicher hast du die Uhren gesehen. Wenn der ›Highway to Heaven‹ auf null steht, beginnt die Vorstellung des Deus Sonor. Kleine Kostprobe gefällig?«

Auf dem Bildschirm öffneten sich mehrere Fenster. Jedes Fenster zeigte den Foltertisch, jeweils mit einem anderen Opfer darauf. Und dann brach das Inferno los. Ein kleiner Mann mit unglaublich tiefer Stimme schrie, es war Friedel Frenzen, dann eine Frau, die Fran nicht kannte, dann ein junges Mädchen, Helena Meier, mein Gott, er schnitt ihr den Finger mit der Rippenschere ab.

Kaldenbach kam in den Folterkeller, stellte sich vor den Bildschirm und begann zu dirigieren. Und tatsächlich, es war keine reine Kakofonie, nein, Kaldenbach hatte die Schreie komponiert, ein Rhythmus schälte sich heraus, ein Leitthema, und sie erkannte, dass alles auf einen Höhepunkt zulief.

Plötzlich absolute Stille. Die Aufnahme war zu Ende. Sie

fühlte sich wie geprügelt, jeder Knochen tat ihr weh, ihre Muskeln waren hart und verspannt. Nur mit Mühe konnte sie verhindern, dass sie sich einnässte.

Kaldenbach drehte sich um, verbeugte sich kurz, er strahlte vor Glückseligkeit. »Es gibt keine auch nur annähernd vergleichbare Sammlung auf dieser Welt. Endlich habe ich es geschafft. Und Anne ist mein Star.«

»Du bist ein Genie«, sagte Fran gefasst.

»Darauf kannst du wetten.«

»Ein verletztes Genie. Außerhalb der Gemeinschaft. Verstoßen.« Fran musste Zeit gewinnen.

»Ja, ja, ist ja gut. Was willst du von mir?«

»Ich finde es nicht schön, wenn du meine Schwester folterst. Das schmälert meine Bewunderung.«

Kaldenbach schwieg, und Fran glaubte schon, wieder ins falsche Horn gestoßen zu haben.

»Bewunderung?«

Er war zutiefst misstrauisch, natürlich, aber sie hatte sein Ego angestoßen. Er wollte sie tatsächlich. Dass er sie liebte, das war kein schlechter Scherz gewesen. Ein Teil in ihm verzehrte sich nach ihr. Aber er war nur in der Lage, seine Zuneigung zu zeigen, indem er alles vernichtete, was Fran lieb war, und zuletzt würde er sie zerstören wie ein Spielzeug, das ihm langweilig geworden war.

»Aber ich foltere sie doch nicht. Ich arbeite mit ihr. Und ich brauche sie für das Finale. Es wird live übertragen. Im Internet.« Er schaute auf »Highway to Heaven«. »Die Übertragung startet noch heute. Und danach darfst du dir dein Geschenk aussuchen und gehen.«

Fran lachte. »Du lässt mich nicht gehen. Du kannst mich nicht gehen lassen. Ich werde so enden wie deine Frau und deine Töchter.«

Kaldenbach hob die Augenbrauen. »Ihr habt sie gefunden. Eiskalt, nicht wahr? Alle drei gefühllos, sie hatten kein Verständnis für mich. Ich habe mich wirklich bemüht, fast vierzehn Jahre lang!«

Ein Piepsen erfüllte den Raum. Kaldenbach blickte zu den Uhren. »Ich muss den Code eingeben.« Er lächelte. »Kleine Sicherheitsmaßnahme. Sonst fliegt hier alles in die Luft. ›Highway to hell!‹«

Er kicherte wie ein kleines Kind, verschwand in dem Raum mit der Glasscheibe. Fran vermutete dort die Aufnahmegeräte und die Steuerung der gesamten Bunkeranlage. Der Countdown sprang auf neun Minuten, Kaldenbach tauchte wieder auf.

»Selbst wenn deine Leute dir gefolgt sein sollten, selbst wenn sie die Sprengfalle am Eingang entschärfen, es wird nichts nützen. Der Flur ist mit Bewegungsmeldern gespickt. Wenn jetzt jemand von oben in den Flur kommt, schließen sich alle Türen. Und wenn sie Gas reinpumpen, dann knallt es nach spätestens acht Minuten. Die besten Spezialisten könnten sogar den Code knacken. Aber das dauert mindestens zwölf Minuten.« Er drückte die Brust heraus. »Ja, ich bin genial.«

»Das gefällt mir, ehrlich.«

Kaldenbach trat einen Schritt näher. »Du machst mich geil, weißt du das? Ich dachte schon, es geht gar nicht mehr. Deine Schwester ist eine schöne Frau, aber sie lässt mich kalt. Ich wollte sie bumsen, aber ich konnte nicht.«

Er wechselte in seiner Wortwahl. Sobald seine Gefühle sprachen, wurde seine Sprache derb und ordinär, entzog sich seinem überragenden Intellekt.

»Hast du mit dem da«, er zeigte auf Albi, »hast du mit dem Schwächling gefickt?«

Fran blickte ihm in die Augen.

»Nein.«

Kaldenbach zögerte. »Gut. Dein Glück. Nur, weil wir nicht verheiratet sind, musst du nicht glauben, dass du alles machen kannst, was du willst.«

Jetzt begann er, vollkommen auseinanderzufallen. Realität, Fantasie und Wahnvorstellungen mischten sich beliebig. Fran musste das nutzen, aber sie musste vorsichtig sein. Würde Kaldenbachs emotionaler Anteil die Oberhand gewinnen, würde er ohne zu zögern alles Leben in diesem Bunker auslöschen. Nur sein Verstand hielt ihn davon ab.

»Natürlich.« Sie zappelte ein bisschen herum. »Das ist so unbequem.«

Kaldenbachs Augen verengten sich zu Strichen. »Du glaubst wirklich, ich bin so dumm, darauf reinzufallen?«

Fran schwieg. Sein Verstand war zu stark.

Kaldenbach drückte das Kreuz durch. »Und jetzt, meine sehr verehrten Damen und Herren, muss ich mich auf das Finale vorbereiten.«

Er stopfte Anne den Knebel in den Mund und schritt majestätisch aus dem Folterkeller. Einen Moment später sprang der Countdown auf neunzehn Minuten.

Fran starrte die Uhr an, die Sekunden tickten davon, unmöglich, sie aufzuhalten. Also musste sie die Zeit nutzen, aber mit Bedacht. Durch die riesige einseitig verspiegelte Scheibe, die den Folterkeller von dem angrenzenden Raum trennte, konnte Kaldenbach jede Bewegung überwachen.

Sie konzentrierte sich auf den Gurt, der sie an den Stuhl fesselte. Als Kaldenbach ihn festgezogen hatte, hatte sie den Bauch voll Luft gepumpt. Kaldenbach mochte ein Genie sein, aber sie war auch nicht auf den Kopf gefallen. Langsam ließ sie alle Luft aus den Lungen, der Gurt lockerte sich. Sie atmete wieder ein. Nichts geschah. Anscheinend widmete sich Kaldenbach anderen Dingen. Millimeter für Millimeter bewegte sie den Knoten nach vorne, die Minuten stoben davon, der Knoten war an ihrer Hüfte angekommen, sie versuchte, ihn mit den Händen zu erreichen, es genügte noch nicht, aber sie spürte ihn mit den Fingerspitzen. Die Uhr! Der Countdown stand auf fünf Minuten. Wie schnell Zeit vergehen konnte!

Eine Bewegung. Albi hob den Kopf, sah Fran, lächelte. Sie lächelte zurück, aber sein Anblick, sein zugeschwollenes Auge, das Blut, das war zu viel. Das heulende Elend überkam sie. Sie flennte los, es schüttelte sie in ihrer Verzweiflung, sie zitterte wie Espenlaub.

Kaldenbach kam in den Raum gestürzt. »Fran, was ist passiert?« Er betrachtete Albi. »Hat er dich zum Weinen gebracht?«

Alle Dämme brachen. »*Du* bringst mich zum Weinen, du Arschloch. Du quälst meine Schwester, du willst vor meinen Augen einen Menschen töten, verlangst von mir, dass ich wählen soll, wer leben darf und wer nicht. Vielleicht hast du wirklich keine Gefühle, und es macht dir nichts aus, das Elend über mich zu bringen, aber du hast einen Verstand, und dem sage ich: Es ist falsch, was du tust. Es ist böse. Deine Narben geben dir nicht das Recht, Vergeltung zu üben an denen, die dir nichts getan haben.« Fran ging die Luft aus, sie konnte nicht weitersprechen.

Kaldenbach hob die Hände, blickte sich hilfesuchend um. »Sind denn alle hier verrückt geworden? Fran, du beschuldigst mich? Mich, den Gütigen, der dich tatsächlich laufen lassen wollte? Du solltest nicht wählen. Ich wollte dir wirklich beide als Geschenk mitgeben.« Er grinste boshaft. »Aber das geht jetzt nicht mehr. Du sprühst vor Hass, du machst mir ständig etwas vor, du bist genauso wie meine Töchter und meine Frau. Ständig nerven sie mich, nur hier habe ich meine Ruhe.«

Er ließ die Hände fallen. »Schade, wir hätten Großes vollbringen können.« Kaldenbach blinzelte. »Was ist denn mit deinem Gurt? Hast du etwa versucht …«

Weiter kam er nicht. Die Scheibe zum Aufnahmeraum barst in einem ohrenbetäubenden Lärm, ein Laptop landete vor Kaldenbachs Füßen.

Wie hatten ihre Kollegen das Versteck gefunden? Und warum warfen sie einen Laptop durch die Scheibe? Wo blieb das Gas? Wo blieben die schwarzen Männer?

Fran senkte den Kopf, schloss die Augen, rechnete mit einer Blendgranate, aber anstatt eines Lichtblitzes grollte ein tierischer Laut durch den Folterkeller. Fran öffnete die Augen.

Hätte der Teufel persönlich vor ihr gestanden, es hätte sie nicht gewundert. Aber es war nicht der Teufel, sondern der selbst ernannte Vertreter Luzifers auf Erden, Amothep der Große, der wie ein Löwe Kaldenbach auf den Rücken sprang. Lars Rüttgen. Sie träumte! Das war die einzige vernünftige Erklärung. Ihre gequälte Seele hatte sie mit Fantasien überschüttet.

Aber Rüttgen war real. Er hatte Kaldenbach niedergeworfen, saß auf seiner Brust, schlug mit der Faust auf sein Gesicht ein, das Kaldenbach mit den Armen zu schützen versuchte.

Also waren sie doch Komplizen, und Rüttgen hatte kalte Füße bekommen? Nein, Schwachsinn. Es spielte keine Rolle, warum Rüttgen hier war, er war die Rettung. Kaldenbach gab nicht auf, er hakelte mit den Füßen nach Rüttgens Kopf, erwischte ihn. Sie fielen auf die Seite, beide Gesichter zu ihr gewandt.

Da erkannte sie es: Friedrich von Solderwein war auch der Vater von Kaldenbach. So, wie Anne und sie sich kaum ähnelten, so war es auch bei Rüttgen und Kaldenbach, zumal sie andere Mütter hatten. Aber dennoch gab es Partien im Gesicht, die sie als Söhne desselben Mannes auszeichneten.

Kaldenbach versuchte aufzustehen, aber Rüttgen warf sich blitzschnell wieder auf ihn, packte ihn von hinten, umklammerte ihn. Patt.

»Wie, verdammt …«, knurrte Kaldenbach.

»Deine Mutter. Es gibt einen Eingang, den du nicht kennst. Über einen anderen Bunker. Da sind sie damals reingekommen. Der Zugang ist geschlossen worden, zugemauert, verputzt. Und er steht in keinem Register.«

»Verdammte Sentimentalitäten«, schrie Kaldenbach. Dann lachte er schallend. »Die Familie vereint, im Leben und im Tod.«

»Du hast meinen Vater umgebracht!«, brüllte Rüttgen. Er verpasste seinem Bruder eine Kopfnuss.

Der heulte auf, Blut quoll aus einer Platzwunde. »Ja, ich habe ihn ertränkt wie eine Katze, weil er es so wollte, weil er mit seiner Schuld nicht mehr leben konnte. Hast du eine Ahnung, was ich durchgemacht habe? Sie haben mich verstoßen, haben mich den Wölfen ausgeliefert.«

Rüttgen griff fester zu, Kaldenbach stöhnte. »Das ist kein Grund, wie eine Bestie wahllos Menschen zu töten. Mein Leben war auch kein Zuckerschlecken, ich musste mich befreien, ich habe mich befreit, aber ich habe für mein Elend niemand anderen leiden lassen. Du bist ein Nichts und wirst es immer sein. Und du hast mir meinen Vater genommen!« Rüttgen riss an Kaldenbachs Arm.

Trotz der Schmerzen, die Kaldenbach haben musste, redete er. »Er hat mich angebettelt, ich solle ihn töten, aber ich wollte ihn leiden lassen, wollte, dass er weiterlebt. Sein lächerlicher Versuch, sich die Pulsadern durchzuschneiden, hat mich angeekelt. Ich habe ihn an den Armen gepackt, ein wenig unter Wasser gedrückt, und auf einmal hat er sich gewehrt, gezappelt wie ein Aal. Er war im Leben feige gewesen und im

Tod ebenso. Also beschloss ich, ihn zu töten. Ich habe seinen Kopf gegen den Rand der Wanne geschlagen, er war sofort bewusstlos, und dann habe ich ihn ersäuft wie eine Katze. Es war ein Fest!«

Rüttgen packte mit den Zähnen ein Ohr und riss es ab. Kaldenbach brüllte wie ein Vieh, Rüttgen brüllte lauter. »Jetzt spürst du, wie das ist, wie es sich anfühlt, Schmerzen zu haben, richtige Schmerzen, du Stück Dreck!«

Rüttgen riss Kaldenbachs Kopf herum und schlug ihn auf den Boden. Kaldenbach erschlaffte, Rüttgen riss ein Messer aus der Tasche, ließ es aufspringen und zog es sich durch sein Hemd hindurch von der Ellenbeuge bis zum Handgelenk. Blut quoll hervor, und jetzt begriff Fran, was Rüttgen vorhatte. Er begann in einer fremdartigen Sprache zu murmeln, die Fran nur zu gut kannte: Henochisch. Er sagte den achtzehnten Henochischen Schlüssel auf, er vollzog ein großes Ritual mit Menschenopfer. Um Satan herbeizurufen?

Fran sprang der Countdown in die Augen. Vier Minuten und dreißig Sekunden. Sie wollte keines dieses Opfer werden. »Rüttgen! Die Uhr. Bei null geht hier alles in die Luft. Nur er kennt den Code.«

Rüttgen hörte nicht. Kaldenbach wachte auf, zappelte, schrie, aber Rüttgen interessierte sich nicht für den Code und nicht für die Bombe. Er biss Kaldenbach das andere Ohr ab.

»Herr im Himmel«, flüsterte Fran. »Ich bin wahrhaftig in der Hölle gelandet. Hilf mir!«

Endlich bekam sie den Knoten zu fassen, er löste sich, sie sprang auf, hechtete zum Foltertisch, riss Anne den Knebel aus dem Mund. Ein langgezogener Schrei entfuhr ihrer Kehle. Vier Minuten.

»Der Code, Kaldenbach, der Code!«, schrie sie.

Aber Kaldenbach konnte sie nicht hören, Rüttgen biss immer wieder zu, in den Hals, in den Kopf, wie ein wildes Tier, er mischte sein Blut mit dem seines Bruders, dann hielt er inne, verzog das blutverschmierte Gesicht. »Hauen Sie endlich ab, nehmen Sie Ihre Schwester mit, ich habe keine Angst, ich stehe bald meinem Herrn und Meister gegenüber, er soll über mich richten, denn ich bin nicht wert, weiterzuleben, bin nicht wert, Luzifer zu rufen.« Seine Augen weiteten sich. »Ich habe Johanna in meiner Raserei getötet und Marvin befohlen, sich vom Turm zu stürzen. Ich bin schlecht. Genauso schlecht wie mein Bruder und mein Vater. Ich muss sterben, um wieder rein zu werden.«

Er wandte sich seinem Opfer zu, zerfetzte ihm mit den Zähnen die Wange. Kaldenbachs Schreie schraubten sich in unglaubliche Höhen, Blut spritzte aus seinem Mund, das Schreien ging in ein Gurgeln über.

Hektisch löste Fran die Gurte, die Anne festhielten, und aus den Augenwinkeln sah Fran, wie Albi an seinen Fesseln riss. Kaum hatte Anne einen Arm frei, riss sie sich die Kanüle aus dem Arm, Blut sprudelte hervor, sie sog Luft wie eine Ertrinkende. Alle Gurte waren gelöst, drei Minuten dreißig.

»Haut endlich ab!«, brüllte Rüttgen. »Rechts raus, da habe ich eine Backsteinwand eingerissen, die zum nächsten Bunker führt. Von dort kommt ihr ins Freie.«

Kaldenbach versuchte, sich zu befreien, aber Rüttgen verpasste ihm eine weitere Kopfnuss, benommen schüttelte Kaldenbach wie in Zeitlupe den Kopf.

Anne rutschte vom Tisch, Fran wollte sie stützen, aber sie lief von selber los, nach ein paar Schritten strauchelte sie, Fran half ihr auf, sie machte unbeholfene Schritte zur Tür hin. Fran zögerte. Albi! Die Augen traten ihm aus dem Kopf, so heftig zerrte er an dem Band, das ihn gnadenlos festhielt. Fran kniete sich hin und riss an den Fesseln, aber sie wusste, die Zeit reichte nicht. Zumindest ihre kleine Schwester war in Sicherheit. Albi schaute sie an, unendliche Traurigkeit lag in seinen Augen, sie küsste ihn, Tränen mischten sich mit seinem Blut, mit den Fingernägeln versuchte sie, das Band zu durchtrennen. Eine Schicht und noch eine. Aber es waren noch mehr als zwanzig. Ein Nagel riss ein, Blut quoll hervor, sie spürte keinen Schmerz.

»Ich kann es schaffen«, murmelte sie.

»Geh!«, sagte Albi. »Nein, bleib.« Er weinte leise.

Annes Schreien drang in ihr Bewusstsein.

»Fran! Hilf mir! Ich kann nicht weiter!«

Verdammt! Die Zeit reichte nicht, um das Band zu lösen *und* ihrer Schwester zu helfen. Aber die Zeit hätte so oder so nicht gereicht. Sie hatte keine Wahl.

Fran küsste Albi und rannte los. Nach rechts, ja, da war das Loch in der Wand, Anne schrie erneut, Fran beschleunigte. Da kauerte sie, schluchzte, heulte, die Füße blutig, sie war in Scherben getreten oder Metallsplitter, es war egal, Fran lud sie sich auf die Schultern wie einen Sack Zement, schleppte sich weiter, da, der Aufgang. Ihr wurde schwindelig. Geh! Du musst gehen, nur dieses eine Mal, du musst deine kleine Schwester beschützen, du musst, du musst, du kannst …

Sie taumelte die Treppe hoch, Tageslicht, Fran saugte es ein, ihre Knie gaben nach, sie stolperte noch ein paar Meter vorwärts, sie mussten weiter, aber Frans Beine gaben nach, sie fiel, warf sich zur Seite, Anne robbte vorwärts, Fran übergab sich vor Anstrengung, wenn sie richtig gezählt hatte, waren die drei Minuten um, sie warf sich über Anne, ein Schlag traf sie ihm Rücken, Hitze versengte ihr die Haut, alle Geräusche erstarben, dann verlor sie das Bewusstsein.

15. Sonntag

Fran wachte auf, war sofort hellwach, ihr Körper fühlte sich unglaublich schwer an, so als herrsche eine erhöhte Schwerkraft. Überall loderten Schmerzen auf und verschwanden wieder. Am Rücken, im Gesicht, die rechte Hand spürte sie fast nicht. Sie hörte eine Stimme: »Sie ist wach.« Fran kannte die Stimme nicht. Sie öffnete die Augen. Ein Mann in weißem Kittel stand vor ihr und lächelte sie an.

»Ich bin Arzt, mein Name ist Jamal Koumari. Sie sind in Sicherheit.«

Sicherheit? Warum in Sicherheit. Was war passiert?

»Erinnern Sie sich, Frau Miller?«

Fran dachte nach, suchte Bilder. Was für ein Tag war heute? Sie wusste nur, dass sie gestern nach Hause gegangen war … Kaldenbach! Hatten sie ihn zur Strecke gebracht?

»Gestern Abend … nach Hause gegangen … Leibwächter … hier aufgewacht«, stotterte sie.

»Sie wissen also, wo Sie wohnen?«

»Natürlich …« Fran bekam Angst. »Schlaganfall?«

»Nein, nein. Sie haben nur ein paar Erinnerungslücken. Das ist normal. Das geht vorbei.«

Fran versuchte, sich aufzurichten, aber sie hatte keine Kraft. Sie starrte an die Decke, konzentrierte sich, durchwühlte ihr Gedächtnis, stieß Türen auf. Bilder blitzten auf.

Es klopfte an der Tür. Jamal Koumari öffnete sie. Anne flog herein, warf sich über Fran und begann hemmungslos zu weinen.

Mit der linken Hand tätschelte Fran ihr den Kopf. »Anne, was ist passiert?«

Anne beruhigte sich. »Du weißt nichts mehr? Gar nichts mehr?«

Fran schwieg.

Anne schluchzte. »Du hast mir das Leben gerettet.« Sie drehte sich zu Jamal Koumari um, der den Kopf schüttelte. Sie wandte sich wieder Fran zu, streichelte ihr über die Wange. »Es ist viel passiert, aber es ist noch zu früh. Du bist noch zu schwach.«

Jamal Koumari trat zum Bett, hantierte an den Maschinen, Fran verdrehte die Augen, dann glitt sie hinüber in die Bewusstlosigkeit.

16. Dienstag

Fran schreckte hoch, sie konnte nichts sehen, schlug in die Dunkelheit, aufgeregte Stimmen flogen umher, Schwindel packte sie, dann die Schwärze, in der undeutliche Schemen wie im Nebel waberten. Ein Licht. Es wurde heller. Dann wurde es wieder schwarz.

17. Mittwoch

Fran öffnete die Augen. Sie fühlte sich ausgeruht und hungrig. Aber wo war sie? Sie schaute sich um. Ganz eindeutig im Krankenhaus. Neben ihrem Bett stand eine ganze Batterie Maschinen, ihr Körper war mit Kabeln und Kanülen daran angeschlossen. Gleichmäßiges Surren und gleichförmige Pieptöne erfüllten den Raum.

Ein Mann kam auf sie zu, er trug einen typischen Arztkittel und lächelte warmherzig. »Frau Miller? Geht es Ihnen gut?«

Sie hob die Augenbrauen. »Ich lebe, habe keine Schmerzen, aber wenn ich mich so umschaue, war das nicht immer so.«

Der Mann lachte. »Gut, dass Sie Ihren Humor nicht verloren haben.« Er hielt ihr eine Hand hin. »Ich bin Jamal Koumari, ich leite die Station.«

Sie griff zu, sah die Verbände an ihrer Hand und glaubte, sich an das Gesicht des Arztes erinnern zu können. »Was ist passiert?«

»Frau Miller, ich bitte Sie, mir zu vertrauen. Wir müssen behutsam vorgehen. Die gute Nachricht: Sie werden wieder ganz gesund werden.«

»Die schlechte?«

»Die eine oder andere Narbe wird zurückbleiben.«

Fran hob ihre bandagierte Hand.

»Verbrennungen am Handrücken.«

Es gab Schlimmeres. »Haben Sie einen Spiegel?«

»Ihr Gesicht ist unversehrt.« Jamal Koumari wurde ernst. »Ein Teil Ihrer Kopfhaut ist zerstört. Dort werden keine Haare mehr wachsen. Aber es ist genug übrig geblieben, damit wir durch Transplantation künstlichen Haarersatz vermeiden können.«

Fran schluckte. Es klang irgendwie so, als ob es gar nicht um sie ging.

»Bin ich sediert?«

»Ein wenig, ja. Wir müssen nichts übertreiben.«

Fran nickte. »Trotzdem will ich wissen, was passiert ist. Glauben Sie mir, nichts zu wissen ist für mich schlimmer, als etwas zu wissen, egal, was es ist. Wenn Sie nicht freiwillig …«

Jamal Koumari hob abwehrend die Hände. »Man hat mich gewarnt.« Er zog einen Stuhl an Frans Bett. »Wenn ich merke, dass ich Sie überfordere, drücke ich diesen Knopf.« Er hob einen Schalter, der per Kabel mit den Maschinen verbunden war. »Das löst eine Injektion aus, die Ihre Seele schützen wird.«

Die Pieptöne wurden schneller, Frans Hände feucht.

»Sie sind seit vier Wochen hier. Wir mussten Sie in ein künstliches Koma versetzen.«

Vier Wochen! Das Letzte, an das sie sich erinnern konnte war, dass sie nach der verheerenden Explosion in der Fritz-Reuter-Straße den Leitstand verlassen hatte.

»Ist Kaldenbach gefasst?«

»Er ist tot.« Jamal Koumari betrachtete sie einen Moment, versuchte wohl zu ergründen, ob er sie weiter konfrontieren konnte. »Er ist bei derselben Explosion ums Leben gekommen, bei der Sie verletzt wurden.«

»Aber wie …?«

»Kaldenbach hatte Ihre Schwester entführt. Sie haben ihr das Leben gerettet, haben sich über sie geworfen und so verhindert, dass sie ernsthaft verletzt wurde. Die Druckwelle hat Sie erwischt und dann eine Feuerzunge. Die schwersten Verletzungen aber hat ein Betonbrocken verursacht, der Sie getroffen hat. Er war faustgroß. Ein wenig größer, und Sie hätten es nicht überlebt. Er hat Sie von hinten getroffen, am rechten unteren Rippenbogen. Schwere Nierenquetschung, Blutungen. Sie waren sofort bewusstlos, und Sie haben eine partielle Amnesie erlitten.«

Fran zitterte, der Piepton aber beschleunigte sich nicht. Jamal Koumari nahm den Drücker, aber sie winkte ab. »Bitte nicht. Bitte erzählen Sie weiter.«

Der Arzt zögerte, dann legte er den Drücker wieder weg. »Sie waren in einem Bunker, Sie waren in seiner Gewalt, und irgendwie ist es Ihnen geglückt, Ihre Schwester zu befreien und zu fliehen, bevor Kaldenbach eine Bombe zündete.«

Fran lächelte. »Na, dann ist doch alles in Butter. Sie haben meinen Körper zusammengeflickt, die Psychologen biegen mir die Seele wieder gerade, Kaldenbach ist tot.«

Jamal Koumari blickte kurz auf den Boden. Er verheimlichte etwas. Kaldenbach war nicht der einzige Tote. Ihr wurde kalt, und gleichzeitig quoll der Schweiß aus allen Poren. »Wer noch?«

Jamal Koumari öffnete den Mund, formte zwei Worte. »Albert Neusen.«

Ihre Erinnerungen kehrten mit einem Schlag zurück, und ihr Schrei gellte durch die Gänge des Krankenhauses.

Epilog

»... wird das Ermittlungsverfahren gegen Franziska Miller wegen fahrlässiger Tötung zum Nachteil von Albert Neusen wegen unzureichendem Tatverdacht eingestellt.«

Fran drehte das Stück Papier in den Händen. Sie war schuld an Albis Tod, daran änderte auch dieses Schreiben nichts. Sie ließ es los, es flatterte in die Tiefe, hinunter zu den Leuten, die am Fuß der Brücke standen, auf sie zeigten und gestikulierten.

Auch wenn die Ermittlungen ergeben hatten, dass sie keine Wahl gehabt hatte, es änderte nichts daran, dass sie versucht hatte, schlauer und besser zu sein als der gesamte Polizeiapparat. Sie hätte einen Unfall vortäuschen können, sie hätte die beiden Beamten zumindest aufmerksam machen können, aber sie hatte es alleine mit einem der brutalsten und intelligentesten Kriminellen aufgenommen, den die Polizeigeschichte kannte. Sie hätte von Anfang an wissen müssen, dass sie keine Chance gegen ihn gehabt hatte.

Der Bunker war explodiert wie eine Handgranate. Trümmer waren hundert Meter weit geflogen, aber die Kraft der Detonation war nicht stark genug gewesen, die Datenträger zu vernichten, die Kaldenbach in einem Tresor aufbewahrt hatte. Ob er auch das einkalkuliert hatte? War das sein Testament? Fast alles hatten die Techniker vom LKA restaurieren können, Kaldenbach hatte seine Taten minutiös aufgezeichnet, darunter auch die Aufzeichnung des Telefongesprächs, mit dem Kaldenbach Fran geködert hatte.

Sie schloss die Augen und dachte an diesen Moment, der ihr Leben zerstört hatte. Er hatte sie mit dem ersten Satz in einen emotionalen Schockzustand versetzt, in dem sie gezappelt hatte wie die Fliege im Spinnennetz. Kaldenbach hatte sie besser gekannt als sie sich selbst. Ohne Lars Rüttgen wäre sie nicht lebend aus dem Bunker herausgekommen, denn Kaldenbach hatte geplant, nach dem Finale den Bunker zu sprengen und sich damit unsterblich zu machen.

Letztlich hatte alles einen Sinn ergeben.

Kaldenbach wusste von Lars Rüttgen, wusste, dass er sein Halbbruder war, aber er lehnte jeglichen Kontakt ab, weil er seinen Bruder für einen Verrückten hielt. Kaldenbach war nach Düsseldorf gezogen, um zwei Fliegen mit einer Klappe zu schlagen: seine Frau und seine Töchter loszuwerden und seinen Vater zu töten, um sich für sein furchtbares Leben zu rächen. Das Geständnis, dass er im Bunker abgelegt hatte, konnte durch Hautzellen an Friedrich von Solderweins Leichnam bewiesen werden: Die Zellen stammten von Kaldenbach.

Ungeklärt blieb, ob Claudius Ferter etwas mit Kaldenbach zu tun gehabt hatte. Trotzdem saß er in Untersuchungshaft, die Anklage lautete auf Beihilfe. Ferter schwieg, er tauchte nirgends in den Aufzeichnungen des Schmerzsammlers, wie ihn die Presse getauft hatte, auf.

Siebzehn Menschen hatte Kaldenbach alleine in dem Bunker gefoltert und getötet. Die Überreste lagen sorgfältig vergraben und weit verteilt in dem Wald, der den Bunker so gut verborgen hatte.

Während Fran in Kaldenbachs Gewalt gewesen war, waren die Ermittlungen auf vollen Touren gelaufen, aber sie waren Kaldenbach nicht einmal nahe gekommen.

Fran runzelte die Stirn. Sie hatte Kaldenbachs Profil korrekt erstellt, und dann hatte sie selbst nicht daran geglaubt, weil sie schwach geworden war. Hatte geglaubt, es mit ihm aufnehmen zu können. Niemand nahm ihr das übel, im Gegenteil, fast alle respektierten ihren Mut.

Vielleicht hätten sie Kaldenbachs Versteck finden können, auf demselben Weg wie Rüttgen eindringen und Kaldenbach unschädlich machen. Und Albi retten. Ihn samt Stuhl einfach raustragen. Aber sie hatte erfahren, dass der Stuhl festgeschraubt gewesen war. Auch daran hatte Kaldenbach gedacht.

Sie konnte die Tränen nicht zurückhalten. Vor dem Gesetz war sie reingewaschen, sie konnte ihren Job weitermachen, wenn sie nur wollte.

Senior hatte sie im Krankenhaus besucht, das ganze Team, immer wieder, und immer wieder hatten sie ihr Mut zugesprochen. Anne, die mit gutem Erfolg eine Therapie machte, hatte sie täglich besucht, und nach einer Woche musste sie versprechen, keine Blumen mehr mitzubringen, denn jede freie Fläche war zugestellt mit Vasen. Nur ihr Vater war nicht gekommen, er hatte ihr ausrichten lassen, das alles geschehe ihr nur recht, und hoffentlich würde sie etwas draus lernen. Mutter war ebenfalls nicht gekommen, Fran wusste nicht, ob aus freien Stücken oder ob Dad sie gehindert hatte. Fran kamen die Tränen, wenn sie nur daran dachte.

Aber das Furchtbarste war: Zu Albis Beerdigung war sie nicht eingeladen worden, seine Familie konnte ihr nicht verzeihen, sie hatten ihr einen Brief geschrieben, in dem sie Fran indirekt als Mörderin verurteilten. Sie konnte es ihnen nicht übel nehmen, denn genau so fühlte sich Fran.

Erik saß in Untersuchungshaft. Fünf Jahre würde er mindestens bekommen, ein schwacher Trost.

Die bleierne Müdigkeit, die ihr das Leben seit Wochen zur Hölle machte, weil sie nicht mehr als zwei Stunden am Stück schlafen konnte, fiel wieder über sie her. Es war an der Zeit, sich ein weiteres, ein letztes Mal, zu entscheiden: leben oder sterben?

Auf dem Rücken trug sie ihren Fallschirm. Sie schaltete die Helmkamera ein, legte die rechte Hand an die Reißleine. Mit der anderen Hand hielt sie sich am Geländer fest. Wenn sie sprang, hatte sie genau zwei Sekunden, um sich zu entscheiden. Sie ließ das Geländer los, drückte sich ab und fiel in die Tiefe.

Vielen Dank für die Hilfe:

Klaus Dönecke
Sonja Hager
Brigitte Janson
Daniela Jarzynka
Sabine Klewe
Frank Scheulen
Klaus Stickelbroeck

Werde Teil der Bastei Lübbe Welt
You Tube
www.luebbe.de/Meinewelt
Lesen, rezensieren, Bücher gewinnen
Lerne Autoren, Verlagsmitarbeiter und andere Leser kennen